燈籠

L-A-N-T-E-Ray-N

Ray 書系

青春是一束雷射光，
匯聚你不羈的想像，
奔向你獨有的冒險，
挑戰你變幻的極限！

天庭傳奇系列 01

# DAUGHTER of the Moon Goddess

# 月宮少女星銀

Sue Lynn Tan
陳舒琳

曹琬玲……譯

獻給

我的先生托比，我的人生伴侶，我第一位讀者。

若沒有你，這一切無法成真。

以及我的孩子，盧卡斯和菲利浦，

給我**一些**時間可以好好工作。

純明宮
北海
芬芳扶桑林
玉宇天宮
西海
鳳凰城
夏焰宮
幽瑚宮
仙域
天庭
東海
長春林
南海
黃金沙漠
魔界
影子峰
黑龍江
黃河
長江
珠江
凡間

# 臺灣版作者序

《月宮少女星銀》的靈感來自於嫦娥和后羿的傳說，自我孩提時這個故事就深深吸引著我，隨著時間流逝一直伴我左右。在成長的過程中，我家每年都會慶祝中秋節，我記得我們會盯著月餅盒子和手提燈籠上的嫦娥圖案，以及親戚們聚在我們家裡的場景。雖然物換星移，但這些回憶是我童年重要的一部分，我將永遠珍惜。我非常感激有機會將我的書和啟發它的神話，分享給世界各地的讀者。

在這個傳說中，嫦娥與后羿結為連理，一位凡人射下十個太陽，後來得到了長生不老仙丹的賞賜。由於不忍離開妻子，后羿沒有服下仙丹。然而，嫦娥卻喝了並飛向了月亮，成為月亮女神。後世傳言說她就是因為偷竊仙丹，而被流放到月亮。

《月宮少女星銀》的開篇句是「關於我母親的傳說很多」。這是我打出的第一句話，經過無數次的編輯，這句話始終如一。嫦娥飲下仙丹的原因眾說紛紜——有人說是為了保護仙丹不被竊取，有人說是出於野心，或者是為了保護人們，免受后羿的暴政。我內心的浪漫情懷使我不願相信嫦娥輕易背叛她心愛的丈夫，即使是為了長生不老。所以，我想像她在做出這個扭轉命運般的決定時可能的感受和想法：我不禁想像她是否有其他難言之隱？是否是因為愛而做出這個選擇？嫦娥和后羿是否其實有個孩子？

從這個想法出發，《月宮少女星銀》便誕生了。這是一個關於愛和家庭、神仙和魔法的宏大冒險故事，發生在一個迷人的奇幻世界。你將會遇到傳說中的怪物，大場面的戰鬥，壯麗的國度與場景，並與聰明的君主和無情的惡徒，以及高貴的戰士並肩作戰。我想像主角是那位射日英雄與月之女神的女兒，她像她父母一樣勇敢和大膽，一樣的激情和愛。她繼承了父親的射箭才能，同時擁有母親的神奇魔力，並如同后羿為世界而戰，她也會為了女神的自由而英勇奮戰。本質上，這是一個關於愛的故事，涵蓋了家庭與浪漫的愛，以及它如何以不同的方式呈現，既具有毀滅性，也充滿了奇妙之處。

雖然我希望在《月宮少女星銀》中致敬現有的傳說元素，但我也希望藉由這個作品，創造出一位走向未知道路的少女主人翁。我將這個故事發展成雙部曲，《月宮少女星銀》和《太陽勇士之心》，分別聚焦神話的不同元素。寫這部書帶給我很多快樂，因為它們對我來說意義重大，交織著我個人成長的回憶和文化傳承，真的也可說是我的心靈故事。我感謝您選擇閱讀它，給了它一個機會，我希望您也能夠從中找到一些喜愛的元素。

# 第一部

# 1

關於我母親的傳說很多：有人說她背叛了她的丈夫，竊取那位偉大勇士的長生不老藥，才得以成仙；也有人將她描述成無辜的受害者，為了避免宵小掠奪，情急之下吞下仙丹。不論你相信哪個版本，我的母親——嫦娥因此成了神仙，而我也是。

家裡總是很寂靜。月宮裡只有我、一位叫平兒的忠誠侍從以及我的母親。我們住在閃亮潔白玉石建造的宮殿裡，鑲嵌珍珠母的梁柱、純銀的飛檐翹角屋頂。廣闊的屋裡擺放著肉桂木製的傢俱，空氣中飄散著木質香氣。宮殿外圍繞著一大片白色桂花林，中間有棵月桂樹，掛滿著富有靈氣且微微發光的種子。任憑風和鳥，甚至我的手，都無法將種子摘下，它們緊連著樹枝，就像星星堅守著夜空。

我母親溫柔慈愛，但總有點距離感，彷彿一直承受著強烈苦痛，因而漸漸使心麻木。在每個點燃燈籠照耀月亮的夜晚，她總是站在陽臺，凝視下方凡間世界。有次黎明前我醒來，看到她仍站在陽臺，眼裡盡是回憶。我無法分擔她臉上的憂愁，我的身高剛好到她的腰際，便展開雙臂環抱她。我的觸碰讓她如夢初醒般嚇了一跳，然後她輕撫著我的頭髮，把我帶回房間。她的沉默使我心裡刺痛，雖然她很少發脾氣，但我擔心我這麼做是否惹她不開心。後來平兒跟我解釋我母親在那段時間不喜歡被打擾。

「為什麼？」我疑惑地問。

「妳的母親經歷了巨大的變故。」她舉手阻擋了我下一個疑問。「我不應該說太多。」

一想到母親那時悲傷的表情，我不禁擔憂地問道：「已經那麼多年了，母親會好轉嗎？」

「有些傷痕會刻入我們的骨頭，成為我們身上的一部分，塑造我們成為怎樣的人。」平兒沉默一陣後說。看到我垂頭喪氣，她將我擁入柔軟的懷裡說：「但她比妳想得還堅強，小星兒，就像妳一樣。」

如果不是因為某些生命中失去的東西而感到傷痛，儘管有這些瞬逝而過的陰影，我在月宮還是開心的。我覺得孤單嗎？或許吧，然而我沒有多餘時間去煩惱這件事。每天早上母親會為我安排寫作及閱讀課程，我在硯臺上磨著墨，直到光澤濃稠的黑色墨汁形成，然後母親會教我用流暢的筆法去完成每個字。

雖然我很珍惜這些與母親相處的時光，但最開心的還是與平兒一起上課的時候。我的畫畫差強人意，刺繡也馬馬虎虎，但不知何時我愛上了音樂。有關譜出旋律的方式觸動了我心中尚未能理解的感受——無論是來自我手指撥動的琴弦，還是我嘴唇形成的音符。沒有其他玩伴讓我分心，我很快就熟練了笛子及琴——七弦古箏，在幾年內技藝就超越了平兒。十五歲生日時，母親送我一支小巧、白玉製成的笛子，我把它裝入絲綢袋子裡，掛在腰間，無論到哪兒都攜帶著。這是我最愛的樂器，它的音韻純淨到鳥兒都會飛到月宮來聆聽——當然我相信牠們一部分也是來欣賞我母親的美貌。

有時候我也會被她完美的五官吸引，她那瓜子臉及散發珍珠光澤的白皙皮膚。細眉彎拱在烏黑細長的眼睛上，當她一笑，眼睛彎如月牙。她黑髮上的金色別針閃爍著，另一側則插著紅牡丹。她穿著及踝的白銀色飄逸長袍，內襯是正午天空藍色，腰間繫上有著絲綢流蘇及玉珮裝飾的朱紅腰帶。有時夜晚躺在床上，我會聽到它們叮噹輕響。知道她在附近，我便更容易進入夢鄉。

平兒總跟我保證我長得像我母親，但這就像是拿蓮花比梅花。我的皮膚較黑，眼睛較圓，有棱有角的下巴中間有個淺溝。也許我的外貌遺傳自父親？不知道，我從未見過他。

長大後我才知道，當我跌倒時擦乾我的眼淚，以及為我撫順筆毛的母親，是月神。凡間的人們在每年中秋節，也就是陰曆八月的第十五天，月亮最亮的時候，會祭祀供奉她。這天凡人們會燒香祈福並準備月餅：一種包著甜蓮蓉餡及鹹蛋黃的酥餅。孩童們會提著形狀像兔子、鳥兒或魚的造型燈籠，它們發光，象徵著月亮。每年這一天，我會站在陽臺，看著下方的凡間，嗅聞著那些飄向天空，向我母親致敬的香味。

凡間令我好奇，因為母親總是用渴望的神情看著凡間世界。那些為了愛、為了權力而掙扎犧牲的凡間故事也令我著迷。然而在月宮生活的庇護下，我對那些糾葛所知甚少。我閱讀了所有手邊的故事書，我最喜歡的部分是勇敢的戰士為了保護所愛的人與恐怖的敵人作戰。

有一天，當我在圖書室一堆卷軸中翻找時，一個明亮的東西引起我的注意，我把它拉出來，一本沒有讀過的書！我不禁心跳加快，從粗糙的縫線裝訂方式看起來，這是一本凡間的書籍。書的封面已褪色，我只能勉強看出書上畫的是一個以銀弓瞄準天空十個太陽的弓箭手。再仔細看，竟然發現畫中球狀圖案上有根羽毛，不！這不是太陽，是捲成一團火球的鳥類。我將書帶到我的房間，脆弱易碎的紙讓我手指發麻。坐下後，我迫不及待地翻著書，吞讀著這些文字。

故事開頭就像許多英雄傳奇故事的開場一樣：凡間陷於水深火熱的苦難中。十隻太陽鳥在空中盤旋，炙燒著大地並帶來嚴重的災難。燒焦的農田上沒有作物能夠生長，乾涸的河流中也找不到水喝。傳聞天神特別眷顧這太陽鳥，所以沒有人敢挑戰這強大的生物。正當所有的希望看似消逝時，有個無懼的勇士名叫后羿，拿出他的魔法冰弓。他將箭射向天空，將九隻太陽鳥打下並留下一隻來照亮大地……

突然，我手中的書被搶走。母親呼吸急促且面紅耳赤地站在我眼前，她將我的手臂抓起時，指甲刺進了我的肉裡。

「妳讀了這本書？」她哭喊著。

我的母親很少會提高音量，我愣住看著她，終於擠出一個點頭。

她放開了我，跌坐在椅子上，手指按著她的太陽穴。我向前去撫摸她，害怕她會生氣地甩開，但她只是握住我的雙手，她的手冷如冰。

「我做錯什麼嗎？我為什麼不能讀這本書呢？」我慵慵躊躇地問。故事看起來沒有什麼不尋常之處呀。

她安靜了許久，我以為她沒聽到我的問題，後來她終於轉頭看向我，眼裡泛著閃爍淚光：「妳沒有做錯什麼。那個弓箭手后羿，是妳的父親。」

她的話在我耳中嗡嗡作響，腦中閃過一束光。當我還小，我就常常問她關於父親的事，但她總是沉默不語，板起臉來，直到我停止詢問。我的母親心中藏著許多祕密，至今從未跟我分享。

「我的父親？」我胸口一緊。

她將書本闔起，目光停留在封面上。我擔心她會走開，趕緊端茶給她，茶是涼的，但她喝了一口，沒有抱怨。「在凡間時，我們彼此相愛。」她開始說道，聲音低沉且柔和。「他也愛妳，甚至在妳出生前，還有現在也是……」她頓了一下沒說話，猛眨著眼睛，強忍淚水。

我溫柔地握著她的手，想要安慰提醒她，我在這裡。

「而現在，我們永別了。」

我思緒混亂無法思考，許多情緒在我體內翻騰著。從我有記憶以來，父親在我的腦海中只是一個影子。我常夢到用餐時他坐在我對面，並陪我在開花的樹下散步。每次醒來後，胸口如被挖空般疼痛。今天，我終於知道我父親的名字，以及他愛過我。

難怪我的母親總是心神不寧，回憶思緒總是縈繞心頭。我的父親後來發生什麼事呢？他仍然在凡間嗎？我們為何會來到這裡呢？當我看到母親擦拭眼淚時，我把問題咽了回去。啊！我好想知道喔！但我明白我不能因為私自的好奇心去傷害她。

在仙界的時間，就像雨水之於廣闊無邊的海洋。我們的日子平和愉悅，數年的流逝彷彿幾個星期過去般。如果我的生活沒有像葉子一般，從樹枝被吹下橫掃捲入動盪風波中，誰知道還會不會這樣度過好幾十年呢？

★　★　★

那是個晴朗的一天，陽光灑進我的窗戶。我將一把漆琴放在一旁，閉目養神。忽然銀色的光點飄入我的腦海中，拉扯著我，那種感覺就像每天早晨的桂花香把我引到森林。之前這種感覺發生過幾次，我想要去碰觸那些光點，但想起母親嚴厲的警告。

「別靠近它們！星銀。」她鐵青著臉懇求著。「太危險了，相信我，它們會消失。」

我當時結結巴巴地向她承諾，多年來，我也一直恪守諾言。每當有銀色光點向我招手，我就開始瘋狂想著其他東西：一首歌或最近讀的書，直到光點消失。但一次一次地更加困難，光點越閃越亮，它們的召喚越來越誘人。那種強烈想要去觸碰它的感覺席捲而來。

今天它們閃得多耀眼，似乎感受到我搖擺的意志，在我血液裡騷動不安。我最近更常感受到一種渴望，某個不知名的東西，或許，是一個改變。然而從我有記憶以來，月宮裡從未發生任何大事，也不曾發生任何改變。

那些光點看起來沒有那麼危險啊，會不會母親搞錯了？她曾經警告我要小心，擔心無數的事情，像是爬樹或在走廊跑步等無害的事，或許這些擔憂來自於她在凡間童年經歷的印象。我靠近腦海中的光點，之前從來沒有如此靠近過，有東西抓住我，將我拖走——是恐懼還是罪惡感呢？

但我現在不管了，像是穿越蜘蛛網般扯破它，站在邊緣搖搖欲墜。一股電流通過了我的血管，一陣耳語在我耳邊盤旋，身體微微向前傾。碰到了！只見那些銀光，如同黎明時的星星般閃爍。

忽然感到一陣刺痛，我眼睛猛然張開，不清楚我坐在這裡發呆多久了，窗外傍晚的陽光為天空注入玫瑰及金色的線條。一陣顫抖後，取而代之的是如石頭壓胸的悔恨。我違背了對母親的承諾，更糟的是，我還想再試一次。那些光點並不危險，它們是我的一部分，我既意外卻同時確定這一點。為何母親要警告我遠離它們？我要去問她！下定決心後，我站了起來。**我長大了我應該要知道！**

剛走到房門口，空氣中一股奇怪的能量呼嘯而過，我感到後頸一陣涼意。是我不熟悉的仙氣，像空中的雲彩般相互飄移交織。不知來者數量多寡，其中一位的仙氣似乎特別閃耀，比母親及平兒的更為強大。

誰來了？

當我大力打開門，母親飛奔進了我的房間，我踉蹌後退，跌坐在椅子上。她發現我做了什麼嗎？她是來罵我的嗎？我低下頭道歉說：「母親，對不起，那些光……」

她抓住我雙臂說：「沒關係，星銀。一位客人來訪，她應該不知道妳在這裡，也不知道妳是我的女兒。」

一想到要與陌生人見面，我原本有點興奮，但從我母親低沉的口氣聽起來似乎不是這麼一回事……「妳不讓我跟妳朋友見面？」我原先的興奮像張紙，被揉皺成一團。

她的手從我身上移開，神情僵硬得像尊大理石雕像。「她不是個朋友。她是天庭的天后。她不知道妳的事，沒有任何人知道。我不能讓她們找到妳！」

母親脫口而出這個祕密，嚇了我一跳，內心一陣波濤。我讀過天庭是八仙界中最強大的，像一顆珍貴的淚珠，安穩地座落在仙域中央，而天皇天后就住在一座漂浮在雲彩上的宮殿裡。

他們監管著天庭及凡間，甚至看守著太陽、月亮及星星們。我們在月宮的這段時間，他們從未屈尊蒞臨我們這遙遠的寒舍，如今為何而來？

還有，為什麼我必須躲起來？

胃裡一陣奇怪冰冷的感覺翻攪著，「出什麼事了嗎？」我問道，希望她會說沒事。

她輕拂我的雙頰，回答道：「我晚點跟妳解釋，但從現在開始，務必待在妳的房間不要出聲。」

我點點頭，離開後她將門關上，我才意識到母親還沒有回答我的問題。我打開一本書，同一行字重複讀了三次，又把書放下。我手指撥動一聲琴弦，又趕快捏住消音。我盯著緊閉的房門，一股強烈的好奇心席捲而來掩蓋了我的恐懼。我緩慢地走向前，把門拉開一小縫，我打算偷偷瞄一下天后就趕快回房。也不知何時還有機會能看到她，這位仙域中最強大的神仙之一？而且她可能正戴著鳳凰后冠，據說那頂后冠是用純金羽毛製，並鑲有一百顆珍貴夜珠。

我像影子般安靜地躡手躡腳從房間穿過走廊走向銀和廳——純明宮裡最大的廳間，裡頭裝飾用的是大理石地板、玉燈及絲綢帷幕，原木柱子固定在華麗的銀色底座上，優雅中添增溫暖。這裡是我幻想中招待客人的地方，雖然我們從未來過訪客。

才走到拐彎處，就聽到一個輕柔的聲音傳來，我豎起耳朵聽著。

「嫦娥，妳過得好嗎？」天后親切的問候讓我驚訝，她聽起來沒有那麼恐怖。

「是的，天后陛下，謝謝您的關心。」我母親的聲音異常明亮。

客套的對話後，一陣沉默。我伸長脖子向廳內偷看，看到我母親低著頭跪在地上，延伸看過去，坐在母親座椅上的，應該就是天后了。

她沒有穿戴鳳凰后冠，是另一個精緻的頭飾，上面綴飾著珠寶葉片及花朵，隨著她移動清脆作響。當我目不轉睛看著后冠，冠上上頭一朵花苞綻放成一朵紫水晶蘭。她指尖上戴著閃亮的金護套，彎曲得像鷹爪，紫羅蘭色長袍上的銀色刺繡反射著窗外漸暗的光線。跟我母親秀氣平穩的氣息不同，天后的氣息是強烈炙熱的。但她那白皙皮膚上的光澤蜜唇，讓我聯想到灑在白雪上的鮮血。

位階尊貴如她，天后並非隻身前來，有六個隨扈跟隨其後，其中一位神將身材魁武，比其他人都顯得黝黑。戴著琥珀裝飾的黑色扁帽，他墨色長袍上繫著青銅腰帶，雙手戴著白手套。我對天庭天將一無所知，但他的穿著看起來就比其他人位階更高。但他身上有著我不喜歡的特性，當他用那濃眉大眼掃過廳間時，我往後一退，背貼緊牆壁。

兩人寒暄後安靜片刻，天后再度開口，她現在的聲音比一顆琢磨過的玉石還冰冷。「嫦娥，我們偵測到這裡出現一種奇特的能量變化，妳在修煉神祕仙術或藏匿不速之客，或違反任何妳理受軟禁的規定嗎？」

我一聽便呆愣僵住，肩膀因她的話而緊繃。她吐出的每一個字都帶著熱切，似乎對我母親的瀆職而竊喜。不論她是不是天后，她怎麼可以說這種話？我母親是月之女神，被無數的凡間眾人信仰愛戴著，她怎麼可能是囚犯？這裡不僅僅是我們家，還是她的領地。誰每晚將燈籠點亮？當她走過時，樹木為誰搖擺，為誰嘆息？她怎麼可能在這裡做不該做的事？

「天后陛下，一定有什麼誤會，就您所知，我的法力微弱，這裡也沒其他人，誰敢來這裡？」我母親緩緩地回答。

「吳大臣，說說看你觀察到的。」天后下令。

一對腳步滑動向前，「稍早，我們偵測到月亮上出現明顯的氣場，史無前例，根據我多年的研究，這絕不是巧合。」

我感受到在他平穩的語調中，暗藏著一股興奮的感覺。他是否也想找我母親麻煩？因為天后看似也如此。儘管怒火燃燒，但我感到不安。剛剛我碰觸光點時的血液騷動，及空氣中的竊竊私語，他們偵測到的是不是這個？

「我希望我的寬宏大量，沒有讓妳膽大妄為。」天后壓低嗓門嘶聲說道。「妳很幸運了，偷了妳丈夫的長生不老仙丹後還能舒服軟禁在這裡。妳逃過了雷鞭及火棒懲罰，但若被我們發現妳在這裡做不法勾當，情形就不一樣了。妳現在誠實招來，我們或許還能仁慈從寬。」她的嚴厲抨擊，打破了我們家的寧靜。

我驚訝地張開嘴，喘不過氣。我從來沒有問過母親有關她如何升天成仙，因為這問題似乎碰觸到她的傷痛。自從我讀了有關太陽鳥傳說的那本書，一個疑問在心中揮之不去：我的父親呢？聽說他被賜予仙丹，但我母親卻被指控偷了仙丹……我腸胃開始絞痛。天后搞錯了吧！我很憤怒地嘗試自我說服，想掩蓋內心的疑惑。

母親沒有畏縮，也沒有否認惡劣的指控，她是否已習慣天后這樣的對待？我再往廳內偷看，她跪著並將額頭及手掌低伏於地。「天后陛下，吳大臣，也許是近期恆星陣列引起的現象。青龍星宿進入了月之運行軌道，這可能干擾了我們的氣場。等它通過並遠離後，應該就會正常了。」她像天文專家般地說著，雖然我知道她對這方面的知識沒興趣。

經過一段長時間的沉默後，天后用她尖尖的金護套，有節奏地敲打著座椅扶手的軟木幾下之後終於起身，隨扈立刻聚集於她身後。

「或許是這樣，但我們還會再來，妳被自由放任太久了。」

★　★　★

我很開心他們終於離開了，儘管天后語氣中的威脅，像一根拉緊的絲線。

我聽不下去了，小心翼翼地回到房間後躺在床上，看向窗外。天色昏暗，已變成難以捉摸的紫灰色黃昏，夜暮即將低垂。我心已麻木，但還是能感覺到那種陌生的氣息逐漸消散。片刻之後，母親打開房門，她的臉色比石牆還蒼白。

一見到她，我便拋開疑惑。我不相信天后，我母親才不會背叛我父親，更別說是為了仙丹。

我從床上爬起來到她身邊，我現在幾乎跟她一樣高了。「母親，我聽到天后跟妳說什麼了。」

她抱緊我，靠在她肩膀上的我鬆了一口氣，因為她沒有因此生氣，但還是感覺得到她身體的緊繃僵硬。

「我們沒有太多時間了，天后隨時會帶著天兵天將再來檢查。」她低聲地說。

「他們能怎樣？我們又沒有做錯什麼？」我的胃在翻騰，覺得全身不舒服。

「我們是囚犯嗎？天后說的仙丹又是怎麼一回事呢？」

她身子向後傾，看著我說：「星銀，妳不是囚犯，但我是。天皇賜予仙丹給妳的父親，因為他殺了太陽鳥，解救眾生。但后羿沒有吃下仙丹，因為只有一顆，他不希望離開我們獨自升天成仙。我當時懷有身孕，我們過得幸福美滿，所以他將仙丹藏起來，只有我知道在哪裡。」

她停了一下，然後接著說：「但我的身體太虛弱無法孕育妳，大夫告知我們，妳……甚至我們倆都會難產死亡。后羿不肯相信，他不放棄，帶著我不斷地到處看診就醫，希望得到不一樣的答案。雖然內心深處，我清楚他們說的都是實話。」說完她停頓了一下，眼裡盡是悲傷的回憶。「妳父親因戰爭而被徵召，我獨自在家，離預產日還很遠的某個深夜裡，我的肚子突然開始陣痛，那痛苦撕裂著我的身體，我忍不住大哭，我害怕死亡，也害怕失去妳。」

她陷入沉默，我接著問：「發生什麼事了？」

「我拿出藏匿的仙丹藥瓶，打開喝下去。」

寂靜的房內，我只聽見我的心跳聲，我的手跟我母親的一樣冰冷，無法暖和她。

「妳會不會怨恨我，星銀？」她顫抖地問。「怨我背叛妳父親？」

天后說的是真的，那一刻我動彈不得，內心因這個出乎意料的事實而糾結著。如果我母親沒有吃下仙丹，或許我們也可能存活，我的家庭不會因此破碎。然而我知道她有多愛我父親，他的離去造成她多大的悲痛。無論如何，我很慶幸自己活著。

我拋下我最後的猶疑：「不，母親，妳救了我們。」

她望著遠方，眼裡充滿回憶。「離開妳的父親……啊！那真的很痛苦。我承認我不想死，但更重要的是我也不能讓妳死。後來我才明白，天皇給的賞賜藏著附加條件，這不是一般人能夠私自決定的。是我，而非妳那顯赫的父親成仙，天皇對這個結果非常震怒，天后指控我用狡猾的伎倆得到這不屬於我的仙丹。」

「妳有解釋嗎？」我問。「如果她們知道是為了救活我倆……」

「我不敢，天后似乎對我們都有敵意，特別對妳父親懷恨在心。她甚至指責妳父親忘恩負義竟然拒絕天皇的賞賜。我明白，她應該很想懲罰殺了太陽鳥的后羿，而非獎賞他。她必然毫不猶豫地傷害妳，我怎能告訴他們妳的存在呢？為了避免妳遭受他們的報復，我隱匿了妳出生的事，坦承我的竊盜行為。作為懲罰，我被流放到月宮，他們在我身上施下仙術，讓我永遠逃不開這個束縛。無論我多想逃走，我都無法離開這裡。」她低聲接著說：「一個妳永遠無法逃離的宮殿，跟監獄無異。」

我開始呼吸困難，胸口像一條被釣起的魚在水面拍打。想到我們惹怒了這仙域最權高望眾的神仙，讓我震驚不已。

「但是為何天后今天會來訪？都已事過境遷。」

「我們的氣場來自於我們的生命力，我們法力的核心，就是那些妳看見的光點。自妳出生以來，我們盡可能地封印妳的能力。縱使我們多努力，天后今天還是感受到妳了。」

我喉嚨一緊，差點說不出話來：「我不知道會這樣，都是我的錯。」真是又蠢又無知的我！因為自己無知，不顧母親的警告，破壞承諾，將我們帶入嚴峻的困境。

「我也有錯，我只告訴妳不要去碰觸魔法，但沒有跟妳解釋：這樣可能會引起天庭的注意，發現妳的存在。」母親嘆口氣：「妳一年一年地長大，這種事終究會發生。如果他們發現了妳，我們無庸置疑會遭受嚴厲的懲罰。我自己不害怕，但我擔心他們會怎樣對待妳，一個不應該成仙的孩子。」

「我們可以做些什麼嗎？」

「我們唯一能做的，就是趕快讓妳離開這裡。」

恐懼使我的肌膚像冰在湖面凝結。再也見不到母親了，我突然很害怕將她的手放開。

「我不能跟妳在一起嗎？我可以躲起來，可以訓練我，我就可以幫忙了。」

「沒辦法，妳聽到天后說的，他們會開始緊盯著我們，已經太遲了。」

「也許妳可以說服他們，他們或許就不會再回來？」一個絕望的懇求，孩子氣的希望。

「我可以拖延一些時間，但天后肯定不是一時興起，他們一定馬上會再來。」她的聲音因情緒湧上而充滿鼻音。「我們無法保護妳，我們太弱了。」

「但我要去哪裡？什麼時候可以再跟妳碰面？」說出來的每一個字對我來說都是打擊，都是夢魘。

「平兒會帶妳去她南海的家鄉。」她打起精神地說，試圖說服我們。

「我聽說那邊的海很美，妳在那邊會過得很好，一切煩惱煙消雲散。」

平兒曾跟我分享她所知的凡間，激發了我對探險的渴望及想像。大海被劃分為四個區塊，從東岸到南海，從西部斷崖到北海。她述說的故事中那些住在閃閃發亮水底城市以及金色海岸上的生物，每一樣都使我驚訝著迷。

但我**從未**想過有朝一日探訪這些地方是在需要逃離的情況下。旅途中如果沒有人可以分享，這些冒險有什麼用呢？

母親緊握著我的手，把我拉回現實。「妳絕對不能跟任何人透露妳的身分。天皇處處都有眼線，他會把妳的存在當作不可原諒的侮辱。」她急切地說著，用眼睛用力盯著我，直到我點頭承諾她。

她靠向我，將某樣東西綁在我脖子上。一條金色的項鍊，帶著一顆小玉盤，春葉色的玉上面刻著一條龍。我摸著這塊冰冷的玉石，感覺到一個細微裂縫。

「這是妳父親的。」她的眼睛漆黑得像無月之夜。「別告訴任何人妳是誰，但千萬不能忘記自己是誰。」

她抱緊我，撫摸我的頭髮，我低下頭，畏怯地不想離開她，希望這一刻能永恆靜止。她的指關節擦過我的臉頰，除了空虛的痛楚外，其他什麼我都感覺不到。

我坐在地板上，雙手抱著膝蓋，啊真想尖叫吶喊，我握緊拳頭重捶地面，又用手遮住嘴巴，想壓制我嘶啞的哭泣聲，但無聲的淚水已在臉上氾濫。在月光下花綻放又凋謝的這個晚上，我的生活天翻地覆。原本看似筆直的道路，突然轉入了令我迷失的荒野中。

房間暗下，夜幕低垂。月亮仍籠罩在陰影中，因為燈籠尚未點燃。今晚，月亮將延遲升起。

事態的緊急催促著我盡快行動，我可不希望母親跟平兒因為我受罰，雖然身為神仙的我們不會死亡，但天后的閃電及火焰威脅讓我有如驚弓之鳥。

平兒協助我用大塊方布打包行李，「不要帶太多，避免引起懷疑。」她眼眶紅紅的，但看到我擔心受怕的表情，她趕緊補充：「妳在南海會安全的，像天上的星星一樣躲藏得很好，我的家人會照顧妳，並教導所有妳應該要知道的事物。」

她將布綁起來打個結，做成一個袋子掛在我的肩上。「我們該出發了？」

我不想走，提不起勁，但我點點頭。我又能做什麼？不能責怪命運乖舛，是我自己引起的。平兒跟我匆匆穿過大門，往東前往桂花林，我當作最後一次，回頭看望。我將每一個彎，每一顆石頭都映入腦海，我的家從未像現在這般美麗，而那個我總是在那俯瞰凡間的陽臺，上頭有個白色修長的身影。

我的母親沒有看著凡間，而是凝望著我，她舉起手指跟我告別。不顧平兒拉著衣袖催促，我跪下來，額頭貼向這柔軟的土地。我內心發誓：我一定會回來，我要解救母親，讓她自由。我不知道該如何做，但我會盡一切去試，這絕不是我們的結局。我跟著平兒走向載離我們的雲朵，疼痛清晰尖銳地刺向心口，我的心破碎斷裂，僅靠一絲絲細小的希望相連。

# 2

我深吸一口令人心曠神怡的空氣，很清新但單調，沒有香料味。當雲朵奔向天際，我差點站不穩，抓緊平兒的手臂。沒有燈籠的夜晚，多麼詭異。直到今早，恐懼對我來說還是個陌生的感受，但我如今卻被恐懼嗆得快窒息。幸運的是，帶著露水的雲朵穩穩地像踩在地面一樣，雲片沒有在腳下散開——如果不被周圍洶湧的強風搗亂的話。

前往南海的路途遙遠，要飛越天庭，通過鳳凰城的茂密森林，比恐怖魔界交界處、廣大新月狀的荒涼黃金沙漠還要遠。我要如何認得回家的路？我很震驚，也許她們認為我不可能回去了。

遠處閃爍著一大片光海，將我從灰暗的思緒拉回。

「那是天庭。」平兒悄悄地說。

突然一陣強風襲來，平兒回頭看了一眼，她臉色鐵青。我轉身，目光在黑夜中探尋。一片巨大的雲向我們飛來，上方顯現六個神仙的身影。儘管天色昏暗遮住了他們的容貌，但看得出他們的盔甲閃爍著白金色的光芒。

「是士兵！」平兒急促地說。

我心臟蹦蹦跳問：「他們是來搜捕我們的嗎？」

她將我拉到身後：「他們穿著天庭的盔甲，一定是天后命令他們來的。蹲下！躲起來！我努力超越他們。」

我盡可能壓低身體，把自己埋入涼爽的雲卷裡。我有些竊幸不必見到士兵，我每寸肌膚已布滿恐懼。平兒閉起眼睛，掌心發出一道細光束，今晚是我第一次見到平兒使用法術——也許是因為之前不需要。我們的雲朵向前衝去，但很快又慢了下來。

平兒大汗淋漓說：「我無法加快，我法力不夠強，如果他們抓到我們……他們會發現我們的身分。」

「他們追上來了嗎？」我轉頭瞄了後頭一眼，立刻感到後悔。

士兵手中的鋼鐵武器閃現光芒，越來越近，他們馬上要追上我們了，而且可能會認出平兒，到時必定有所質疑。我說謊能力很差，因為平常沒有機會練習——母親嚴厲的眼神總可以讓我馬上從實招來。可怕的景象充斥我的腦海：一個士兵如暴風闖入我家，用鎖鏈將母親綑綁拖走。一道閃電從她背後劈哩啪啦打下，潔白的絲綢長袍上滲血而出。我不禁作嘔，喉嚨湧出滾燙膽液。

我緊張地指甲嵌入手心，我不能讓他們抓到我們。我不能讓母親跟平兒受傷。但我很柔弱，我唯一想到可以做的方法，也可能做了便無法重來。

我咬著牙忍痛擠出這句話：「平兒，在這裡把我放下吧！」

她盯著我以為我瘋了，「不行！這是天庭，我們必須抵達南海。我們必須——」

我無法保持冷靜，我大力抓著她的手臂把她拉到我身旁。「我們無法超越他們的。一旦被他們抓到，他們就會懲罰我們。我……我認為我們應該分頭行動。妳留在雲上，我無法掌控雲朵，平兒，這麼做我們比較有機會！」我們無從選擇，完全沒有逃脫的可能，然而，無論我如何努力都無法控制身體不斷的顫抖。

她猛力搖頭，但我很堅持：「我在天庭會安全的，只要沒有人認出我。我答應母親不會透露我的身分，我會找個地方躲起來。沒有我，妳或許還能夠甩開那些士兵。」我很著急，因為再拖下去，我們就失去任何機會了。

暗夜裡燃燒的火焰撲向我們，擊中我們的雲朵造成晃動。我的肌膚感到一陣灸燙，平兒舉起手發出光將火熄滅，並尖叫一聲倒在我身旁。

「他們發動攻擊了。」平兒不可置信地說，同時趕緊將她發光的手掌放進雲朵，加速前進。

恐懼掐住我，我不能屈服。不只現在，每一秒都很重要。「平兒，只能這樣做了，我們不能被他們抓住。」我堅定且著急地說，不再是個懇求傾聽的小孩而已，「這也是我的抉擇。」

她表情凝重，了解我的決心，指著遠方厚厚的雲層說：「就那邊——我會在那邊盡可能的下降把妳放下，並幫妳遮掩。」

儘管她的話嘗試讓我安心，但有些事仍使我不安。她的呼吸越來越急促且沉重，她的肌膚摸起來濕濕的，她生病了嗎？不可能，神仙不可能患上這種疾病。「平兒，妳受傷了嗎？那火焰有……」

「只是有些累了，妳不用替我擔心。」

我翻了個身，從雲朵的邊緣窺看，思緒躍向岌岌可危的前方，越過下方的虛無，朝向那些編織著黑夜的閃爍光芒。絢麗而危險。我爬起身，雙臂緊摟住平兒，但願我不必放手，我期待更多不同的可能，但眼下目前沒有一個可以成真。

當我們潛入雲層，她悲痛絕望地摟著我。冰冷的水滴掠過我的肌膚，濕氣讓我的衣服濕濕黏黏的，黏住我的身體。當我們向下俯衝時，感到刺骨的寒意，我站起來，雙腿顫抖著。平兒摟著我的肩，臉色蒼白如冷卻的灰燼，空氣像羽毛滑過，卻卻使我感到刺痛。

「妳跌落時這個包袱可以作為緩衝，但可能還是會痛，隨時都要小心。」她雙手顫抖著把小包袱掛在我的手臂。

「妳會回去嗎？當危險解除時？」我抱著微弱的希望，試著將破碎的勇氣拼拾起來。平兒強忍著快潰堤的淚水說：「當然會。但如果我沒有——」

「我會想辦法回去。某天，當一切安全的時候。」我趕緊接話，向我們倆保證。

「妳會的。妳一定要回來，為了妳的母親。」她深呼一口氣：「妳準備好了嗎？」

我神經緊繃到要抓狂。不！我永遠無法準備好……去跳入一個未知，並切斷與家的最後一道繩索。但如果我不這麼做，如果我屈服恐慌，陷入懷疑——我僅存的決心就會消失殆盡。我看向平兒，舉步維艱地往後走向邊緣，我寧可一直盯著她看，也不要往下看那無盡的深淵。

「就現在！」她奮力大喊，眼裡發出光芒。

我雙腿踉蹌後退——就在平兒頭側向一邊，倒進皺摺波浪的雲裡時，我也正往下墜落，穿越那暗黑虛無的天空。強風吹散了我的思緒，吞沒了我喉嚨發出的哭喊，鞭打著我的臉龐及四肢，我遍體鱗傷。衣服捲成一團被吸向前方，我無法呼吸因為強力的風打在我身上，我的肺像著火般。除了自己的心跳聲，只聽得到耳邊轟隆作響。

在我前方平兒所駕的雲卻消散了，她的身子蜷縮倒在原地，她昏倒了嗎？快移動啊！當士兵奔向她時，我無聲地吶喊。恐懼讓我心裡緊張到雙手在空中徒勞地亂抓著，想抓住心裡某樣東西。我的肌膚一陣刺痛，忽熱忽冷，一道光芒劃過空曠的夜空，朝向平兒的雲朵前進，持續閃爍著光芒向前方奔去，消失在遙遠的天際線。

我墜落在地，全身劇烈疼痛。胸口裡的氣猛力敲撞著，我僅能躺著，淚水混和著汗水滑過皮膚，一陣疲倦襲來。當手指抓到身下柔軟的草地，我顫抖地深吸一口氣，一股清甜的花草香味撲鼻而來，但此時我可沒心情欣賞。我將手掌壓在地面奮力起身——又瘦又疼地——除此之外，沒有其他地方受傷，平兒的法力保護我免於遭受最慘的墜落傷害。

我以為我救了她，但其實是她不顧自身安危地幫助我逃離，她是否順利躲避追捕了呢？她是否安全？而我自己呢？我呼吸逐漸短促，就像窒息似地掙扎著呼吸。神仙不會生病也不會變老，但我們仍然會被武器、生物、或我們仙界的法力給傷害。愚蠢的我，之前從未想過危險會在我們身上降臨，而現在……我把身體捲成球形，雙臂環抱著膝蓋，痛苦哀號著像隻受傷的動物。笨蛋，我一遍遍咒罵著自己帶來這個災難，直到我閉上雙唇，安靜下來。

★　★　★

我不知道我躺在這多久了，喉嚨因吞下的傷悲而疼痛著。是的，我也為自己擔心，殘忍的士兵及凶猛的野獸在我腦海裡湧現。誰知道黑暗中匿伏著什麼？我正解開纏繞在身上的殘片，但隨後一束光線灑在我身上，我抬起頭，看著月亮，這是我第一次從那麼遠的地方看著月亮，美麗且朦朧，也令人感到安慰。我呼吸順暢多了，只要想到月亮每晚升起，我就能知道母親點了燈且平安，便感到欣慰。一段回憶閃入我腦海中，她走過森林，身上白色長袍在黑夜裡發光的畫面。想家想到心痛，但我下定決定不再自憐自艾了。

突然眼前一閃發亮的火花吸引了我的注意，火光在墨黑色的深處閃爍的微光起舞著。這是我之前在月宮上瞥見的光點嗎？這時我才明白，大地像個鏡面會倒映編織夜空的繁星。那些陌生的美麗震懾了我，同時顯然也提醒了我已身不在家。我跌坐在地上，雙臂抱住身體。凝視著月亮直到疼痛消退，而最後我終於在這冷硬的地上睡著了。

有人拍著我的手臂。是我的母親嗎？這一切都只是噩夢嗎？重新燃起希望，打斷沉睡的陰霾，我張開眼，白晝的光線讓我忍不住直眨眼。旋轉的光線消失，取而代之的是黎明的玫瑰色雲彩。

一個女子蹲在我身邊，旁邊放著她的籃子。她將手放在我手肘上，她的手像紙燈籠表面般溫暖乾爽。

「妳為何睡在這裡？」她皺眉，「妳還好嗎？」

我踉蹌爬起，壓抑著因背痛想發出的呻吟。因為仍沉浸在回憶，所以對於她的詢問，我甚至連點頭的力氣都沒有。

「你在這裡要小心，應該要趕快回家。我聽說昨夜發生一些騷動，士兵正在附近搜索。」她拿起籃子，抬起腳步。

我心一驚，**騷動？士兵？**「等等！」我喊出聲，不知道要說什麼，但又不想被獨自留下。「發生什麼事了？」

「一些生物衝破了結界，衛兵追了過去。」她打個冷顫。

「這幾年我們這裡出現狐妖，我聽說牠們可能是邪魔，為了邪惡的目的企圖拐騙天庭的孩子。」

是那些來自魔界的怪獸嗎？我突然意識到，**我**正是衛兵在搜索的人，所以我就是她口中的邪魔。要不是仍感到恐懼，我必會放聲大笑。平兒一定沒有察覺有結界，「他們抓住任何東西嗎？」我微弱無力地問。

「還沒，但不用擔心，我們的士兵是仙界最精實的，他們很快就會抓到入侵者。」她給我一個肯定的笑容，然後問道：「這個時間妳在這裡做什麼呢？」

我鬆了一口氣，平兒應該已逃脫！但我在這裡躺了好幾個時辰，她都還沒有回來。颳起的強風將她吹向遠方——是不是飛得太遠了？

突然一個念頭閃過，那股強風力量有沒有可能是出自於我？我能再做一次嗎？不，這的想法太可笑。此外，到目前為止，我的法力沒帶來任何好處，而且我不能冒險讓自己引人注意。我突然發現那女子仍盯著我看，我還沒有回答她上一個問題。她沒有懷疑我，因為她預期的入侵者是凶猛的怪獸或邪魔，但我現在不能給她任何懷疑我的理由。

「我沒有地方去……我……我被大戶人家解雇了。我跌倒了，然後暈昏。」我用詞笨拙，結結巴巴，我的舌頭不習慣說這種厚臉皮的謊言。

她臉色柔和下來，也許感受到我的悲慘像被雨水吞噬的河流。「的確有些四海貴族如此暴躁及自私。還好現在情況不錯，妳很快就會找到另一個工作的。」她頭歪向一邊地說：「我在金蓮府工作，如果妳需要一個工作，我聽說大小姐正在找另一個婢女。」

她的善意像是在悽慘冬天帶給我的溫暖，我快速轉動念頭，獨自一人遊蕩肯定會引起懷疑，我不知道我怎能盤算到這現實考量，但我內心逐漸堅強。悲憐是奢侈的、我無法負擔的，尤其是我已沉溺於這個情緒大半個夜晚了。如果我現在就此崩潰，那一切都徒勞無功。不管怎樣我都要在這裡找個地方，我要想辦法回家，無論要花上一年、十年或一世紀。

「謝謝，感謝您的好心。」我彎下腰做了一個不太優雅的鞠躬，因為我家從來沒有人如此行禮如儀。她似乎很高興，微笑示意我跟著她走。

接下來的路程我們沒對話，穿越過一片竹林，走過一座跨越河流上的灰色石橋，來到一個莊園大院的大門。門口屋簷下方掛示著一塊黑漆的牌匾，上頭刻著：

## 金蓮府

這是一座廣闊的大院宅，連棟的廳間及寬敞的院子。紅柱撐起彎拱的午夜藍瓦屋頂。蓮花在池塘水面上漂浮著，香味撲鼻且清甜。我跟著那女子穿過掛滿紅木燈籠的長廊，抵達一間大房子前。她把我先留在門廊，走向一個臉色紅潤的男子並向他說話。他點了頭，走向我。我站得直挺挺的，不自覺地一直伸手撫平身上長袍的皺摺。

「啊！來得正是時候！」他興奮地說。「我們大小姐——美玲小姐，昨晚才訓斥我還沒找到替代人選。雖然很想知道為何她不能三個婢女湊合著用就好。」他碎碎念著，邊打量著我，問道：「妳在大戶人家工作過嗎？妳會做什麼？」

如此一問讓我想起我家月宮，我不自覺用力吞口水。在家的時候，我也沒有閒著，盡可能地幫忙。「沒有這裡那麼大。」我終於勇敢說出口，「任何職務我都非常感激，我會烹飪、打掃、演奏還有閱讀。」我的技能不特別厲害，但我的回答似乎讓他很滿意。

接下來的日子，我都在學習我的任務，從沏煮符合美玲小姐喜愛的茶，到準備她最愛的杏仁糕，以及照顧她的衣裳——有些裝飾著精緻的刺繡，觸碰時似乎會顫動，彷彿有生命。

其他工作像是擦亮家具，洗床單，還有照料花園。也因為我還沒有權力去抱怨，無從減輕我的家務活，所以我從早到晚都得站著。

這邊有些比勞力更惱人的規定：鞠躬度數的要求、未經允許不能說話、不能在女主人面前坐下，無條件地遵從每個命令。每一個規定都讓我的自尊埋入更深一層的泥土裡，拉大女主人跟婢女間的鴻溝——不斷提醒我的地位低下，以及我已不在月宮的事實。

這些或許更刺痛，但我的心早已悲傷滿溢。心裡承載著的憂慮，遠大於腳痠或被刮傷的手掌。某種程度來說，我還蠻慶幸這些苦差事填滿了日子，實在沒空去想著自己的悲慘。

當總管終於認為我的工作表現令人滿意，我和其他婢女一起被指派去服侍美玲小姐，我將與其他人一起共用房間。聽說美玲小姐是個很強勢的女主人，但我希望我們四個婢女足以應付。當我提著包袱抵達，其他婢女已在更衣，在白色內襯外加上柳綠色的長袍，其中一位女孩幫另一位在腰間繫上黃色飾帶。其中一個臉上帶著酒窩的漂亮女孩，頭髮上別著黃銅蓮花髮簪，這也是我們婢女都被要求別上的。她們三人很熱絡，相互自在熟悉地聊天。儘管悲慘的遭遇令我感到沉重，心中仍燃起火花，也許我也終於有機會能夠結交渴望已久的朋友了。

那個有酒窩的女孩轉過身面向我：「妳是新來的嗎？妳從哪兒來的？」

「我……我……」平兒幫我編的故事一股腦兒湧現，在她們強烈的盯視下，我漲紅了臉。

其他人咯咯笑，眼睛像雨水清洗過的鵝卵石般閃閃發光。「佳儀。」其中一個女孩跟戴著髮簪的女孩說：「她好像啞了。」

佳儀的眼光掃過我，嘴角一撇，似乎看到什麼不開心的東西。是我樸素簡單的髮型？還是腰間、手腕、或脖子少了裝飾物？或是我少了她的優雅，這世界對她地位的肯定？所有這些都傳達著簡單的事實：就是我是個局外人，不屬於這裡。

「妳父母是做什麼的？我父親是這裡的侍衛長。」她帶著明顯的優越感宣示著。

**我父親射下太陽，我母親點亮月光**。

這樣回話應該會抹去她臉上得意的表情，但我還是忍住了魯莽的衝動行為。一時的嘴快不值得落下被貼上騙子的標籤或被關進牢房的下場，更別提會造成我母親及平兒的危險，如果她們相信我的話。

「我在這裡沒有家人。」我說。一個安全的回答，雖然這應該會讓我被她們更加鄙視——她們互換眼神時，我看出她們現在知道我沒有靠山。

「真乏味，管家從哪裡找到妳的？街上嗎？」佳儀嗤之以鼻，轉過身。其他人一個個跟上去，三人又像一群鳥般愉快地互相交談。

我心口蒙上一層冰，不知道她們原本對我有什麼期待，然而發現我不夠格，不配與她們同夥。我像木頭人似地走向遠處角落，拿起我的包袱放在空床上。那些女孩談笑風生，她們的歡樂將我的孤獨刺得更深更痛。我一度哽咽，趕緊走到屋外讓自己心情平靜。我討厭逃跑，但我更討厭在她們面前哭泣。

**把眼淚留給更值得的事物**，進房前我不斷地這樣告訴自己。一進房，她們立刻轉向我，突然的安靜令人不舒服。然後我發現我的包袱散開了，裡面的東西掉落一地。

當我趴著到處撿回我的家當，空氣中充滿敵意。有人竊笑著，這些竊竊私語聽入耳中令我怒火中燒。**幼稚**，**小人**，我發怒了。啊，恥辱真是令人怒氣高漲。我之前只認識愛跟親情真是幸福。小時候我曾經害怕書上的凶猛怪獸，但現在我知道原來真正令人恐懼的，是鐮刀般的微笑以及傷人的話語。我從來沒想過有這樣的人存在——以踐踏他人尊嚴為傲，將快樂建立在他人痛苦上的人。

心裡一個小小的聲音說：我的確是街上撿來的，沒有技能也沒有人脈靠山。也許我閉嘴並低頭，她們可能最終會接納我成為她們的一員。我真的好累，只想讓事情趕快過去。她們贏了又如何？誰在意那些自尊或榮耀？這些跟我失去的相比，根本不算什麼。但內心又有個聲音防衛地吶喊著：不！我才不會因為她們而讓我感到羞愧，我不會為了得到她們的友情去阿諛奉承。我寧願孤單一人也不要跟這種人為友。縱使我現在覺得自己比昆蟲還渺小，我抬起下巴與她們對視。

佳儀漂亮的臉蛋上滿是不屑，但也帶著不安，她眼神開始閃躲。她期待我自行退到一邊或躲到陰暗處嗎？很開心我讓她失望了。她們傷害到我，但我不會讓她們稱心如意的，她們的惡意只因我的讓步，而我會從她們的腳下將我破碎的自尊扳回來，因為……這是我所僅存的。

# 3

從亭子可眺望這大片紫藤花庭院，樹上垂掛著紫丁香花簇。我站在女主人——美玲小姐的後方，她穿著一件粉紅色的錦緞連身裙，飄逸的袖子及裙襬點綴著閃亮的花朵。真的非常精緻，花瓣刺繡會先刷上一抹深紅色後再變化成銀色。我睜大雙眼，美玲小姐擁有無數服裝，而這一件是稀有的，只有技巧超然的裁縫師才有辦法於作品上施法，並與穿戴者的能量互動做出效果。

除了服侍美玲小姐，維持她的房間及庭院的整潔，我也被分配到整理她的服裝的工作——她的長袍、披肩、絲綢錦緞的腰帶及織錦等。一開始，這似乎是個愉快但有點無聊的工作，但我很快意識到如果任何東西放錯位置，或出現一點刮傷或灰塵，我都是首當其衝第一個挨罵。更慘的是，佳儀負責我們女主人的每日服飾挑選，她那無止境的抱怨及要求大大增加我的工作量。

或許是察覺到我的分心，美玲小姐抿唇看了我一眼，簡短地說：「茶。」

我趕緊將她的杯子倒滿，茶葉芳香的蒸氣在空氣中蔓延。

一陣強風吹過庭院，將花瓣灑落在草地上。美玲小姐撫平被風吹起的袖子，皺著眉頭，似乎惱怒這風竟敢打擾她的早晨。

「星銀，把我的披肩拿來。」她命令。「金邊蜜桃色絲綢那件，可要確認是不是拿對了。」

我鞠躬，忍住咬牙切齒的衝動，美玲小姐很年輕，卻有著千年老夫人般的專橫霸道脾氣。

我才來到這裡幾個月，那些被疼愛的溫暖已在迴盪的記憶裡消失。遵照承諾，我隱藏了真實身分——這點我沒有忘記。夜晚聽著室友沉穩的呼吸聲，我的思緒飄向家中發光的廳間，做了個噩夢，母親跟平兒被士兵抓走，我回到家發現這裡冷清空無一人變成廢墟。難怪我常常醒來時汗流浹背喘著氣，伴著胸口抽搐絞痛。

其他婢女不喜歡我，認為我的地位低下。她們的輕藐更令我挺直腰桿，雖然她們用各種卑鄙的手段讓我的日子難過：破壞我照顧的東西、嘲笑我開口說的每一個字、向小姐捏造我的不實謠言，因此她多次罰我在庭院下跪，我覺得自己都像隻門口守衛的石獅子。我不應該抱怨，因為這比入獄或被火鞭抽打還好了，但除了不適應外，真正刺痛的是自尊心。每次擦乾淚水往肚裡吞，我幾乎都能嚐出屈辱的苦澀跟悲傷的鹹味之間的差別。

我趕緊跑到美玲小姐的房間，瘋狂找尋那件披肩。她缺乏耐心，脾氣更像凡間節慶時燃燒的鞭炮般易怒。終於，我看到它就掛在椅子上，拿起來時我看見布料中滲出黑色汙點，墨水仍發亮未乾，原先如釋重擔的感覺瞬間消失。我下意識地在黑墨沾染到我身上前趕緊把披肩丟下。

「發生什麼事？」佳儀進門，當她看到那件被破壞的衣裳時，嘴角勾起一抹微笑。「如果妳沒有保護好小姐的服飾，妳只能責怪自己了。」

當她的手不屑地一揮，我瞧見她手指上的深色汙點。

「是妳。」我果斷地說，的確在我預料之中。

她搖了搖頭，臉頰漲紅說：「反正誰會相信妳？」

我忍氣吞聲好幾個月的脾氣在翻騰：「這樣的伎倆不會讓妳比別人優秀，只會讓妳更差勁！」我嘶吼著。

佳儀向後退一步，她是否擔心我會攻擊她？我要的只是一個道歉且承認犯錯，而不是躲在她的同謀後面及嘲弄的笑容。

美玲小姐暴風似地進房時，我甚至來不及否認。「妳為何拖那麼久？我在風中快被凍僵了。」當她看到地上那件披肩，張大了嘴。

佳儀首先恢復鎮定，眼睛張大，天真無邪地撿起衣服，然後甩一甩將汙點顯示出來。「美玲小姐，星銀把墨水灑在衣服上了，她很害怕，要我不能跟您說。」

我深呼吸，努力保持冷靜。美玲小姐從來不會站在我這邊，更何況反對她最愛的婢女。然而並非沒有證據——這次我就有。「佳儀搞錯了，我沒有做，我到之前披肩就被弄髒了，請美玲小姐各自檢查我們身上是否有汙漬。」

佳儀臉色蒼白，將她的手埋到披肩的絲綢皺摺中，她不需費心，因為美玲小姐緊瞇著眼，像隻被錯誤方式撫摸的貓。也許是受到他人對我的傳言而影響，她就是不喜歡我。

「佳儀是這宅院裡最資深的，立刻向她道歉，然後拿去清洗，直到這件披肩完全無暇，如新的一般。」她抓起那件討厭的披肩丟向我，扔中了我的臉頰，滑落到我腳邊的水盆裡。

我說不出話，膽量因不公不義而畏縮，手臂僵直無視她的命令。我壓抑著一股強烈的衝動，想將披肩丟向她，想將新鮮的墨汁倒在佳儀的長袍上，想如風暴般離開這裡……但想到我還能去哪裡呢？於是結束幻想。

當美玲小姐的嘴唇抿成一條細線，我低下頭，勉強擠出個道歉。抓起披肩，我跑向房外，不確定自己還能克制多久。

我想要獨自一人，遠離那些婢女的閒言閒語。我開始理解為何令人煩心的日子裡母親喜歡獨處。帶著一塊肥皂及籃子，我走近河岸邊。四周長滿竹林，翠綠傲然地伸向天空。我坐在河邊，刷洗著披肩，我胸口一緊，幾乎不能呼吸。我好想家！我要拯救母親的誓言變得如此徒勞空泛，我感到崩潰。無能為力的我，要如何幫助她？我的未來在我眼前展開，孤獨且黯淡——終生奴役，沒有改善的希望。從眼角湧出不爭氣的淚水，我要學著忍耐，大力呼氣並用力眨眼將淚水擦乾。但現在身無旁人，於是我讓淚水從臉頰滑落。

「妳為什麼在哭？」一個清楚的聲音響起，嚇了我一跳。

我轉過身，才發現有一個年輕男子坐在不遠處的石頭上，一隻手肘擱在抬起的膝蓋上。我怎麼會沒注意到他那股於空氣中脈動的氣息？強壯且溫暖，像萬里無雲的正午般明亮。他濃眉下的黑眸閃著光芒，皮膚光亮得像被太陽照射著。他黑色長髮向後綁成一束，披在藍色錦袍上，腰間綁著絲帶。一個黃色的玉珮繫著流蘇垂到膝蓋。他跳下向我大步走來，當他毫無保留地迎上我的目光時，我從脖子開始發燙。

「洗件髒衣服沒這麼困難吧。」他指著我手中的那堆。

「你哪知道？這可比表面看來的困難。」我回答，「而且我才不會因為這樣而哭，我只是……想念我的家人。」當這些字句脫口而出，我忍不住咬住舌頭。這是事實，但是什麼驅使我對一個陌生人說出這些話呢？

「妳如果思念家人，就回到他們身邊啊，妳為何要離開？尤其是來做這樣的工作。」他輕藐地指向那濕透的披肩，嘴角上揚。

他在嘲笑我嗎？我今天已經受夠這種對待了，他的高傲，不經意的說話方式，讓我緊繃的神經斷裂了。他又知道我遭遇什麼了？他憑什麼批判我？我瞄了一眼他身上的華服，說：「並非每件事情都如此簡單，並非每個人都那麼幸運能隨心所欲，而且我才不接受一個這輩子沒有工作過的人所給的建議。」

他的笑容消失：「作為婢女，妳的態度算蠻無禮的。」他的口吻比較像是好奇，而非受冒犯。

「身為婢女不代表我沒有自尊。我所做的工作不代表我是誰。」我轉過來背向他，比剛剛更賣力地刷洗著披肩，我已經洗很多遍了，如果我拖太久，美玲小姐會生氣的——這代表了另一個罰跪在又冷又硬的地板的夜晚。

沒有回應，我以為他已厭倦取笑我而先離開了，但當我轉過身發現他還在那裡。

「在找我嗎？」他大笑。當我激烈想大聲否認時，他迅速接續問說：「妳來自金蓮府？」

「你怎麼知道？」我站起身，猜想他是不是熟識美玲小姐？

他身體向前傾，伸出手擦過我頭側邊，我後退一步並將他的手撥開，黃銅蓮花髮簪也從我頭髮掉落。在我移動前，他彎下身從草叢中撿起髮簪，一言不發地用袖子擦了擦髮簪，把它滑入我的頭髮裡。髒汙沾染了他的長袍，但他看來一點兒都不介意。

「謝謝你。」我好不容易穩住心跳，開口說道。不，他不可能是我女主人的朋友，他們這種人沒有人會願意幫助婢女。

「妳的髮簪。」他解釋。「那邊的所有婢女都戴同一款？」

我點了點頭並坐下，再次將披肩丟入溪流中，內心咒罵著這個頑固的墨漬。我預期他說完便離開，但他在我旁邊坐下，雙腿懸空在岸邊。

「妳為何如此悶悶不樂？」我許久未曾跟任何人講話，也沒有人願意傾聽。我小心翼翼的在這裡養成的戒慎，在他溫暖的鼓舞中融化了。「每天早上醒來時，我都不想睜開眼睛。」我開始猶豫，不習慣吐露自己的心聲。

「如果妳覺得累，也許應該多睡一點。」

他咧嘴一笑但我回瞪他，我可沒有心情開玩笑。我竟然蠢到以為他可能會在乎，我抓起披肩及籃子準備離開，他爬起身來。

「對不起。」他僵硬地說，似乎不習慣道歉。「我不應該取笑妳，尤其妳試著跟我說一些重要事情時。」

「對，你不應該這樣。」但我聲音裡沒有埋怨，他的道歉緩和我的憤慨。我離家後鮮少遇到如此真心且友善的回應了。

「如果妳還願意跟我說，我非常榮幸聆聽。」他以意想不到的禮貌低著頭說。

我哼了一聲，「我不敢說這是個榮幸，但我感謝你笨拙地試著阿諛奉承。」

「笨拙？」換他皺眉了，「有用嗎？」他不改本性。

我藏不住微笑：「可惜沒有。」

我們之間一陣尷尬的沉默，我拔下一條長長的葉片在手指上捲繞著。

「所以呢？妳為何每天擔心害怕？」他試探地問。

我將葉片打了一個又一個的結，注視葉子比看著他容易。「因為我無所期待了，無論我怎麼做，再怎麼努力，我都是個失敗者——不會有任何改變。你曾經有過這種感覺嗎？」當下我覺得自己是個傻瓜，像他這樣的人怎麼可能會理解？

「有。」他簡短地說。

「你有？」不是我懷疑他，但他看起來就像那些享盡一切祝福、含金湯匙出生的富貴人家子弟。我對他一無所知，只看他的外表跟華麗服裝，但他那種自信的態度，比起血統或頭銜更彰顯他的優越不凡。

他向後仰，將手掌放在草地上。「每個人都有自己的煩惱，有些煩惱適合攤開來，有些則藏起來比較好。對我而言，我會盡可能地去拉扯伸展那之間令人不舒服的界線，即使每次只有一點點。誰知道些微的不同，可能就帶來改變？」

他的話引起了我的共鳴，我曾斥責自己軟弱，但這難道是我毫無作為的藉口嗎？過去幾個月我隱藏自己，被悲傷及自憐掏空內心。我的確沒有立場說沒有朋友或家人幫助我。我並非毫無能力，就像那些士兵追著平兒跟我的時候，我大膽冒險，而不是等著被追捕。那為何在這裡不這麼做？以我的自尊及夢想作為代價的庇護所？我現在可能找不到出口，但經過小小的推進，慢慢前進——或許我終究可以開闢出我的道路，一條帶領我回家的路。

一陣頭暈目眩的解脫與放鬆湧來，出乎意外，但我喜歡這感覺。我很感激他——這個脾氣古怪的男子——有時魯莽但又彬彬有禮。啊！我現在的情況還是很糟，我的靈魂雖然傷痕累累卻未破碎。也許是因為終於又被平等看待，可以做自己，這才提醒了我，我將自己陷入了悲慘循環，以為這是我唯一的出路。一旦我打破痛苦的循環，金蓮府之外仍有其他人生境遇。

「我明天就離開，但我無處可去。」我雀躍地自言自語。

「妳的家人呢？妳朋友呢？她們都無法幫忙嗎？」

我的臉一僵。母親跟平兒都不在身邊，「我無依無靠。」

「妳的雙親已經……逝世了？」他試探地問。

我不禁發抖，但願剛剛沒有提到母親。凡人們相信將這種事大聲說出來會招來厄運。太多的恐懼依舊縈繞在我心中，太多事情可能會出錯。

他的表情軟化，「抱歉。」他溫柔地說，將我的沉默視作回答。

舌頭因愧疚到沉重，我並不想向他撒謊，但也不能告訴他事實。更糟的是，我沒有權利要求他的同情，我正開口想糾正他，說出那些可能會打消他的同情心並讓他再次變成漠不關心的陌生人的話——但腳步聲打斷了我。

★　★　★

是美玲小姐，身上披著錦緞，窸窸窣窣地向我走來，我跳了起來，克制著蔓延在我全身那股熟悉的恐懼。空氣因她發熱的氣息轉變，憤怒在她身上如波浪般翻滾，我很熟悉她的脾氣階段，從她臉上深紅色斑點看來，她是真的很生氣。

「星銀，妳洗一個小汗漬要花多久時間？」

即使我挺直了腰，但還是因為她尖銳的音調而忍不住皺起眉頭。我沒有道歉也沒有低頭。

我的沉默似乎激怒了她：「妳竟敢坐在這裡打混，還跟陌生人聊天？」她輕蔑地看了我的新朋友一眼，但神奇的事情發生了。她的臉色突然蒼白，嘴裡倒抽一口氣，她雙腿跪下，雙手合十，向我身邊這位站起身的男子彎腰鞠躬。

「美玲向力偉太子殿下請安。」她的聲音變得如蜂蜜般甜美。「如果我們知道您大駕光臨，使寒舍蓬蓽生輝，必定妥善準備迎接您的到來。」

我應該也要跟著跪下，但我當下只能不可置信地盯著他。他為什麼沒有跟我說他是誰？但我回想一下，**他倒也沒撒謊**。那位使我坦露真心的溫柔男子已然消失，在這裡他可是天子，位高權重，威震天下。他雙手背在身後站著，表情冷淡，如果我早些看到是這一面的他，我可能就逃跑了。

他冷冷地向她點頭示意，「美玲小姐，這個婢女是做了什麼事而受如此嚴厲的責備呢？」

她肩膀放下時發出一聲嘆息，她現在表現出有多脆弱跟令人憐愛的樣子，像個無刺的玫瑰。

「太子殿下，我一向對待服侍我的婢女就像家人一樣，這個婢女重複的犯錯讓我失去耐性，不巧剛好讓您看見。」

我強忍著抑制喉嚨的聲音，力偉太子的表情高深莫測。他相信她嗎？為何我一這樣想，情緒就變得低落。

「她如何冒犯到妳？」他的聲調平穩，但沒有讓美玲小姐起身。

「她弄髒了我最愛的衣物，並且說謊為自己脫罪。」

「我沒有說謊！」我吶喊，忘了應有的禮儀。

力偉太子挺直了背，他是否後悔被捲入這微不足道的紛爭？而這些紛爭卻是我在金蓮府的日常，源源不絕的瑣碎消磨並吞噬著我。但我決定，這已經夠了。與太子的相遇——雖然有點莫名其妙——提醒著我不必溫順地走在原先鋪好的路，我應該尋找並利用我所有的優勢，即便是利用他現在的地位。

「妳親眼見到她毀掉妳的衣服嗎？」他問美玲小姐。

她猶豫了，「沒有，我聽說——」

他揮了揮手打斷了她，「美玲小姐，妳明顯沒有充分調查就迅速定罪。」他從我這裡拿走披肩，看著被我刷洗半天卻沒有消退的斑點，空氣變得溫暖，他的手掌發出一道金色光束移過絲綢後，髒汙消失了，這披肩乾得像它從未被弄濕般。

他的法力真強！行雲流水般輕而易舉，真希望我也能做到。那陣將平兒送到安全地點颳起的強風，彷彿是遙不可及的夢想。如果那力量來自於我，不知道我如何再重現一次。當我雙眼閉上，仍然可以瞥見從體內散發出的誘人光芒，但當我伸出手觸碰，它們立刻飛快地逃跑了。我的嘗試充其量只是半調子——看到它們令我感到恐懼跟悔恨。如果我沒有引來天后的注意，我應該仍然在家，也許平兒還會教我如何使用我的力量。我痛苦地思考著，沒有訓練過的法力有什麼用？而且只要我還留在這裡，我提升技巧的希望就更渺茫。

在金蓮府，只有受寵的傭人才有資格學習使用法術來執行基本任務及協助家務。侍衛會學習攻擊跟防衛的咒語，從放出屏障到發射火彈或冰箭，其他像我們，則是被視為凡人般，用勞力工作。的確大部分的婢女都只擁有微弱的靈力，不太可能強大到可晉升為神仙的階層。

或許我也會如此，但內心深處我不這麼認為，之前就是因為我的力量引起了天庭的注意。這原本是我的禍根，但也許我能將其轉化成優勢——如果我找到願意訓練我的人。

力偉太子將那件現在如嶄新一般的披肩還給美玲小姐，「我相信現在應該沒有必要去斥責任何婢女了。」他語氣強硬說：「任何妳屋子裡的資深婢女，甚至妳自己，都能夠輕鬆修復它。身在特權地位的妳做出這樣的行為，會給人不好的印象。」

美玲小姐雙臉發紅發燙，一小部分的我看著她被斥責時感到歡喜，但一旦太子殿下離開後，又會發生什麼呢？一個新的聲音傳來，是美玲小姐的父親，我內心的焦慮增加三倍。

「太子殿下。」可能是機警的婢女通知他天子的蒞臨，他迅速趕來。他跪下後行叩頭禮，額頭觸地。「如果小女或這個婢女有任何冒犯，我懇求您的原諒。」

「我很失望看到令嬡如此處理家務。」太子說道。「這樣的行為在我宮內是不允許的，我打算回宮後要取消你們家伴讀選拔的資格。」

我深吸一口氣，自從進入選拔資格後，美玲小姐鮮少談論此事，太子殿下將舉辦一場競試，來選擇在他身邊一同學習的伴讀。這就是他先前所說的「拉扯伸展那之間令人不舒服的界線」嗎？他是否已厭倦了宮裡的朋友？據說太子原本希望將機會開放給天庭所有階級的人，但被否決了。如今，每一個參選者都需要一位貴族的贊助，而他們都只提名自己的親屬。

美玲小姐的父親臉色發白，參選除名是個嚴重的屈辱，有關女兒被認定不夠資格的閒言閒語，也將四面八方傳開。「請您寬恕她啊，太子殿下。」他哀求道，「如果她有幸加入，小女必定能成為稱職的花樣佳人，為您的宮廷帶來光彩！」

我腦中出現一個大膽的想法，甚至有點魯莽，但可能不會再有這樣的機會。不用再任憑這任性的女主人擺布，還能夠與力偉太子一同學習，增進我的能力……一想到此，我就口乾舌燥，或許到時候，我還可以幫助我母親。

我雙膝跪下，行一個笨拙的鞠躬禮，「太子殿下，請不要撤回美玲小姐的資格，但是——」接下來的話語，像魚刺般牢牢地卡在我喉嚨。

他等待著，他的耐心安撫我紛亂的神經。當我鼓起勇氣，舌頭快速在嘴唇移動，「我希望我也能參加。」

美玲小姐與她父親眼睛瞪大，對他們來說，我地位低下根本配不上這份殊榮。我想挖個洞鑽進去，不習慣這樣為自己挺身而出——但力偉太子的意見才是最重要的。

他眨了眨眼，從我們相遇以來，他似乎第一次感到吃驚，「為何？」，他僅問了此句。

美玲小姐的父親曾希望能夠與皇族建立更親密的關係，甚至傳聞美玲小姐早已得到太子的喜愛。我想阿諛奉承他，但我決定說出內心的話。知道他的身分之前，我已如此做了：「太子殿下，能夠成為您的伴讀是非常榮幸的，但這不是我真正想要的——」

他輕輕拍打下巴，嘴唇抽動：「妳**不**想成為我的伴讀？」

「不！太子殿下，我的意思是，是的，我想成為您的伴讀。」我結結巴巴地回答。「但最重要的是，是能跟您一起，與天庭最厲害的大師學習。」一陣沉默，我咒罵自己拙劣的表達，他應該會拒絕，我失望地想著，但至少不會比沒有嘗試來得糟。

他細細思量著我的回答良久。終於，他對美玲小姐的父親說：「我可以允許令嬡保留她的參賽資格，但有一個條件：你同時必須贊助這位婢女參加選拔。」希望像迎風吹起的風箏般，在我心中翱翔。

「太子殿下，她只是個婢女。」美玲小姐的父親抗議地說。

「我們的職業不能代表我們是誰。」力偉太子回應我之前的話，他的眼神堅定得超乎他的年齡，「你考慮一下，同時贊助她們兩位，或什麼都沒有。」

「是，太子殿下。」當力偉太子離開，消失在竹林中，美玲小姐的父親鞠躬行禮。

他離開後，隨著一陣緊張的沉默，我趕緊拿起我的東西，試著想讓自己隱形，直到美玲小姐的父親招手要我過去。

「妳怎麼認識太子殿下的？」他以命令的口吻問。

「我今天才認識他。」我誠實回答。

他瞇眼看著我，摸著他的鬍子，「為什麼他那麼關心妳的死活？」他大聲問道，從我身上看不出一丁點兒引起太子辯護的可能。

從我的眼角餘光，瞥見美玲小姐的表情。她仍然因為憤怒跟屈辱而臉色漲紅。不想在她傷口上撒鹽，我謹慎選擇我回答的字眼。「他看到我在哭，我想他可能憐憫我。」我腦中閃過這念頭，這可能是真的。

他點點頭，揮了揮手打發我。他較能理解對像我這樣的婢女產生憐憫這種說法。

我鞠躬告辭，腳步輕如羽毛。我不是蠢蛋，我還需要奇蹟才能贏得最後的選拔。但伸出手抓住這個機會，對我來說帶來深深的滿足，即使我輸了，即使我最後被金蓮府趕走，但這一線希望，是我現在停滯不前的生活中裡一抹新鮮空氣。我不再是個隨波逐流的孩子——如果必要，我得逆流而上，如果我靠某種奇蹟似的運氣贏了，我將不用再感到無助。

# 4

我無法好好入眠，腦袋裡被失敗的畫面糾纏著，掀開被子，我起身準備。所有的參賽者都先拿到了一套服裝，以及刻著自己名字的檀木名牌。我套上杏桃色的絲綢長袍，將黃色錦緞腰帶繫上。然後披上一件有著多變黎明色調、輕薄透光的外衣。飄逸的長袖輕滑過我的手腕，裙擺下垂到我的腳踝。我用手指碰觸布料，輕薄且柔軟。由於缺乏精緻的編髮技巧，我僅僅紮了一個馬尾，後腦勺擺動。

拿起檀木名牌，綁在腰間，描繪著刻在上方的名字：

**星銀**

銀色的星星，永恆陪伴著月亮。母親，我想我今天會讓您感到驕傲。我走向門口，急著逃離其他那些剛起床的女孩們冰冷眼神。

「不要太習慣玉宇天宮的生活，妳馬上就要回來這裡的。」佳儀嘲諷地喊。

我在門口停了下來，沒有轉身：「謝謝妳好意的祝福，佳儀。」我盡量用一個愉快的語氣回答，「我下次回來，會是打包我的行李。好好照顧美玲小姐的衣裳，還有，為了妳好，記得要遠離硯臺。」

我抬頭挺胸，大步離開——但很高興她看不到我的表情。儘管我勇敢地這樣說，但我覺得她卑劣的預測有部分可能會成真。然而，自從河邊事件後，我不再偽裝做不在意的樣子，也不再對侮辱保持沉默。

我站在宅院外，驚覺想起自己不知如何去玉宇天宮，即使我可以去問美玲小姐，但她絕對不會幫我。我抬起頭向空中搜尋。玉宇天宮漂浮在天庭的雲層上，應該不難找。

以前不管何時，我在外冒險，從來沒有時間逗留徘徊。這兒周圍都是仙域內能力最高超的神仙們的宏偉宅園。有些用的是稀有木材及琉璃瓦屋頂，有些則是拋光石材雕刻及典雅的飛檐反宇。喬木跟灌木上充滿著豔紅色、紫藍色、翠綠色和朱紅色的珠寶般色澤。天庭就像是一個永遠春天的花園；花兒不會凋謝，葉子也不會枯黃。今天大地閃耀著明亮的藍色，照映著清澈的天空，宛如天地合一。

通往宮殿的純白色大理石階梯向上消失於雲層中，當我扶著欄杆走上階梯，視線被欄杆柱子上的精細鳳凰雕刻吸引。一抵達頂端，我驚呆住了。琥珀色柱子支撐著青綠翡翠的三層式屋頂。金色的龍雄偉地在各角落坐鎮，嘴裡咬著夜光珠，如此栩栩如生。我幾乎可以感覺到風吹過牠們的鬃毛。白色石牆上以水晶裝飾，在雲海襯托下像星辰般閃閃發光。入口的兩側裝飾著珍貴寶石的青銅香爐，清香的煙裊裊上升。

一塊巨大的青金石牌匾懸掛在門口，刻著金色的文字：

## 玉宇天宮

接引的侍從向我示意，我跟隨他走過朱門，努力試著不要被天花板上的深藍、鮮紅、柿紅色的花朵彩繪驚豔到瞠目結舌。我們穿過曲折的走廊及大型遊園、金色亭子及荷花池，看見一群神仙聚集在後院。我伸長脖子讀著木牌匾上寫的地名：

然而，今天太子殿下的住所一片寧靜。太陽尚未升起，空氣中瀰漫著神仙的氣息。從天庭裡顯赫家庭中栽培跟提拔的其他參賽者，皆已聚集於此。所有的參賽者都積極希望自己能獲得太子殿裡的職位，我承認我也一樣，即使我覺得自己在此格格不入，就像蘭花中的雜草，就像我與我的母親相比。

除了他們的家世外，其他參賽者無疑是聰慧、好教養、有成就。且**法力強大**。我們穿著相同的服裝，玉珮跟金飾在他們頭髮上發光，珠寶裝飾掛在腰間。他們的鞋子上縫製了厚厚的絲綢刺繡，有些還鑲嵌光澤珍珠。很多人好奇地看著我，當我眼光與美玲小姐對視時，她嘴唇皺得像吃到一顆極酸的酸梅。她轉過身帶著很勉強的笑容，她的聲音傳來，就像刻意不降低音量般。

「那邊那個女孩，像凡間農民那個，她以前是我的婢女。」美玲小姐停頓，直到周遭驚訝的吸氣聲停歇。「是我遇過最糟的一個，愚笨且遲鈍。」

「她如何進入選拔的？」一個纖細的男子問道，瞥了我一眼。

美玲小姐鼻子一皺：「她乞求力偉太子給予這個機會，他憐憫她，力偉太子應該覺得她不可能贏得比賽，所以破例讓她參加。」

我的手指在長袍裙上戳弄，捲皺細緻的絲綢。她故意要傷害我，也許要動搖我的信心。她幾乎不知道她的嘲弄有多傷人，但我不會讓她得意，反而更想贏得選拔。我不再為自己意外獲得這個機會贏得獎勵而感到羞悔。反正我在乎這些規矩嗎？我從小就沒被要求要敬畏那些頭銜跟階級，所以我現在也不會——至少勝利可以改變我的生活，而不只是將已然光明的未來鍍金。」

一聲鑼聲響起，銅音大聲迴盪，隨之一陣寂靜。侍從們急忙趕到院子，清空通往亭子前高臺的道路，那裡擺著十三張桌子。是奇數，我想是因為我最後的加入。竊竊私語的窸窣聲傳來，眾仙們跪下將頭觸地，我趕緊照做，太子與天后與侍從們進來了。

「眾卿平身。」

他那令我熟悉的聲音安撫了我的緊張，當我站起來，急著望向那高臺。跟那個清除我的髮簪上泥汙，並傾聽我煩惱的那位年輕男子，是同一個人嗎？他脖子上的金色領邊閃爍著，身穿繡著黃龍的藍色錦緞長袍。黃龍下顎散發著銀色光芒，彷彿牠們在吞雲吐霧。白玉扁環從他腰間將長袍扣緊。他的頭髮梳成一個完美的頭髻，以一個鑲著大橢圓型藍寶石的金色皇冠包繞著。他看起來多麼高貴，甚至威嚴，而且就像我記憶中一樣，他的表情富有想法，以及一雙深邃智睿的眼睛。

我視線轉向一旁，他的母親穿著燦爛朱紅長袍，衣服上鮮紅色的鳳凰優雅地伸長脖子，牠們的鳳冠幾乎快被她脖子上環繞的玉珠長項鍊纏住。當我目光移到她臉上時，我血液凍結成冰。

是天庭的皇后。

威脅恐嚇我母親，迫使我必須離開家園的那位天后。憤怒湧現，融化了我的恐懼，我內心交戰著。我的手指緊握成拳頭，嘴裡勉強擠出親和的笑容。我真是後知後覺，沒有聯想到這層關係。我的心智是否因為悲傷及數月的失眠而變遲鈍？本能催促著我要趕快離開，但我現在不能曝光身分，此外，天后並不清楚我的來歷。更重要的是，我必須克服恐懼，我必須利用這個機會為自己做些什麼。即使這代表我將更接近令我害怕且鄙視的天后。我慢慢地鬆開手，自然地擺放在身體兩側。

當力偉太子一點頭，總管宣布：「前兩項挑戰，所有的參賽者都必須參加，只有贏家才能進入下一輪及總決賽。太子殿下已經下令不能使用任何法術，這是一場技巧、學識及能力的競賽，也是他最讚賞的。」他停頓了一下，接著說：「第一個挑戰是沏茶的藝術。」

我呼了一口氣，放鬆緊張的感覺，原本我有點擔心將會有還未開始我就注定失敗的不可能任務。但我沒有鬆懈太久，所有的參賽者像一陣錦緞絲綢漩渦般衝向涼亭。我急奔到我被分配到的桌前，試著將怦怦的心跳緩和下來，我會沏茶，我之前做過無數次，泡給我自己、我母親、還有美玲小姐。

但是，在我面前桌上擺的是什麼？看著這些琳瑯滿目的器具，我的頭開始抽痛。數十種大小不同的茶壺，陶製的、瓷器製的，還有玉製的。一個大盤子上放滿了各種茶葉：球型的黑烏龍、珍珠般的茉莉花茶、還有金黃褐色跟青綠色的葉片，角落還有一塊壓過的普洱茶磚。旁邊幾個小瓷碗一字排開，裝滿各式的乾燥花。我拿起幾樣湊近我的鼻子——樸實自然且令人陶醉，帶著花香且甜美——這些味道只會使我更混亂。我只能分辨出其中少數幾個：龍井茶、茉莉花茶、野菊。

我心一沉，環顧四周，其他參賽者專業地嗅著茶葉，挑出他們的選擇。有些選擇不只一種茶葉，也許不屑於單品拼配的樸素清淡？那些動作較快的人已經將他們的茶湯倒出，而我還沒選好。抓了一塊芳香的普洱塊，我用銀針將邊緣撥下並丟進一個瓷器茶壺裡。我對這種茶葉沒有經驗，但我聽說上等的茶葉都是壓成這樣的形狀，經過好多年，甚至幾十年的發酵。當我在等水滾沸時，再次瞄一下四周，才發現那些選用普洱的人都是使用陶製茶壺，而且有些人會將第一泡倒掉。我突然自我懷疑，決定捨棄第一個選擇，改用我最了解的——我母親最愛的龍井茶。青銅水壺發出嘶嘶水蒸氣聲，我很快地將沸騰的水倒在一組茶具上溫壺，如此醒茶可以讓茶葉釋放更好的韻味。沒有停頓，我將一把亮綠色的茶葉加到茶壺內並裝滿熱水，蓋上壺蓋，我沒有耐心地等著浸泡，二十秒，不能再等了，我已經沒有時間。

我將茶倒進瓷器杯子中，深褐色的茶湯。當我小心地掀開杯蓋去檢查茶葉渣時，我的胃開始絞痛。我咒罵自己，倉促中我將龍井茶葉倒入裝著普洱的同一個瓷器茶壺中。處理調和茶時，我一直以來都被告誡要留意水溫跟比例的平衡，看看是否過於清淡還是濃厚。從現在散發的深沉又厚實的香氣看來，我全都做錯了。

總管發出一聲清喉嚨的聲音，不耐煩地揮手要我過去。我是最後一位還未奉上茶的參賽者，現在已經沒有時間重沏另一壺了。我雙手僵硬地將托盤帶往力偉太子面前，每踏出一步，我出類拔萃的偉大夢想就越下沉。更糟的是，如果太子殿下將我的茶吐出來？天后必定會氣炸，我可能會被逐出選拔——就如涼亭裡的每一位，他們全都認為我不匹配，不夠格。

當我將托盤放置力偉太子面前，他認出我來，眼神變得溫暖，目光掃過我腰間的檀木名牌。毫不猶豫，他拿起杯子，靠近嘴巴，慢慢喝下。我站在他前方，所以只有我看到他眉頭一皺，嘴一撇，然後這表情一瞬間就消失了，但我心跳加速。再怎麼樣都無法想像這是個滿意的表情，然而，令我錯愕的是，力偉太子舉起我的杯子。

「就這個，我從來沒有喝過如此獨特的韻味。」他向登記我名字的侍從點點頭。

天后傾身向前問道：「力偉，你確定嗎？那個茶湯的顏色很奇怪，讓我嘗嘗看。」

我背脊發涼，我深刻記得她的聲音，悅耳但尖銳。

力偉太子將杯子遞給她，卻從他手指中滑落，摔破在地上。瓷器杯子粉碎了，深色的液體在石板上流出，是我不幸混和的殘留物。一群侍從慌忙地向前清理狼藉，但天后忽略他們，怒瞪著我，似乎認為是我弄倒的。

當總管宣布我是第一場挑戰的贏家時，我鬆了一口氣，對於那些震驚的閒言閒語並不覺得冒犯，因為儘管力偉太子這樣說，我仍對我的茶得到這份榮耀抱持著懷疑。但不管怎麼說，我在這選拔中暫時領先，這才是最重要的。

★　★　★

在亭子前方，一幅桂花樹的畫掀開了第二場挑戰，當觀眾們都對此畫作驚嘆讚賞著，我們被要求依現場靈感作出對聯。我忍住哀號，許久沒有揮毫了，更別說吟詩作賦了。我試著想像優美的詞句和華麗的句子，但我腦子一片空白就像面前這張未動過的白紙。我閉上眼睛，墨水的味道在黑暗中更加鮮明，濃重且帶著淡淡的草藥味。我幾乎能回想在家中時，涼爽的空氣從窗邊吹進來，我木桌上的薄紙被風吹著沙沙作響。

幾年前我母親開始教我寫字，我記得那時我耳邊常常迴盪她的嘆息。她很有耐心，但我是個有挑戰難度的學生，尤其是對那些不感興趣的科目。

「星銀，握緊毛筆。」她已經警告我十次了。「大拇指在一邊，食指跟中指在另一邊，握直，不要讓筆歪斜。」

直到她滿意，才允許我將堅硬的象牙毛筆沾上光澤的墨水。當我在硯臺上用力旋轉，她會警告我：「不要沾太多，妳字的線條會變得太粗，墨水會暈染開來。」

我幻想過要寫出優美的字體，但我的熱情在一次又一次晃動不穩定的運筆中消逝了。「學這個有什麼用處？」我失去耐心地問。「我又不可能成為書吏或文人學者。」

當時她從我手中接過毛筆，精確地寫下「永」字。這個字由八種不同筆法組成，這也是所有字體的基本筆法。「妳不可能長大後只做妳擅長的事情。」她說。「最困難的事通常也會是最值得的。」

我慢慢張開雙眼，不甘願地從記憶中的天堂抽離。其他參賽者全以一種著魔似的平靜書寫著，全神貫注地彎著腰。我盯著那幅畫，不再想著要如何取悅評審們，而想表達我多麼想念母親，想到心都痛了。我拿起毛筆，寫下：

**花瓣凋零，芬芳褪盡，曾映驕陽，卻落泥霜**。

當我的對聯被大聲念出，得到一些點頭及讚賞的私語。我的不是最好的，但我慶幸沒有丟自己的臉。最後天后挑選出璉寶小姐為這一輪的優勝，我與大家一同鼓掌。

那幅畫移走後，幾個侍從進來，端著幾個大盤子，上面盛滿許多下午的餐點。數不清多少驚人數量的菜餚，桌上擺滿了黃金奶油清蒸蝦、烤豬肉、香草雞、鮮湯，以及花雕蔬果。聞起來超級香，但我只吃了幾口，胃就開始抗議了。我放下筷子，看見璉寶小姐沒興趣般地將盤中食物推開。我們周圍的聊天聲不絕於耳，但我只想著接下來的事——最後一場只有我們能參加的挑戰。當我們四目相接，我投以試探性的微笑，而她猶豫一陣後才回應。

盤子跟剩下的食物被匆匆收走後，銅鑼聲再次響起。總管大聲宣布：「最後一項挑戰，璉寶小姐與星銀婢女將各自選一樣樂器來表演自選曲目。將會由天后陛下和太子殿下挑選出優勝者。」

我心臟狂跳，終於有我擅長的技能了。桌子被收拾乾淨，擺上各式各樣的樂器。璉寶小姐向高臺鞠躬，選了把琴並走回她的位子。她演奏著旋律優美的曲目，是一首關於凡間葉子從翠綠色變成赤褐色的經典曲目——她的手指熟練地撥動著琴弦。我對她的能力感到欽佩，我的自信也隨著每一個完美的音符下降著。

換我了，當大家的目光轉向我時，我手心都出汗了。我用裙子擦乾手，試著冷靜下來。我只有在母親跟平兒面前演奏過，她們是友善且寬容的聽眾。我沿著木階走到亭子正中央，眼睛掃過古箏跟琵琶，看著編鐘和鼓……沒有笛子。我在琴的前方停下，這是我唯一熟悉的。然而，這非我最專精的，而且璉寶小姐已經表演過彈琴，比我優異，選擇它就等於選擇失敗，就要在金蓮府待一輩子，遠離我的夢想。

慶幸長裙遮蓋我顫抖的雙腳，我向高臺行禮後說道：「天后陛下、太子殿下，這裡沒有笛子，請問我可以用自己的樂器嗎？」

天后噘起嘴說：「不可以破壞規則。」她語氣尖銳且帶著不悅。

我繼續低頭，所以她看不見我壓抑住的恐懼跟憤恨。「天后陛下，規則只有說我可以選擇任一樣樂器來演奏，但沒有明確說哪裡來的樂器。」

旁人倒抽一口氣，我瞥見總管急忙遠離一步。

天后仰頭怒視著，脖子上的玉珠憤怒地碰撞著：「妳這無禮的丫頭，竟敢跟我爭辯？」

「敬愛的母后，沒有提供笛子應該是我們的疏失。」力偉太子接話。「我不明白她演奏自己的樂器有什麼關係，我們的樂器不是跟其他的相同規格嗎？」

天后身子前傾，用冷酷的語氣跟我說：「妳的笛子要查驗。如果我們發現使用任何法術，妳會因試圖作弊而被鞭打到不能走路。」

「今天不會有任何鞭刑。」力偉太子堅定地說，一隻手捏緊大腿。

天后沒有回答，向後方隨侍示意，「吳大臣，執行查驗。」

一個濃眉大眼的神仙從群眾中走向前，他領子上的琥珀像金子般閃閃發亮。就是他；那個發現月亮有奇怪能量變化的天將，他警示天后，是他讓她來到我家。也許他只是個警戒性高的臣子，但是我看到他時仍然胃一陣抽痛。這天如此混亂，見到天后時我很震驚，沒有意識到他也在這裡。

我可以感覺到天后注視著我，當我摸索著我的荷囊時，大家也都盯著我看。如果他們認作我很緊張，我會很高興——因為總比看出我受威脅而快要爆發的沸騰怒火還好。她怎麼可以指控我作弊？也許在她心目中，像我這樣的人會不擇手段，或許是，我忿忿地想，她應該只是質疑**她**自己的能力。

我鞠躬，舉高雙臂遞出我的笛子。一位侍從趕緊取走，交給吳大臣。他一副不感興趣的樣子，跟之前他給我母親帶來麻煩時的殷殷熱切相去甚遠。他對今天的程序感到厭煩嗎？他是否因為被天后使喚感到憤慨呢？不管怎樣，他還是盡忠職守地完成他的工作，謹慎細心地檢查我的笛子。看到我最珍貴的樂器——母親送的禮物——放在他戴手套的手中，我心中感到厭惡。

終於，他退回到天后身邊說：「上面沒有法術。」

她簡短地點頭，明顯看出不悅。「繼續。」她命令道。

當天后的侍從還給我笛子，我緊緊握住它。深呼吸，試著將胸口的緊張舒緩下來，胸口仍因她令人羞辱的指控而燃燒著。閉上雙眼，我試著將周圍冷漠的陌生群眾甩開，搜尋著我想要的旋律——一隻鳥拚命地尋找她被偷走的孩子，然而冬天來臨時，牠卻凍死了。一種悲傷、憐憫及失落，導引我進入情緒旋渦中。一陣寂靜席捲而來，我拿起笛子，冰涼玉石貼近嘴唇的熟悉親切使我欣喜，我多麼想念這感覺。這首曲子以愉悅曲調開始，俏皮的音符在空氣中跳躍著，清澈且純淨地翱翔著。漸漸地，旋律轉變成高高低低的徬徨與恐慌，然後陷入絕望的深淵。

最後一個音符淡出後，我放下笛子，手顫抖著。平兒曾經稱讚過我的演奏，但在這裡，會被視為不合格嗎？我瞧見天后蒼白且憤怒的臉色——無庸置疑，這是個好兆頭，然而我看不出吳大臣的表情。一陣掌聲響起，而後如雷般的掌聲加入，一股強烈的欣喜迎來，不論結果如何，我盡力了。

力偉太子跟天后議論了很久，作為最後一位表演者，我仍坐在他們面前的椅子上，聽見了他們談話的片段。

天后想辦法說服她的兒子，「璉寶小姐家世淵源，教養很好，聰慧優雅又懂音樂，你怎麼會偏好一個微小的婢女呢？她看起來如此平凡，她下巴那個印記必定是個壞脾氣的象徵。」

我的手在大腿上雙手合十，緊握手指。

「敬愛的母后，如果我們依照家世選擇，今天就不需要舉辦這場競試了。」他尊敬有禮但同時語氣堅定地說。

他們倆人對視無語，空氣突然凝結，我看到他們兩個相貌沒有相似之處，這點讓我很高興——力偉太子的臉較溫暖和善，而天后較冷酷苛刻。

最後天后嘆口氣，生氣地說：「這微不足道的小事不值得浪費我的時間，我希望你在更重要的事情上能服從我。」二話不說，天后起身離開庭院，她的隨從趕緊跟上。

當宣布我獲勝時，我沒有聽到歡呼及祝福。我鬆了一口氣，但我仍害怕這一切是場夢。穿過群眾，我不安地看向力偉太子，看到他回以微笑後，我才感到充滿希望，就像漫長冬天後，第一朵綻放的花朵。

# 5

當我在金蓮府打包行李時，夜幕已低垂。我大可隔天一早再離開，但我沒有理由拖延，這裡不會為我舉辦歡送會，也沒有我會想念的人。選拔日那天後，美玲小姐跟其他婢女指派給我無止境令人厭煩且羞辱的工作。我必須說，她們這些惡劣舉動，對我來說就像在油上潑水輕輕滑過，我內心充滿喜悅，沒有空間感到痛苦。但我也沒有那麼寬宏大量，我現在已經學會，沒有什麼比冷漠更能激怒這些霸凌者。所以，我對她們的命令投以微笑，鞠躬並遵從，想像我離開這裡，再也不回頭，她們有多沮喪的表情。

當我走在通往玉宇天宮的白色大理石階梯時，我的腳步比飄在上面的雲朵還輕快。令我驚訝的是，總管已經在大門等我，他不開心地抿著嘴，也許他無法理解為何我要大半夜抵達。

「天后陛下要我帶著妳了解妳的工作。」不等我回應，他大步走過紅色大門，讓我快步跟上他。

上回滿心焦慮，我只記得玉宇天宮的鮮豔色調及絕美的朦朧煙霞。今天心情較平靜，我環顧四周，發現玉宇天宮就像一座小型城市，有條理的格局配置規劃。士兵被安排在宮牆的外圍，再裡面一點是侍從跟宮殿內務人員的房間。外院圍著種滿鮮花的花園以及養著大量鯉魚的池塘，然後是沒有自己莊園的貴賓和朝臣的住所。內院則是皇室居住的地方，遼闊的庭院聚集在宮殿的中心：皇室寶藏庫、崇明堂以及東光殿。

我在這蜿蜒曲折的迷宮裡迷了路，每一個廳間跟廳室都有自己的名字及用途，讓我痛苦地稍稍想起了自己的家。雖然純明宮很大，但我們的需求無庸置疑是有節制的，沒有眾多奴婢來服侍，自備簡單的菜餚，以及一座野生森林後院。

我們繼續走，總管滔滔不絕地說著禮儀規範。「與太子殿下行禮以及他下命令時，妳必須跪下。其他時候，當他跟妳說話，要彎腰鞠躬。一定要尊稱他的頭銜，不能直呼名諱。如果妳有幸遇到天皇天后，跪下並將額頭貼地，直到他們允許妳起身。如果妳經過一個位階比妳高的，停下並鞠躬。說話要輕聲細語，穿著適宜符合妳的身分——」

一開始我很認真地聽，但我的注意力馬上就被走廊上華麗的天花板雕刻及柱子吸引。鍍金的鳳凰綴以深紅的牡丹及翠綠的葉子。走道穿越了一座花園，被木蘭及海棠樹遮擋，我好想去探索看看。

我停下來，發現我跟丟了總管。一轉身，我看到他站在後方不遠處，雙手環抱胸前很不開心地瞪著我。

我深深地一鞠躬，我還不熟悉皇宮的階級制度，但總管明顯應該是我的上級。「感謝您的指導。」我盡我可能用最尊敬的語調說，一邊回想著我錯過了多少規範，以及是否重要。

他終於放下雙臂繼續前進，我鬆了一口氣。「如果是貴族成員擔任妳這個職務，照理不會住在宮裡，應該會每早進宮與太子殿下伴讀，傍晚回家。至於妳的情況，我們需要作個調整。」講到這，總管嘆了口氣，彷彿他做了一些很繁瑣的妥協。「有鑑於這些額外的福利，除了作為力偉太子的伴讀工作外，天后陛下還命令妳要侍奉他。」

注意到他盯著我看，我移開我的視線以掩飾困惑。我是一個光榮的侍從，還是被貶謫的伴讀？這不是我該贏得的獎勵，而且我認為其他人也不會被如此對待——絕對不會這樣對璉寶小姐。天后是否希望我會覺得羞怒而拒絕呢？我才沒有那麼軟弱。儘管她在我的成就蒙上一層陰影，我不會就這樣被激怒而瘋狂衝出去。我服侍過美玲小姐，這應該不是難事。除此之外，我寧願靠自己的力量也不要對天后陛下有任何虧欠。也許我應該對被貶低地位感到憤慨，但為了這個機會，如果需要，要我每天掃地都可以。

「我非常榮幸能夠服侍太子殿下。」我說。

總管撇了撇嘴，「妳的確該感到榮幸。別忘了，妳每天早上要比太子殿下早起，並協助他更衣。妳要幫他準備茶還有餐點。用餐時，妳可能會與太子殿下一起用膳，要先服侍他後才能輪到自己享用。他還沒吃下第一口前，妳不能開動，妳會陪著他進行所有的課程跟訓練，也會跟著他研讀——當然，先替他準備學習用具，再處理妳自己的。」

「當然。」我趕緊複誦，將原先快到嘴邊的話吞回去。

幸運的是，我們很快地進入恆寧苑，這裡多麼地寧靜，也沒有旁觀群眾跟緊張氣氛干擾我。茉莉花、紫藤花及桃花樹在花園裡盛開，花香典雅又甜美。

一條瀑布轟隆隆地注入池塘中，裡頭擠滿了黃色跟橘色的鯉魚。看過去是那個舉辦選拔的涼亭，現在上面只有一張大理石圓桌跟幾個坐凳。

「這是妳的房間。」總管停在一個關著門的小建築物外面，「還有一件事，我強烈要求妳要保持專注及尊重的態度，為太子殿下提供一個和諧的環境。在他沐浴的時候——」

我猛吸一口氣，呼吸聲在嘴唇嘶嘶作響，「我還需要幫太子殿下沐浴？」

他抬起頭，投以批判的眼光，「當太子殿下沐浴時，利用這個時間準備隔天需要用到書籍跟材料。」他用力地把每個字說得清清楚楚，無疑是把我當笨蛋了。

我咕噥地道謝，真開心他終於離開了。我拉開門進入房內，空間很寬敞且備有家具，一張大木床及淡藍色的窗簾。牆上掛著絲綢畫作卷軸，描繪著紫灰色的山脈，以及柏樹、雉雞和牡丹。一扇大窗正對著庭院，旁邊有一張桌子，上方堆疊著紙，一套書寫用的毛筆，以及玉石硯臺。絲質的燈籠已掛上，投射出微弱的光。

我不敢相信地趴在床上，捏著我手臂肉。會痛，這是真的。當我倒在柔軟的床墊上時，我好想大笑。只有那些規律的流水聲和風吹過樹梢的颯颯聲打擾這裡的寧靜，讓我想起了家鄉。尤其是在跟那些對我任何話及動作都要找麻煩的室友一起生活後，能夠再次獨自擁有一個房間，真是個解脫。

★ ★ ★

不再被過去的夢魘干擾，我熟睡到陽光從我窗戶照射進來。窗簾在早晨的微風中擺動，充滿花香。一種輕鬆的陌生精神狀態——我意識到我沒有恐懼了。我之前一直沒有察覺到這緊張的狀態一直籠罩著我。成堆的絲綢錦緞掛在衣櫥，我拉出一件白色的長袍，圍上一條綠色的緞面腰帶。飄逸的裙子上繡著蝴蝶，當我關節觸碰它滑順的翅膀繡線時，它擺動了起來，是一件施了法術的衣裳。這代表著我的生命力夠強嗎？我馬上就將學會使用它了嗎？一想到這，皮膚就起雞皮疙瘩。

我離開房間，穿過庭院來到力偉太子的寢室——位於我房間對面的一棟大宮殿裡。飾以圓形圖案的上鮮紅色漆的格子木門，點綴著鍍金的山茶花裝飾。我舉起手輕輕地敲了敲門，裡頭沒有回應，我又更用力敲了幾下。等了一陣後，我滑開門，擔心要遲到了。房內昏暗，厚厚的錦緞掛在窗前和角落的紅木床邊。力偉太子應該還在睡，當我踏入房門，我心跳加速，一塊木地板在我腳下吱吱作響。

「太子殿下，我奉命於這個時間喊醒您。」我發出微弱且不明確的聲音，他的頭銜在我舌頭上卡住。回想到總管那冗長的訓言，我跪下雙膝，彎下腰，笨拙地將額頭撞擊堅硬的地面。

仍然寂靜，我改變想法，思考著要如何「尊敬地」喚醒太子。床簾發出窸窸窣窣聲，過一會兒床簾拉開，我抬起頭，眼睛對上他。當我意識到他只穿著白色內搭服，我臉頰發燙。

「茶。」我脫口而出。「您是否需要來點茶呢？太子殿下。」

他撐著一隻手肘起身，打著哈欠，頭髮鬆散地垂在肩上。「妳在地上做什麼？起身，不需要跪下。我們第一次見面時，妳可沒有那麼尊重。」

「那是因為我不知道您的身分，您不應該在沒有預警或隨扈的時候悄悄接近平民，或者……不管您平常怎麼做，這樣很欠缺考量，也不公平——」太遲了，我閉上嘴，他很有惹惱我的本事。

他咧嘴一笑，沒想到看起來很開心。「我很高興在河邊遇到的那個人還在，剛剛的妳似乎比較不一樣，太……恭敬了。」

我咬緊牙齒，臉部扭曲地假裝微笑：「太子殿下，喝茶嗎？」

「啊，好，謝謝。」但他臉上閃過一個奇怪的表情：「妳可以請膳房幫忙準備嗎？我不確定我能再喝下妳那『獨特的』的茶。」

帶著想笑又羞又辱的感覺，我回想昨天的泡茶步驟，一邊跑向膳房。有股濃郁的香味從煨粥的鍋子裡飄出，滋滋作響的鍋子上煎著新月型餃子。分心的我差點撞上一個端著熱氣騰騰湯碗的侍從，他怒氣衝天瞪了我一眼，正當他張開嘴準備罵我時，有人抓了我的手臂，把我拖離現場。

是一個身穿紫色長袍的膳房女侍從。她的臉頰圓潤如蘋果，黑色的頭髮盤成一個髮髻。

「妳最好離他遠一點，他覺得自己比我們都來得優秀，只因為他服侍天皇。」她用栗子色的眼睛看著我。「我叫敏宜，妳是新來的嗎？妳做什麼的？負責服侍誰？」我停頓了，因她的好奇心退卻了一步，但我感受到她沒有惡意，應該只是出於好奇吧，讓我想起了平兒。「力偉太子。」我回答。

「啊，那妳一定是惹怒了天后陛下的那位。」

我頓時口乾舌燥，食物味道現在令我的胃翻騰，消息傳開得真快。

她拍拍我的手說：「別擔心，天后陛下沒有讚賞過任何人。現在，妳是需要一些東西給妳自己，還是給太子殿下呢？」

「就一些早點跟茶，給太子殿下的。」我恢復鎮定地說。

「那妳自己需要來點什麼嗎？」她問。

當我看著那盤餃子，她眨了眨眼：「我會確保妳今早拿到一盤特大份的。」

「謝謝。」我向她鞠躬，但她隨即把我拉起。

「不必如此，妳是力偉太子的伴讀。」她摸著下巴沉思：「或許我才應該向妳鞠躬。」，「請千萬不要。」我真心地說，再次與她道謝後離開。

我在力偉王子的房間協助他更衣，拿出一件天空藍的錦緞長袍讓他套上。在他腰間繫上黑色腰帶，他自己再綁上黃玉及絲質的裝飾品。

坐在鏡子前，他放下深色的頭髮，握著一把銀色的梳子說：「妳可以幫我嗎？」

伸手前我猶豫了一下，我只整理過自己的頭髮，不需任何技巧的簡單綁法。在金蓮府，替美玲小姐梳妝這樣親暱的工作只有佳儀能做。我用梳子有節奏地梳理力偉太子的秀髮，我心慌意亂地試著回想金蓮府裡男性的髮型。他的頭髮比我的還重，更滑順光澤，像在背後垂下的黑檀木。我梳到一個結，用力一拉，不小心扯斷了幾根頭髮。

他倒抽一口氣，面帶痛苦轉向我：「星銀，我哪裡惹到妳嗎？」

梳子噹啷一聲從我手中掉落。也許我真的對他的頭髮下手太重了。「我很抱歉，太子殿下。」

他熟練地將頭髮拉起綁一個頭髻，插入一個銀色髮飾後，用雕刻的玉針固定住。他從鏡子看著我，挑著眉說：「是否能麻煩妳，每天早上幫我整理頭髮，直到妳熟練為止？」

這是一個命令嗎？回想那些禮儀規範，我跪下來，但他伸出手，放在我手肘下方將我拉起。

「星銀，我們以後是每天朝夕相處。當只有我們兩人的時候，妳不需那麼拘謹。妳不需要每一次我說話時都跪下或鞠躬，也不需要一天到晚就將妳的額頭貼在地上。並且，叫我力偉。當我們第一次相遇時，我覺得我們中間沒有隔一道牆，妳是我可以自由談話的對象，我希望我們成為朋友，如果妳也覺得可以的話？」他溫柔地問。

我眼睛對上他的眼，他的笑容好溫暖，就像一抹陽光溜進我孤獨的靈魂。他不是我認知的那種太子，好的超乎想像。我想知道若是總管會怎麼做，但這並不重要。

「好，我會的。」我回答。

早膳後，我們前往去上第一堂課。我跟著力偉走過看似無盡的走廊，進入一個大花園。優雅的柳樹環繞著湖邊，紅木橋跨過流水，通往一處小島。一座琉璃綠瓦的飛簷涼亭，天衣無縫地融入周遭翠綠的環境。我大口吸著新鮮空氣，想要逗留久一點，但力偉大步走向一個白石圓形大門，上頭的漆面牌匾寫著：

## 崇明堂

很適合作為學習場所的名字，也是我希望能實踐的。當我們在一個長桌邊坐下，拿出書籍，我環視這個空間。灰色大理石地板，素色木梁，以及零零落落的陳設，與皇宮其他富麗堂皇的地方，有明顯的對比。書架上堆滿著卷軸，桌上滿坑滿谷的書籍甚至已堆到牆角。長形格子窗面向花園打開，涼風吹進室內。

一位年長的神仙走進來，力偉小聲跟我說他是凡間命運守護神，負責教導我們域內的歷史。他的白鬍子垂到腰間，充滿皺紋的手抓著一根玉杖。

我曾看過平兒臉上的皺摺，那晚我母親在陽臺逗留許久，平兒幫我鋪好床被，我的手指劃過她的眼角線條問道：「平兒，這是什麼？」。「歲月的痕跡。」她回答道。

「妳比我母親年長嗎？」我很驚訝，因為我母親看起來較嚴肅且莊嚴。

「至少一百年吧。直到成年前，我們的生活都跟凡間一樣的模式。之後，我們的年齡不再重要。一位千年的神仙可能看起來像三十歲。生命力的力量決定我們的青春。」

我用手肘撐起身，好奇地問：「生命力？」

「我們法力的核心，它決定著我們能有多少能量轉化成法術。因為我不夠強大，臉上才會有這些皺紋。」她說。

「我母親也會有這些皺紋嗎？我呢？」我問。

「只有時間能證明。」我還想問更多，但平兒急忙離開房間，將門緊緊關上。點滴回憶湧上心頭，直到天后到訪前，那是平兒第一次跟我提到法術。現在我了解她那晚對我那些被封印的力量有所保密。如果在天后來訪前就發現一切，或許會令我更沮喪，但這已不重要了——至少現在如此，暴風已經橫掃破壞了我的生活。我不禁希望早點知道這些存在的事實，或許我可以做些預防。

凡間命運守護神拿起一本書，翻了幾頁。「他幾歲？」我看著他雪白的頭髮，忍不住脫口詢問力偉。

守護神表情痛苦地抬起頭來：「別對他人的年齡議論紛紛，任何地方這都不合禮儀，尤其是在凡間。」他的態度嚴肅但並非不友善，就像是在警惕我這可能會輕易地冒犯他人。

我趕緊低聲道歉，然而守護神已轉身。力偉傾身向前小聲跟我說：「有些神仙選擇不維持青春樣貌。」

「因為我們寧願維持我們的智慧。」守護者打斷地說。「太子殿下，我期許你能為你的伴讀建立一個優良榜樣。」

我故作嚴肅地點點頭，忽視力偉的怒瞪——儘管我得承認，他受責備有部分起因於我，然而，聽見他因自身行為失當而被斥責，這種感覺很新鮮。

凡間命運守護神離開後，一位老師進來教導我們星象學，接下來另一位教藥草學，整堂課都要坐得直挺挺，讓我實在難受。這堂課由一位尖下巴、學究氣十足，且不苟言笑的神仙授課。我盯著照片上的花卉，逐漸全部變得一模一樣，我的手伸向嘴巴，打了一個哈欠。

也許發覺了我的恍神，老師轉身過來：「星銀，妳說說這個植物的特性是什麼？」他語氣尖刻，用一根細長竹杖敲著我面前的書籍。

我猛然挺起身子，腦袋一片空白地看著圖片上一朵不起眼，有著尖形花瓣的淡藍色花朵。**星百合**，書上寫著它的花名。不幸的是，沒有其他更多的相關資訊。

「嗯。」我慌亂地看著力偉。他先是張大眼睛盯著我，然後快要闔眼前，把頭倒向一邊。

「睡眠！」明白他的意思，我大喊。

教師的嘴巴一撇。「正確，雖然苦了點，但這種野花與葡萄酒一起食用時，會有安眠藥的效用。」

「謝謝。」我悄悄向力偉道謝。

「不客氣。」他嘴上一抹微笑。

我才剛把上一節課的課本收起，一位面目猙獰的神仙大步向我們走來，他的靴子大聲在大理石地板上喀喀作響。他削瘦的臉上沒有皺紋，眉頭有道深深的皺摺，深色頭髮梳了個髻。他的盔甲以鑲著金邊的閃亮白金扁塊製成，從肩膀和胸前，直到膝蓋，像魚鱗般緊緊貼著。雙臂裹著紅布，束收到手腕上厚厚的金色腕帶。腰上圍著一條寬大的黑色皮帶，嵌有一枚黃色玉珮。他的身側綁著一把大型銀色刀鞘，從中突出一把黑檀木的刀柄。他身上散發的氣息很穩定且強壯，就像生長多年的堅固橡樹。

是一名天庭的軍人，就像那晚平兒與我急於逃離的那群人。一陣寒意襲來，我的手指在桌上蜷縮著，「為什麼他會在這裡？出現什麼麻煩嗎？」

「建允將軍是天庭軍隊最高階級的將領，他負責教導我們軍事方面的技能。」

「太子殿下。」他向力偉行禮，當他目光滑向我，他眉頭的皺摺就更深了。

「建允將軍，這是星銀。」力偉指向我。

我向將軍鞠躬，但他並未回應，在他尖銳的視線下，我如坐針氈，不安的回憶湧現。

「妳對軍事感興趣嗎？」

他尖銳的語調使我身體僵硬，極力思考著尋求答案。我很少思考各王國為了占領奪權、為榮耀、為權力及虛榮而戰鬥的偉大計劃。我的欲望很渺小，我只想要足夠自我防衛並保護我所愛的人。

「我還不知道，這是我第一堂課。」我回答。他的臉色一沉，顯示不滿意我的回答，我內心激起想挑戰的火花：「我很積極想要學習，但學生是否能產生興趣，取決於老師的技巧。」

他鼓起雙眼，我摒住呼吸。他會把我趕出教室嗎？我也活該，太過魯莽。令我驚訝的是，建允將軍反而咧嘴大笑。「天后認同你的伴讀選擇嗎？」他覺得不可思議，嘲弄般向力偉問道。

「我母親不參與此等小事。」力偉翻著書，只說了這麼一句話。

雖然將軍的表情仍然不可置信，但他沒有再談論此話題。

中午時，我的頭腦因過度學習感到陣陣頭痛，手因寫字感到痠疼。解散後是午膳時間，我很開心地逃到膳房。我帶回堆滿托盤的食物，前往崇明堂外的涼亭，上方有一小塊告示牌，以粗黑體寫著：

**柳歌亭**

「很美的名字。」我將清蒸魚、炒嫩雪豆葉，以及八寶雞擺到大理石桌上。

「也很合適。」力偉回答，他將一根手指放到嘴唇前，我不懂他的意思，就隨著他保持沉默。當微風吹拂，柳樹搖曳，樹梢輕點於清澈水面。當細小的葉片互相颯颯作響時，空氣中彷彿傳來細細耳語——帶著優美卻又傷悲的旋律。這讓我想起家園的桂花林，當風吹過時母親身上玉珮的叮噹聲。

「還喜歡這些課程嗎？」力偉問道，打斷我的回憶。他夾了些菜到我盤裡，明目張膽地忽視宮中規範。

「有些比較喜歡。」我說，回想無趣的植物藥草課，「特別是建允將軍的課。」

「我以為妳會整堂課睡著。」

「為何？難道女生只能繪畫，歌唱及刺繡？」我問道，想到美玲小姐的那些家教課程，以及平兒教我的。

「當然不是。」他表情凝重，身體前傾，好像要傳授什麼大智慧似的說：「那懷孕生子呢？」他眼裡閃過一絲戲謔。

我正咬著一塊雞肉，一聽嗆個正著，力偉幫我拍背舒緩反而讓我感到更羞辱。趕緊轉移話題，我說：「好吧，我不會繪畫，你也別指望我歌唱。」

「那妳會縫我的衣服嗎？」

「除非你希望你的衣服在不應該有洞的地方有個洞。」

他的手指彈打著桌子沉思：「所以，妳不會繪畫、歌唱及縫紉。那如果是——」

「不會。」我臉紅，大聲地說，極力想降低臉上的熱度。

他眨了眨眼，給我一個無辜的表情：「我要說的是，那妳是否會為我演奏笛子？」笛子？我內心咒罵著，怪我自己想太多。

「妳原本以為我要說什麼？」他搖搖頭，假裝自己受到誤解。

「就是那個，沒有其他。」我順著用謊言接話。

「妳還有什麼可以來彌補妳的缺點呢？看起來妳的確有很多缺點。」力偉嘴角抽動，我懷疑他是否太過享受如此戲弄我。

「就像你彌補自己的一樣。」我反擊。

「我的？」他聽起來很受傷，我懷疑是否有任何人這樣跟他說話過。「妳舉個例？」

「你的態度？」我提議，「你的優越感？你喜歡打斷老師說話的習慣？你怎麼會說那麼離譜的話來自娛？你的——」

力偉撐起一隻手，看起來很痛苦地說：「舉一個例子就夠了。」

我忍住笑意，繼續保持嚴肅神情，心情感到特別輕鬆，好幾個月沒有那麼愉快了。「除此之外，我不相信演奏樂器是我的工作任務之一。」我補充道。

他夾起一條閃閃發光的白魚，放到我盤子之前仔細檢查魚刺，「妳很難相處。」

我投以甜美的微笑，「這取決於你怎麼要求。」

他大笑，隨即清清喉嚨說：「很抱歉，根據我母親的命令，妳被要求服侍我，妳不需要這樣，我完全可以自己照顧自己。」

「我真的不介意。」我說，「我很開心能夠自己維持生計，而且如果我做不到，肯定有人會回報天后。」她絕對很想找任何或小理由解雇我——對此，我很確定。天后對我不寬容，我反而鬆一口氣，因為這樣代表我不欠她任何情分。而且力偉沒有讓我覺得我在服侍他，反而像是協助他。一點小小的差別，足以讓我的自尊有所不同。

「謝謝妳。」他說，站起身，「好啦，快點，還有整個下午的訓練等著我們。」

我的好奇心被戳中：「還有什麼訓練？」

「劍術、射箭、武術。如果妳不感興趣，我可以幫妳找理由。」他大手一揮，提議說。

我逼自己大口呼吸，抑制我那股豐沛的興奮，那像大雨過後暴漲的流水般。在聽過建允將軍的課後，我的胃口變大了，我渴望學習更多可以幫助我變更強的知識與技巧。強大到足以承受風的變化，而不是屈服於微風之下。我的想像不受拘束地在飛翔，幻想著飛回家裡，將母親困在月宮的法術解除……

我的聲音因興奮而顫抖：「力偉，只要你希望，我隨時都能為您演奏——只要你**不要**排除我參加那些課程。」

# 6

樟樹環繞著大片的草地，為我們提供遮蔭，周圍都是士兵，身穿閃亮的白金盔甲。將領向部隊下達命令——有些揮舞著刀劍，有些使用紅色流蘇長矛。在木臺上，數列士兵跟隨著軍官的腳步，他們的動作像跳舞般優雅且一致，更恐怖的是——我覺得——優雅的就像是高大士兵化作一名女子。場邊設置幾塊靶板，一群士兵正在練習射箭。

我看著他們，一名士兵正放手鬆開一支箭——箭劃過天空，插進靶板中央。我欽佩且激動，用力鼓掌直到手疼才停止。

「妳這麼容易被打動。」力偉跟我說。

「你更厲害嗎？」我嚴厲地問。

「當然。」

他語氣中的堅定令我訝異，隨之建允將軍大步朝我們走來。

「太子殿下，你希望先練習什麼？」

「射箭。」力偉立刻回答。

在將軍的命令下，士兵整理了圓形靶板——每個靶板畫上四個圓圈，中心為紅點。力偉從兵器架上選了一支彎彎的長弓，看起來幾乎毫不費力，他引了支箭，直中紅心。我還來不及眨眼，另一支呼嘯從我眼前劃過，兩支都伴隨著巨大聲響，刺穿了中心點。

我盯著靶板，因他的準確及迅捷而驚呆。「你剛才的確沒有吹牛。」

「我從來不吹牛。」他回答，「妳要不要試試看？」

我伸出雙手，偷偷看了一眼周圍的士兵後，又將手縮回。我從來沒有拿過武器，更別說這種要求高度精確的武器。

力偉小聲地向建允將軍說話之後，將軍跟著其他人離開了。只剩我們兩人時，我呼吸比較順暢了。他遞給我一把弓，比他剛剛用的小一點。

「桑葚木。這把弓對初學者來說比較好用，因為它比較輕。」他解釋說。

碰觸到這上過漆，絲綢包覆握把的木製品時，我的手指微微顫抖。彷彿已經運用過上百回，我對弓箭不感到陌生。是因為我的父親嗎？史上最偉大的弓箭手？如果我母親沒有吃下長生不老仙丹，我們是否仍在底下人間？他可能會教我像他一樣射箭——雖然我懷疑我是否有辦法射下任何一個太陽，更不用說九個。我的心好痛，一種沒有特效藥的無望疼痛，世界上所有的願望都無法使我家人再次團聚。

「星銀，妳準備好了嗎？」力偉喊道。

我點點頭，從遠處朝著目標移動，就像他剛剛的動作。力偉站在我後方，指導我舉起弓。「從腹部核心深深吸氣，當妳拉弦時，要用全身的力量，不僅僅用手臂的力量。」他拍拍我的肩膀，抬起我右手肘說：「要維持一直線。」

我的手臂用力維持這個姿勢，弦緊扣著我的手指。

直到滿意後，他才往後退一步。「調整妳的箭，直到箭頭對準中心點，當妳放開時，只有那隻手能動——另一手保持穩定，如果沒有射中，不用灰心，這是妳第一次射箭。」

某種感覺在我胸口燃燒，一種想要表現優異，不想辜負父親名聲的心情。儘管沒有任何人會知道，只有我。我瞇起眼睛瞄準遠處的靶心，其他周圍一切都逐漸模糊，靶板在黑暗中閃閃發光，屏氣凝神，我盡可能地維持身體不動，放開箭，它劃過空中，碰的一聲，擊中靶心的最外圈。

「我射中了！」一股強烈的興奮在血管裡奔湧。

力偉拍拍手，嘴角上揚說：「妳有個好老師。」

「哈！我馬上就要贏過你了。」我亢奮到如此不要臉地吹噓著。

「要來打賭嗎？從今天算起，三個月後我們來比賽，輸的人要遵從贏家的吩咐一整天。」

「我不是已經每天都遵從你的吩咐了嗎？」我故意板著臉說。

「不能抱怨，不能爭論，不能猶豫。」思考片刻後，他補充道。

「但必須在合理範圍內。」我反駁，握在手中的弓讓我重拾信心。而且我現在不能退縮，他會無情地嘲笑我。

「同意。」他咧嘴一笑。「妳害怕我會吩咐妳做什麼嗎？」

「還差得遠呢。」我回以同樣的燦爛笑容：「我會很享受地命令太子殿下。」

「妳還沒贏呢。」他提醒我，接著他朝正在練箭的士兵們走去。

「你也還沒贏。」我低聲跟自己說。

我決定留在箭靶板旁，手癢想再次握弓，去感受那箭射出時的強烈興奮，以及擊中時的滿足。拔起另一支箭，我拉弓引弦，試著回想剛剛力偉的教導。

「妳不應該接受這個賭注，太子是一個厲害的弓箭手。」我身後傳來一個聲音。

我的注意力被干擾，身體一顫抖，箭矢飛偏，離目標很遠。

我轉身一看，發現一位天庭女士兵看著我，她外型出眾，淡褐色的皮膚和鼻子上的雀斑，眼角微微上翹。她檢查我的箭，故意將豐唇皺成一團，毫不客氣地將箭埋進泥土裡說：「沒錯，妳確實不應該接受這個賭注。」她重複說道。

這又是另一個佳儀？禮貌外表下藏著邪惡的心思？我冷漠地點點頭，不予理會：「謝謝您的好意，我沒事。」

我以為她會離開，但她雙手環胸。她要留下觀看嗎？也許她希望我自取其辱？

我轉過身背向她，希望她自己離開。拉起弓，引了弦，放開，箭擊中靶板，在離靶心最近的同心圓上抖動著。基於我未經訓練的能力，這應該是幸運的巧合，但我忍不住說：「或許太子殿下才不應該接受這個賭注。」「妳第三次的嘗試還不錯。」她的讚美讓我驚訝，她進而雙手抱拳，向我點頭：「我是淑曉。」

我腦裡一片空白，不習慣這種禮節。在金蓮府，我從來沒有遇過這樣的禮貌舉止。而在這裡，大家注意力都在力偉身上。

她頭偏向一邊，也許納悶著這奇怪的沉默反應，我急忙回敬，我起身並急切想著要說些什麼。或許討論天氣太沉悶。我們也沒有共同朋友，我甚至沒有朋友可以提起。也不能問候她的家人，因為我不能提起我的家人。

「妳喜歡天庭士兵這個職務嗎？」我終於找到話題。

「誰不會呢？」她面無表情地說。「大部分的時間都在為了各種命令疲於奔命，真是太好了，我們必須毫不質疑遵從，訓練中會被鞭打。如果沒有在任務中喪命，就應該覺得非常幸運。」

我驚訝地退後一步：「這聽起來……很恐怖。」

「我還沒跟妳說最精彩的部分。妳看到我們身上穿的？」她指著自己的盔甲。「這比妳想像的還重，當我們行走，我們會像鍋碗瓢盆般發出噹啷聲，這對於要求我們面對敵軍時應安靜無聲，還真有幫助。」

「那妳為何要從軍？」我忍不住問。

她聳聳肩說：「誰不想為天皇及我們領土效命呢？」

她的語氣到底是認真的還是在諷刺？我聽不出來，所以當她從架上挑選箭時，我決定明智地保持沉默。

「我聽說妳跟太子殿下一起研讀？妳父母也在天庭就職嗎？」

我搖搖頭，側身讓出空間給她，希望她能問別的事，任何跟這些話題無關的其他事都好。

她舉弓瞄準靶心，調整瞄準靶心位置，箭從空中呼嘯而過，擊中了靶心附近的位置。

「很厲害。」我說。

她做了鬼臉：「射箭是我的致命傷，我已經練習很多次了，但仍然不得要領。我比較喜歡劍擊或長矛。」她看著我，沒有成功轉移話題繼續問：「妳是天庭神仙嗎？妳父母也來自天庭嗎？」

我假裝專注凝視前方：「我的家人不在了。」說謊對現在的我來說容易許多，雖然仍會臉紅羞愧，但我沒有其他選擇，只能繼續偽裝圓謊，力偉也相信我父母已離世。

她沉默一陣後，伸手拍拍我的肩膀：「抱歉，我相信他們一定會為妳感到驕傲。」

我胸口一緊，用虛假的偽裝得到她的同情讓我感到可恥，然而，我仍非常希望她說的話成真。我不禁去想，若母親得知我現在在這囚禁她的天皇住所裡服侍太子，她會怎麼想。

「朝臣們都在抱怨說一個『無名小卒』贏得了力偉太子伴讀的職位。」她說，「我認為這是最棒的讚美。妳怎麼做到的？」

「幸運。」我輕率地說，我不覺得被惹惱，我不會永遠是「無名小卒」，總有一天他們會知道我的名字，以及我父母的名字。

「那妳家人在哪裡呢？」我試著將話題從我身上轉移。

「我們都是天庭神仙，但我父母不在天庭工作，我父親說這裡太危險，難以捉摸，大家爭權奪利，他偏好寧靜一點的位置。」她皺了皺鼻子，補充說：「雖然家裡有六個小孩，也很難安靜。」

「六個！」我驚訝地說。

「這不像妳想像中的那樣恐怖或美好。當我們和睦相處時，我兄弟姊妹是我世上最好的朋友，但當我們吵架時……」她聳聳肩，五官扭曲成恐怖的表情。

「也許妳的父親最後會想逃離，進入天庭工作。」我說。

她臉上露出燦爛的笑容：「我母親不會允許的。」

接著下午課堂剩餘時間，我們都一起練習。淑曉是家中最年幼的，打從出生就眾多同伴包圍。她身上有一種活力，一種容易親近的親切。許多士兵經過時都會跟她打招呼，有些甚至也會跟我打招呼，認為我跟淑曉是朋友。

事實上，今天過後，我們的確成為朋友。

★　★　★

一天結束後，我的手指起水泡，腰痠背痛，我沒有再碰劍，也沒有施展任何法術。儘管如此，當我們離開練習場後，我還是迫不及待想再回去。

在力偉的房內，我正準備明天課程要用的書籍。當他沐浴回來，他只穿著一件短白袍，搭配寬鬆黑褲。他微濕的長髮，垂放在背後。我預期他會打發我離開，但他坐下來，充滿期待地看著我。

「妳今天要演奏哪首曲子？」他之前提出的要求被我拋到腦後了。我感到疲憊，痠痛的四肢渴望著床鋪——但我站在他身旁，並拿起笛子。悠揚的旋律在空氣中展開，春醒時分，河川融化，充滿生命力地再次流動。

我演奏完畢，放下笛子。

「真令人驚豔，一支小小的樂器竟然能演奏出如此美妙的音樂。」猶豫了半刻，他補充說：「這首歌比妳之前演奏的歡快許多，這是反映妳現在的心情嗎？」

「是的，這是我生命中最棒的一天，我真的必須謝謝你。」我言簡，然而由衷。我很想念家鄉，我的母親及平兒——但我不再感到自己在這世界上居無定所，孤獨漂流了。

力偉清清喉嚨，耳尖發紅，站起身，他踱步到桌前，一幅畫著一位女子的捲軸掛在旁邊的牆上，烏黑的眼睛在她完美圓潤的臉上發光，她坐在一串串盛開的紫藤花下，手裡拿著竹製刺繡架。

「她是誰？」我問。

他沉默地盯著畫看了一陣後說：「她之前住在我居所附近的院落，當我還是孩子時，我常常去找她，她很有耐心，即使我總把她刺繡上的繡線都亂纏在一起。」

我想像著年幼的力偉頑皮搗蛋的樣子。「你說『以前』，那她現在呢？」

一陣陰影籠罩在他臉上。「某天，我來到她家院落發現空無一人。侍從告訴我她搬家了，但都不知道她去哪裡了。」

我希望能緩解他的哀傷。他在桌前坐下，前方擺著一盤繪畫材料：幾張平滑的白紙、一方紫玉大硯臺、以及掛著上漆竹製毛筆的檀木筆架。我好奇地看著他挑選一支毛筆，沾上濃稠的墨汁，熟練地在紙上作畫。幾分鐘過後，他將紙遞給我。

「這幅給妳。」他說，我愣住。

我盯著那張紙，如被自己回望，畫得非常相似，手指放在笛子上，眼神望向遠方。當我從他手中接過這張紙時，雙手顫抖。

「你畫得非常好。」我輕聲地說。「雖然你不用在我每次演奏時都這樣做，這不是義務，但也不是交換。」

「那我要如何彌補我的缺點呢？」他板著臉問。「畢竟，我有一堆缺點。」

我大笑，憶起我們稍早的對話：「那就這麼一張就好。」

他笑了，「晚安，星銀。」

我站起身跟他道晚安。當我關起身後的門，我發現力偉仍在伏案作畫。當我轉身看向天空時，內心充滿莫名的溫暖。

在這清澈無雲的夜晚，月亮照耀著，它的光線沒有受到阻礙。當我穿過庭院往我的房間走去時，月光照亮我前方的路，比整排燈籠都還明亮。

# 7

我逐漸適應了新生活，好幾周過去了，每天早晨我們在崇明堂上課，下午與天庭軍隊官兵們一起訓練。我的心已向新世界及新知識敞開，但還是練習場的訓練最令我感動。我學會熟練地揮舞刀劍——劈刺、防守及格檔——然而我的能力還是落後力偉。我積極想趕上進度，所以每晚研讀格鬥技巧到深夜，安靜地在房內重複練習，直到這些動作就像我拿筷子或吹奏笛子時的指法般熟練。

有時候我很納悶，為何一箭擊中時我會如此興奮？或者精準打擊並擊敗對手時？是否因為我之前太弱，現在的我因重生的力量感到欣喜？還是這種渴望勝利的衝動，一直都在我血管裡流動？

這個訓練能力的大好機會讓我感到既興奮又恐懼。我小時候曾幻想過召喚火弓弩箭，以及在空中翱翔。第一次接觸法術卻發生災難後果，我寧可不再碰觸它。力偉會理解我的，但一個不會法術的神仙就像一隻沒有爪子的老虎。我們可能身體強壯，但我們也有可能成為凡人。如果我想要幫助母親，我必須欣然接受我的力量，雖然它曾經令我害怕，但一部分的我仍然渴望它。

我們的教練，道明老師，是皇室寶藏庫跟魔法文物收藏的守護者。她的長袍似乎只有暗灰色，黑色長髮盤成緊實的髮髻，銀色髮簪像扇子般展開。她的大眼是杏仁色，蒼白的皮膚上光滑無瑕，連笑紋也沒有。

我沒有受過法術訓練，然而力偉已經進階到高級法術。前面幾個星期，道明老師僅讓我進行冥想，提供少少的指示：閉上眼睛，放空腦袋，以及讓靈魂「平靜地像無風的黎明」。一開始我很有熱誠地進行這些練習，預期可以發掘一些我潛藏的法術能力——但很快地，我對於盤腿靜坐好幾個小時這種訓練感到無聊。只要道明老師看到我眉頭一皺，或腿開始顫抖，她就會用扇子拍打我的肩膀，嚴厲地說一些很含糊的話，就像是：

「淨空讓妳分心的思緒！」

「專注在妳覺醒的能量！」

「找尋黑暗中的亮光！」

挫折感越來越深，但我咬緊牙關，吞下怒火，因為我想到力偉正在召喚火球，而我只能坐在這裡被扇子打。

冥想特別使我感到惱火。射箭時，目標明確，結果立見，我知道要如何改進並達成目標。然而冥想是一條模糊的、充滿神祕的、無盡蜿蜒的道路，你可能會很費時地去探尋，但最終仍回到起點。

某天，當我盡可能地坐直並試著不打瞌睡，一陣陰影籠罩我，我瞇眼偷看，發現道明老師站在一旁。

「妳如果一直擔心是否做對，那妳絕對沒做對。」她嘆口氣。

我睜開雙眼，「這個我真的不在行。」我承認。「除此之外，冥想對我有什麼幫助呢？只會讓我睡著。」

道明老師搖了搖頭，在我身邊蹲下，「唉，星銀，平靜心智可以擴展法力，甚至超越。這是個關鍵技能。妳沒有耐心、急躁，對自己的努力太急切。妳，比任何一位，都需要學習如何讓妳的內心不被感性牽制。想要往前衝時，先穩住妳的思緒並觀察，若妳被情緒包圍住，災難也會隨之而來。」

她撫平膝前的長袍後說：「冥想沒有目標，沒有好壞判定。重點在於平靜、聯結、將自己合而為一。」她停頓後繼續說：「我感受到妳的生命力很強，然而這股力量從妳小時候就被壓抑著，這也是為何妳難以掌握妳的法力。它被粗陋地壓迫著，妳年紀越長卻一直沒有受到適當訓練，這樣完全行不通的。冥想能幫助妳突破妳生命力的封印，去釋放妳的能力。這只有妳自己才能辦得到。」

我看著道明老師，心緒紛亂，母親從來不希望我的法力增強，她跟平兒一定盡她們所能去遮蔽且隱藏我的存在。我緊閉嘴唇，咬著牙。母親希望我過著平靜的生活。經過幾十年的心痛跟恐慌，她一定認為平靜才是她能給予我最好的禮物。或許我也曾經想要這樣的日子——直到這把火在心中燃起，想要超越自己，成為一切我現在能做的。

道明老師繼續說：「妳很有潛力，但在妳駕馭力量之前，妳必須先了解它們。在妳解放它們之前，妳必須學會如何掌握它。我聽說妳射箭技巧佳，那妳有辦法不持弓，卻仍進行射擊嗎？」她溫柔地輕碰著我的頭說：「有些知識激起我們的心，使它激盪躍動而有所感悟；然而有些知識，則是要通過經驗與思考才能獲得。」

她的話與母親的相呼應，那是一門我早該吸取的教訓。因為有些事對我來說很容易，所以我開始對那些不容易的事失去耐心。

一陣情緒湧上心頭——對自己行為感到羞恥，以及感謝她的耐心。我跪下，並雙手合十，低頭鞠躬。「道明老師，請求您的原諒，我沒耐心又易怒，自負並以為自己很懂。從現在開始，我保證我會好好地跟隨您的指導。」

她的笑容讓她的臉突然充滿溫暖，我突然意識道，她很美，雖然不像母親那種美，仔細觀察後會發現她動作中的優雅、舉止裡的力量，以及她的細緻五官。她是個安靜的美人，被發現後也不減其光彩奪目的模樣。

「很開心聽到妳這樣說，我的扇子快壞了。」她二話不說，起身離開。

我強忍笑意，不自覺地揉了揉肩膀。也許道明老師並沒有我想的令人生畏，而作為學生的我，可能也不像我原本擔心的糟糕。

★　★　★

不再抗拒這些課程之後，現在我進步神速。然而，尚需幾個星期的時間，我才足以掌握足夠的冥想技巧，進一步運用我的力量——這是我離家以來，一直渴望又害怕的事情。

根據道明老師的說法，那些我瞥見的旋轉光點是我的精神能量，施法會消耗這能量，但就像水從桶裡流出，需要透過休息或冥想來補充。如果沒有這能量，我們的身體就跟凡人無異，我們的生命也會同凡人般脆弱。

「永遠不要耗盡妳的能量，星銀。」她警告我。

「為什麼？」

「過度消耗妳的力量，會使妳無法持續妳的生命力——這是妳的力量核心，妳的能量來源。」她緩慢地說，緊盯著我的雙眼，確保我認真聆聽。「這是神仙的滅亡。」

我手心冒冷汗，一直以為習得法術意味著我變強。恐懼，將成為遙遠的過去。我從來沒想過，原來使用法術，也會產生危險。

「為什麼會這樣呢？」我問。

「試圖使用太強大的法術、試圖持續施法太長時間，或者試圖去做能力不及的事。」

我想起母親以及束縛著她的魔咒。「有些法術是無法被破解的嗎？」

「如果妳知道方法，任何法術都能被破解的。如果妳夠強，而且夠格的話。」

她說：「妳可不希望最終虛擲自己的力量，被抓到而被迫放棄。」

我長長地呼了一口氣，破解困囚母親的法術是有可能的，這點非常重要。至於要如何做到，我之後會找到辦法的。

★　★　★

起初，因為無法掌控那些光線，我甚至一些最簡單的法術都做不到。然而幾個星期過去，我慢慢感受到內心深處起了漣漪，就像和聲中未盡的和弦。

某天傍晚力偉去沐浴，我發現他的茶冷了，雖然他不會在意，但夜晚寒冷，最好還是喝杯熱飲。我閉上雙眼，探尋我內在的能量，它們銀光閃亮如星塵。當我碰觸，它們閃爍並產生無形的力量拉扯著我。我眉頭冒汗，拳頭緊握……但我硬闖過去，扯斷隱藏的束縛，抓住了光線。有那麼一刻，它們在我手裡扭動，就像不願意被捕捉的魚群，但隨後我內心深處產生變化，我體驗到合而為一的感覺，彷彿終於我與自身某種重要的部分連結了。我的肌膚刺痛地像被冰水潑灑。這不是巧合，光線停住了，並屈服我的指令。一股熾熱的能量從我指尖湧出，朝向茶壺，接著壺嘴冉冉冒出蒸氣，水沸騰了。我大笑，第一次成功施展法術，我感到飄飄然。

在道明老師的指導下，我學會從空氣中引來微風、將水滴冷凍結冰、施展屏障，以及——是的——還有我夢寐以求的火球召喚術。許多神仙不會浪費力量在不須法術就可輕易做到的普通事物上。但在前期，我想盡可能地練習，對我來說，沒有太微小或太乏味的任務。有一次，我不假思索地召喚了一根髮簪，以超乎預期的力量插進力偉的髮髻中，他的頭猛然往後一拉，他發出被嚇到的呼吸聲，但他還是笑著看了我一眼。我不再從黑暗中胡亂摸索捕捉這銀光——我已穩定地掌握我的能量，我的法力不受約束地流動。

經過幾個月的訓練，道明老師帶我來到崇明堂外一座生意盎然的花園。那是個無風的早晨，湖泊平靜地如一面鏡子。當她舉起手，五個發光的球體在空中成形。第一個火球變成跳動的火舌，第二個形成半透明的水，第三個是一塊銅土，第四個變成盤旋的朦朧霧氣。

火、水、土、風。我想起她之前上課時教的法術四元素屬性技能。我瞥見最後一個球，散發著深紅色的光：「這是什麼？」

「生命之術，可療癒身體的傷及病痛，屬於內在技能之一。」她表情有點嚴肅，嘴唇抿成一條線。

「之一？那其他的呢？」

她嚴厲地盯著我，忽略我的疑問。「星銀，最強的元素屬性技能是哪個？」

我將手掌放到球體上，熱氣跟來自其他能量的冷氣相互混合。課堂上的一些片段在我腦海裡閃過，土可以剋火，火可以燒土。風可以煽動火，也能熄滅火。我的思緒纏繞成矛盾的迷宮。

「這取決於互相抗衡的技能力量大小。」我終於回答。

她眉頭緊皺，「只答對一半。」我低下頭，希望我之前課堂上能再專心一點。

她繼續說：「每一個技能都有自己的優勢與弱點。這四種可以同等強大。最重要的是施法術者的力量，他們的生命力決定能支配多少力量，以及能運用的技巧。」當她將手掌放到前一兩個球體，火球跳更高，吞滅了水，但下一刻，大水湧出熄滅了火。

「那些夠強大到可專精技能的神仙，首先要先發掘他們的強項。大多數的神仙專注一項，也許兩項。火跟生命之術是力偉太子的強項，而天皇是唯一少數能專精所有技能的，他甚至可以導引天焰。」

「天焰？」我第一次聽到這東西。

「由神仙操縱出來的閃電，是一種稀有且強大的法術。非僅僅使用單一元素屬性技能，而是自身法力獨特的匯聚融合。」

她手指輕輕一彈，火焰重新燃起。「對有些神仙來說，他們的技能是與生俱來的。但大多數的我們，它源自我們的自然環境——也許因為我們不自覺地吸收來自我們周圍的能量。生活在於森林及山野中的神仙，較擅長土及風之術。鳳凰神仙擅長火之術，海神則是能施展最強勁的水之術。天庭中各神仙的技能會因元素不同而異。」她轉向我，表情嚴肅地問：「妳是哪一種呢？」

我心裡掠過一股興奮。道明老師認為我可以進階了！大部分的神仙擁有足夠的法力，能施展一些普通的小法術——點燃火焰、治癒微小傷口、和召喚細雨。然而真正的能力在於精通技能，而這需要足夠強大的生命力。據說一些高等法術強大到一次就能耗盡較弱的神仙的能量。

跟隨她的指導，我伸手觸碰那發光的球體，在發光的銀色雲層中釋放我的能量。風、土和生命之術，一下就消逝了。火球越燒越旺，但一陣強風從半透明水球湧動過來，熄滅了火焰，然後又衝向花園，柳樹迅速彎腰，在湖中攪起陣陣漣漪。

道明老師手一揮，那陣風停下來，隨後消失。她嘴角上揚，露出少見的微笑，我的心跳得像打鼓一樣。這風在原本寧靜的花園造成極大的破壞；散落一地的落葉、樹木瘋狂地搖擺著、柳樹的斷枝在水中拖曳。這是我做的嗎？

「妳的技能在風，但也很適合火元素。」道明老師觀察。

感到興奮同時，我不斷想著她無意間透露出的事情。我指著那些發光的球體問說：「這些是所有的技能了嗎？」

一道陰影掠過她的臉龐，「時間晚了，先下課吧。」她突然說。

好奇心與禮貌交戰著，我鞠了躬，謝謝她的授課，但我迸出疑問：「如果生命之術是內在技能之一，那還有什麼其他內在技能？」

「那是禁止的。」她不再多說什麼，隨即離開。

★　★　★

她奇怪的舉止令我更感好奇，像顆大石壓在心中一整天。晚餐時，我意興闌珊地用餐，紅椒炒蝦幾乎食之無味。

「妳不餓嗎？」力偉問，他把筷子放在碗上。

我猶豫了，道明老師說那是禁止的，但是……他是唯一會告訴我的可能對象。「除了生命之術，還有哪些是屬於內在技能？」

他沉默一陣，我猜想他可能也會對我隱瞞。「我們是否不被允許提起這種事情？」我搖搖頭，「抱歉，我不想讓你洩露任何你不該說的。」

他放下筷子，手指以不安的節奏敲打桌面。「只有另外一個：心之術。這曾經是最強大的技能，然而幾世紀前，我父親聯合同盟譴責這種法術，全仙域禁止使用。」

我將茶壺倒滿熱水，倒入杯子前讓茶葉浸泡一陣。「為什麼他要這麼做？」

「使用心之術的恐怖傳說逐漸浮出水面——他們會飲用凡人的血，啃食孩童的肉來保持他們的法力，力量增強的同時也使他們的樣貌早已扭曲變形。」他皺眉。「或許是謠言？畢竟他們就像我們一樣是神仙，我們唯一知道的差別就是他們的眼睛會像寶石般閃爍。」

「他們的力量真的那麼邪惡嗎？」我問。

「有部分的心之術技能可以強迫他人違背自身意願去執行命令，做出一些令人髮指的惡行。妳想想看，被迫去攻擊他人？去傷害妳的至親？」

想到此，我不禁發抖，「怎麼可能有這種事？」

「幸運的是，極少數的人能真正做到。生命力越強，就越難被強迫，因為這需要更多的能量。熟練心之術者只能短暫地控制強大的神仙。」他臉上閃過一絲陰影。「然而即使只發生一次，也是不被容忍的，縱使只是一瞬間，都足以毀掉一個生命，心靈的牢獄比身體的更糟。」

「許多神仙都擁有這樣的能力嗎？為何我們沒被警告呢？」

「我父親不喜歡有人談論這種事。此外，這是罕見的技能，就連我父親都不會使用。」

我內心一部分忍不住猜想，這可能是天皇厭惡心之術的原因了，因為他無法理解它，因為他掌握不了它。但我隱藏了這個念頭，沒有大聲說出來。不論我與力偉有多親近，我不能忘記他畢竟是天皇的兒子。

他繼續說道：「他們大部分來自於雲城，那裡曾經是我們天庭的領地，與黃金沙漠相接。當這禁令公布，少部分的神仙自願封印自己的能力並居留在天庭，然而大部分都拒絕。」

「要犧牲多年的研究跟練習，的確很困難。」我大膽說出，想著自己花了多少時間才習得一點技能。

「那些放棄的神仙得到豐厚的補償。那些雲城的神仙們被野心勃勃的新興勢力鼓動，發動政變，自立稱王。他們宣告與我們分裂後，我父親燒毀了記載他們魔法的古書卷，並將灰燼埋在四海深處。」

嚴厲的報復。「那最後呢？」我問道。

「不幸的是，雲城國王取回灰燼並修復古書卷。他那時很虛弱，但不知從哪裡修習到黑法術，他的能力突破以往。隨著與北海及西海建立新聯盟，他向我們宣戰。這場戰爭損失慘重，上千名神仙喪生——直到協議休戰。然而，我的父親發誓不讓任何雲城神仙再次進到天庭。」

我回想平兒跟我說的有關仙域八個國度的故事，故事中從來都沒有提到雲城。

「它是否已變成另一個王國的一部分呢？」

他停頓後回答：「現在它被稱為魔界。」

我被茶嗆到，不停的咳嗽及喘氣，力偉遞給我一條手巾並幫我擦拭下巴。據說魔界是一座迷霧之都，上頭住著野獸、怪物、及邪魔神仙。不知為何，鄙視他們比理解他們容易——就像力偉說的——他們就跟我們一樣。

我腦海中快速轉動之前聽到有關魔界的片段資訊，我忍不住問：「你贊成你父親的做法嗎？」

他做了個鬼臉說：「根據我父親的說法，沒有恐懼就沒有尊重。要成為強權領袖，就需要鐵腕治理，用更大的力量來摧毀抵抗者。我對他感到失望，他責備我太軟弱，但不管他怎樣做，我無法改變自己的身分。」

「他做了什麼？」我胃一緊，之前未曾看過力偉這樣困擾。

他將手握拳放在桌上，低聲說：「他只是認為這樣對我最好。然而一旦我登基，我一定不會像他這樣統治。」

我伸出手，碰觸他緊握的手安慰他。關於偉大國王及皇后的故事，不論是凡人或神仙，我的了解都來自於課堂及書本。但我可以確認一件事，就是天庭，或任何國度，在一位願意傾聽、開放心態的統治者的領導下，絕對會比要求絕對遵從的統治者的掌控下來得好。

我對天后沒好感，更別說囚禁我母親的天皇，雖然我們從未謀面。我從流言蜚語及個人觀察看來，力偉完全不像他父母親。不像許多掌權者，他無意壓迫或詆毀他人。他也從不輕視我，我見識過太多這種自以為優越的人了。他從一個帶來歡笑的朋友變成一個耐心的教練，不論扮演任何角色，他的關心及體諒令我感到溫暖。每當我們在課堂辯論或切磋技藝時，他驅策我要自我提升，從不占我便宜。每晚我全身痠痛且疲憊地就寢，我想到他的平等對待便內心感到溫暖。

★　★　★

射箭是我大放異彩的技能──無論是較輕快的短弓、還是要求更高精確度的長弓。很快地，一些軍官指導他們的部隊時，要他們觀察我訓練時的表現。他們站在旁邊讓我很不安；我害怕出醜、掉箭或沒擊中。但每當我拉弓引箭，我的內心便充滿平靜。也許透過道明老師的訓練，雖然還不盡完美，我在情緒控制上有所改善。

某天下午，我抵達射箭場時發現設置不太一樣，只有兩個靶板在遠處。力偉站在那，兩手各握著一把弓。建允將軍站在他身後，跟著一小群士兵，淑曉也在其中。

「已經三個月了，妳忘了嗎？」力偉大喊。

想起當時輕率接受的賭注，我的心一沉。儘管如此，當我接過他遞來的弓時，仍以燦爛的微笑來掩飾。「當然沒有，規則是什麼？」

「各三支箭？」他提議。「得到最多分的，就是贏家。」

我點頭表示同意，移動腳步站到線後方。他的箭咻咻咻地飛向了靶心，但我轉移了視線。他表現太好會讓我無法承受而分心。我專注地注視靶板，發出了第一支箭，刺穿中心點。第二支緊隨在後，射中深紅色靶心。最後一箭剛好射中前箭，將它分成兩半。三支完美得點，我開始得意忘形——直到我看見力偉的靶板，跟我的靶板就像照鏡子般。

建允將軍皺了皺眉，無法決定誰獲得勝利。他大步走向兵器架前，拿出一個跟我拳頭般大的陶土圓盤。「我們高級射箭手會用這個來練習技巧，當這個圓盤一放開，就會往天空飛去，先將它射擊下的，就是贏家。」

我沒有針對移動目標的射擊經驗，我內心嘀咕。

「這對星銀或許來說太難了。」力偉說。

自尊心戰勝了我，「沒關係。」我直截了當地說，並拉弓引箭。

建允將軍將圓盤往上一丟，它衝向空中，比預期還快。我眨了眨眼，還在猶豫不決，我的箭射向盤旋中的圓盤……而力偉的金箭已粉碎陶盤。

我壓抑失望，這是場公平的比賽。「你贏了。」我不情願地承認。

「我明天再來收拾碎片啊。」他對著我咧嘴一笑，令我更火大。「再一兩個月，我一定能打敗你，下次你好好準備！」他已大步離開，我怒視著他的背影，顧不得失去風度。

淑曉拍拍我的肩膀說：「差一點，有那麼一刻我以為妳要贏了，但那種會飛的標靶太難了，我大半也無法擊中。」

「差一點還是不夠好。」

她做了鬼臉說：「別對自己太苛刻了，雖然他今天打敗妳，但妳才受訓短短幾個月。」

受到她的話鼓舞，我轉向建允將軍，他的頭偏向一邊，正在凝視著靶板，眼裡閃爍著評估的光芒。

「建允將軍，我可以再試一次嗎？」我不會再輸第二次。

# 8

一陣大力的敲門聲把我驚醒。

「星銀，妳起床了嗎？」力偉在外面大喊。

我打個哈欠，四肢跟眼睛因睡意感到沉重。「太陽升起再過來！」

「不行。」他聽起來非常雀躍。「需要我提醒妳一下我們之前的賭注嗎？」

我瞪了他一眼，白費力氣，因為他看不到。我多想繼續躺在床上，不予理會，讓他自己一人在外頭等，但這樣太任性且無意義。畢竟人家可是貴為太子，但更重要的是，我已經承諾他了。我把被子踢開起身，實在太累所以我懶得把水加熱，便用冷水洗臉，然後套上一件絲綢長袍，將頭髮梳一個低髻。我一走出門，看到力偉靠在牆邊，不耐煩地踢腳。他穿著簡單的素灰色錦緞衣物，頭髮以一條黑絲帶紮著。

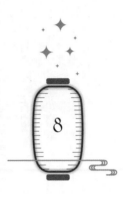

外頭還很暗，只看得見紅木燈籠發出的光，甚至膳房都還未起床準備早膳。

「我們要去哪裡呢？」當我們匆匆穿過庭院時，我問力偉。

「宮殿外面。今早我們沒有課，因為老師們都要上朝當我父親的聽眾。建允將軍也放了我們一天假，因為文智將領從戰場歸來。」

我豎起耳朵，文智將領是天庭裡最年輕且最知名的勇士。士兵們談論他的戰蹟，以及他的劍術及弓法如此令人敬佩，我好奇心被激起。可惜的是，他常常在外出任務，他的仰慕者望眼欲穿——當他歸來時，也很少久留。我曾想像在練習場遇到他，今天錯失這個機會讓我有些失望。

然而，一想到要離開宮殿，我就感到興奮。當我跟著力偉來到堅厚石牆環繞的庭院時，他的能量脈動滑過我的肌膚，像陽光下的微風般溫暖。

「我在隱藏我們的氣息。」他解釋，「不然侍衛會發現我們離開。」

從他鬼鬼祟祟的舉止看來，這是微服私訪。難怪我們沒有從正門出去，因為他被禁止沒有侍衛或隨扈在側時獨自外出。只有等他即位後，他才能夠隨心所欲自由進出。

我很好奇地問：「我的氣息如何？我可以感覺到在我周圍的那些你的氣息，不是我自己的。」

他專注地看著我，我既期待又緊張。

「雨。」他終於回答。

「雨？」我重複說，感覺夢想泡泡被戳破。聽起來悲傷又沉悶，一點也不令人興奮。

「銀色的暴風雨；強烈、堅韌、不受拘束。」

他的話意外使我感到溫暖。

他咧嘴一笑說：「妳喜歡這個解釋嗎？」

我短暫的欣喜被澆熄，「如果你是認真說的話。」

「我說任何話都是認真的，也許這也是為何我父親不喜歡我。」他現在聽起來有點憂鬱，剛剛那種戲弄的態度消失了。

為了讓他心情變好，我問：「你剛剛這樣做就可以讓我們穿越這道牆了嗎？」

「當然不，要有耐心。」周圍的空氣再次微微閃爍，他的眼睛專注前方。一陣風吹過，將我們吹向空中，我心跳加速，接著我們被甩向牆外，我的胃開始翻騰，最後降落至一座廣大森林邊緣。

我踉踉蹌蹌抓住一棵樹，呼吸急促，那種從空中跌落的虛無，那個令人不快的回憶猛然湧上心頭。我回想起必須從平兒的雲朵一躍而下那一瞬間的恐懼。

力偉看著我，「妳在發抖，發生什麼事了？」

我無法回應，我蹲在地上，用雙臂扶著額頭。

整個早上他一直催促著我，但現在他安靜地坐在我身邊耐心陪伴。他扶著我的肩將我靠向他。我深深吸一口氣，聞到了他的氣息，像春天的草地，清新且帶著淡淡的甜味。

慢慢地，他的溫暖傳入我顫抖的身體，直到我再度穩定下來。突然意識到兩人太過緊靠，我稍微挪移，雙手環抱膝蓋，試著不去想沒了他的懷抱，我感到多寒冷。

「我好多了，我們不需要在這裡繼續坐著。」我說。

「發生什麼事了？」他溫柔地問。

「我……我不喜歡墜落。」一小部分是事實，小到毫無破綻。

地上傳來的腳步撞擊聲越來越大，侍衛在此區巡邏？力偉拉著我的手，協助我站起身，我們衝進森林。

「我第一次遇見你時，你就是這樣溜出去的嗎？」當我們奔跑時，我問他。經過幾個月的訓練，我發現越來越容易跟上他的步伐。

「是的，我很好奇我的伴讀是怎樣的人，因為要時常共處，所以希望確保伴讀不煩人、不可怕或沉悶。金蓮府之前我已經拜訪六間宅邸。」

「你為何要舉辦這場競試？」我想知道。

「朋友，真正的朋友，很難在玉宇天宮裡找到。」他的坦率讓我驚訝。無數的朝臣跟貴族希望得到他的注意。我部分的職責，是處理每天湧入恆寧苑的禮物跟邀約。力偉對大部分的請求都視若無睹，寧願在房間內閱讀或繪畫，也不願參加任何宴會。

「有時候我會問我自己。」他繼續低聲說著，「如果我不是天皇的兒子，這個非我自己掙來的位階，誰會真的來跟我做朋友？」

**我會**。

話到舌邊，但我不能大聲說出。事實確實是如此，我會這種回答，聽起來就像空洞的諂媚。多少次我希望他**不是**天皇的兒子？而我也不用再為了保護我的至親而說謊與隱瞞身分。

「舉辦這競試，是因為希望有新的人選，不受野心或貪婪影響的新人選。我母親設了條件阻擾我，但幸運的是，我遇見了妳。」

這是他第一次告訴我為何要幫我參與這選拔。「我以為你幫我是因為出於憐憫。」我羞愧地承認，我不值得他的同情，尤其我已經誤導他，讓他以為我雙親去世，但我要如何不用更多的謊言來修正呢？

他燦爛地笑，「我幫助妳是因為我**喜歡**妳。妳說出自己的心聲，妳為自己感到驕傲，很誠實說出自己想要的，且毫無畏懼去追求。當妳不知道我是誰時，妳不會對我偽裝自己，而現在依然如此。」

愧疚澆熄了我胸口的光芒，我發現我無法承受他的凝視。我在偽裝，從一開始就是。我是我自己，但我不是他認為的我。

他繼續說，無視我的不安，「當我跟妳在一起時，我感覺妳是真心對我，並非看上我的皇冠或地位，也非我能給予的恩惠。」他嘆了口氣，露出誇張的倦容，「完全不知道這是挖了什麼坑給自己跳。現在每晚睡覺時，耳畔就響起妳對我的攻擊、對我的羞辱，害我都睡不好，好疲憊呀。」

「那都是你自找的！」我反駁，「容我提醒你，是**你**日日夜夜堅持找我吵架的！」我忽視他伸出的手，怒瞪著他。

力偉故意清清喉嚨，「那也容**我**提醒妳，妳現在沒有遵守我們的賭約。」

我吞回幾個快說出口的指責，接過他的手。當他強而有力的手緊握住我的手時，我試圖平息我突如其來激烈的心跳。

我們漫步穿越森林，聽到聲響時停下了腳步。彷彿有生命般，空氣嗡嗡作響，充斥著混雜的仙氣。

「我們到了。」他拉著我穿過樹林，眼前一大片空地。

好幾十個攤販聚集在一起，像貝殼螺旋紋般繞成一個圈。攤位是以紅黑、藍黃相間的漆木製成，屋頂有彩繪標誌。令人垂涎欲滴的新奇誘人食物香味瀰漫空中，而且一大早已經相當擁擠，眾仙們帶著興奮情緒東張西望瀏覽著。

「這是什麼地方？」我喘著氣，充滿驚奇地發問。

看到我的反應，他似乎很開心。「這個市集五年舉辦一次。從黎明到中午結束。各路神仙會來此交易財物、法術用品或稀奇珍寶。」

當我們大步往空地深處走去時，眾仙望向力偉，就像向日葵對著太陽般。即使沒有皇家服飾，他的行為外型仍然顯眼。他不予理會，眾仙又把目光轉向我，要麼瞇眼猜測，要麼目瞪口呆。我們是很不協調的一對，但我幹嘛在乎他們明擺在臉上的評論呢？今天沒有什麼事能打壞我的興致，我很高興跟他一起來市集。

當我們經過攤販時，攤商大聲吆喝吸引客人：

「有法力的護身符！」

「來自凡間的荔枝！」

「火焰谷的紅寶石！」

顧客們用以物易物的方式換到他們想要的東西，從閃亮的寶石和我拇指大小的珍珠，到香包草藥及珍貴金屬指環。我每個攤位都想逗留，但力偉一直催促我。

「我們只剩幾個小時，市場快要關了。最稀有的東西在更裡面，靠近中心。」他解釋。

「崑崙山的茶葉！」一位年輕女子喊著，並向經過的眾仙遞茶。她的茶香撲鼻而來，馬上吸引大排長龍的客人，力偉跟我也在其中。

崑崙山底下世界蘊藏著巨大神祕力量，是凡間裡唯一允許神仙居住的地方，只要能做到深藏不露。那裡生長著稀有的花卉植物，是由凡人及神仙們獨特和諧的能量培育出來的品種。啜飲著茶，我發現它美妙無比，濃郁芬芳，微微苦澀反而增加風味。力偉拿出玉戒交換了幾袋絲綢裝的茶。

「為什麼是用戒指？」我問，「為何是玉、草藥這類的做交換？」

「有些是裝飾，但有些擁有獨特的特性或能力，這些戒指——」他舉起他的荷囊，「每一個都有能量碎片，運用法術時有幫助。」

一個堆滿貝殼的攤子吸引我的注意。有些貝殼像我拳頭般大，有的如我指甲般小。顏色從純白到天藍色都有，有些還帶著蓮花瓣般的一抹紅暈。

「這些貝殼已施以法術，可以捕捉妳喜歡的聲音、旋律，甚至親人的聲音。它們是從南海最深處的海域挑選來的。」攤商驕傲地說。

南海，平兒的家鄉。我選了一個美麗的白色貝殼，手指滑過它的線條。然而，我沒有東西可以交換，我放了回去。力偉站在我身旁，拿出一枚紅玉戒遞給攤商。我拉住他的手臂，不想要讓他買給我。

「我可以用一首歌跟你交換這個貝殼嗎？」我問攤商。「我可以演奏一首曲子，記錄在這些貝殼裡，或許可以增加價值。」

「妳演奏得很好嗎？」他轉移視線望向他處，想找尋不那麼麻煩的顧客。

趁他轉移注意力之前，我趕快拿出我的笛子，開始演奏一首生動、關於雨聲滴答地落在竹林裡的曲子，是我母親最喜愛的歌曲之一。當曲子結束，我嚇了一跳，發現身邊站著一小群聽眾，手上遞來彩色玉石或銀戒。我來不及拒絕，貝殼攤商衡過來拿走所有東西。他敏捷地將我想要的白色貝殼包好，連同我賺得的一半寶物放到我的手掌心，剩下一半則落入他自己的荷囊裡。

「很高興跟妳做生意。」攤商眨眼說著。

我張著嘴還未回神，力偉拍拍我的背。「妳下次應該在旁邊擺一攤。」他戲弄的口氣建議。

我咧嘴一笑，「那你要做什麼？坐在一旁販售你的畫？」

他偏頭，眼睛發亮，「或許，我們可以在仙域旅行，選一個地點停留，直到感到無聊後離開，這會是個美好的生活方式。」

「是啊，確實是。」我抑制不住就脫口回應。**不可能的**，一個聲音在我心中低語，說著我早認清的事實。太子殿下注定不可能過那種不受責任或義務約束的生活，而且這種漫無目的的流浪生活下，我要如何幫助我母親？我怎麼可以放下她？讓她獨自受困月宮，而我放縱自私的衝動？

我們之間一陣寂靜，空氣突然變得緊張。為了轉移他的注意力，我舉起手掌展示我的收穫——一對銀戒、兩顆水滴狀琥珀，以及一小顆藍寶石。

「我們來買點早餐吧。」我說，假裝剛剛的對話已拋到九霄雲外。

我們買了新鮮荔枝、韭菜煎餃、杏仁糕。我們邊吃邊逛市場，手指沾滿了油、糖及糕餅屑。剝下荔枝紅色鱗片紋的果皮，它半透明的果肉比蜂蜜還甜。力偉形容它細緻的風味好比耗時三個世紀才熟成的仙桃。可惜荔枝沒有任何法力效果。

快正中午時，我們抵達了市場尾端，螺旋狀攤位的中央。最後一攤上方掛著小小的黑漆木招牌，寫著「珍貴飾品」，攤販主人安靜地坐在商品堆中，沒有叫賣也沒有招呼客人。她的盤子上擺滿著雕刻的碧玉、玉石、紅玉髓及綠松石，可以繫在腰間的裝飾物。力偉挑了兩個精緻的白玉飾品，玉上雕刻無數的結，象徵長壽與吉祥，上頭綁著一顆晶瑩剔透的淚滴狀寶石，下頭垂掛著蔚藍色的絲質流蘇。

看出他有興趣，攤商靠近了一點，「少爺，你真是好品味。這些是天空之雫流蘇。請親朋好友們注入一點點他們的能量，當寶石清徹時，代表他們平安；寶石變紅時，代表他們處於極度危險之中，還可以利用流蘇找到他們。」

「這些我要了。」力偉數著十個青綠玉戒遞給她。她一邊感謝，一邊將戒子往袖口塞。

力偉張開手掌，用大拇指擦拭其中一顆寶石，他的魔法在旋轉，清澈的寶石現在閃爍著金黃色光點。

他將它遞給我，但我沒有收下，「這是要做什麼？」

「我不能贈送朋友一個禮物嗎？」當他一開口，我以為他要提醒我們之間的賭注，但他卻說：「如果妳願意收下，我會非常高興。」他目光緊緊地盯著我的雙眼。

我點點頭，找不到其他理由。他對我微笑，接著彎下腰將流蘇繫在我腰間。玉石無聲地在我素色絲綢衣服前閃閃發光，真希望我也有東西可以給他作為交換。

「謝謝，我會永遠珍惜它。」我跟他說。

「沒錯。」他嚴肅地說。「這樣當我陷入危險時，妳就會知道，也就沒有理由不來解救我。」

我大笑，天庭太子殿下需要我的幫助，真是一個不可思議的想法。

他遞給我另一個流蘇，「現在換妳，將妳的能量注入這顆玉石中。」

我呆住，「你確定？」

「朋友應該互相照應。如果妳也願意的話？」他聲音中微微的猶豫刺痛了我，他認為我會拒絕嗎？我很珍惜他這一點——縱使地位再高，他從來不會頤指氣使，總是讓我公平選擇。

我將手指壓在玉石上，釋放並注入我的能量，跟我腰間那顆一樣也微微發光，但深處閃爍著銀光。力偉帶著微笑，將那條綁在他的黑色腰帶上。

「一個太陽，一個月亮，很合適的一對。」攤商拿起她的托盤時補充說明。我看著她——不太確定她的意思——但是因為其他客人走近，於是我們便離開了。

正午時分，眾仙散場，白灰色的漩渦狀雲朵遮住了市場。攤販們開始收拾，踏上各自的雲朵，旋風似離開。不到一會兒的時間，市場的痕跡瞬間消失，彷彿從來沒有存在過——除了我腰間玉石的重量、唇齒留香的荔枝餘韻，以及在我內心深處感到的溫暖。

# 9

天庭裡四季沒有變化，無法記錄流逝的時間。兩年如風般飛逝，要不是月有陰晴圓缺，我幾乎數不清多少日子更替。這裡安逸的生活讓我想起家鄉，想到母親時，胸口便感到刺痛。我好想再見她一面，而不是看著空中遙遠的光點。我安慰自己，至少我在這裡找到了目標，這是以前從未擁有過的：我要努力提升自己，尋找回家的路。

從早到晚，我跟力偉都在一起研讀，以及在練習場切磋。用膳是我最喜歡的時光，我們會談論任何天馬行空的、嚴肅的、或者玩笑的話題。有一次力偉問我關於家鄉及父母如何離世的事，我難以啟齒，真希望自己能夠跟他坦白。從他抿嘴的表情，我看得出他對我的沉默感到失望。我內心感到苦痛——我並非無情，對於欺騙他一事，我深感內疚。我們之間的友誼，比任何東西都來得重要。

明天是他的生日，今年預計舉辦一場盛大的特殊慶典，宣示他作為儲君就位，並開始參與宮廷事務的里程碑。他邀請我參加，但我婉拒了，實在沒興趣一整晚與天皇天后及朝臣們周旋。我一直為準備他的禮物而苦惱，身上沒有什麼有價值的東西，最後我決定為他作一首曲子。儘管他自己不會演奏樂器，但他對音樂有著很敏銳的鑑賞能力。由於我只能在深夜或大清早時創作，所以耗時比預期的久。我在房間周圍編織了隱蔽罩，以免樂聲飄過庭院。

我在抽屜裡翻找，拿出幾年前於市集買的白色貝殼。它在我手掌上發光，彎曲的螺旋以優雅捲紋收尾。我將貝殼置於桌上，施法召喚一陣風喚醒它。我舉起笛子放到嘴邊，將呼吸滑入樂器中。當旋律緩緩流出時，貝殼閃閃發光，最後一個音符停頓後，光芒便消失了。已經花了太久時間，我要遲到了，我急忙用絲綢將貝殼包好。

我衝過庭院，在他的房廳外停下。一股強大的氣息從裡面傳出——鋸齒狀、尖銳且強烈的——一種我至今極力避免接觸的。當我手心冒汗，打開房門走入門內，看到天后站在力偉身旁，侍從們站在她身後。她的綠色長袍像苔蘚般鋪在地上，葉片形狀的金髮簪在她頭髮上閃著光芒。我從沒有這麼近距離看過天后，被迫與母親分開的記憶在我腦海裡閃過，彷若昨日之事。

我按照宮裡規矩，下跪行禮，彎著身子直到額頭與手掌碰地。

天后沒有允許我起身。「這是太子伴讀該有的行為嗎？晚起遲到，讓我的兒子獨自一人上課？」她的語氣滿是責備。

我應該要道歉並請求原諒，但雖然我的身體因緊張而僵硬，但我依然嘴唇緊閉。我不再是那個畏畏縮縮的孩子，也不會害怕她的影子。

「起身。」力偉說。

我抬起頭來，但仍然跪著，不想讓天后有任何開除我的理由。

「尊敬的母后，星銀今早會遲到是因為我的命令。」力偉看著我說：「妳找到雪蔘了嗎？」

「是的。」我很感謝他腦子動得快。

「那妳可以拿去膳房去燉個補品嗎？要求他們午膳時送去給天皇天后陛下。」

我感覺到那些侍從們的戒備，趕緊叩頭表示感謝，站起身，匆忙走到門口，急於逃離。

天后的聲音在我轉身退下後飄來，明顯語氣變得欣喜地說：「力偉，你真孝順。」她稱讚道，「明天的宴會將非常盛大。花界與森林界的神仙都會共襄盛舉，海王也會加入我們——這是一個難得的機會表達我們對四海的善意。同時我們也很榮幸邀請到鳳金皇后及她的女兒。」

「鳳美公主？」力偉問，聲音聽起來似乎被嗆到。

「當然，鳳凰城是我們最重要的聯盟——更甚以往，因為魔界的詛咒威脅仍然籠罩著我們。」天后以一種意味深長的語氣繼續說道：「我希望你能做個用心的主人，你很清楚我對你的期望。」

站在門外，我同情地回頭看了一眼力偉。他很不喜歡那樣的場合，總是盡可能地婉拒參加。但是他不可能逃離自己的慶典，尤其是他的母親會用敏銳的眼神盯著他的一舉一動。

力偉跟我在庭院角落種植一小片花園。拿起鏟子，我挖出一個月前播種的雪蔘。通常這種人蔘需要數年的培育才能收成，但力偉施了助長的法術。我欣賞這完美成型的雪蔘，潔白如半透明般。用它來解救我，我覺得很值得。在熙熙攘攘的膳房，我找到熟識的敏宜，將雪蔘交給她後，我決定留下來等她準備我們的食物。

她打量我，鼻子一皺說：「星銀，妳臉色蒼白，妳平常有吃飽嗎？」

「我今天早上遲到，被天后陛下責罵了。」我告訴她。

她表示同情地嘆了口氣。天后因她的脾氣而令人恐懼——暴躁、惡毒、易怒——少數人能倖免於難。

「我們的天后火氣太大。那些來自鳳凰城的大都脾氣火爆。」她說。

「鳳凰城？她不是來自天庭？」

她搖搖頭，鬼鬼祟祟地環顧四周。敏宜從那些來膳房的侍從們，得知很多故事及八卦。用美食交換最新消息是很容易的，尤其是傍晚時分來一杯紅酒，甚至可以鬆開緊閉的口風。比起蒐集八卦，她更愛的是跟朋友分享消息。

「與天皇結婚前，天后陛下是鳳凰城的公主。起初她脾氣沒有那麼壞，但在她的至親過世後，她的性格變糟了。」

這是我第一次聽到這故事，我甚至覺得不太可能，但聽到她的遭遇，我內心還是替她感到難過。「他們發生什麼事了？」

敏宜臉色一沉：「是個悲劇。天后是羲和娘娘的親戚，羲和娘娘是太陽女神，居住在東邊的芬芳扶桑林。她有十個孩子，常常駕著鳳凰戰車載著他們一次又一次地穿越仙界各地。她的孩子們是光和熱的強大生靈，在凡間被稱作太陽。」

我內心一涼，「十個孩子？十個太陽？天后的親戚？」

敏宜攪拌著蒸鍋裡的麵，幸好她沒有察覺我越來越苦惱，她繼續說：「鳳凰是三足太陽鳥的近親。」

太陽鳥。這個詞烙印在我心裡。「是怎麼一回事？」我快透不過氣。

「好幾年前，羲和娘娘受到重傷，天后為了幫助她，派了信任的將軍前往芬芳扶桑林，代替她駕駛戰車。一次僅能允許一個太陽鳥跟隨，然而他們不服從，十個一起躍上戰車，在將軍阻擋之前一飛沖天。這群太陽鳥甚至不想回來，日日夜夜在天空翱翔。」敏宜停頓了一下，「那是很慘的日子，閃耀的光芒及炙熱的天氣，凡人深受其害，他們脆弱的世界被燒到接近毀滅。」

她繼續說：「天皇派了使者前往訓斥太陽鳥們，但他們都不予理會。他們非常敏捷，難以捕捉。天皇大可以親自去擊退他們，但天后掩護他們免於攻擊。在她的保護之下，太陽鳥們幾乎要把整個世界燒成灰燼——但最後他們被一位勇敢的凡人射下。

**是我父親**。我雙腿顫抖著，手緊抓著桌緣，手肘打翻了一碗黃梅，滾落滿地。

避免跟生氣的御廚對到眼，我彎下腰撿果子，慶幸如此一來遮住了我的表情。我在腦海中仔細翻閱曾經於書上看到的模糊記憶——凡人傳頌的關於我父親的故事。其中提到太陽鳥受到眾神們的偏愛與保護。但竟然是天后的血親？這也難怪天后千方百計要懲罰我的父親。

喉嚨逐漸乾渴，我嚥了口水，「那個凡人……後來怎麼了？」

敏宜在兩碗麵上灑上青綠色的韭菜末，將碗放到漆木托盤上，最後突然想到似，她再放了一小盤的蔬菜跟一份煎餃。我忍住想抓著她手臂把故事後續搖晃出來的衝動。

「哦，那個凡人受到了天皇的嘉獎，獲得了長生不老仙丹的賞賜。」

「天皇陛下沒有因為他殺了天后的親戚而震怒嗎？」我隱藏不住聲音裡的急迫。

敏宜傾身靠近，小聲地說：「聽說擊落太陽鳥這件事，天皇也參與協助。這凡人用施了法術的冰弓射擊太陽鳥，他還戴著護身符保護，避免受到太陽鳥的火焰傷害。一個微小的凡人怎麼可能擁有這些寶物，況且若沒有天皇陛下的庇佑，一介凡人又如何能使用神器？」

我感到震驚。為何天皇會如此做？為何他不親自阻止太陽鳥？僅是為了避免跟天后衝突嗎？

「那接下來呢？」我問，雖然我也害怕聽見她的回答。

她很驚訝地抬頭一看，也許她覺得這就是故事結尾了。世界被拯救，凡人獲得天皇獎賞。「羲和娘娘對於孩子的死非常憤怒，斷絕了與天后的一切聯繫。同樣有血緣關係的太陽女神——鳳金皇后也被激怒，先前許多傳聞說她的女兒跟太子殿下聯姻，現在聽說取消了！真可惜，這應該是個天作之合。有些輿論抱怨鳳美公主比太子殿下年長一百歲，但對我們仙界，這差距真的微不足道。」

力偉從來沒有談論過這個婚約，然而我理解為何他早上聽到這個名字時，反應這麼奇怪了。關於他的桃花謠言太多，我從來都視如風吹落的花瓣——落地即淡忘，但這不是我現在想知道的重點。

「那個凡人的生死呢？賞賜仙丹之後呢？」我試探性地問，希望她不會注意到我熱切的興趣。也許我能得到一些關於我父親下落的線索。

敏宜皺眉，端起陶壺放到托盤上，芬芳繚繞的茉莉花香撲鼻而來。「那位凡人從來沒有升天成仙，沒人知道他後來如何了。」她聲音漸小並突然轉過身。

我沒有繼續追問她，敏宜不願意提到我母親升天成仙的事，我不感到驚訝。月之女神的懲處並非可自由談論的故事。天皇天后應該不會喜歡想起那些不愉快的事。

我向敏宜道謝，捧著滿是食物的托盤發楞地離開膳房。天后不喜歡我，認為我不適任做她兒子的伴讀。我打了個冷顫，想到如果她發現我父親就是射殺太陽鳥的人，必定更加憤怒。我深呼吸，試著平緩我絞痛的胃。我母親的直覺是對的，天后的確對我父親懷恨在心。她不會憐憫我們，不會放過任何機會毀掉我們。我下定決心不要讓她得逞，雖然我現在無能為力，除了努力工作，我要增強技能，找到方法保護我們的安全。

★　★　★

當我回到力偉的房內，天后已離開，我鬆了一口氣，實在沒有心情假裝尊重與順從。我們安靜地用膳，今天我們誰都沒打算閒聊。敏宜的煎餃包得很精緻，內餡填滿著豬肉及韭菜，炸得酥脆金黃色的外皮——但現在嘗起來像白紙。

「星銀，妳看起來很累。」力偉察覺到。我雙手撫上臉頰，輕輕地想捏回血色，他是今早第二個說我臉色蒼白的。「我沒有睡好。」這個藉口連我都聽起來都沒說服力。

「別把我母親的話放在心上。她看似憤怒，但她只是為我操心過度罷了。」

我呆木地點點頭，深怕自己講錯話。拿起桌上我們的書本，站在門邊等他。

他從我手中拿走沉重的一疊書說：「我說過妳不用幫我拿東西。」

「你的母親會怎麼說？」我問。

「不要告訴她。」他說，拋給我一個你知我知的笑容。

我回以微笑，然而這無法消除我的不安。整個上午我無法專心聽課，被建允將軍訓斥，被道明老師責備。而現在，站在練箭場上與淑曉練習時，我整場失誤連連。

她閃躲過我偏移特別糟糕的一箭，箭矢埋入距離練習場一英呎遠的草叢堆裡。

「星銀，妳眼睛裡有灰塵嗎？」

在我回答前，建允將軍大步向我走來，緊繃著他凹陷的雙頰，我耗盡了他今天的耐心。「星銀，是不是我們的練習太過簡單，讓妳不再盡心盡力？」

我低下頭，羞愧油然而升。建允將軍費盡心思訓練力偉跟我，當許多老師只專注於太子殿下時，建允將軍對我們兩個付出的心力是均等的。

聽到建允將軍提高語調，正在與一位士兵練劍的力偉看了過來，他衝向前伸出劍——連著幾次精準擊出，瞬間贏了這場比武。他不慌不忙地走到我身邊，雖然我很高興得到他的支持，但我不想要讓他看見我丟臉。

建允將軍從兵器架上拿起一個皮革袋子，「我們今天來試試更具挑戰性的。如果妳失誤一次，今晚就留下來多練習一個小時。」

說完，他將袋內的東西丟向空中，十個小圓陶盤飛奔而出，每一個都不超過枇杷大小，「把全部擊下。」他咆哮著。

不等他話說完，我已擊中前面兩個，同一時間，我發出下一支箭，迅雷不及掩耳的速度擊下了另外三個，單膝跪地，我又射中了在空中盤旋的另兩個。最後三個速度快到幾乎看不見，我小心翼翼地瞄準射下一枚又一枚。最後一個圓盤在我眼底溜走，我閉上眼，在寂靜中緊張地聽聲辨位。我清空腦袋中所有思緒，耳邊傳來振動聲，一陣風的細語，砰的一聲我放開箭，粉碎了陶盤。

我靜止不動，突然的寧靜及聚集的群眾令我不安，接著一位我從未謀面，高瘦的士兵開始鼓掌，打破了凝結的空氣。淑曉歡呼，而力偉走向前，抱起我高舉轉圈。

「力偉，把我放下。」我喊著，意識到那些注視的眼神，不知為何，我發現我呼吸不順，脈搏不規律地跳動。

他大笑並將我放在地上，咧嘴大笑回到練劍場上。

士兵們逐漸散去，但建允將軍留下來端詳著我一陣子，「妳有沒有考慮過妳的未來？當妳不再擔任太子殿下的伴讀時？」他最後問道。

他直接了當的問題震撼了我。我從未想過我的職位會結束，但力偉很快將承擔起他的王室職責，課程將會縮減，然後我要做什麼？成為他的侍從，服侍他三餐及茶點？這個想法像塊炙熱的煤炭灼燒著我。

建允將軍沒有察覺到我的不安，繼續說：「妳的射箭技巧無可匹敵的，根據道明老師，妳的法力夠強大。我覺得妳在軍中能有很好的表現，妳的未來也能比太陽更閃耀。」

我的思緒隨著不同的可能發展轉動著，我的父親是位勇士，這是他通往榮耀的道路，射落太陽鳥並拯救世界。莫大的榮耀，沉重的負擔。他得到的獎賞是讓我與母親成仙的仙丹，雖然這也迫使我們分離。

我從發呆中驚醒，問道：「建允將軍，在軍隊裡要怎麼發展？」

「為了我們的國度而戰，展現最好的能力完成任務，保衛妳的同袍，多年的勤奮，服從和忠誠。為我們的天庭及天皇天后服務，還有什麼比這個更光榮的呢？」

他的語氣裡充滿了自豪。

出於對將軍的尊重，我忍住快到嘴邊的直接了當的拒絕，但我仍然忍不住撇嘴一笑。

他看起來沒有注意到，再度補充說：「有些士兵甚至夢想著贏得紅獅符，雖然這很難得到。」

「紅獅符？」我之前從來沒聽過。

「那是天庭軍隊的最高榮譽，會由天皇親自授符。持有者將獲得皇室特別禮遇。」

一股猛烈的希望在我胸口顫動。「要如何贏得這紅獅符？」我暗自咒罵自己語氣中的顫抖，希望他沒有聽出我的急切。

「以卓越的英勇、膽量或犧牲，為天庭奉獻。」他皺起眉頭。「然而這非妳該寄托的希望，在我有生之年，被授予紅獅符的人真的很少。」

建允將軍應該有百來歲了，還是千歲？幾年前還難以掌控能力的我，怎麼可能超越這些強大的戰士們？不，我不能允許自己這樣想，沒有去嘗試之前不能認輸。好幾世紀以來，眾多凡人中只有我的父親得到了天皇的重視，並贏得長生不老仙丹。我應該更加努力爭取。

但某種感覺抑制著我澎湃的興奮，如果我加入了天庭軍隊，我就必須離開恆寧苑。在這裡我很安全，雖然與母親分隔遙遠，我盡可能地讓自己開心。啊，我內心越來越糊塗，我不能忘掉我在此的理由——我被迫離家，來到玉宇天宮尋找回家的方法。建允將軍說的榮耀及奉獻並未打動我。這裡不是我的家。我無法對這裡忠誠，我甚至對天皇天后陛下懷恨在心，為了目的我願意忍氣吞聲。然而，這個提議讓我瞥見另一種可能的未來，我可以透過自己的優勢來發展，一個能讓母親自由的機會。比我那飛上月宮用法力解開她束縛枷鎖的瘋狂幻想還更棒。畢竟擅自解開束縛後，怎樣的日子會等著我們？一輩子被追捕以及生活在恐懼之中？

建允將軍清了清喉嚨，也許在疑惑我為何沉默那麼久。

我合掌向他鞠躬，「謝謝您對我的信任，建允將軍。我保證會慎重考慮。」我很不願意承認他的提議很吸引我。我有意願接受，但未告知力偉之前我不能這樣做。

晚膳時，力偉問我：「妳今天跟建允將軍討論什麼？看起來很嚴肅。」

我很訝異他注意到了，我舉起筷子將一口飯塞進嘴裡。不知為何，我不太想跟他說將軍的提議。一些藉口在腦海裡飄過，但我之前僅跟他撒過一次謊，且是在不得已的情況之下。

「建允將軍建議我加入軍隊，當我這裡的職務結束時。」

「結束？」他的聲音聽起來很困惑。「誰跟妳說會結束？」

我將筷子放在桌上，憂鬱地盯著他看。「力偉，這樣的職務能持續多久？一旦你開始履行王室職責，上課的時間會減少，你也不再需要一個伴讀了。」

第一次，他顯露出不知所措的表情。「但是……妳是我的朋友。」

這些話多折磨我的良心，但我不能只想著我自己。「我**是**你的朋友，無論在這裡或別處。」

「妳真的想離開我？加入軍隊？」他似乎不可置信，聲音中隱含著受傷的情緒。

「有些我想完成的事，你並不知道，我有我自己的夢想。」我的聲音嘶啞且激動。多年來，在這裡訓練跟學習的日子是開心的。但這只是我通往雄心壯志的階梯。

或許力偉感受到我漸行漸遠，意志堅定。他傾身朝向我，問說：「妳的夢想是什麼？無論如何我都可以幫妳。」

話到嘴邊徘徊，我信任他，可以跟他訴說事實，他是天庭太子，擁有權力並深受愛戴。但我壓抑著衝動，無法確定如果他知道我的身分後，我們之間會有什麼樣的改變。我想著曾經向他欺瞞的事實，我是那違背他父親期待而蒙羞的女神以及那殺害他母親至親太陽鳥的凡人之兒女。

「不，你無法幫我的。」我溫和地說。「但我很感謝你有這個心意。」

他將手掌蓋上我的手，突如其來的刺痛擴散開來。「我的承諾依然成立，任何時候，無論妳需要什麼。好好考慮，不要倉促下決定。」

我相信我已下定決心，但在他強烈的凝視下，我只能點頭回應。**明天**，我膽怯地跟自己說，**明天我會決定**。

# 10

我倏然起身，尖叫聲劃破黑夜。我的眼睛快速環顧房內四周，手指緊抓著被單，我不在家裡。一切都還來得及。我母親跟平兒還活著。

這樣的夢魘早先一直糾纏著我，但從來沒有在恆寧苑發生過——直到現在。也許與天后的近距離接觸後，或者是我對未來的焦慮，使我陷入過去的恐懼之中。

庭院傳來一陣腳步聲，房門被猛然推開，冷風咻咻吹進來，而力偉站在門邊。他走進房內並坐在我床邊，手指相扣地握住我的手，他的手溫暖且有力。

「妳剛剛在尖叫，妳還好嗎？」

「做了個夢。」我呼吸還在顫抖且不穩。那些令我恐懼的一切都太真實了，母親生命微弱的模樣在我腦海中閃過——害怕跟想家的情緒融為一體。不受控制的淚水刺痛了我的眼睛。

他另一隻手撫摸我的臉龐，大拇指輕輕在我臉頰刷過。他之前只見我哭過一次，是我們第一次在河邊相遇時。他毫不猶豫地將我拉進他的懷裡用力抱住，我緊緊回抱。他的擁抱喚醒了我內心的需求——陌生且猛烈的。我放下了戒心，讓他的力量安慰自己，當我躺在他身上放鬆下來時，情緒突然潰堤。

我的淚水浸濕了他的衣服，白色絲綢全濕透了，當我抬起頭，才發現他僅穿著內襯長袍，他必定是從床上直奔而來。我的脈搏變快，雖然我已看過他這樣的穿著上千次。我抬起袖角用薄薄的布料試圖擦乾他的長袍，當他緊抱著我時，我的手掌感受到他心跳加速，一股熱氣在我血液裡翻湧著。

我們幾個月的伴讀之情消失了，彷彿我們初次見面般。他不再是那個戲弄我後變成朋友的那個少年。他的觸碰燃起了我的感官，他的凝視偷走了我的呼吸。我伸手撫平他睡覺時弄亂的長髮，烏黑的秀髮在他潔白長袍襯托下閃閃發光。

我嘴唇微啟，他那有如午夜水池深邃的眼神看向我，彎下腰，將唇緊緊地靠上我的，帶著渴望而痛苦的柔情。我深吸一口氣，他溫暖且清香的氣息中有著庭院中的花香。他一隻手勾著我的後腦勺，另一手摟著我的腰。我的雙臂緊緊環繞著他的脖子，我不知道我的手怎麼上去的。我們緊靠在一起，他的呼吸滑入了我的口中，又熱又甜地與我交融。他的雙唇微微用力將我嘴唇打開——我們的舌頭相互探尋著、纏繞著。一股融化的溫熱從我內心深處蔓延到腳趾尖，當我們傾倒在床上纏綿，我的四肢發軟，彷彿化成液體。

敞開的門吹進來一陣風，淡藍色的窗簾飄到床邊，如薄雲般柔軟。聽見窗板喀喀作響，我猛然坐直……身體則因失去他的溫暖而發冷顫抖。我看向庭院，任何人經過都能看見我們剛才在做什麼。慶幸的是，天色仍然昏暗，天空中的月亮是唯一的目擊者。

他坐在我身旁，用雙手梳理他的頭髮。「星銀，我很抱歉。」

他的話如澆了我一盆冷水，讓我從發怔中驚醒。當然，他覺得後悔！在這昏暗的深夜，出於憐憫，並被我傾洩而出的情緒挑動——這也難怪他覺得有義務要縱容我，而我只是太急切利用他的好心。「你不需要感到抱歉。」我轉過頭用輕鬆的語氣說著，用頭髮遮住表情。從他的沉默以對，我讀到他的附和。「這對我倆都是個錯誤，那脫序的時刻一早就會被忘卻的。」我笨拙地想挽回自尊。

他緊握我的手，將它們放到胸前，「脫序？我生命中從來沒有如此清醒，妳想要忘掉剛剛發生的事嗎？我忘不掉。」
我的心狂跳，就像鳥兒在籠子欄杆上拍打翅膀，然而內心升起一股恐懼及理性警示我，「我們不應該這麼做。」
他轉向我說：「為什麼？」
他的疑問簡短到令我訝異，但這的確沒有他想像中的容易。我們之間有太多他一無所知的理由⋯⋯因為我一直不讓他知道。
他如懺悔般地小聲說：「我想親吻妳，想很久了。」
炙熱再度湧現，爬上了我的皮膚，彷彿置身在大太陽底下。他的話打消了我的疑慮，我伸手拉近他，他再次低頭將我們的頭靠近。我睜大了眼，又再次閉上，在欲望的悠悠雲霧中迷失，就像漂浮在星河上。當我們終於分開，月夜下纏繞著的我們，呼吸聲急促且沉重，直到寂靜中的一陣騷動預告著黎明的到來。
為紀念這一天，我爬起身，在抽屜裡翻找我的禮物。當我將絲綢包裹交到他手中，我忍不住想搶回來。對於擁有價值連城寶物的他，這卑微的貝殼算得了什麼？
他打開布包，看著裡面的貝殼。我拿起來輕輕地吹了一下，貝殼發著光，我的曲子緩緩地在房內蔓延。是首輕快的曲子，充滿著承諾及希望——以及我現在才意識到的，是渴望。自己現在才知道，那是我心裡的歌。

直到曲子結束之前，他完全沒有動。「真美，這首歌叫什麼？」他想知道。

我微笑，突然有點難以啟齒。「以你為名，是我為你作的曲子。」

他從我手中拿起貝殼，但我抓住他的手臂說：「我不在這裡的時候再聽。」

他身體僵住，轉過身來探詢我的臉：「妳要離開？」

「我不是這個意思。這是你的生日禮物，不是離別之物。」我的良心戳著我迴避他的問題。

他再次與我十指相扣，他的緊繃減緩。「謝謝妳，我從來沒有收過比這更棒的禮物。」他帶著開玩笑的微笑繼續說：「而且從現在起，我不用再苦苦哀求妳演奏一曲給我聽了。」

我退後，假裝生氣地瞪著他：「我那麼容易被取代嗎？」

「我永遠不想知道。」他遺憾地嘆口氣，鬆開手並起身離開床。「我必須在侍從們醒來前離開。」

我鼓起勇氣，喊住他：「力偉，我們明天沒有課，明天可以一起度過嗎？」

他站在門口，點了點頭，嘴角上揚，關上身後的門。

★ ★ ★

再次回到一個人，我的思緒從我受到的咒語中清醒，內疚抨擊著我，猛烈且無情。天皇不會憐憫我的母親，已經判處她終身牢禁。我回想起我母親對天后的懼怕，她的畏懼令我感到自責。我怎麼可以對他們的兒子有這樣的想法？我是否太過軟弱，如此容易就背叛她？

我用手指按壓太陽穴，穿過頭髮推揉著。但這並非背叛母親，儘管身處痛苦的深淵，她從未說過任何天皇天后的惡言。她應該不會反對我，她只想要我能幸福快樂。我是我，不是我的父母親——就像力偉一樣，而且他跟他的父母親一點都不相像。我們在一起的這段時光，讓我比誰都清楚這一點，他是我最親愛的朋友，現在更是超越了朋友。我不會因為過去發生的事以及他無法控制的事情要他負責。

我多麼希望我能向他展示我的心意，傾訴所有關於自己的事。力偉不會傷害我，但我很猶豫要讓他捲入我的紛爭，迫使他與父母對立，尤其我知道他們的關係原本就很緊張。我感到怯弱，害怕他會失望而退縮，又同時擔心，比起朋友，愛人的欺騙傷害更深。

我怨恨這些謊言，這些恐懼及懷疑。但比起曝光後帶來的威脅，這些都顯得不值一提。玉宇天宮不是一個可以分享這種祕密的地方。在這裡，母親跟我都不會從天皇的嚴厲及天后的仇恨中得到任何憐憫。再加上，我現在已意識到我們一家之間緊密的牽絆。不，我不能違背對母親的承諾——至少直到確認情況安全為止。

我躺在床上，直到陽光灑進屋內，隨著晨曦，昨夜的欲望消失在朦朧的夢境中，唯有他的唇吻，已深深烙印在我靈魂深處。

# 11

我看著鏡中的自己，黑髮柔順及腰，肌膚在午後陽光下微微發光。我的容貌或許不是絕色天香，但我對鏡中的自己也還算滿意——即使下巴上的溝被天后批評為壞脾氣的特徵。

我取出一件常穿的服飾，但又拉出另一件上有五彩斑斕的鳥圖刺繡的淡藍色絲綢。當我滑順地套上它，一隻綠繡線織成的椋鳥展翅在裙上飛了一圈，我的生命力的確增強了許多。敏宜曾抱怨我的衣服太樸素，所以請她的朋友，一位巧手裁縫師，幫我縫製了這件。我的衣櫥確實塞滿了白色服裝，但我不是很介意，白色服裝讓我想起我的母親。

而現在，我的生活充滿了各種色彩。

今天我對外表有了不同以往的興致，我很少那麼重視打扮。我踏著春天的步伐穿過庭院，來到力偉的房廳外後，我猶豫了。那會是個夢嗎？如果他不記得了？更糟的是，如果他後悔了？我鼓起勇氣，推開門走了進去。

他已起床，坐在桌前，穿著一件錦袍，腰上繫著黑絲帶。以一條銀環紮束的黑髮，如墨河般在他的背後垂流。他的雙眼如同往常般深邃，但現在對我來說更加美麗百倍。

他站起身，眼光停留在我身上。「別那樣吃驚，沒有侍從協助，我自己也可以更衣。」他嘴角勾起一抹微笑，繼續說：「雖然我更喜歡妳的協助。」

我情不自禁地回想到這些日子裡，我將絲綢錦緞披在他肩膀上的種種畫面，當我調整他長袍上的皺摺時，當我的手指如何撫過他的鎖骨，當我的雙手環繞著他的腰，為他繫上腰帶。之前從來不曾多想，但現在我心跳加劇，喉嚨乾渴。

「星銀。」

從他嘴裡喊著我的名字令我悸動，我回神看向他，發現他伸手遞給我一個細長盒子。「是你的生日，不是我的。」

「禮尚往來好運來。」他解釋說。

看我沒有伸手去拿盒子，他掀開盒蓋，拿出一支木製雕刻髮簪，塗上了深藍色的漆，鑲嵌著許多小顆晶瑩剔透的寶石，在光影中交相輝映。

我頓時無法呼吸。髮簪通常意味著是愛情的信物，但我掐熄了心中燃起的星火希望。我們沒有對彼此做出這樣的承諾，至於昨晚……在日光照耀下，我尚未能確定那意味了什麼。

「我很久之前就做好了，襯托妳的名字，花了我很長的時間才找到合適的色澤。」

**這是他做的？為了我？**這髮簪非常精緻，巧奪天工。即使沒有那樣精美，即使只是一塊樸素的木頭——對我而言都意義非凡。

他傾身向前將髮簪滑進我的頭髮，就像我們第一次相遇時的情景。

「謝謝。」我試著抬起頭看他。

「我們只有上午時光，我父親要求宴會前見我一面。」他從桌上拿起一個疊式籃子，另一支手拉著我的手。「妳願意改變心意今晚過來嗎？有妳在，對我來說意義重大，也能讓宴會沒那麼沉悶。」他的嘴唇揚起勸說的微笑。

想到得見到天皇天后，我的內心非常糾結。但這是力偉的慶祝會，而且我沒見過力偉身為王位繼承人這一面，也感到好奇。現在我發現我無時無刻都想跟力偉在一起，當我們分開時，我竟然感到莫名心痛。

「好。」我告訴他。「我會去。」

力偉走到庭院召喚了一朵雲。我很驚訝他現在已能隨心所欲離開宮殿，這也代表著他即將開始履行他身為皇太子的朝廷職務。我揮開焦慮，不再因為明日的疑慮或過去的恐懼而破壞了今日。我看著雲朵，不禁想起上次我跟平兒一起搭乘雲朵的經驗。踏上去後，力偉把我拉到身後，這朵雲柔軟且冰涼，但堅固地支撐著我的雙腳。雲朵飛向天際時，我踉蹌了一下，力偉抓著我的手穩住我，並再也沒鬆開手。

片刻後，我開始放鬆，雲朵穩穩地翱翔，我很快就忘卻了懼怕。在大白天飛翔絕對比在深夜逃離來得舒適。高聳的群山，波光粼粼的湖水，以及翠綠的森林，在腳下像一幅幅畫卷展開。當我們經過一陣細雨時，水滴在我的肌膚上有如晨露般清新。烏雲遮蔽了陽光時，力偉握著我的手，為我注入溫暖，不至於感到寒冷。

我們降落在一座我沒見過的森林裡，不在天庭國度裡，也不曾在夢中出現。放眼望去皆是盛開的桃花樹，枝頭綴以粉紅及白色的花朵，空氣中瀰漫著令人陶醉的香甜，當風吹拂，花瓣片片飄落在地上。

我抓了一片花瓣放在手掌——像絲絨般柔軟，比空氣還輕。「我們在哪裡？」

「凡間的某個地方。」

「凡間？」我緊張地提高音量。

沒有天皇的批准，神仙是不被允許降落凡間。很久很久以前，神仙閒暇時會到凡間漫遊，也許他們喜歡在弱者間快速行走，聽著凡人敬拜歌頌或害怕懇求。對凡人而言，他們不只是仙，還是神。然而這引發了巨大的騷動，有人被法術嚇到，命運因被干涉而改變，有人夭折而有人因此倖免於難。凡間命運守護神向天皇諫言，說服了天皇宣詔禁令，從此神仙們不得任意進出凡間。雖然眾仙們對於這個結果感到可惜，但誰都不敢挑戰禁令。從那時起，對凡人來說仙域就被遮罩般隱匿不現，多年過去後，凡人對神仙的記憶已淡化成神話或傳說。現在，他們抬頭看到的只有太陽、月亮跟星星。

「我們可以來這裡嗎？」我悄悄地瞥向天空，想像凡間守護神會降臨並把我們拖回去懲罰。

力偉拿起掛在腰間的矩形玉珮，玉珮上是一條精雕細琢的龍。是枚玉璽。「有了這個，我們想去任何地方都可以。」他向我保證。玉珮放下時，與天空之雫流蘇碰撞發出叮噹聲。「這是參與冗長廷議的少數好處之一。」

我們往森林裡走去，在潺潺溪流邊坐下。花瓣覆蓋了柔軟的草皮，有些花瓣的邊緣已成褐色，提醒了我，這裡沒有事物永恆不變，所有生靈每一刻都離無可避免的結局更近一步。我不禁想起我的父親，日復一日地變老，我渴望去尋找他，如果他還活著。但力偉對我父母的事一無所知，我現在要如何向他訴說？

我很高興他沒有看見我的表情，因為他正在打開籃子，拿出一裝酒瓷瓶、金梨，以及各種口味的包子——有些包著豆沙，有些包肉。我正伸手要拿，碰到了他的手。

他快速將盤子移到我拿不到的地方。「來點挑戰怎麼樣？」

我暗自哀號。弓沒有帶來，他可以在任何武器上贏過我。然而我既不在乎獎勵，也更不在乎輸贏。看出了我的不滿，力偉在地上找了兩支粗樹根，丟給我一支。

我從半空中接住。「你不覺得你占盡優勢嗎？你是一個更厲害的劍客，至少現在是。」我小聲嘀咕。

他以狩獵者的優雅從容繞著我說：「已經認輸了嗎？」

我立刻跳起，手指緊握粗糙的樹枝。

他拿出一長條白絲綢，「我會蒙住一隻眼，但我仍然會贏的。」

「放馬過來。」我甜甜地說，忍住咬牙切齒的衝動。我大可不屑地拒絕他那高傲的提議，但我要抓住任何優勢來打擊他得意洋洋的樣子。

微風從樹林間吹拂過，我們面對面時，花瓣如雨般灑落在我們身上。我先跳到他蒙眼的那側，希望能出其不意拿下他。力偉一揮擋住了我，快速抽回後隨即攻擊我小腿處。我發出嘶嘶聲，轉身刺向他的胸膛。就在我們認真正面交鋒的前一刻，他呼了一口氣而我躲開了他的攻擊。我們腳步踩在石頭枯葉的嘎吱聲，以及我們樹枝相互打擊的碰撞聲，破壞了原先森林的寧靜。我不禁佩服起他的技巧——猛烈的攻擊，快速的退防，每一個動作收放自如。我們的得分比預期地接近，而我希望可以幸運獲勝。我發現一個破綻，趕緊向前——但他往後下腰，我的棍子撲了個空。還來不及撤退，他猛然一擊將我手中的棍子打下。

我忍住哭泣，極力掩飾我的沮喪。「如果我手上有弓箭，我閉上雙眼都可以打敗你。」我從籃子裡拿起一個包子扔向他。

他接住了，但馬上遞給我。「來，這給妳。」

「這是你的獎賞。」我拿起梨子，牙齒咬下那成熟的果肉，甜美清香的果汁在我口中蔓延。

他再次試著將包子拿給我，我揮揮手。「你想要挑戰我不吃它的權利嗎？」我狡黠地問。

他冷眼看我一眼後咬下柔軟的包子外皮，包子聞起來好香，濃郁的燒肉香味撲鼻而來。

「小心別被嗆到了。」我真誠地微笑著說。對於他臉上閃過的一絲憤怒，我的飢餓只是小小的代價。我已輸掉比賽，但不知為何似乎占上風。凝視著多雲的天空，我驚嘆一切顯得更美了。即使烏雲也不再陰森恐怖，反而充滿深暗的威嚴。

飽足一頓後，他倒給我一杯紅酒，當空氣中瀰漫桂花清香，我安靜下來，想起一片白色的月光花林。

我緊握杯子，舉起敬酒。「願你永遠開心幸福。」

他目光注視著我，「如果能像現在如此開心，那就是我最大的願望。」美酒滑入我的喉嚨，帶來厚實的溫暖。一飲而盡後，他再次倒滿酒，舉起他的杯子回敬。「願妳夢想成真。」

我很懷疑他如果知道我的夢想是什麼會怎麼想。長久以來，我的夢想就是找回我過去失去的東西。然而自從昨晚，或更早之前，對未來的期待已在我心中萌芽。

「妳的夢想是什麼？」他問，就像昨晚一樣，彷彿看透我的心思。

「跟我的摯愛在一起。」我停頓了一下後說，這是事實，但也鍍了一層欺騙的虛偽。

他靠近用深邃眼睛看著我，我呼吸加速。

「但今天我的夢想是打敗你。」我迸出腦中想到的第一個想法，當他向後一退時我咒罵著自己。

他將雙手往後腦勺一抱，在草地上躺下。「想要實現妳稍早的大話？」

「當然，我不會因為是你的生日而放水的。」我其實不像口氣聽起來得有自信；我從來沒有蒙眼射箭過。

一把金色的弓出現在我們面前，精緻的雕刻，羽毛纏繞著把手。

「我一直想給妳看這把弓。」力偉邊說邊站起身。「我們寶藏庫裡最強大的武器之一，這也許是個測試它的好機會。」

我拿起來，與金屬部分觸碰時，手指微微刺痛。「那箭在哪裡？」

力偉移到我身後，我們身體相距僅幾英吋。他從我兩側展開雙臂，引導我舉起弓並拉開銀色的弦，我心跳加速且感到天旋地轉。以現在的姿勢，我會全部失誤的，哪怕只有五步之遙。

一支燃燒的箭矢在我手中成型，劈啪作響彷彿活生生似的。我嚇一大跳，差點丟下弓，但力偉緊緊抓住我的手。當我們鬆開弦時，箭矢隨即消失。

「現存的武器中很少有如此強大的，鳳凰火弓的每支箭矢，單單一擊就會造成巨大的傷害。但只有那些具備強大生命力的神仙才能有效駕馭這個武器。」他謹慎地說。

我盯著弓，回想起那本退色的凡間書籍。那是真的嗎？我父親曾經使用這種神弓擊下太陽鳥？來自仙界的神器？

「是否可能微弱的生命力，像是凡人，能使用這種武器？」我問。

他思索這個問題。「仙器自有力量。大部分仙器都可被任意使用，甚至是凡人。然而，使用者越強大，仙器的法力也越強——因為它會吸收使用者的能量來激發和補充仙器本身的力量。如果這把弓是由生命力弱者使用，他們不只會感到難以操控，仙器的威力也會大幅減弱。」

「這把弓要如何吸收我們的能量？它感覺起來跟其他的弓沒差別。」

他靠近我，呼吸聲在我耳邊起伏。「像鳳凰火弓這樣的武器跟使用者會產生連結，不知不覺地吸收他或她的能量，使它更強大，但也同時很危險。」

「危險？」我重複他的話並思考著，但他身體的熱氣讓我感到越來越燥熱。

「危險，因為在激烈戰鬥中，這類武器的使用者可能沒有察覺自己已耗盡多少能量，直到一切都太遲了。」他嚴肅地說。

我艱難地吞了口水，回想起道明老師嚴厲警告我不要耗盡自己的能量。我拉開距離，離開他的雙臂，將弓遞給他說：「你先。」

「妳想到什麼挑戰規則了嗎？」他問。

「比技術如何，這次不比速度。」我建議，想到我輸掉的上一場。

他彎下腰撿起兩朵枯萎的桃花，當他的法術在桃花上旋轉，花再次鮮豔綻放，花瓣閃閃發光像是用玫瑰石英雕刻似的。「誰能從最遠的距離射下，就是贏家。」

我從他手中拿起一朵花，現在跟石頭一樣硬。

他收起戲弄的態度，瞇著眼舉起弓盯向前方。當他一點頭，我放開第一朵花。它飛起來，速度比蜂鳥還快，在空中旋轉。幾秒後，這朵花變成一小點，噹的一聲，力偉的箭矢向前衝刺過去，花瓣爆開成碎片。

超精湛的箭術，我不確定我是否能超越，而且還要蒙住雙眼。真想要求收回我早先吹噓說以同等條件下比賽的話，但話來到嘴邊，一旦我舉起了弓，便壓抑住收回的衝動。我迫不急待想測試它的威力，手指撫過閃閃發亮的弓弦，比絲綢編織的硬多了。

當力偉將白布綁住我的雙眼時，他的指關節擦過我的臉頰，我可不能因此分心，趕緊深呼吸靜下心來。

準備好了，我點點頭。一聲低鳴劃破寧靜，在空中迴盪，微弱的旋轉聲隨著時間慢慢消失。現在幾乎難以聽音辨位，我豎耳等待，就在它滑入寂靜的那一刻，我的箭衝出——於空中呼嘯而過，叮噹一聲，有東西碎了，著火般發出嘶嘶聲。

我舉起手要將蒙眼布拉下，但強而有力的手臂抱住我，沐浴在陽光下的草地香向我撲鼻來，他嘴唇壓向我的嘴，溫暖的氣息帶著悠悠的甜酒香。我顫抖著，不是因為寒冷，而是我難以抑制的熱情。我握住著他的肩，將他抱得更緊，他的嘴向下滑，飢渴地在我脖子劃過一條路徑，讓我無法呼吸。我空出手拉開布條，突來的光亮讓我眼睛不停眨眼。我們倒在地上，花瓣鋪成的地毯比任何床都柔軟……我的身體燃燒著一千種閃耀的感覺。

第一滴雨輕柔且微弱，可以輕輕地擦掉，但很快雨增強成無法忽視的傾盆大雨。我們躺在地上，任憑雨水沖刷，全身濕透有如在河裡游泳。

我們的呼吸沉重且急促不均，我們手指在潮濕的草地上糾纏著。

「誰贏了？」我問，拉回現實。

他感到不可思議似地看我一眼說：「現在這種情況下，妳關心這個？」

「我贏了。」我滿足地鬆了一口氣，回答自己的問題。

「妳為何這樣認為？」

「如果是你贏了，你不會轉移我的注意力，你會無情地在我傷口上灑鹽。」

他撐起一隻手肘盯著我，「妳真的這樣認為？」他用委屈的口氣問。「很好，這個吻跟妳引弓及射中目標的模樣無關，即使一吻即逝。」他搖搖頭。「為何我會愛上一位樂於將我的自尊視為塵土的女孩？」

我不可置信地張嘴：「你……愛我？」

「在我們長久相處之後，我有選擇嗎？」

我將手掌放在他胸膛，沒有心情油嘴滑舌。「你認真的嗎？」他眼裡的光芒照亮了我的心，他伸出雙手抓著我的手說：「是的。」

年幼時，我母親曾告誡我不要直視太陽，說那光芒會使我失明，也許這是她母親曾經跟她說的。這對凡人來說或許是真的，我現在懷疑那東西是否可以傷害神仙的視力。她的警告仍然存在——無論何時我看見天空中猛烈的日輪，還是會轉身或遮蔽自己。今天，我終於敢直視太陽，讓它的光線無阻礙地灑在我身上，在我的血液裡奔湧澎湃，直到我容光煥發。我從未想過這樣燦爛喜悅的存在，再也無法滿足待在陰影下。

驟雨之後，天空再次晴朗。力偉呼喚一朵雲載我們回皇宮，回程中我們擦乾了衣服。如果我們濕透地回去，必定會引起窺探疑問及不必要的八卦。當我們飛回玉宇天宮，我的心情比我們經過的雲還要輕。

★　★　★

我倒在我房間的床上如作夢般恍神。睡不著，內心太過興奮而無法平靜入睡。

一陣敲門聲響起，我開門發現一位侍從手持絲線綁著的紙卷。

「太子殿下要我將此交給妳。」

我接過紙捲並向他道謝，他補充說：「有位訪客在外頭等著太子殿下。」

我思忖著來者是誰，走進庭院發現一名女子坐在涼亭裡。她的氣息溫暖且明亮，同時充滿了力量。她那瓜子臉蛋上有著修長的鳳眼，精緻的五官，美麗得令人吃驚。玫瑰色絲綢披掛在她高挑的身上，烏黑的長髮以金色髮簪托著，一串串紅寶石從髮簪上像瀑布般落下，寶石中閃耀著火焰。我向她鞠躬行禮，心想：她是哪個朝臣的女兒嗎？或者是天后寵愛的女眷之一？

「力偉太子在嗎？」她的聲音溫柔且甜美。

一絲不安扎了我一下，但我還是回以愉快的微笑。「太子殿下在天皇陛下那裡。」當她肩膀落下，我繼續說：「有什麼我能為妳效勞的嗎？」

「我有個禮物要給太子殿下，但我可以晚一點再給他。」那女子低頭看向桌上那半成品的桃花林畫作。幾把畫筆刷子浸在一大壺水裡，旁邊有個瓷盤，上頭的顏料未乾，力偉必定剛才還在這裡作畫。

「這是力偉太子的畫作？」她用手指勾勒著樹枝的輪廓。「真漂亮。」

「太子殿下多才多藝。」我說。

她起身離開，手肘撞到了畫筆，深綠色的顏料灑在畫作上。

她驚嚇地抽出絲綢手帕，忙亂地在紙上擦拭。我趕緊向前幫她，想推開水壺，卻將它翻倒了。水濺到桌上，沒過多久畫作就全浸濕了。畫裡曾經光彩動人的樹，在濕透的混亂中只剩下深綠色的汙點。

她捲起手帕紐成結，欲言又止說不出話來。

「也許是因為風。」我鄭重地說。

她對我眨眼。「或是鳥兒。」她很快附和。

我們對視並彼此心照不宣。沒多久她便離去，離開前轉身看了一眼院子。

回到房間後，我打開力偉派人送來的紙卷，是一張我的畫像，站在盛開的花海林下——弓上弦，一副蓄勢待發的樣子。我專注盯著目標，表情堅定，背脊打直。我內心小鹿亂撞，想到他眼中的我——堅強，而且某種角度看蠻美的。

在紙卷的最下方，他用粗筆寫下一段話：

**你或許贏得了比賽，但沒有拿到最大獎。**

我臉上漸漸漾開微笑，回憶起稍早我倆的擁抱。我拿起一張便箋，將毛筆蘸墨，寫下我的回覆：

**愛情的遊戲裡，是沒有獎賞可言的。**

我的母親應該會很高興；我的書法進步了。我將紙條折起，放入我的荷囊裡，今晚我會找個適當的時間拿給他。

# 12

東光殿沒有屋頂，面向遼闊星空敞開。白色石牆上布滿著純金紋路，地板鋪滿雕花的玉石磚。發光的水晶柱在大殿閃耀著，幾百盞絲質燈籠掛於其間，呈現炙熱的朱紅及深紅色。稀有花香在空氣中瀰漫，與紫檀木桌上成堆的食物香味交錯。令人垂涎的仙桃，高高地擺在銀盤上，由天后斟酌分發。只要一只仙桃，帶著神聖胭紅的奶油象牙白，擁有著可增強神仙生命力或增長凡人壽命的力量。

即使在天庭，如此的奢華也是少見。盛裝打扮的賓客們熱情地互相打招呼，臉色因興奮及美酒而酡紅。我才剛到就已迷失在陌生的熙攘中。

建允將軍拍拍我肩膀，第一次見他沒有穿戴盔甲的樣子，一件銀色錦緞外衣披在他灰色長袍外。我拱手鞠躬，終於見到熟識，我鬆了一口氣。

「這是妳第一次參加宴會嗎？」他問。

「是的，太子邀請我今晚與會。」

短暫沉默後，他突然問：「那麼，妳好好考慮我的提議了嗎？」

我的眼神盯著玉石磚，像是在摸索著答案似的。哦，我以前一定會抓住這機會，但現在，想到要跟力偉分離——連續幾周，甚至幾個月，一股新的恐懼湧現。並非他取代了我的母親，而是我曾經完整的心已一分為二。我會答應，我知道我會——但我自私地想要在這裡多待一點時間，我們的愛情才剛萌芽，不能輕易冒險。

我決定今晚跟力偉坦白。慶典過後，我要告訴他我要如何做，但不會透露母親的名字。他會理解的，也不會再逼我，也許，我們能一起找到方法。

「建允將軍，也許我們不要在太子殿下的生日宴上談這個。」我希望他容許我拖延。

他眉頭一皺看似不悅，但他點點頭，環顧了這擁擠的廳間。「妳認識這些孔雀嗎？」

我差點爆笑，趕緊假裝咳嗽來掩飾。

「我在軍隊待太久，不會阿諛諂媚或口是心非。相信我，這邊大多數的朝臣只會穿著精緻的羽毛服飾，以及嘰嘰喳喳地說著空虛的恭維話。」

建允將軍厭惡地撇嘴，對著前面的男子猛搖頭。「然而那一個，更像是狡猾的烏鴉，是天皇的忠臣，但他的諫言通常是帶有私利。」

難得聽見建允將軍如此輕蔑他人，讓我不禁好奇到底是誰讓他如此鄙視。我看不清這男子的臉，只看得見他精美的紫色長袍跟雙手的白手套——這個不常見的配件，立刻引起我的注意。這人正是吳大臣，他似乎感受到我們的目光，轉身望過來，他刻意忽視我，抿起唇並向建允將軍行禮。看見吳大臣讓我感到反胃，激起新的痛苦跟恐懼。

千萬思緒湧上心頭，我差點撞上站在我們前面的高大神仙，他長袍上的竹葉刺繡在祖母綠絲綢上沙沙作響。腰上圍著灰色腰帶，頭髮以一個烏木髮簪紮成一個光滑的髻。他的氣息向我撲來，冰涼且清新，但濃厚有力。像是秋風夾雜著落葉跟雨水。他黑色的眼珠子不感興趣地掃過我，接著向建允將軍鞠躬，拱手作揖。

他把將軍拉到一旁，剛好給我機會研究他一番。他表現出帶有權威的自信，但看起來沒有大我多少——除非他是那些可以隱藏了千年生命力的強大神仙之一。他的臉龐很引人注目，高顴骨，厚實的下巴，完美的嘴型，雖然帶點嚴肅。我不記得在練習場見過他，但我懷疑他不是朝臣，因為他眼裡滿是對這場合的不耐煩，以及對這種歡樂似乎感到厭倦。

我向前一步準備打擾，被排擠實在無趣，好像被貶為一件家具，雖然獨自在群眾中穿梭，也會令我畏懼。

建允將軍嚇了一跳，彷彿已經忘記我的存在。「啊，星銀，妳見過文智將領嗎？」

那位知名的將領？天庭最厲害的勇士之一，僅僅比我年長一百歲？然而我還來不及打招呼，他急著轉身彷彿要我識相離開。他真討人厭，我決定咬著牙不被他的無禮影響，即使我對自己曾經那麼想見他感到憤怒。

「星銀是太子殿下的伴讀。」建允將軍補充說。

這位傲慢的年輕將領轉向我，臉上突然充滿興趣說：「那個跟太子殿下一起訓練的弓箭手？」

「是。」我簡短回答，還在因他剛才的魯莽生悶氣。

「我幾天前才剛回來，昨日在練習場上見過妳，看見妳擊落那些圓盤。我從未見過如此精湛的箭法。」他嘴上掛著微笑地說。

我眨了眨眼，終於認出他來，那位第一個鼓掌的高大士兵。

他看向我的天藍色絲綢裙裝，裙襬繡著金色花蕊的奶油色木蘭花，一條銀光透亮的綠色錦緞腰帶繫在腰間，頭髮夾著力偉送我的髮簪。

「抱歉剛剛沒有認出妳來，這樣的穿著，妳看起來……」他的聲音減弱，耳尖泛紅。

「像個沒用的孔雀？」我接著他的話說，衝著建允將軍咧嘴一笑。

文智將領沒有笑，「我是想說，這樣的穿著讓妳看起來不像個戰士。」

他的美言令我感到意外開心，也許他沒有令人難以忍受。

「妳願意跟我們一起坐嗎？」他邀請我。

我欣然接受。剛剛瞥見美玲小姐的父親，我們都想與對方保持距離。

我們的座位清楚正對著高臺，在那裡，白玉寶座前擺著一張紫檀桌，兩側各擺著小桌。今晚，皇家賓客皆光榮地安排在天皇天后兩側，但他們都還未露面。

現場突然一片寂靜，皇家成員氣勢磅礴地走進來，大家紛紛跪下，我微微抬頭瞥視那位囚禁我母親的天皇。即使被強大的各神仙包圍，天皇仍然相當耀眼。他的氣場閃耀著看不透的威嚴；像一座石山，無邊際的冰川。鮮黃色的長袍上繡有深紅色及青藍色的巨龍，從旋轉的雲層中衝出來。他那華麗的金色皇冠底座鑲滿珠寶，一串串閃亮的珍珠垂落而下，在他額頭前擺動，隨著他的動作捕捉光芒。他的容貌看不出年齡，即使身為神仙，他光滑的肌膚既沒有青春的活力，也沒有歲月的痕跡。在他深邃的瞳孔中，我發現一絲與他兒子的相似之處——儘管他的眼底深處並沒有溫暖。他看起來並不特別恐怖，但他身上某種特質仍讓我心底發寒。

力偉在我面前停下，微微點頭打招呼。但他的笑容顯得有點防備，且眼神呆滯。他是否希望能趕快回房間？我想問他，但不是在這裡，也不是現在。僅僅先來確認我的出席，他就已經違反應該要先向賓客致意的禮儀規範。當他離開，我脈搏跳動著，睜著滿月大眼，像戀愛中的少女般盯著他看。他今晚看起來華麗高貴，夜色錦緞衣掀開，露出銀白色的長袍，像星光交織般閃爍。他的頭髮梳進金色和藍寶石皇冠內，用一只華麗的髮簪固定住。

「來自四海的君王。」建允將軍向高臺點了點頭，以為我是對他們感興趣。「難得可以見到他們齊聚一堂，自從西海跟北海開始支持魔界以來，四海關係就變得緊張。然而，這都過去了，也許這代表著一個新的開始。」

他們每一位都穿著不同深淺藍綠色的飄逸長袍，但僅有這點相似。東海國王的長髮在黝黑皮膚下閃著銀色光芒，而南海王后白皙的臉龐上，綠色眼珠閃爍著。其他兩位君王拘謹地坐在椅子上，一位穿戴著珊瑚王冠，另一位的王冠則是由綠松石及珍珠製成。

「坐在他們身旁的是誰？」我注視著那位引人注目的神仙，她頭髮上纏繞著寶石般的花朵，閃閃發光。

「那是花仙子。我們精緻的庭院即是她努力的傑作。我看過她手指一彈，就讓枯萎的花園重煥生機，雖然這位沒有像前任那樣強大。」建允將軍說著。

「她的前任如何了？」很少聽說神仙放棄自己的職位。

「華菱小姐選擇遠離天庭，居住在長春林，一個依她喜好種植的地方。」

我等著他繼續說——對這位神仙感到好奇——但他沉默了，手指在桌上敲著。

文智將領接著說：「天庭神仙們不喜歡談論她。也許這提醒了他們，即使再強大，失去天皇的青睞後，日子會過得如何。」

建允將軍沉著臉：「即使來自四海的你，都不會希望惹怒我們天皇的。」

我原本要問文智將領他來自四海哪裡，他又開口繼續說：「據說華菱小姐數十年來心不在焉，不務正業，直到朝臣議請天皇廢除她的職位。從那時候起，沒再看過她，她已經幾百年沒出現了。」

我不禁納悶，為何天皇沒有早點廢除華菱小姐，既然他似乎無法忍受稍微的不服從？但這時大家的頭都轉向了入口，群眾傳來竊竊私語，我轉頭看見兩位神仙走進高臺。

「是鳳金皇后及她的女兒，鳳美公主，來自鳳凰城。」文智將領跟我說。

她的名字重擊了我一下，傳聞公主已跟力偉訂婚？閃亮的金羽毛披風搭在她們肩上，深紅色的長袍上鑲滿著珍珠。火紅寶石皇冠在皇后的頭髮上閃閃發光。當公主抬起頭，我胸口揪了一下，她就是那位稍早於庭院遇見的女子，那位一起不小心弄壞力偉畫作的夥伴。天后與她們熱情地打招呼，起身邀她們入座。當我看到公主坐在力偉身旁時，我的心被緊緊纏繞著，而力偉板著臉像石雕似地坐在那。

我深呼一口氣，決定打起精神。幸運的是，建允將軍知道很多關於賓客的趣聞，且不吝於跟我分享。大部分的時候，文智將領是安靜的，但隨時關切我的需求，確保我的酒杯隨時斟滿，夾取上選的菜餚到我盤子上。

無論何時我抬頭，就會發現力偉盯著我看。隨著夜色漸深，他的表情越來越暗沉，更勝無月之夜，比春天的暴風雨更恐怖，這時候他看起來比天皇還要暴躁。

文智將領靠近我問：「為何太子殿下對妳怒目而視？」

「你一定是搞錯了。」我快速地回答，試圖掩飾我的不安。

他向我投以難以置信的表情，但他隨即聳聳肩，「這樣的話，那他一定是在盯著我。」也許是酒後吐真言，或是他不拘小節的說話方式，我忍不住回說：「你認為你的外表很討喜嗎？並非大家都會對你一見傾心的。」

「我會很有興趣聽聽妳對我的看法。」他挑釁地挑了挑眉毛。

「即使是不中聽的？」

「特別是，如果是這樣的話。」他聲音低沉地說。

我發出空洞的大笑——無法消除不安的感覺，某種不對勁的感覺。為何力偉對我怒目而視？無法形容他那緊閉的嘴唇跟雙眼，像碳煤在我身上燃燒。

不幸的是，天后也注意到了。她勾起手指示意我過去，金指套在光線下熠熠奪目。我現在才知道原來這不是裝飾，而是鳳爪，據說裡頭含有劇毒。

我拖著步伐，來到高臺前並跪下，等待她的吩咐。

她銳利的目光讓我想起了老鷹俯衝捕捉獵物的樣子。「妳的髮簪真可愛，是稀有的寶物，妳從哪兒得到的呢？」她溫柔的語氣裡藏著匕首。

我的雙頰發燙，笨拙地想著如何回覆。一個禮貌的回答，機智的應對，任何都好，但看起來我只能表現得像內疚並沉默以對。

力偉起身，雙手合抱，彎腰鞠躬。「尊敬的母后，這是我給她的禮物。」

「妳很幸運，我兒子如此地大方。妳打算如何報答這樣的恩惠？」她紅唇微開，露出無情的笑容。「今天是我兒子的生日，妳帶來什麼禮物呢？我只希望至少是等值的。」

力偉提高聲調。「尊敬的母后，沒有這個必要，如果這件事冒犯了您，我要求您與我單獨談。」

她忽視他，用發光的指套敲著扶手，她是故意要羞辱我，讓大家都知道我不屬於這裡。但我不感到可恥——我感到憤怒。不只是為了我，而是為了她對我母親的威脅恐嚇。她想毀掉我的父親但失敗了，是她自私地不在悲劇發生前先管好太陽鳥。

不，我不會因她的凝視而退縮，我不再因她的傲慢而懦弱。我抬起頭，綻露燦爛的笑容。「我已經將我的禮物遞給太子殿下，然而，如果您希望我分享它，我悉聽尊便。」

她瞪著我彷彿我是最卑微的蟲類，她蠻橫地點頭，指示我繼續。

我從荷囊取出笛子，手指像玉石般冰冷，偷偷瞄了一下觀眾，我的舌頭輕抹過乾燥的嘴唇。開始後悔剛剛的魯莽，讓我陷入窘境。有些賓客感到無趣了，有些來賓神采奕奕地等著看笑話。我要如何在這樣的觀眾前表演？我身後有腳步聲響起，漸漸靠近，是文智將領，拿了一把凳子，放在我面前。

他彎下腰在我耳邊私語：「當戰線已劃定，就心無旁騖地向前衝吧。」

我艱困地吞了口水，點頭向他致謝。他的話給了我一劑強心針。現在撤退絕對比失敗更糟，我寧願天后覺得我的表演不好，而非認為我懦弱或欺瞞。我感激地坐下，遮掩我顫抖的雙腿，深吸一口氣後，我舉起笛子到嘴邊。天后、天皇、皇家賓客們在我眼前逐漸模糊；我只見到與我對望的力偉，這是他的曲子，我只為他一人演奏。我的音符清晰、有力且真切地揚起——反映他曾在我心中激起的每一種情感。

結束那一刻，我向臺前行禮並奔回我的座位，我想找個洞鑽進去。那些還沒搞清楚天后的表情不是欽佩而是憤怒的觀眾發出了零星的掌聲，她的憤怒像爐上燒過頭的水壺般沸騰著。而我的怒氣已冷卻，反而擔心她會如何報復，不是現在，而是之後——她不可能忘記這次的侮辱。我只是照她的命令行事，我們都清楚我的反抗是出於拒絕她當眾取笑我。她是天后，也是力偉的母親。由於我的莽撞及驕傲，我讓彼此之間的關係變得更難化解。

我試圖引起力偉的注意，但隨即甜點上桌，賓客們高興地竊竊私語。這些糕點很精緻——壓成花朵形狀的杏仁糕、金色的方型桂花凍、酥脆芝麻球，以及各式各樣彩虹般的甜品——但我已失去胃口。

天后向她丈夫低聲私語著，天皇點了點頭。他低沉的聲音在突然寂靜的大殿裡響起。「今晚，我們齊聚一堂來慶祝我兒子，力偉太子的生日。同時，這是場雙囍宴，我們很高興地宣布他與鳳美公主的婚約，願他們永結同心，一起尋找永恆的幸福。」

恍惚間，我的手無法自主地動了一下，隨著大家舉起酒杯到嘴邊，我嚐不到任何味道，無論這是什麼東西。天皇的宣告像刀刃般刺向我胸口，並且殘酷地轉動。除了腦海中的咆哮，我聽不見任何聲音——聽不到賓客跳起來歡呼，也聽不到響徹雲霄的掌聲。我的手指在桌上捲曲著，指甲刮著漆亮的木頭。淚水在眼眶打轉，但我忍住，咬著臉頰內側，直到嘴裡充滿溫熱的金屬味及鹽味。

婚禮是個喜氣的場合，認為可以帶來好運。眾賓客爭先恐後地搶著恭賀這對新人，我毫無知覺地坐著，連逃離的力量都沒有。

「真是珠聯璧合的佳偶！」

「鳳凰公主與天龍之子，真是天作之合！」

「看見他們郎才女貌的樣子！絕對是佳偶天成！」

每一個字都刺向我已惡化的傷口，我不可置信地看向力偉，有點期待他跳起來否認，並告訴我這只是個殘忍的惡作劇。他沒有看向我，雖然他的眼神冰冷，缺少光芒。更糟的是，他輕輕地點頭接受賓客們的祝賀。鳳美公主見狀紅了臉，當她抓著力偉的手臂，我的心像掉進火焰中的枯葉，瞬間萎縮。

這是真的，他已有婚約，一種極度想要離開的衝動抓著我，我想要獨自靜靜，將我的悲傷從身上傾洩而出，如同河流灌注到大海般。但我壓抑怯懦的衝動，我不逃跑，也不躲藏。就在我以為我快要因痛苦而崩潰時，一隻手握住我的手——堅定且強壯——冰涼的觸感貫穿我的迷茫。我抬起頭，與文智將領眼神相會，而他的眼神充滿了理解的光芒。他是我今晚才剛認識的陌生人，但現在他是我在這場暴風雨唯一的錨。我接受他寧靜的安慰，握住他的手指——感覺自己就像一瓶被傾倒的廢棄酒瓶般空虛，酒水則灑落在無人在乎的土壤裡。

# 13

這晚夜色晴朗，帶著少許的霜，但我內心已結冰。我坐在庭院，看著天空中的孤月。我的母親能看到我嗎？第一次希望她看不見我，我不想讓她感覺到我的苦痛。不想讓她知道我有多愚蠢。

一個影子籠罩我，但我沒有抬頭，縱使他坐到我身旁也不想抬頭。

「星銀，聽我解釋。」

我拳頭緊握於膝上，手冒青筋。如此冷酷無情地玩弄我的愛情，就像摘下盛開的花朵並遺棄在地上任其枯萎。我值得更好的對待，我要挽救所剩的尊嚴，我已經失去太多了。

「太子殿下，您需要我的協助嗎？如果沒有，今晚我先退下了。」

「妳可以聽我說嗎？」他眼裡的光芒已熄滅，淹沒在深淵中。

我起身，雙腿像木板僵硬，他伸手抓住我的手臂，但我退縮，不想要被碰觸——尤其是他。

「那好吧。」他的口氣緊繃，「今晚妳可以協助我。」

我沉默地跟著他到房內，點盞燈，加熱火爐裡的煤炭，溫熱一壺酒，然後拿給他一套乾淨的衣服。在桌上，我擺放著明天要用的書籍跟材料。我處理這些任務無數次，但從來沒有如此冷酷精確，或帶著不情願的心情。

他站在那，用那對深不可測的黑眼珠看著我。當他舉起手臂，我脫下他深藍色外衣，然後銀白色長袍，將衣服掛在木架上。我取出金髮簪，摘下他頭上的皇冠，他的頭髮於肩上滑落，我梳理著，小心不讓一根頭髮碰到我。

當我處理完，鞠躬準備轉身離開。

「我還沒有讓妳退下。」他小聲地說。

「我已處理完所有的工作，您還有什麼其他事需要我協助呢？」我的聲音平淡，心情沉重，無法再假裝忍受下去。

「坐下，聽我說。」他又加上：「請。」

雖然我的驕傲憤怒地要我離開，我還是坐下來了。盯著桌上那忽明忽暗的蠟燭，我決定蠟燭熄滅之前離開。

力偉在我身邊坐下，用手撫過他自己的頭髮。我淡漠地注意到剛剛用梳子梳過的頭全白費力氣了。

「我母親總是希望我們加深跟鳳凰城的關係，他們是個強國，受歡迎的聯盟，同是也是她的親戚——雖然鳳金皇后是遠房親戚。當太陽鳥在我們監管下被擊落時，兩國之間的關係變得緊張。」

他急促地吸口氣。「這也是為何她極力催促我與鳳美公主聯姻。我從來都不同意，即使這是我被賦予的義務，但我不希望與不愛的對象結婚。幾年過去了，我以為她已放棄這想法，昨晚我離開妳之後去見我父母，正準備提起我倆的事。他們才告知我，宴會當日將與鳳美公主定下婚約。當然我拒絕了，但他們一直解釋這聯盟的必要與急迫，除了聲望，也攸關我們的存活。鳳金皇后焦躁不安，根據我們派去的密探，敵軍已向她們表示友好，且極力反對我方的加入。我們現在無法失去她們的友誼，更不能與她們為敵。不能在我們與魔界戰爭且國力減弱時，也不能在我們仍受魔界的威脅時。天庭與魔界之間的休戰協議懸而未決，如果讓他們占上風，整個仙界可能會失控——而且我們確定，他們現在正在密謀要攻擊我們。」

他繼續用著沉悶且洩氣的語氣說著：「我必須保護我的國度及家人，盡我所能。我不能任意地去做危及他們的事，我不能那麼自私，無論我有多不願意。」

沉默在我們之間延展開來，寬如鴻溝。

他的話本意安撫，但我內心仍感到悲痛。如果他是被迫的，也許我較能忍受。明瞭他已接受這聯姻，我感到比拳頭猛擊胃腸還要痛苦。

但邏輯是無情的，理性是嚴厲的，對我受傷的心毫不妥協。如果是我，我會做出不同的選擇嗎？我不會犧牲自己來挽救家人及家園嗎？

但這還不夠，不夠紓解我胸口的疼痛、喉嚨裡的疙瘩、胃裡翻騰的不適。他曾說過他愛我，但隨即承諾另一個女子。我厭倦了這些痛苦不安，扭曲的情緒，它們在我內心膨脹且燃燒著。但他不會知道我的絕望；我不會跟他說。並非為了避免傷害他的感受，而是為了我自己。在他面前低頭請求——我是做不到的。無論發生什麼，我都會抬頭挺胸。在我最艱困時，我最堅持的就是我的尊嚴，而這也是我現在僅剩的。

但這並非容易，我盯著晃動的燭火，極力想要冷靜下來。為什麼我們最需要力量時，也是最軟弱的時候？我轉過頭不看他，不是因為怨恨，而是想要隱藏我的淚水。

我想起了荷囊裡的便箋，用顫抖的手將它拉出來。我的笑話像是殘忍的預言，這場心與心的遊戲，的確沒有獎賞可言。我緊抓著便箋，捏成了團球，真愚蠢竟然認為這是可行的，就像我讀過的故事般：母親尋回了遺失的孩子、勇猛的戰士擊敗怪物、王子解救公主。然而我不是公主，童話故事對像我這樣的人來說並不存在，更不用說在仙界了。

無論如何，我拾回力氣，把該講的話說了。那些會讓他自由的話，那些會讓我心碎的話。「我能理解，真的，但我必須離開了。」

「妳不必如此，我這裡永遠有妳的位置。」他伸手向我，但下一刻又收了回去，手指緊緊握拳。

我對他再也沒有虧欠，即使有些人可能認為這是我應得的，不會認為是他破壞了對我的承諾。但我不會用恩惠來衡量我們愛情的破碎，抓住最後一絲尊嚴，我用冷漠武裝自己。

「你還有什麼位置能給我？貼身侍從？與你未來的孩子玩耍？或你妻子的伴

讀？」我笑得僵硬又尷尬。「我的生命還有更重要的事。」

換他把頭轉開。「妳要去哪裡？我會幫妳找到新的職務，任何妳想要的。」

「不了。」我快速地回答，太快了。接受他的好意，減輕負擔，其實是容易的事。然而我心中湧現一股喜悅，因為我沒有落到必須被迫要接受他的好意的窘境。我是靠自己贏得軍中的職務，並非他的恩賜，我沒有任何虧欠。向前行的道路很清晰，沒有藉口拖延下去。也許從軍能夠幫助我忘記在這裡發生的一切，也許重新開始可以給我機會好好療傷。

我拔下髮簪，遞還給他。清澈的寶石在光線下閃耀著。他沒有伸手拿，我放在桌上。我的手僵硬地移到腰間的天空之雫流蘇，但我猶豫了。這個，我想留做紀念。這是個友誼的禮物，無論如何，他還是我的朋友。

一股沉重襲來，令我四肢無力，也許意識到離開後，我就不會再回來這房間。我們的時光結束了，我痛苦地想著，現在的我應該習慣了與所愛的人分離。

我起身，拱手作揖，一個深深的鞠躬。「太子殿下，為您效勞是我的榮幸。」

那段一起度過的時光在腦海中閃過：多年的友情，短暫的愛情。燭火熄滅了，在它生命的最後幾秒努力掙扎，擠出了一小縷煙……之後，整個房間便被黑暗籠罩。

# 第二部

# 14

硝煙瀰漫，炮聲轟響，我沒有從崗位上撤退，打磨著箭桿讓它更輕巧更快。這動作其實非必要，但能使我的雙手保持忙碌，讓我的頭腦維持冷靜。我嘴角揚起一抹嘲弄的微笑，幾個月前我還在崇明堂學習，這會兒我正準備著射殺怪物的箭矢。

一隻名為相柳的九頭蛇，逃離仙界，飛到了下方的世界。牠不斷侵擾附近村莊，造成河流氾濫，並掠食受害的人們，滿足它貪而無厭的胃口。縱使凡人勇士們長期以來試圖捕捉這猛獸，但論力氣跟狡猾，凡人絕不是牠的對手。我很納悶為何天皇等到這個時候才派遣軍隊，就像他讓太陽鳥肆意在天上盤旋太久。我不認為他們刻意殘酷，應該就像凡人如何看待昆蟲的生命般，覺得這些只是無意義的小事，無法感同身受。不只是天皇，許多神仙都是如此。若我血脈裡沒有流著凡人的血，若我對父母親的思念沒有與凡間事物有所牽連，我也許也會跟他們一樣。

我看著自平地聳起的山嶺。這裡是影子峰。昏暗的光線下，黑色的岩石如上層油般發亮。這不像是我從仙界上方俯瞰時想像的人間，沒有發光的燈籠，沒有嬉笑的孩童，甚至在這個貧瘠的土地上，半棵樹都沒有，只有暴風雨前的緊繃氣氛瀰漫空中。

我在地上匍匐前進，金屬物壓著我的肩膀及肋骨，淑曉真的沒有誇大這盔甲的重量。想起之前逃難至天庭的路上，也是同樣這套盔甲兵裝使我恐懼，真是個難笑的笑話。如今這是我自願的。

我想起離開恆寧苑的那晚。我決定事不宜遲，找到了建允將軍並正式接受了加入天庭軍隊的提議。

「太棒了。」他很難得地露出笑容。「妳知會太子殿下了嗎？他應該——」

「他知道。」我腦袋太過緊張，以至於無法思索較客套禮貌的迂迴方式，我向他再次鞠躬，希望這個動作能讓我接下來要說的話沒那麼刺耳。「建允將軍，謝謝你給予我的機會，但我有一些條件。」

「哦？」這單音節的回應，某種程度傳達出他對我的魯莽感到憤慨及驚異。

「我不需要一個正式的官職或報酬。我想要的是能自由選擇我參與的戰役，以及被認可的成就。」我身體僵硬，準備接受他駁回。

他皺起嘴，繃著臉。他是否對我的厚顏感到不悅？但我現在清楚自己的價值，獲得任何機會時不再只會感激。我不會為了毫無意義的頭銜或權力而不顧一切，我也不再輕易地將我的未來交給任何人。最信任的人仍有可能讓你失望，即使他們並非故意——這是我從力偉身上學到的教訓，我深刻體認。

建允將軍雙手抱胸，狠狠地盯著我，「事情不是這樣辦的，將領會根據各自軍隊上士兵的經驗跟技能去指派任務，我們**全部**都為天庭最大利益服務。」

「我也會的。」我說出如此空泛的話，並非發自內心對天庭的忠誠；我只想要獲得紅獅符。但要比其他戰士閃耀可不是件容易的事，因此，在滿天燦耀的星星中，我要選擇自己的路，讓自己在星空中綻放光芒。我要追求我認為可以引起天皇注意的機會。我要贏得護符，能帶給母親自由的關鍵——這是長久以來在我內心燃燒，唯一不變的目標，現在已不受我軟弱的心所束縛。我為我曾猶豫不決而慚愧，我絕對不會忘記母親，我會盡全力去解救她……但是幸福的日子磨鈍了衝勁心，也削弱了使命感。我發誓再也不會這樣了。

終於，建允將軍心軟同意了，授予我「弓箭手」這不起眼的職位，我加入文智將領的軍隊——是我唯一認識的將領，更重要的是，是位會被派遣前往最重要的戰役的知名將領。

★　★　★

接下來幾周，我卻一直咒罵著自己的決定——不停地射擊目標使我的手指瘀傷、格鬥操練操到我無法站立，施法術施到我像一條榨乾的毛巾。文智將領很盡力地訓練士兵們，每晚我都直接倒在床上，全身無力，肌肉燃燒，渴望忘掉一切，沉入夢鄉。

沒有任何訓練是不危險的，我加入軍隊不久後，文智將領帶我到炬火搖曳的地下密室。眼如銅鈴的灰色石獅子列坐牆邊，張著下顎露出恐怖的笑容，好像在嘲笑我們。看見它們，我渾身起雞皮疙瘩。當將領一離開，門在他身後重重地關上——獅子嘴裡隨即嘶嘶地射出飛鏢，比暴風中的大雨更快地向我撲來，我跌坐在地上，滾到窗臺下，但我動作太慢，疼痛已在大腿蔓延開來。我痛到皺眉，拔出腿上的飛鏢，然後抽箭引弓，朝它們來的方向射去。與其說是實力，倒不如說是運氣成分居多，我命中了其中一隻石獅的嘴，它的下顎猛然闔上，停止攻擊。直到我射中所有的石獅，它們口中皆插著我的箭矢，猛力的阻擊才停止，門再次打開。

一見到文智將領站在入口，我的血液都快氣到翻騰了。這是一場測試？

「你為何沒有警告我？」我詰問。

「在實戰中，敵軍會在攻擊前警告妳嗎？」

「你又不是我的敵軍。」

他側頭盯著我看，「我很高興妳這麼認為。但是，弓箭手星銀，妳的表現太糟了。」

我抬起下巴，自尊受到打擊。「我射到所有的石獅，我逃脫了陷阱。」

他的目光停留在我小腿上的紅色印漬，血流汩汩，「這只是獅子穴的第一階段，而妳就受傷了。如果這些箭塗了毒液，妳必死無疑。」

他搖著頭，大步走進穴內，將我的箭從石獅嘴裡拔出，飛鏢再次向我們飛來。我想躲開，想滾到安全處——但他堅守陣地，我逼自己隨側待命，當鏢尖飛馳靠近時，我心臟怦怦跳，正想要撲倒時，他漫不經心手一揮，一道閃亮的冰牆出現眼前，飛鏢全撞了上去。

我的驕傲像蒸氣遇上冷空氣，消失殆盡。一陣風、一道火牆——任何一種都可派上用場！我已經學會輕易地召喚法術，但卻無法憑直覺使用。也許是因為我很少使用法術，當被攻擊時，我第一反應就是徒手光腳反擊，就像凡人一樣，我暗暗思忖，確實是我的根源。

他口氣變得更嚴厲，「最強大的戰士都必須精通戰鬥及法術，僅靠攻擊技巧無法存活太久，單靠法力也不可能。只靠魔法的話，很快妳就會發現自己精疲力盡，這是最危險的狀況。無論發生什麼事，保持頭腦清醒，去判斷**何時**該使用妳的力量達到最佳效果，並且必要時不要猶豫去使用它。」

他的話使我心頭一震。因為極力想要證明自己，我再次獨自回到獅子穴內。每一次的陷阱都更加困難，有時候穿刺地板，或牆上爆出火花。練習告一段落時，我全身痠痛、渾身是傷，鮮血從傷口滲出。後來我才知道，這獅子穴是保留給軍中技巧最熟練的戰士練習用。多數戰士都要花數月，甚至一年，來熟練每一個陷阱，而我，只花幾個星期。

我比以前更強、更快、更有力。

★　★　★

但我已經準備好即將到來的挑戰了嗎？我盯著烏黑的山嶺，試著減輕內心升起的反胃感，思索著我現在來到這裡，是否做了正確的決定？我第一場戰役要跟如此恐怖的怪獸對戰，牠的名字連神仙聽了都畏懼不語。

踏在土地的腳步聲接近，我很開心出現干擾，讓我能暫時抽離這陰暗的思緒。

「弓箭手星銀，我一直在找妳。」文智將領在我身邊坐下。「有些關於相柳的事妳必須知道。」

我準備起身向他行禮，但他示意我繼續坐著。當我們獨自相處，他通常會呈現不拘小節的樣子——這在講求階級制度的天庭軍隊中很少見。是否因為之前宴會上的交流，在我最需要的時候，他願意支援我？或者是因為我在這裡沒有職位，也沒有尋求他的認同，讓他感到放鬆？

「相柳的九個頭，妳只能擊中一個。」他突然說道。

我愣住了，手指沿著箭頭繞圈。「什麼意思？」

「牠的核心力量仰賴著第五個頭顱，就是中間那個。」他盯著火焰看。「如果我們在其他地方，我們可以用法術攻擊，然而，在這座山上，我們的法力是被限制的。」

我早有耳聞，當我在這座山裡試圖抓住我的能量時，光點閃避飛竄，像之前我還未受訓練時一樣。「這是某種法術嗎？」

他挪動位置，跳動的火焰在他臉上投射出陰影。「沒有人知道，我們在獵捕相柳時才發現，這隻蛇又老又狡猾；也許牠知道在這裡很安全。」

「我不能就射下牠所有的頭，直到射中正確的那個嗎？」我的輕率疑問掩蓋我的不安。一想到九張大口對著我咬牙切齒，就讓我不寒而慄。

「如果這樣可行，我們大可以找一打弓箭手，全面瘋狂射擊牠。相柳早就死了，我們也不需要妳。」

「那你們為何不這麼做？」我反問，被他的話激怒。

「其他的頭都是刀槍不入的，擊錯只會激怒相柳，引起牠的疑心，使我們的任務更加艱困。上一次我們的弓箭手被擊倒後，我們被迫撤退。但每一次的進攻都讓我們多了解敵人一點。」

我訝異地看著他。我不知道他們之前已經試過，也許只有勝利的旗子得以耀揚，而敗仗則迅速掩蓋不彰。

「第五顆頭跟其他顆有什麼不同嗎？」我問。

「不像其他覆蓋鱗片的頭，第五顆頭的皮膚幾乎就像我們的。要殺除相柳，妳必須擊中眼睛，打穿牠的頭骨。」他停頓。「不幸的是，任何武器都無法刺穿牠的眼皮，至少我們所知道的武器都沒辦法。」

「我只能在牠們睜眼時射擊牠的眼睛？」我呆然地重複著。

一個簡潔的點頭。「相柳自我保護力佳，從我們上回蒐集到的資訊看來，那些眼睛只有在受到強酸強力攻擊時才會張開，即使如此，也只是短暫一下子。」

他撿起一根樹枝並丟進火堆裡，樹枝霹靂啪啦作響，火花隨之飛濺，就像我內心逐漸高漲的緊張不安。

我將箭矢放至地上。「**這是**全部了嗎？」我內心祈禱就這樣了。

他點點頭，彷彿這就像個從十步之遙射中靶心般那樣簡單。

「你為何沒有早點告訴我這件事？」我內心開始咒罵自己沒有先搜尋這些資訊。我之前沒那麼在意，然而，今晚……我發現我對自己的生死沒那麼漠不關心。

「別自我懷疑，相柳這次逃不了，我們已萬事俱備。」他冷靜自信地說。

「這可能嗎？」我有一點懷疑地問。

「**兩個**弓箭手。」他打趣說。

「你即將損失一個了。」我鬱悶地跟他說。

他大笑。「還有速度，準確來說，是妳的速度。我從未見過任何人能像妳那般如此精準且快速地射擊。這個非常重要。」他嚴肅地說著最後一句話。

「我如果知道我們即將面對的是什麼，我可能會用不同方式訓練自己。」

「妳還能怎樣逼自己練得更勤？」他反駁說，語氣較緩和，「妳覺得妳還沒準備好嗎？」

我撇嘴做鬼臉，比這條蛇還令我恐懼的是，我不喜歡這感覺——感覺我是他一時興起下的一步棋子。告知我應該明瞭的事情，安排我應該前往的地方，這類淑曉曾經警告過我的階級命令，但我又不是毫無能力的新兵。

「下一次，我比較喜歡自己決定我是否已準備就緒。」

他起身，嘴角揚起。「晚安，弓箭手星銀，已經晚了，其他士兵都已就寢。」

我預期他會走向自己的帳篷，但他卻走向山裡，消失在山的影子之中。這個時間他去哪裡？我內心交戰，既好奇又不願打擾他，最終我決定尊重他的隱私，我們都需要屬於自己的時間。火焰微弱地閃了一下後，縮小悶燒著，咻咻聲及爆破聲逐漸沉寂，只有其他士兵平穩的呼吸聲打破了寂靜。我不知道自己在這坐了多久，陷入沉思。文智將領終於再度現身，他盯著獨自在黑暗中坐著的我。

「妳怎麼還醒著？」他問，大步走向我。

「我還不累。」我看著他滿是汙泥的雙手。「那**你**為何還醒著？」我將同樣的問題拋向他。

「我需要先去察看明天要走的路，確認沒有任何意外。」他嘆息。「補點眠吧，明天我們還要攀爬陡峭的路，以及一場硬戰。」

我離開他，找了一塊空地。這幾晚是最艱難的，當我獨自躺在黑暗中，白天極力趕走的回憶又再度湧現。那對溫暖深邃的雙眼以及帶著調皮神情的笑容，我內心那堅強外殼被撕開，直到我雙手環抱，從緊繃的胸口掙扎地深呼吸。也許今晚狀況更糟，因為我身處凡間——我母親跟父親相遇、相愛、幸福的地方，直到太陽鳥的出現，直到我的出現。

曾經我鼓起勇氣問母親他們如何相遇，如果我沒有看過那本書，我不會那麼大膽詢問。但所有的知識都是如此，知道了一點點，會讓你渴望了解更多。我曾發現她並不介意談論凡間的過去，她迴避的是之後的回憶。有時候我覺得有兩個她——凡間的以及仙界的——前者屬於父親，後者屬於我。

聽了我的問題，她漲紅著臉。「我們從小在海邊的村莊一起長大。」她跟我說。「他是村裡最聰明的，跑得也最快，箭術也是最厲害的。士兵們會在他滿十七歲那年來找他加入軍隊也不令人驚訝，他沒有埋怨，僅僅擁抱著為他哭泣的母親，我也盡量不哭，縱使我們如此相愛。他離開前，承諾會回來接我，我等了五年，以為他在通往偉大的道路已將我遺忘，但他沒有。」

當她壓抑著顫抖的雙唇時，一道烏雲籠罩在她臉上。沒有必要讓她大聲說出之後我們已知的後續：他們**被迫**分開。比起我父親改變心意不回來，更難以挽回的事實是，現在他們之間隔了一片天空。

一聲嘆息後，我躺向冰冷的地板，就像文智將領說的，其他士兵都已睡了。我仍感到疼痛，雖然不只是因為我的失去。我父母像桃子般掰成兩半，硬生生地被拆散，他們的愛如此完整，卻無法在一起。這是否比凡人不可避免的死亡還要慘？我不知道。

我痛苦地思考著，不像我，至少我母親與她的愛人成婚。他對她是真心的，而她對他也是，直到決定命運的那天她吞下仙丹，將兩人分開。這是通往愛的必經道路嗎？心碎，無論是因為分離、背叛，或者死亡？短暫的快樂值得隨之而來的悲傷嗎？我認為這取決於愛的力量，以及共同創造的回憶——足以支撐我母親數十年的孤寂守夜。但在我最脆弱的時候，邪惡的念頭湧向我，窸窣地說著討厭的事情——我是個傻瓜，一個懦弱的人，那麼容易被拋棄。我若屈服於怨恨，讓憤恨抑制我的悲傷，責備力偉造成的傷害，這應可以減輕我身上折磨人的疼痛。但這只是暫時的緩解，比起受傷的自尊，我更哀痛的是我們逝去的愛，不再屬於我倆的未來。

胸口悶痛更加劇烈，我本能地尋找當晚的月亮，想讓溫和的光線照耀我的臉龐，舒緩我的痛楚。我閉上眼，幾乎能想像我母親溫柔地觸碰，我的指甲陷進掌心，我不能讓這不幸的愛情定義我是誰。我要為我家人著想，去完成我的夢想……以及明天即將要殺戮的九頭蛇。

# 15

陽光照射在山頭，散發著不祥的暉映。我咬著牙，跟在文智將領身後攀登陡坡。汗水從我額頭、脖子及後背流下，我的手指摸索著冰冷的岩石，努力抓著它光滑的表面。往下一看，離地面遙遠到我感到一陣暈眩。我已不下百次說服自己在凡間摔落不可能致命，但我還是希望此刻能召喚雲朵。

「我們到了。」文智將領攀上懸崖峭壁。

我們隨後攀上，弓箭手翡懋最後一個出現——臉紅紅的，他閃亮的盔甲有磨損痕跡，他剛剛摔落了嗎？幸好他毫髮無傷地出現了。懸崖尾端隱約出現了一個昏暗的入口，高度剛好足夠我們走進去，不用低頭。相柳真會選擇住所，這裡不只被魔法保護，窄狹通道的岩石地形，讓軍隊不可能突襲衝進去。

文智將領等我們全員到齊後，用沉穩的語氣說：「隨時保持警戒，相柳力氣大且迅猛，牠的獠牙比刀還鋒利，牠的皮膚被牢不可破的鱗片保護著，要逃離牠九顆頭的視線很難，但無論你做什麼，絕對不要跟牠對到眼。」

「為什麼？」我問，已經開始害怕他的回答。

「會使你們癱瘓。」

一陣緊張沉默籠罩著我們，隨即被腳步聲打斷。難怪這頭怪物即使已經惹怒了天皇，還能夠存活那麼久。

他繼續說著，但現在語速變慢了。「集中攻擊在牠的下腹部，那是牠的弱點。但這無法殺死牠，只會讓牠感到疼痛。我們的目的是分散牠的注意並威脅牠，直到牠開始釋放牠的酸毒。那個時候我們要攻擊的目標就會暴露出來，也就是我們弓箭手開始發射的時候。當我一下令，我們會分兩隊從側邊分頭朝入口進攻，弓箭手會在那裡就定位。」他的眼神轉向我跟翡懋。「除非必要，先別開弓，將你的弓壓低，等待開始進攻的那一刻。我們不會有太多的機會，穩住，瞄準好，再一起開戰。」

我倆一起抱拳作揖，當我們再次起身時，身子站得更直了。我瞥了一眼周圍嚴肅的臉孔，內心緊張得要命。這可不是我能隨時重來的練習，一個微小的失誤，都會造成生死天平的傾斜，而且並非僅僅影響我一個人而已。

我們離開了安全明亮的崖岩處，溜進了山穴。這山洞很大，向上無限延伸，黑暗中我看不到頂端。我背著光站著，站在不遠處的弓箭手翡懋也是。我深深吸一口氣，差點被潮濕的空氣嗆到——混和著鹽分、泥土，以及腐肉的惡臭味。就在前方，文智將領舉起手示意，他指向淹沒在烏黑水中的山洞中央，士兵們遵從他的指揮，分成兩隊，跨過散落地上被殘忍遺棄的骨骸。

我瞇著眼，辨認出有個體型挺大的身影蜷縮水中，周圍平靜地甚至無任何波紋。是那個怪物沉睡中？我擦了擦出汗的手掌，開弓引箭準備。我射擊過無數的金屬、木頭，以及石頭——但從來沒有射過有血有肉的生物。我艱困地吞了口水，眼睛對到文智將領，我點點頭，弓箭手翡懋也點點頭，示意我們都準備好了。當將領低哨聲響起打破寂靜，士兵們向前衝，腳步聲在地上砰砰作響。

紅光甦醒似地閃爍，就像螢火蟲在水面上舞動，那些嵌在頭上的紅光，漸漸升高，當相柳展開全身時，幾乎像棵年輕的柏樹。九顆頭從桶狀的身體裡蹦出，每一顆頭都是個噩夢，每個腦袋都帶著各自的生命跳動著。有八顆覆蓋著黑色鱗片，帶著火焰般的雙眼，及骨白色的獠牙，牙上冒著泡沫狀的液體。其中一顆頭，有著像神仙般的肌膚，除了如瓷器裂痕般漆黑的紋路，嘴唇張開露出灰白的牙齒，原本應該是眼睛的地方呈現平滑的凹陷——就像地上的洞，沒有完全填滿。它讓我有一種神仙的臉被扒下後，像手套般披在這條蛇身上般詭異的感覺。

背脊一陣冰涼，我緊握弓把。士兵們舉起刀劍衝進水中，這隻怪物下顎凶猛地咬合著，用帶刺的尾巴將離牠最近的士兵纏住並拋向岩壁上，他們撞擊後墜落，哭喊聲不絕於耳。相柳一顆頭垂下，獠牙咬入一名士兵的脖子，他痛苦地哭喊著，用刀刃劃向那隻蛇滿是鱗片的臉。

「不！」文智將領喊著。

太遲了，相柳的頭顱們聚集一起，形成防盾，像花瓣閉合成花蕾般。這條蛇以驚人的敏捷躍出水面，水花四濺，冰冷且散發著屍臭味。士兵們繼續進攻，其中一位將她的劍插入了這怪物的腹部，相柳發出尖叫聲，野獸的叫聲，朝向入口滑去——並往上伸展，直到聳立在弓劍手斐懋跟我的面前，在陽光照射下，牠的鱗片像瑪瑙般閃耀著。

恐懼刺痛著我的心，不是因未知而隱隱刺痛，而是為自己存活而恐懼的尖銳痛苦。原始的本能占領了我，對文智將領的警告充耳不聞，我的手指放開弓弦讓箭飛射出去。就在牠撲來時，我咒罵著自己沒有按照指示躲藏著。我已引起這條蛇的注意，而不是等待適當的時刻才發動攻擊。

相柳的一顆頭彎下，將我的箭拔起，不屑地將箭扔到一旁。剩下的頭像扇子般散開，包圍著我，發光的眼睛緊盯著我看。我僵住了，直到現在才注意到那微小帶珠光的鱗片覆蓋著核心的眼窩，黑暗中幾乎難以察覺。

「別看！」弓箭手翡懋大喊，大力向我揮手。

我踉蹌地往後退，這時一個士兵將她的長矛刺向蛇的肚子。相柳的叫聲劃破空氣而牠中間的頭抬了起來，眼皮猛然睜開，下方露出兩個燃燒的煤碳，是牠的核心！相柳的八張大嘴齊開，噴出著泡沫狀的綠色液體，刺鼻且酸澀的氣味充滿整個山洞。被擊中的士兵痛苦地哭喊著，倒在地上扭曲著身體。酸性物質噴到我的手臂，侵蝕衣物時冒出泡沫，水泡在我皮膚綻放像深紅色的罌粟花，我本應嘶吼到聲嘶力竭，但那灼熱的疼痛——我皮膚從肉上被剝下的痛楚——奪走了我肺裡的空氣。

我咬著快斷的牙，摸索著另一支箭，拉弓引箭。弓箭手翡懋盯著我，示意我攻擊——但我因極大的恐懼及疼痛而顫抖著。猶疑和擔憂在我心中肆虐，擔憂自己沒射中、會失敗，會讓所有仰賴著我的大家失望。弓箭手翡懋的箭矢向前奔馳——就在那些發光的球體消失時——箭桿猛烈地撞上這隻蛇的眼皮，裂了成碎片。

九張大嘴勾勒出令人毛骨悚然的微笑，赤紅的雙眼閃爍著邪惡光芒，緊盯著我們。士兵們衝向前，相柳尾巴一揮，將他們拋到旁邊。弓箭手翡懋跟我向後退，但那怪物的兩顆頭探出來，獠牙咬住了翡懋的肩膀，他尖叫著，痛苦地翻個身，鮮血從他的傷口湧出。

我彎腰想將肚裡的噁心吐出來，為他跟其他士兵的痛苦哭泣，替他們被這凶惡的怪物毆打。但恐懼遏制了我的喉嚨；我甚至無法嗚咽。相柳滑行靠近，其中一顆彎拱的頭慵懶地朝向我，近到我都能從深紅色眼球中看到自己的倒影。一股奇怪的疲勞籠罩著我，我握著弓的手鬆開了，弓從我手中滑落下來。這隻蛇的眼裡閃著火光，嘴張開著。純白的獠牙滴著泡沫液體，當它的惡臭味穿透我的茫然時，我退縮了一下，困惑地眨了眨眼，腦袋突然清醒了，俯衝下去取回我的弓。

有一個吶喊聲——是文智將領——向我奔跑過來，他高舉著劍，砍向了這隻大蛇的腹部，相柳憤怒地吶喊，牠的頭顱現在全轉向了他。

「我們的目標！」他大喊著，舉起他的盾牌來阻擋這怪物的齜牙咧嘴。

牠那些閃著珠光的眼皮猛地睜開，熾熱的煤炭再次復活閃爍著，在黑暗中燃燒著。這怪獸張著大嘴，噴灑酸毒，飛濺到我的雙手，些微擦過我的臉頰，像火與冰般燃燒刺痛著。痛苦如黑潮般席捲了我的意識，將我拖下沉……但瞥見文智將領仍在跟怪獸戰鬥的景象，讓我下定決定不再讓他失望。

當我掙扎地站穩，感到大腿肌肉緊繃，克制住因燒焦發臭肉體而反胃想吐的感覺，我從箭袋裡抽出兩支箭，拉弓引弦。相柳的頭突然向後一仰，我的手臂移動著，想要乾淨俐落地來個致命一擊——我目光凝視著牠眼球中的火焰時，其他景物都與背景融為一體，我的箭劃破空中，發出令人難受的劈啪聲。

牠靜止不動，只剩八雙紅寶石般的眼珠快速閃爍，正當我以為我失敗了，我錯失機會了——牠的頭向後一仰，身體劇烈顫抖，脖子縮成一團，崩垮倒地，塵土飛揚。

突來的寂靜令人震驚，沒有尖叫聲及痛苦喘息聲，也沒有肉體撕裂聲。我們目瞪口呆地互換眼神，不敢置信這恐怖的一切已結束，而我們還存活著。斐懋拍我的背，搗著肩膀的傷口，咧嘴笑成鬼臉。有人大笑，有人歡呼，儘管我沒有慶祝的心情，但臉上仍掛上木訥的微笑。我的胳膊磨破起水泡，但我看到文智將領時，腸胃都絞痛了，我看見他的身上布滿著比我更嚴重的傷。

「我很抱歉。」看著翡懋及其他受傷的士兵，我聲音都沙啞了。「是我錯失了一開始的機會，我失去了勇氣，如果我沒有，如果我——」

「弓箭手星銀，無需道歉。」文智將領語氣嚴肅，但卻和善。「沒有一場戰役是完美的；很少事情能完全按照計劃進行，最重要的是，相柳已死，我們今天都能平安離開這裡。」

他仔細檢查我的傷勢，抿著嘴——我想是不太高興的樣子。他沒有責備我，反而拿出一小罐碧玉做的瓶子，灑了幾滴黃色液體在我手臂上。薄荷跟草本舒緩的香味散發在混濁難聞的空氣中，一股沁涼感滲入我的肌膚，疼痛退消成微微的悶痛。

「這只能暫時麻痺。」他遞給我那瓶子。「不要試圖自己治療，相柳的酸液有毒，需要妥善處理。回去後，我會派一個治療師給妳。」

「你自己也要，你傷得比我還嚴重。」我朝他的傷口點了點頭。

接著我兩腳無力，跌坐於地，顯然我剛剛只是嘴硬。一陣暈眩襲來，我用手臂撐住額頭。我們贏了，但是那擊中目標的快感在哪？終於結束了，不可否認我的心情確實輕鬆許多，但是胸口仍有一股緊繃感，難道是在惋惜？為了那個被我殺掉的怪物？更糟的是，埋在內心深處的，是……慚愧嗎？我如此輕易獵殺生命，而且再一次，我還會這麼做。

文智將領蹲到我身旁，說：「會漸漸習慣的。」

彷彿能看透我的心思。「我也很害怕如此。」我吞吞吐吐地承認。

「相柳虐殺無數凡人，如果沒有阻止牠，牠會繼續殘害更多人。」他的話安慰了我，至少讓我的呼吸緩和下來，消除我的緊張。我搖搖晃晃地站起來，低頭看向那隻蛇的屍體，血從牠的眼睛流出，滲入地面。牠是隻怪獸——不是因為牠的外表——而是牠的所作所為。就憑這一點，我內心更加堅定，無論要再做多少次，我不再懊悔不安。

此時，一種奇怪的感覺拉扯著我的意識邊緣。我轉過身，瞥見洞穴深處有亮光——只有日落時，從這個角度才看得見。

「文智將領，那裡面有什麼？」

他隨著我的視線看去。「是太陽反射的眩光嗎？」

「我覺得不是，你**感受**到從那邊傳來什麼嗎？」我問。

他搖搖頭，我咬了咬嘴唇，懷疑自己看錯，但那個感覺仍在，吸引我的注意，一種微弱而難以捉摸的感覺。

「我要去探查看看。我晚點再回去。」我決定。

「那我跟妳一起去，不然如果相柳有兄弟怎麼辦？」他咧嘴一笑。

我不禁打顫，「只要牠不噬虐凡人，我們可以饒牠一命。」

我們穿越洞穴盡頭狹窄的通道，跨過一條淺溪來到另一個大山洞，上方的天井讓陽光不受阻礙地照射進來，一堆寶物被照得閃閃發光。一串串的珍珠、玉飾品，以及我拳頭大小的寶石，卻如樹枝、枯葉及石頭般雜亂成堆地隨意擺在地上。

「這是什麼？」我開口問道。

「相柳在凡間掠奪來的？」文智將領彎腰檢視幾件物品。「不，有些來自我們仙界，一定是相柳帶過來的。」

撿起一個小盒子，我翻開蓋子，裡頭是一條鑲嵌大塊琥珀的金項鍊。

他將項鍊拿起來。「大地之術護身符。」

「你怎麼知道？」我好奇地問。

「琥珀是來自樹木的神聖寶藏。」他解釋道，將它放回盒中。「我要把這個呈獻給天皇陛下。」

我們再打開幾個小盒子，將一條華麗的紅寶石項鍊、一顆帶著厚實黃金紋理的光滑球狀青金石，以及一枚風鈴形狀的銀製髮飾扔在一旁。當我用手指撫過髮飾時，洞穴裡盪漾起一陣清脆的旋律。

我指著那堆閃閃發亮的寶物。「我們應該怎麼處理這些東西？」神仙不太需要金銀財寶，除了那些飾品。法力、階級，以及血統——這些才是真正能在天庭決定權力的東西。

文智將領聳了聳肩。「我會帶回幾件給天皇天后陛下收藏，每位士兵也都可以拿一些紀念品作為辛苦作戰的獎勵。至於剩下的，就隨妳處置了。」

就在此時，我看到洞穴角落有個大木盒，它的簡樸樣式與周圍價值連城的寶藏形成明顯對比。當我靠近，那個難以捉摸的感覺逐漸增強——就像感應到神仙的氣息，召喚著我。我彎下腰，撬開蓋子，心跳加速地看著裡頭的東西：一把帶著閃亮金弦以及翠玉雕刻的弓。上頭刻著一條龍，從它頂端華麗的頭部，到下方尾巴，呈現拱型。當我觸碰這冰冷的玉石，一股力量在我體內奔騰，就像我將手臂伸入洶湧的瀑布中一樣。內心似乎什麼被啟動了，彷彿我找到某樣我並不知道曾經失去的東西般。我舉起這把弓，一道微弱的光束在我手指間出現時，我差點丟下弓。不會疼痛，我反而感覺到一種愉快的刺痛電流感，光劈啪一聲然後消失了。

「天焰。」文智將領低聲地說。

弓從我手裡掉落，據說這是個很強的力量——是天皇才擁有的——單單一箭就能重創我們，甚至致命。

他的眼睛發亮並彎下腰撿起它。「是玉龍弓。」他喃喃道，手掌輕輕滑過弓身的雕刻紋路。

他認出此物的語氣令我驚訝。「你怎麼知道？你之前看過它？」

他聳聳肩。「現存可操控天焰的少數武器之中，弓只有這一把。」

「為何火光消失了？」我很困惑，因為我剛剛還沒有鬆開弓弦。

他若有所思的樣子。「也許是妳的力量還不夠強大到能好好運用它。」

他看似平靜，但呼吸變得急促。他舉起弓，他抓住金弦，手臂肌肉因用力而緊繃，不像剛剛在我手裡有如絲線那般柔軟，文智將領拉不開弦。當他將弓放下時，弓反彈到了我的手裡，彷彿是我將它猛拉過來似的。

他抬起頭，目不轉睛地注視著我。我感到一陣不安，將弓放回盒子並遞給他。盒裡迸出一陣巨響。

他皺眉並將盒子推回給我，劈啪聲響停止了。「妳先收著吧，直到我們決定該如何處理。它似乎跟妳產生了某種聯結。而這武器太強大，不能隨意亂放。」

他的話令我感到興奮，不知為何，我發現自己捨不得讓出這把弓，但我還是忍不住問道：「我們是否該將它歸還天庭？」

「這把弓不屬於天庭，我聽說它的主人消失好一陣子了，妳就妥善保管並收藏好，直到我們找到應該歸還的對象。」他突然嚴肅地用眼睛盯著我看，補充說道：「千萬別將此事外流。」

我點點頭，即使我的胃仍感到不安緊縮。他是害怕天皇可能會要求取走這把弓？然而，將弓歸還給它的主人無疑是正確的做法。

當我看著那些剩下的寶藏，一個念頭興起。「我們將這些分發給被相柳殘害過的村莊，雖然沒有什麼能彌補失去他們的至親，至少能使他們的生活好過些。」

他點點頭。「妳就挑吧，我再去喊其他士兵。」

我蹲下，拿起一個鑲滿珊瑚的金手鐲，它鮮豔的色彩讓我想到淑曉。我把它塞進腰帶。「我朋友會喜歡這個。」

「沒有自己想要的？」他問。

我猶豫了，然後拿起一條藍寶石項鍊，這寶石的藍色火焰就像力偉的王冠。它從我手中滑落，匡噹一聲掉在地上。「我不需要去參加宴會或盛典，即使要去，我已擁有需要的一切。」我想起我的玉珮項鍊，我從未取下。它帶給我歸屬感，我知道它來自我的父親，而我母親親手為我掛在脖子上。

文智將領沉默一陣後，大步走向山洞口，呼喊其他士兵。當他們加入我們時，看到這一幕，眼睛都睜大了。即使是對神仙，這些也非尋常寶物。當他們挑選著珠寶髮飾、珍珠琥珀項鍊及玉手鐲時，文智將領也一邊為皇室寶藏庫以及提早返家的士兵們挑選一些物品。

那些還能工作的士兵們繼續通宵打包金銀珠寶。當我們最後離開洞穴時，我的目光飄向那蜷縮在地靜止不動的身影，我屏住呼吸，試圖阻擋被鮮血浸透的大地散發出的金屬腥味。

當我們分送最後一件寶藏到村莊時，天空已成朦朧的灰色。我在大家的身後徘徊，看見有扇門開啟，一位老婦人走了出來——我第一次如此近距離看見凡人。她的皮膚充滿皺紋，泛黃的眼睛低垂。破舊衣服披在她身上，幾乎無法抵擋刺骨的寒冷，她手上拿著沾滿泥土的鏟子。她這麼早就要出去做工了嗎？她被門口的箱子絆倒，彎下腰撿起箱子來看，看見裡頭價值連城的寶物，她的下巴都快掉下來。她發出一陣尖叫，那聲音深深刺痛了我。老婦人抱著那盒子，她以彷若重生的力氣跑到街上，喊醒她的鄰居，門一扇扇地打開，人們發現寶藏後響起歡呼聲。有些村民跪在地上喃喃自語地祈禱著，有些則是抱在一起痛哭。空氣中洋溢著他們的喜悅及寬慰……也許這個冬天不再如此嚴寒了。

我原以為是我們慷慨贈予財富，但相比之下，我心中的這份溫暖似乎更顯珍貴。有人走近我身邊，我忍住喉嚨中的哽咽，偷偷瞥了一眼文智將領，我看到他冰冷的臉龐露出一抹微笑，這時他的黑眸反射出閃耀的金光，陽光初升普照一切，迎接新的黎明。

# 16

再也沒有銀波蕩漾的池水或花團錦簇的庭院美化我眼前的視野。現在我小小的房間俯瞰下方，望眼過去是皇宮牆壁。但至少這是我自己努力掙來，而非別人施予的恩惠。每個焦躁不安、無法入睡的夜晚，我會爬到屋頂，凝視上方的星辰，以及下方閃耀的宮殿。有時候我會在朦朧銀色月光的催眠下，躺在冰冷的玉瓦上睡著。這讓我想起在家鄉時，每當我躺在肉桂木床上，燈籠的光線透過窗戶照進來。

我在自己的房間內脫下衣物，急著清洗身上的血漬及汗水。文智將領的藥膏已失效，我躺進注滿溫水的浴缸裡，手臂感到刺痛。我咬著牙，用力擦拭自己。接著我套上一件白色長袍，倒臥在床上，希望在治療師來之前好好休息一下。

我沉睡好一陣子，當我醒來時，天色已暗，呈現琥珀色，我坐起身並伸懶腰

——準備忍受疼痛——但卻沒有感覺到。連微微刺痛，或殘留的疤痕都沒有，我熟睡時治療師一定來過了。

「睡得好嗎？」

這個聲音令我震驚，我非常熟悉的聲音。心跳不禁加速，我慢慢轉身。

力偉坐在桌旁，淡定自若，彷彿我們昨天才剛見過面，而非幾個月前。平靜地彷彿我們最後道別時，沒有因痛苦或遺憾而哽咽。他的灰色長袍上用一條黑瑪瑙鍊環扣在腰間，長髮用銀環挽著髻。他看起來就跟我記憶中的一樣，除了臉更消瘦了些，眼睛比先前更暗沉——或者，也許是眼睛上的光較黯淡了。

我保持臉部表情沒有變化，雖然內心……心亂如麻，激動不已。我趕緊爬下床，僵硬地鞠躬行禮。

「妳不必如此。」他緊張地說。

「如果您沒有不請自來，我不必如此。」我將內襯長袍衣領拉緊。「力偉，這實在非常不適當，我尚未著裝，這裡是軍營，而你……你不屬於這裡。」

當他看似沒打算起身離去，我大步走向衣櫥，拉出我第一眼看到的衣服——一件綠色長袍，手伸進袖子，繫上腰帶，但我不想坐在他身邊，所以又坐回床上。

「您為何來此，太子殿下？」

「一個月前，妳叫我力偉。」他指出。

「是個錯誤。」我說。「您是個太子，我是個士兵，對我來說，您是『殿下』。」

他修長的手指把玩著桌上的茶杯。「我聽說妳回來了，我想要見妳，確認妳沒有受傷。」他皺著眉頭。「妳的傷勢很嚴重，為何沒有自己先進行治療？」

「我的技能充其量只是皮毛。加上那條蛇的劇毒，文智將領認為那些傷口應該交由治療師。」我沒有看向他。看著他，我武裝內心的外殼會破裂，我忍耐許久的悲痛又會回來。

他清清喉嚨。「我認為祝賀是應該的，聽說妳以兩支箭一舉拿下相柳。」他聽起來很開心，甚至有點自豪。

「不是我獨立完成的，如果沒有其他士兵幫忙，根本不可能活著離開。」我感慨地說著。

他的臉一下慘白，但我不會過度解讀他的擔憂。「太子殿下，感謝您的訪視，但我想要休息一下，勞駕您自行離開。」我將手伸向門口，簡單地鞠了躬，緩和我的無禮。

他沒有起身，也沒有說話，他感到被冒犯了嗎？總管必定會因我的不敬而勃然大怒。突然間，我想起為何他知道我的傷勢，除非——

「您剛剛治療我了嗎？」

「是的。」他凝視我的眼睛。

我不受控的腦袋開始想像著他坐在床邊，雙手滑過我的手臂，將能量傳輸給我。「我沒有要求，不過謝謝您。」

「沒必要謝我。」他說。「妳過得好嗎？」

我回想起自從離開他之後無數的失眠夜晚，心裡無限蔓延的悲傷。我嚥下淚水，直到眼淚流乾。這些是我隱藏在微笑底下的祕密。

「很好。」我不擅長說謊。「受訓很忙碌，文智將領是個嚴格的督導。」

他咬著牙，以一種不熟悉且銳利的語氣說：「是啊，文智將領特別關照妳。令人納悶他為何花那麼多時間及精力在一個新兵身上。」

我對這影射感到發怒，如果他是吃醋，他大可不必。「您為何在這裡？」我用比之前更嚴厲的語調再次問道。

他的手在桌上握著拳頭。「我不應該來此，我應該離得越遠越好。但當妳在凡間的時候，我忍不住擔心害怕妳的安危，擔憂妳可能回不來。」

他的告白擊潰了我精心構築的防線。我多怨恨心底激起的軟弱，無益地渴望已然失去之物。要讓他看見我胸口的痛多簡單，如我夢想著伸手擁抱他。但他已另有婚約，而我不會委屈自己的。

我反而笑了，簡短刺耳地——冷漠及嘲笑是我這場爭鬥中的盔甲。「你就那麼看輕我的能力？」

他直直地盯著我看。「星銀，這不公平，妳明明知道我多看重妳。」

「看來似乎還不夠。別跟我談論公平，力偉。」我咒罵自己脫口喊出他的名字，他的眼睛閃過光芒。「你那晚自己清楚地做了決定，與另一個女子定下婚約。我離開時也說得很清楚了，**你**現在來找我非常不公平，你必須明白這讓我很不安。」

我應該就此停了，但我的憤慨及怒氣才正要爆發。「你說過你愛我，卻傷了我的心，你甚至沒有親自告訴我婚約的事，這**公平**嗎？」每個字都艱辛苦澀，但是這樣大聲說出來，是一種解脫。

「不。」他的聲音沙啞。「妳完全有資格鄙視我，但妳要知道，如果我可以選擇，會選擇妳。」

他像以前一樣，難過時會用手理順頭髮。我多不希望聽到這些話，以及希望自己沒被打動。

「我原本正要跟妳說，那晚並沒有打算宣布這婚約，但我母親勸說我父親提前公開。」

當我吸了一口氣時，呼吸顫抖，我錯了；原來天后已迫不及待地進行報復，她的重擊比她希望達到的還要準確深刻。這不重要了，任何事都無法改變，他是太子，聯姻是他的責任，而我應該一開始就該明瞭這點。

一陣凝重的沉寂籠罩著我們，我有點希望他趕快離開，這樣我才能躺回床上，用沉睡的麻木忘卻自己。然而，內心軟弱的部分，卻因他的留下而逐漸茁壯——如饑似渴地看著他的臉龐、聽著他的聲音、渴望他的觸碰——即使知道接下來會帶來極度的痛苦。

我鼓起勇氣問：「婚禮的日子決定了嗎？」就是這樣，大聲地說出來，將傷口上的繃帶撕得乾乾淨淨。在空曠的地方跟怪獸決戰，應該會比怪獸躲在陰暗處，不確定何時開始攻擊來得好多了？

他的眼神頓時黯淡。「彩禮交換了，婚禮應該會在不久幾年後。鳳美公主跟我還年輕，我要求多一些時間專心致力於朝政職務，也許到時候，情況會有所不同。」

他聽起來並不期待成為新郎。交換彩禮如同婚約簽訂，是具有約束力的，我不理解有什麼延遲的必要。誰敢插手天下兩大強權的聯盟？這個問題，迎來了痛楚，將我內心倔強的最後一絲希望剝除。後悔像尖刀般刺痛著我，而嫉妒如爪子，抓耙折磨著我。

門口有敲門聲。是淑曉來喊我用餐了嗎？我很樂意注意力轉移，大步走向門口，我開了門，臉上掛著歡迎的微笑——

站在門口的是文智將領，褪去了盔甲，他穿著一件黑色長袍。「治療師說她還來不及來照料妳就被遣走了。」他看到力偉，愣了一下，趕緊鞠躬行禮。「太子殿下，我沒預料會在軍營遇見您。」

力偉的表情變得冷淡，輕易地戴上帝王面具。「文智將領，你還真關照你的士兵，這麼晚還來探望。」

「確實是，太子殿下，尤其是受傷的士兵。」他大步走向房內，對力偉的敵意毫不在乎。

他們對看，眼神淡漠，但目不轉睛瞪視對方，我的頭開始疼了。

終於，力偉轉向我。「知道妳平安回來，我就放心了。」他生硬地向文智將領點頭，而文智回以簡單的鞠躬。從他肩膀的姿勢看來，我知道他離開時不太開心。

「為什麼妳的歸來會讓力偉太子這麼在意？」文智將領問道，坐在剛空出來的凳子上。他用法術加熱壺裡的水，沏了一壺新鮮的茉莉花茶並倒給我一杯。

我喝了一口，享受它的清香及舒緩的溫暖。「我們是朋友，曾經一起學習上課。」

「他看起來不太友善，妳也是。」

我面無表情，放下杯子。「文智將領，您來此有特別的原因，還是來無事生非的呢？」

「我是來查看妳的傷勢，受傷的地方都還好嗎？」

「痊癒了。」我伸出手臂給他看那重生的皮膚，發現他的傷口也消失了，我鬆了一口氣。他臉上掠過奇怪的表情。「妳很幸運被照料得很好。」

我收回手臂，他明知治療師沒有來我這裡。「天皇陛下的接見如何呢？」我笨拙地試圖轉移焦點。

「天皇很開心。如果妳決定留下繼續發展，就會獲得晉升。」他提高語氣，比較像是提一個問題。

我不在乎晉升，但這將是我引領回家的路上一個充滿希望的起點。「我毫無所求，不過，如果他們真的要給我一個新頭銜，我不介意你的。」我一派輕鬆地說。

「我必定會將妳的意願稟告天皇。」他補充，然後突然想到似又說。「那把玉龍弓——妳已妥善收在安全的地方嗎？」

我點點頭，想到藏在床底下那個盒子。我對它施了隱藏術，避免被窺探。

「我馬上要啟程前往一個海洋國度。如果妳加入我們，我們可能可以在那裡找到一些有關那把弓的資訊。然而，這趟任務可能很危險。他們的國王請求我們支援，這絕對非同小可。而天皇之恩，必有代價。」

他的臉龐閃過某種神情，是厭惡嗎？還是擔心前方的安危？

「我會好好考慮。」我緩慢地說。

接著，他起身。「明天訓練場上見，黎明時分。」

我忍住抗議的衝動，多說無益。

他在門口差點撞上淑曉，她用詭異的姿勢鞠了個躬，試圖平衡她手中沉重的托盤。他微微點了頭，表情冷漠離開。

淑曉將托盤放在桌上。「妳的晚餐。我聽說妳受傷了。」

「謝謝。」我很開心有她的陪伴。她房間離我的很近，我們一有時間就會一起用餐。當我瞥見滷豬肉、清炒扁豆，以及熟成的枇杷——我的肚子咕嚕咕嚕叫，提醒著我這一整天都還未進食。我打開竹蒸籠的蓋子，拿起一顆柔軟的饅頭，塞進幾片鮮嫩多汁的肉。

「妳看過治療師了嗎？」她問。

「有。」我不想再詳細說明。

她頭向後仰並盯著我看。「妳看起來不錯，容光煥發。也許妳才應該帶晚餐來給我。」她推開板凳，拉起長袍的下襬，露出小腿上兩排紅色凹痕。

「這是齒痕？發生什麼事了？」

「狐妖，有幾隻闖了進來。」她扮了鬼臉。「當牠們法力耗盡，就會開始亂咬，這不會痛了，但會發熱發癢，治療師說這齒痕要幾個星期才會消失。**如果**真的會消失的話。」

「牠們怎麼闖進來的？」我很驚訝，因為天庭設有強大的結界保護著，應免受敵人的侵害。每晚，站哨的士兵們會在邊界施以護法，任何入侵都會發出警告。

「有一隻化身為天庭神仙的模樣溜進來，沒被察覺到。一闖入，牠就從裡頭破壞結界。這不應該發生，即使變化了不同形體，我們應該會偵測到牠們的氣息，建允將軍正在調查此事。」

我從荷囊裡掏出文智將領給的碧玉藥瓶，拔開塞子，搖出最後幾滴在她腿上。隨著傷口紅腫逐漸消失，她鬆了一口氣，問：「那是什麼？」

「文智將領給我治療傷口的。」

「哦？文智將領常常會給小兵提供稀有藥物？」她盯著我看，令我感到緊張。

「只有這一次。」我簡單回道。

「或者只有**這一位**？」

我沒有回答，拿了一粒枇杷，小心翼翼地剝皮。

她聳聳肩，也許是一直戲弄沒有上當的我，也覺得有點乏味了。「相柳怎麼樣了？」她問道，彷彿我們在談論一位共同的朋友。

「死了，一支箭射穿眼睛。」隨意談論這件事容易許多，但從另一角度來看，也顯得缺乏真實——我經歷過的危險，以及被我奪去的生命。

「好殘忍。」她評論道。「那這場戰鬥很艱辛嗎？」

我描述了戰鬥過程，知道她應該會對細節感興趣。當我說完，我看向遠方，承認：「我失去了勇氣，那些受傷的士兵……都是因為我的失誤。」

「誰都會被嚇壞的。妳覺得如何？相柳，作為妳的第一個任務。新兵通常被指派較基本的差事，像是巡視邊境或搜尋一些遺失的神器。」

正是因為深具危險，我才自告奮勇。基本的差事對我無用，無法讓我的名字傳到天皇的耳裡，也沒辦法讓我贏得紅獅符。

她繼續說：「至少妳及時補救，沒有傷亡，好吧，相柳除外。別忘了是妳將這怪物除掉的。」

我點點頭，感到好多了。「也全非壞事，我們發現一洞穴的寶藏。」

她傾身越過桌子。「妳有帶回任何東西嗎？」

我想到玉龍弓，遠比任何珠寶還珍貴。但這不是我的，文智將領也警告我要妥善藏好，此事不可外流。我伸進我的荷囊找到手鐲，放到她的掌心。

她彈開手鐲鉤扣，穿進手腕，金色珊瑚色在她的肌膚上閃閃發亮。「真美。」

「這只是個小飾品。」她看起來很喜歡這手鐲，我感到開心。「妳應該看看文智將領帶回的那堆寶藏。」

她的表情轉為好奇。「文智將領剛剛在這裡做什麼？我可不是在抱怨，好多人忌妒我們呢！」

「什麼意思？」

「妳沒有注意到他在訓練場時都擠滿了觀眾——無論男或女？他那高大的身材、寬闊的肩膀、清澈的眼睛、堅定的嘴唇，以及挺拔的鼻子。」她一邊描述，一邊用手指數著每項優點。「如果他能多微笑一點，就能使他帥俊的五官上發揮加乘效果。」

「帥俊？」我原本也認為他的外貌算引人注目，但帥俊？

淑曉投以責備的眼神。「妳怎麼能沒有注意到？這幾個月與他一起受訓，漫步在他身旁，在滿天星空的熊熊營火邊——」

我抓起一個包子丟向她，她巧妙地接住了。「別一直否認啊！」她咧嘴一笑。「否則我可能開始認為那些謠言是真的。」

這些謠言也傳到力偉那裡了嗎？難道這就是為何我一回來，他立刻來找我，想問出個否認或承認？「妳說的那些謠言太離譜了。」我說，口氣比預期得激烈。

「我讓妳緊張了？」

我馬上閉嘴了。

淑曉從碗裡拿了一只枇杷，遞給我，以示和平。「像文智將領一樣受到高度矚目的神仙很少呢。他的戰鬥技巧享有盛譽，他的法術更是異常強大，對於一個不是出身知名血統家族的神仙來說。」

我盯著她問：「他從哪裡來？」

「我聽說文智將領出身一個不起眼的四海家庭。來自異鄉卻能晉升成為天庭軍隊裡最年輕的將領，著實不容易。」

得知我們都出身異鄉並獨自為了新生活奮鬥著，我對文智將領產生了共鳴。雖然他比我更有能力，但讓我對自己的抱負產生更多的希望——一個無名小卒可以在天庭崛起。

雖然我忍不住想到，即使是他，仍還未贏得紅獅符。

用餐後，我幫淑曉將空碗盤擺到餐盤上，但當我試著從她手上拿走托盤時，她立刻搶走了。

「妳並非每天都能射殺傳說中的怪獸，況且聽起來文智將領明天也沒有要讓妳輕鬆一點。」她二話不說，離開了房間。

這晚我失眠了，不耐煩地嘆了口氣，翻開床單，離開房間，爬上屋頂，躺在冰冷的玉瓦上。夜晚的孤寂使我思念家鄉，看著下方燦爛閃亮的天庭國度，我用我的生命捍衛著它的國境。我的母親是否會覺得我背叛她？她是否會認為我遺忘了她，反而去追求權力？我的胸口感到一陣揪痛，如果她能得知真相——我所做的一切都是為了她的自由，讓我們可以能再度團聚。

# 17

我站在建允將軍的桌前，心裡想著為何他召見我。自從我跟著文智將領及他的軍隊訓練後，這陣子我很少見到他。我盯著由檀香木精緻雕刻製成，以珍珠母鑲嵌成竹子、蓮花及仙鶴等花樣圖式的桌子，我沒料到這務實的軍官有如此雅致的書房。我提醒自己，在他冷酷的外表下，這位將軍對我已展現超出我應得的善意，而且在我自己還未察覺前，他就已在我身上看出某種潛力。

我在他凝重的注視下，不自在地移動著，鍍金的盔甲叮噹作響。建允將軍的眉頭皺起，像是無聲地斥責：一位優良的士兵不會如此煩躁。

我立刻站直，強迫自己的大腿保持靜止不動。他喊我來，是要責備我冒犯了什麼？還是要教訓我應對相柳時的粗心大意？

他嘴唇浮起一絲笑意。「妳的第一個任務，做得很好。」

我突然感到鬆一口氣。「謝謝將軍。」

「依我們的協議，妳可以決定妳下一個任務，目前有兩隊需要新兵，一個將會前往黃金沙漠，去收成那裡生長的稀有藥草，雖然與魔界為鄰，但因為有和平協議，不會受到干擾。」

我點點頭，試圖表現出熱忱，我從未去過黃金沙漠，但採集植物聽起來很沒吸引力。也許我該感激，在相柳之後執行較輕鬆的任務，但是這應該無法取得天皇的注意。

「或者妳願意再次跟隨文智將領？」建允將軍提出。「雖然那是他的期望，但由妳自己選擇。他會帶領軍隊前往東海，那邊的國王請求我們援助來平息最近境內的動盪。」

我腦海浮起母親曾跟我述說的一些故事片段，她的聲音溫柔且悅耳，當她說著東海以及……

「龍族。」我低聲說道。回憶包圍著我，母親用冰冷的手撫摸著我的臉頰，我忍不住深吸一口氣——徒勞地想捕捉些許的肉桂木氣味。一種隱約的疼痛侵襲我，不同於心碎的刺痛，雖然兩者皆喚醒我對於失去之物的渴望。

建允將軍緊張起來，難得失態。「龍族？」

我用大笑來掩飾我的失神——太刺耳，太大聲。「只是想起我聽過的一個古老傳說，據說東海是龍族的發源地，是牠們造成的騷亂嗎？」

他緩慢地說，小心翼翼地選擇用字。「龍族已不存在東海，也不存在仙界了。」有十幾個疑問閃過我腦海，我所知道有關龍的一切都來自故事傳說，直到現在，我仍相信牠們僅是神話，一個天皇似乎偏愛的權力象徵。

不等我開口，將軍皺著眉繼續說道：「是人魚族，深海的居民。他們有史以來第一次打破了和平。雖然目前只是短暫的小衝突，文智將領正在為任何可能發生的情況做準備。」

黃金沙漠的平靜探索，還是東海的冒險犯難？相柳洞穴裡惡臭味的記憶湧現，牠鱗片上的裂縫令我不寒而慄。但這是我自己選擇走上這條路的代價，而且文智將領說過，也許我們能夠在東海找到一些關於玉龍弓的資訊。

★　★　★

我們一個星期後啟程，我比以前更密集地受訓。我雖然因射殺相柳受到讚揚，但內心深處，我覺得自己是個騙子——不值得受到這樣的稱讚。我的恐懼及缺乏經驗使大家身陷危險。我太自負，認為自己準備就緒，以為跳入深海便能奇蹟似地學會游泳。我多麼輕率地以為訓練中的表現，能夠在當鮮血使空氣變得濃濁沉重、痛苦及恐懼占據身心時，輕易地重現。不，我不能再犯同樣的錯。每晚我累倒在床上，不再害怕獨自一人於黑暗中不停思索。我不再需要屋頂的獨處。何必呢？因為我的頭落在枕頭那一刻就沉睡了。

我們前往東海而召喚的雲朵，多到覆蓋天空，若凡人抬頭看，可能會被快速移動的龐大雲層嚇到。我終於克服駕馭雲朵的驚恐不安，也不用再倚賴共乘。我的能量在閃耀波浪中流動，召喚最近的雲朵，我將魔法注入雲層中，銀色光點交織在雲層龐大的皺褶中，我便翱翔天空。

東海的美景使我驚豔，絢爛繽紛的花海及植栽沿著海岸盛開，五光十色。我伸手去觸碰一片花瓣，驚訝發現它冰冷如瓷器。鬱鬱蒼蒼的森林綿延不絕，直到海岸線的盡頭，松雪石及石頭打造的房子建在沙灘上。傾斜的屋頂以綠松石及珍珠母鋪疊著，晨曦照射下閃閃發光如海浪一般。水晶般的廊道從海灘蜿蜒到矗立於海中央的皇宮。

我漫步走向海邊，目光注視著無邊際的地平線，腳下陷入柔軟的沙子裡，將工作拋諸腦後。我彎下腰將手浸入冰冷的海水中，驚動那優游在淺灘的銀色小魚群。一陣陰影落在我身上，我轉過身，在明亮陽光照射下瞇著眼。

文智將領高高地站在我面前，嘴角一抹微笑。「妳到過海邊嗎？」

我站起身，甩掉手上的水珠，有一些灑到他身上，但他似乎不介意。「我飛行時曾見過，或在圖片上，以及……聽說這裡很美。」母親留戀似的話語在我腦海中迴盪，她對生活的期待讓我充滿想像。

腳步聲在沙灘上踩踏沙沙作響，有一些士兵走近。在他們緊盯的目光下，我抱拳行禮：「文智將領，聽候吩咐。」

「先了解妳的職責，才開始熟習周遭環境。」他語氣嚴厲，但當他轉身並走向等待的士兵時，臉上仍掛著笑容。

我仍低著頭，隱藏表情。旁觀者可能會認為我是因為被責備而感到慚愧，但其實我凝視著變幻莫測的海水，心情比徐徐微風還要輕鬆，而且這是我幾個月來第一次感到希望再次燃起。

帳篷搭建完畢後，我跟隨文智將領跨越水晶橋去見國王。宮殿在海水及藍天的映襯下閃閃發亮——由石英岩、綠松石、珍珠母，以及雙層鍍金屋瓦構成的宏偉建築。大門用白蠟木製成，鑲嵌著黃金，上頭掛著一塊匾額寫著：

## 幽珊宮

到處都是我在海邊見到的那些精美花卉與植物——鮮紅色的枝條、扇形的亮綠色花朵、粉紅色的根莖植物，光滑的岩石上覆蓋著鮮豔的紅色苔蘚，一座施了魔法的花園從海洋中心脫穎而出。

經過大門，一位侍從帶領我們走下一段長長的階梯。皇宮底層建於海平面下，以跟廊道一致的水晶刻製而成。這就像走在海底隧道，周圍是快速流動的河水，以及珊瑚礁。當我們走進一個有著高聳天花板的擁擠大廳時，聚集的神仙們突然安靜下來。這時我才聽見從瑪瑙寶座後傳來象牙貝殼串搖曳作響的悅耳叮鈴聲。我之前只在力偉的宴會上見過東海的彥崢國王一次。銀色的頭髮勾勒出他平滑無皺紋的臉龐，明亮雙眼襯托出他黝黑的皮膚。他那藍綠色的絲綢長袍上繡著波浪，邊緣綴以閃亮白線，頭上戴著一頂鑲嵌著珍珠的金色扇形皇冠。

文智將領與我跪在地上，拱手行禮。「天庭應允東海的求援。」他緩慢莊重地念誦著。「我們將張弓拔劍為您效力。」

「請起身。」國王下令，語氣聽起來很高興。「我們很感激天庭在這動亂時期前來救援。人魚族的攻擊令我們措手不及，我們一直以來都和平相處。文智將領你的英名已傳遍整個東海，我們很感謝天庭派了最優秀的戰士前來。」

文智將領再次鞠躬。「陛下仁慈，但如此讚揚實在過譽，能全力以赴為您效力是我的榮幸。」

彥崢國王撫著鬍鬚。「能力高強還如此謙遜著實難得。」他朝我做了手勢。「這位女子是你的妻子？」

我話到嘴邊卡住，文智將領耳朵通紅。「不是的，陛下，這位是……天庭軍隊的首席弓箭手星銀。」

我豎起耳朵聽著他的介紹。首席弓箭手？

國王看了一眼我的盔甲。「啊。」他點點頭，帶著困惑的笑容。「我們這裡沒有女戰士。」

幾位朝臣開始竊笑，幾些舉起袖子掩飾他們的笑聲。我對這不請自來的打量感到不安，因為他們的藐視而手指緊握。

比拔劍還更有效，文智將領冷冷地掃看大廳內一圈，便使他們識相閉嘴。「首席弓箭手星銀是我們軍隊位階最高的弓箭手，她將在這場戰役上提供很大的援助。」他用精簡有力的軍事語調說，「陛下，您是否能說明一下目前人魚族的情況？」

國王示意他身旁的一位年輕人。「我的長子，彥熙太子將跟你說明。」

一位高大的神仙向前一步，身穿一襲天藍色長袍，上頭繡著的深紅色及銀色小魚，在皺摺處跳躍游動。他深褐色的頭髮盤成一個髮髻，以一個綠松石髮簪固定住。他一靠近，我感受到一股冷靜、穩重且有力的氣息。

「文智將領，首席弓箭手星銀。自古以來我們與人魚族和平共處，我們海神們，喜歡同時待在陸地跟海洋——人魚族則選擇居住在深海裡，少數情況才會浮出水面。他們敬畏著以往居住在此的龍族，並喜歡與龍族親近。那些龍很有智慧且溫和，有助於維持我們水域的和諧。」

他話鋒一轉，變得緊張。「當天皇將龍族從我們仙界趕走後，人魚族變得躁動，隨著時間推移，他們越來越不喜歡陸地，偏好在深海中自立獨處。幾年前，我父親允許他們選擇一位統治者作為代表參與朝政。不幸的是，仁于總督很危險，他的野心遠遠超出授權範圍。我們收到不少相關回報，得知他正在招募人魚族，訓練他們武器及魔法，籌組大規模的軍隊。當我父親要求他出席朝政並回答這些指控時，他拒絕了。」

我自忖著，擅自籌備訓練軍隊真是叛逆，拒絕會面國王更是加深這位仁于總督的罪惡。

彥熙太子揉了揉眉心，表情逐漸暗沉。「自此，人魚族開始充滿敵意。前往深海探險的海神們會遭受攻擊，離海岸較近的房子也被襲襲。每一次作亂者都在我們士兵前往逮捕前就逃之夭夭。」

「小奸小惡的行為不太像是總督真正的意圖。你了解他的計畫嗎？」文智將領問道。

「最近他自行下詔，禁止所有海神進到深海領域，這對我們來說是嚴重的侮辱。我們認為他想要推翻我父親，奪取王位。在仁于總督的指揮下，人魚族軍隊更加茁壯強大，我擔心我們會被擊退。我們是講求和平的國度，不熟悉作戰，這也是為何我們要向天庭求援。」

我們要到深海裡與人魚族作戰嗎？一想到我的胃就開始痛了。就像許多天庭神仙一樣，我沒有學過游泳——我們會飛了還需要學游泳嗎？小時候有次我跌進附近的小河裡，冰冷的水淹沒了我，堵塞了我的鼻子跟嘴巴。我掙扎著，踢著——這些瘋狂的動作只有將我拖進河流更深處。最後是我的母親跳進了水裡，將我拉出來。她用顫抖的語氣責備我，但手臂仍緊緊抱著我，她那令人安心的心跳聲，使我的恐懼終於平息。

現在這恐怖的回憶如此尖銳地戳痛著我，但我甩開它，說：「天庭軍隊不熟習水域，如果要打仗，我們應該將人魚族吸引上岸。」

某種表情閃過彥熙太子的臉上，像是驚訝。「的確。處在水面下對我們不利。人魚族擅長游泳且習慣暗處。然而，他們不會願意在陸地與我們挑戰，我們會需要一個計劃。」

彥崢國王傾身向前。「將領及他的軍隊今日才剛抵達，我們招待不周，別把他們留在這裡太久，他們需要休息一下。」他的笑容親切且溫暖。「文智將領，我們今晚安排了宴會款待，希望你與首席弓箭手星銀能一同光臨。」

「這是我們的榮幸。」文智將領猶豫著，似乎欲言又止。「陛下，幽珊宮的圖書館藏書豐富，盛名遠播，是否允許我們參觀？我希望盡可能地了解人魚族，更有助於戰役。」

國王點點頭。「歡迎，任何時候都可讓一位侍從帶你去。」

當文智將領跟我離開了大廳，我向他咧嘴一笑。「首席弓箭手？我們軍隊最高階的弓箭手？」我重複他稍早的話。「這代表我們的位階更近了嗎？」他惱怒地看我一眼。「這不是官方職稱，因為妳不是正式招募的。更何況，什麼時候我們的軍階對妳來說重要了？」

我大笑，沒有反駁他。我從未對他無禮，但我也從未以階級禮節對他恭敬有加。

他沒有停下腳步，繼續說：「妳**是**我們軍隊裡第一名的弓箭手。不過，如果妳鬆懈而失去這個位置——妳就會成為『第二名』或『第三名』弓箭手，聽起來就沒那麼厲害了。」

「哈！」我被他的暗諷戳到痛處。「要親自跟我挑戰嗎？」他是眾所皆知的優秀弓箭手，但此話一出，我立刻想收回。這勾起太多不安的回憶……在盛開的桃花樹林裡，我極力想要忘掉的那位。

他嘴邊浮現一絲微笑。「不比弓，歡迎用其他任何武器。」

我沒有回答，迫使自己一步一步向前行，我們之間陷入一陣沉默。

他在入口停了下來，歪著頭打量著我。「妳臉色憔悴，看起來很疲憊。妳訓練得太勤了，妳要不要回營區休息？我自己去圖書館看看是否能找到有用的資訊。」

他打了手勢，一旁等待的侍從立刻走了過來。

「我沒事。」我否認，想要一同進圖書館參觀，但他堅定地看著我，直到我點頭。我不能在侍從面前違背他的命令。

「我會告訴妳我找到什麼。」他說，也許是看到我垂頭喪氣的表情。「好好休息吧，今晚將很漫長。」

## 18

一位幽珊宮的侍從前來，端來一摞宴會禮服，他們的熱情款待令人欣喜。我拉出一件下擺及袖口縫著整排綠松石珠子的黃色綢緞連身衣，在腰間繫上海綠色的腰帶，絲質流蘇垂至膝前。這些服飾的款式與天庭的不太一樣，我脖子上的玉珮外露於頸窩下，唯一的飾品是別在我頭頂上的珍珠梳，我黑色的長髮披散垂落於背後。

文智將領在外頭等我，當我走向他時，心跳無預期地加速。他今晚格外耀眼，身穿一襲森林綠色的長袍，一條黑亮的絲綢腰帶繫於腰間。精細雕刻的玉環束著他的頭髮，髮絲像夜晚的波浪般垂落於肩上。我的雙眼彷彿沖洗過，終於看見了淑曉描述的精緻五官。

傍晚微風輕輕吹拂，我深深吸了一口冷空氣，將我的感官沉浸在海洋芬芳中

——一種令人陶醉的陽光及海鹽混和氣味，隱隱約約夾雜著興奮。夕陽餘暉將海水染成深紅及朱紅色，幽珊宮如同地平線上的一顆寶石般熠熠生輝。宴會廳內上百盞燈籠高掛天花板，燈火通明。矮木桌及織錦餐椅安排於牆邊，廳內中間留空。角落坐了位優雅的女士彈奏著琵琶，一種形狀像細長梨子的四弦木製樂器。當她撥動著琴弦，憂愁的曲調於空氣中蔓延，她的演奏精湛，撥彈一聲隨即湧出一條傷心的河流，以及悲痛的大海。

國王與皇后坐在大廳遠端的高臺上，在皇后的頭髮上別著一朵手掌般大小的華麗金花鑲珍珠閃耀著。攏著珍珠的花瓣開合飛舞著，一下閃著白光，一下變化成深黑色。一位小男孩站在她身邊，緊握著她的手。他的身高甚至不及寶座的扶手高度，深色眼睛又大又嚴肅。在他身旁站著一位優雅的女子，身穿杏桃色絲綢，脖子上掛著一串粉紅色圓珍珠項鍊，她那精緻的下巴抬得高高，仔細審視著大廳，表情莊嚴冷漠。

「那位是彥崢國王陛下的女兒嗎？」當我們前往與宴會主人們致意時，我詢問文智將領。

「陛下只有兩個兒子——妳見過的彥熙太子，還有彥明王子。」隨著我的目光，他補充說道：「站在彥明王子旁邊的是安美小姐，是他的家庭教師。她是權貴人家的女兒，她的家族在朝廷裡有極大的影響力。」

在我們與王室致敬後，一位侍從帶領我們到座位。文智將領將我們的杯子斟滿，我啜了一口紅酒，穀物發酵的溫和甜美滋味在我的舌尖縈繞。我們面前的銀色盤子上堆滿著異國料理，大都是我沒見過的：帶著光澤的紅色甲殼類動物、金黃色海蜇，以及黑色尖刺球狀生物。我覺得那些看起來特別倒胃口，雖然其他賓客吃得津津有味的樣子。

文智將領拿起一個黑色尖刺球狀生物並切開它，遞給我一半。我挖了一匙肉放入口中，品嘗著它帶有鮮甜鹹味的奶油般口感。

「這些食物吃得還習慣嗎？」彥熙王子突然出現在我們面前問道。滿口食物的我差點嗆到，大聲咳嗽著。我抓起酒杯快速吞下一大口，連忙起身向他致敬。

他點頭回敬後說：「文智將領，我父親希望跟你說個話，他請問你是否能與他同桌，你回桌前我會陪著首席弓箭手星銀。」

文智將領眉頭微微一皺，但不悅的表情一瞬間就消逝。他向彥熙太子行禮後，走向高臺。我不禁注意到當他坐下時，安美小姐眼睛一亮。

彥熙太子坐下後目不轉睛地看著我，不知為何，我不覺得他的熱切冒犯到我。也許是他表情中明顯的好奇心或者幽默，我大膽回看他，決定不先打破沉默。

「首席弓箭手，妳在哪裡習得這些技巧？」他坦率的說話方式讓我想到了建允將軍。

「我跟著力偉太子一起受訓，我曾擔任他的伴讀。」我以相似的語調回應，希望他沒有聽出我語氣中的顫抖。

他認出我來了，「當然，我記得在宴會上看過妳，妳的笛子演奏很棒，還在練習吹笛嗎？」

「沒有。」我的眼神從他身上移開，自從那晚後我沒吹奏過笛子了。

也許是感受到我的不安，他問道：「妳為什麼加入天庭軍隊呢？是妳家人的期望嗎？」

「以前指導過我的將軍給了我這個機會。」

他的指尖在杯緣把玩著。「服侍過太子的人應該有蠻多其他機會的吧？」

「但都不是可以讓我自由發展的地方，我沒有家人依靠，只能靠我自己的技能。」我舉起杯子到嘴邊，喝了一大口酒。「但這是我自己的選擇，我別無他求。」我補充說明，心裡想著紅獅符。

他的嘴唇浮現一抹微笑，眼睛瞇了起來。他的雙眸不是我原以為的黑色，而是深沉不透明的藍色，像是未切割的藍寶石。他舉起了瓷壺將我的杯子斟滿，「妳的坦率令人耳目一新。」

當紅酒衝上腦門，話就開始多了起來。「為何太子殿下會對我這樣的無名小卒有這麼多的疑問呢？」

「因為像妳這樣的『小卒』並不多。文智將領很器重妳，妳的技巧肯定特別卓越才被評價為首席弓箭手。但妳看起來不像我以往見過的戰士。」

他仰頭大笑。「很抱歉，我的讚美通常不會如此笨拙。」

我沒聽錯他的意思吧？突然意識到大廳裡談話聲暫停，我環顧四周，許多東海神仙們盯著我們看，竊竊私語著。

「看來您陪著我聊天引起了騷動，也許太子殿下應該去招呼您其他賓客。」我建議，說出後才意識到我不應該如此無禮打發一國太子。

幸運的是，他看起來並沒有被激怒，反而被逗樂了。「我是否讓妳感到不舒服？我不是有意的，我僅僅想要更了解妳。我對人們感興趣，就像對書籍、音樂或藝術感興趣一般。」

我的手指扭著裙上柔軟的布料，毫無頭緒地思索該如何適當回應。

他的眼睛突然一亮，盯著我的脖子看。「妳的玉珮——這護身符很罕見，妳可以告訴我它的來歷嗎？」

我喉嚨感到乾渴。已經被多次問及家人，我的舌尖已準備好隨時應對的答案。然而，從來未曾被問過關於我父親的玉珮，通常我藏在的長袍領口下。我以為這是個普通的珠寶，對我來說的唯一價值在於它傳承自我父親。

「我在一個市集找到的，天庭五年一次出現一次的那個市集。」我連忙說道。

「一個幸運的發現。」他一個字一個字地說。

我在座位上挪動了一下，懷疑他是否看穿我的謊言。我試圖轉換到比較安全的話題，但他的熱切也激起我的興趣。也許他對我父親的玉珮有所了解。「您為何說它是護身符？」

「因為它就是，同時是一個效力很強的防護。」

我伸出手指敲敲玉珮，我的父親是否戴著它挑戰太陽鳥呢？這是否保護他免於遭受牠們致命的火焰攻擊？

彥熙太子湊近檢視這顆玉石。「可惜，看起來損壞了。」邊緣的裂縫。「這能被修復嗎？」我問，有點太急切了。

他嘴角一沉。「從雕紋看來，這應該是龍族的護身符，如此一來，只有牠們能修復。」

我內心一沉，手指鬆開玉石。龍族已不存在仙界，彥熙太子曾說過，牠們被驅逐了，呼應我小時候聽說的故事。

「您對於龍族蠻了解的，天庭那邊資訊很少。」我說。

「以往牠們被稱為龍尊者。在東海降世後直到被驅逐之前，皆定居於此。雖然牠們從未在我們的統治之下，我們的歷史學家、學者以及書吏，盡可能地搜集有關牠們的資料。儘管有著令人生畏的外表，龍族其實非常有智慧且仁慈，會運用牠們的力量幫助弱者，並且維護水域的和平。大家都很尊敬牠們——人魚族、海神們，甚至凡人。大家仍為失去牠們而哀悼。如果妳有興趣知道更多，歡迎參觀我們的圖書館。」

「謝謝。」我很感激他的慷慨提議。根據文智將領的說法，這並非可隨便提出的邀請。我的好奇心被激起，特別是因為稍早錯失的機會，如果有空閒時間，我渴望能沉浸在圖書館裡。

「太子殿下，您聽過玉龍弓嗎？」我問道，試著保持輕鬆的口吻。

幾乎難以察覺地，他愣了一下。「為何妳這麼問？」

「我聽聞過這個強大的武器後，好奇誰能操控它。」

「誰也無法。」他嚴肅地說。「龍族被驅逐之前，玉龍弓便與它的主人就一起遺失了，可能再也找不到了。」

我差點脫口向他吐露這把弓並未遺失，我正保管著。但我尚未了解彥熙太子，且我答應過文智將領此事不能外洩。更重要的是，他看似不知這把弓的主人的去向。

清脆的鐘聲吸引我的注意，銀鈴般悅耳的聲音。舞者進場，滑向大廳中央，身穿藍色及綠色絲綢舞衣旋轉跳舞著。她們腰間掛著一串金色鈴噹，華麗的頭飾鑲嵌著珍貴的寶石。每一位表演者都帶著具光澤的玉製短棒，上頭繫著紅色彩帶。琵琶樂者彈奏起新曲目，輕快的曲風帶著陣陣波浪般的旋律，她們舉起彩帶棒翩翩起舞。她們優雅轉圈、低身傾斜並旋轉著，彩帶在身後飄揚，明亮地像閃耀的火焰，觀眾激賞的讚嘆聲響起，我也加入其中。

兩位舞者騰空飛起，她們的彩帶優美地以螺旋狀旋繞著她們。當她們一落地，另一位高高躍起，以驚人的速度拱著身，朝王座方向飛去。我的目光跟隨著她的身影，滿是欽佩，突然發現她手中的短棒中有東西滑落，她原先溫柔的表情瞬間轉變冷酷無情如獵人。

我心跳加速，本能地衝向武器——但毫無所獲，我抓起一個銀盤，擲向那跳躍的舞者，擊中她的太陽穴，打歪她的頭飾，她尖叫一聲跌落在一堆雜亂的絲綢及彩帶上。

賓客們紛紛起身，慌亂地大喊。有些盯著我看，神情彷彿認為我瘋了，竟然失禮地干擾演出。

「她身上有武器！」我警告彥熙太子。

他一躍而起，大聲命令侍衛們逮捕這名舞者。

一陣緊張後，一位侍衛朝向我們跑來，臉色沉重，手裡拿著一串尖銳的針，針頭上還閃爍著黏稠的綠色汁液殘留。

「海蠍的毒液。」彥熙太子發出嘶聲。「它擴散得很快，會使全身癱瘓，過多還會致命的。」

當舞者跌落時，音樂已停止，大廳內充滿著不安的寂靜。賓客們互相交換困惑的眼神，議論紛紛但不再憤怒，而是焦慮跟緊張，氣氛變得很緊繃。某物撞上牆壁，金屬碰撞聲，一陣淒厲的哭喊響起，在我身邊的彥熙太子拔出劍。大門被猛然撞開，一名侍衛站在門口，他手上藍銀色相間的盾牌沾滿著血漬。

「是人魚族！我們被攻擊了！」

噗啪一聲，一支長矛刺穿他的胸膛，鮮血浸濕了矛尖長毛。這名士兵蹣跚向前走了幾步，雙眼突出，兩膝跪下，倒地不起。

賓客跌跌撞撞，翻倒桌椅，爭先恐嚇地退到大廳後方。文智將領從高臺一躍而起，劍已拔出鞘。我咒罵自己手無寸鐵，然而太子隨即從就近的侍衛身上取下弓箭扔給我。我拔了箭，穿過弓，紅色的箭桿冰冷堅硬地像石頭般。

「火珊瑚。人魚族很懼怕它。」彥熙太子咬牙切齒地說，他緊握劍柄的指關節泛白。

入侵者湧入大廳，他們的盔甲像是用閃亮的珍珠母細小鱗片編織而成。他們向我們衝過來，帶著明亮的碧綠色眼珠子，頭髮編成辮子於腦後擺動。他們白皙的皮膚泛著彩虹般的光澤，彷彿我透過彩色玻璃看著他們。他們鋒利的刀劍上塗著跟剛剛針頭上一樣的綠色毒液，看得我都起雞皮疙瘩了。那些被他們刀刃劃傷的士兵僵硬在原地，四肢顫抖著，眼神充滿驚恐。

彥熙太子惱怒地快步向前，一名人魚撲向他。我立刻發射一支箭，射中了襲擊者的肩膀。他倒在地上，痛苦地緊握陷入他肩膀的箭桿。面對這景象，面對他的喘息，我努力克制自己。戰場上，我無法背負懊悔，只能一箭接著一箭地射向入侵者——雖然我盡量瞄準他們的四肢。文智將領若知道我刻意不命中要害，一定會責備我，對他來說，敵人就是敵人，在戰場上表現出憐憫，就是讓自己進退兩難。我忍不住開始好奇：為什麼人魚族會對海神們發動攻擊？我總算明白原來國王並非如同故事中總是如此正義，而神仙的仁慈有時候也是有缺陷的。

鮮血濺了一地，我的掌心滿是汗水而滑膩。我的箭無情地不斷射出，被打中的人魚族痛苦叫喊，打擊著我的良心，我強迫自己將注意力專注於人魚族手上的武器，他們造成的傷害。但，越多生命倒在我們的刀箭下，就越多人魚族湧入大門。我們的勢力逐漸減弱，只剩我們圍成一圈，保護著王室及賓客。

人魚族眼神閃爍著期待，一步步靠近我們，他們擁有優勢，我們寡不敵眾。他們舉起手，空氣中充滿著海洋鹽水味道，一股洪流湧進大廳內。文智將領施展法力，冰塊碎片向人魚族砸去。有一些人魚跌落，但海水旋得更高了，浸濕了我們的鞋子跟長袍，海水繼續漲成一個高聳的浪潮。彥崢國王釋放出能量，驅散這股大浪——儘管周遭波浪仍在原地湧動著，越來越多顫抖的潮水將我們包圍形成水牆，浪尖沖刷著我們。身後傳來微弱的哭聲，是個孩子的聲音，壓抑著他的恐懼，是彥明王子嗎？

我掌控住自己的能量，召喚一陣風，吹進大廳，像半透明的圓頂在我們上方拱起——當文智將領的能量跟我的能量一同作用時，閃亮的冰塊從上方丟擲過去。就在此時海浪傾洩而下，衝過我們的屏障，我在重壓下寸步難行，四肢痠痛地擊退著疲憊無力。當我以為自己快被擊潰時，彥熙太子的力量衝向前，將海水捲起，朝人魚族的方向撲去。

遠方腳步聲響起，我全身僵硬，舉起弓備戰，我痠痛的手拉開了弓，眼前更多的士兵湧入，還好這次湧入的是穿著藍銀色盔甲的東海士兵。我鬆了一口氣，放下武器，人魚族衝向士兵們，英勇地戰鬥著，然而他們很快就戰敗了。

人魚族首領被拖向前，鮮血從他的臉頰上一道寬深的傷口流出，他的眼珠閃爍著藍色火焰。

「命刺客假扮成舞者入宮，以毒針刺殺我君，仁于總督還有什麼其他的卑鄙手段？」彥熙太子嚴厲地問。

「對付一個屠龍者，任何手段都是光榮的。」這人魚啐了一口。

「你這是什麼意思，解釋清楚！」彥崢國王命令道，他的聲音充滿憤怒。

這人魚的目光顯露出極大的仇恨。「仁于總督告訴我們你如何忌妒龍族的權力，怨恨他們拒絕向你的統治低頭，你與天皇同夥，將他們囚禁殺害！」

彥熙太子像被狠狠打擊，全身顫抖著。「全都是惡毒的謊言！我們很尊敬龍族，我們至今仍然崇敬他們。從未想過要統治他們，他們的存在使我們感到榮幸，這樣就夠了。」他語氣變強硬。「用這種謊言指控我父親，是非常卑劣且不明智的。」

這名人魚咆哮著：「你跟你父親一樣撒謊成性。」

彥熙太子正要撲向他，但文智將領將他擋住拉回來。

「除了你們總督的說辭之外，你還有什麼證據顯示龍族被謀殺了？」文智將領想了解。

這名人魚臉上閃過一絲困惑的表情，雖然他仍強硬地保持沉默。

彥崢國王鎮定地說：「你們的總督沒有向你們展示任何證據，因為根本就子虛烏有。他的說法毫無根據，他的指控有誤。那只不過是個空話，就是為了激怒你們照他的命令去做。」

這名人魚咬牙切齒。「仁于總督發誓他將為龍族之死報仇，一旦這不稱職的國王被罷黜，他將會恢復人魚族的榮耀，他會——」他閉上嘴，轉過頭。他是否擔心說溜嘴，或者被施了什麼法術，阻止他繼續說下去？

文智將領似乎沒有察覺地苦笑了一聲。「總督殺了合法的統治者後，意圖要奪取王冠？他是何等高尚，以替龍族報仇之名，行登上王位之實。」

這名人魚使勁搖頭。「不，仁于總督是正直的！他只是希望——」他的話再度被打斷。

彥崢國王嘆氣。「我多希望我們能夠為龍族做更多。我們懇求天皇免除刑責，釋放牠們，但是他拒絕了。牠們的確挑戰了天皇的權威而我們束手無策。龍族不會希望我們向天皇開戰，牠們一向最重視和平。」

「已經幾百年未見龍族了。」這人魚哭喊著。

「這並不代表牠們已滅亡。」彥熙太子反擊。「這般的光芒消逝於世上，我們必定會感覺到。」

當這名人魚冷笑著，我咬著唇盯著他看，感覺不太對勁，他的眼神很堅定，話語中充滿熱忱，但他為何會把自己的生命及榮譽賭在這空洞的說法上？

文智將領的聲音打破了寂靜，溫和且低沉。「那你今天的目的是什麼？殺了國王跟他的子嗣？但東海各盟國都不會承認仁于總督為王，所以總督的計劃是什麼？」

這名人魚抬起下巴挑釁著。「盡量耍爛招吧，我什麼也不會告訴你。」

「喔，你會的。」文智將領說著，加強每一個字。「我知道許多方法可以取得珍貴的情報。不只有火烤或冰刑，還有那些凡間的招數，四肢解剖、扒皮、下油鍋等等。」

儘管我不動聲色，但仍感到一陣寒意襲來。

當文智將領靠近他時，這人魚畏縮了。「如果你不說，你的同夥可能會被迫吐出實情。否則，你們都會惹怒天庭，會被驅逐出東海，流放到黃金沙漠。在炙熱的太陽下枯竭且流離失所，永遠留在乾燥酷熱的沙地上。」

彥熙太子深吸一口氣，他的父親臉色蒼白。對一位海神來說，這樣的命運一定比死亡還痛苦。聽著這樣殘忍酷刑的談話，他們仍保持冷靜，但我認為他們無法忍受這嚴厲的懲罰，但最重要的是，得讓那位人魚相信。我曾聽說文智將領很擅長從頑固的囚犯身上得到情報，不需動用虐刑，這些傳言並非誇大其辭。這名人魚表現出快投降的跡象，呼吸加速，雙眼四處轉動，但眼神總會回到文智將領身上。

我曾親眼目睹文智將領於戰鬥中堅定不移的樣子，衝鋒陷陣時的勇猛無懼。他的榮耀及勇敢受到士兵們的崇敬——但這個……呈現他性格的另一個面。也許就像銅板的兩面；若沒有這樣的冷酷無情，便無法達到他想要完成的目標。

這名人魚退縮著，文智將領依舊盯著他看，眼珠子有如黑曜石般漆黑。

終於，這人魚倒下了，無法控制地顫抖著。「不要再說了。」他用很細的聲音懇求著，「不要動其他人魚，不要傷害他們。」他用力喘著，彷彿這些話語是從他身上硬生生撕扯下來。「彥明王子……即使沒有成功殺死國王，我們也要俘虜他的兒子。」

彥崢國王急忙站了起來，在大廳中搜尋年幼王子的身影。在遠處角落的王子正蜷縮在皇后身旁，頭倚靠在她的肩上，幸福地毫無意識到他的家人和自身生命正受到威脅。

彥熙太子緊握著劍柄，難以鎮定。「一個無恥的計謀！仁于總督一定是想處理掉我們其他人之後便利用我弟挾皇自重，再奪權竊位！」他向侍衛微微點頭，侍衛便將囚犯拖走。這名人魚不再掙扎反抗，像被沖刷的海草般垂下。

不久前，這大廳還充滿著喜悅及歡笑，而現在全副武裝的士兵們取代了那些早已奔竄逃離的雅士們，然而傷兵的呻吟聲無法替代琵琶鎮定人心的曲調。

「我很抱歉如此草率結束我們的宴會，這並非我們預期的歡迎儀式。」彥熙太子深感遺憾地說。

文智將領的表情很嚴肅。「確實不如預期，然而我們已獲得關於仁于總督野心以及他想要如何達到他的目標的寶貴訊息。」

彥熙太子點點頭。「明日我們將與我們的軍官一起規劃前進路線。我們現在已處於戒備狀態，我保證不會像今晚這樣不平靜。無論如何，我們宮裡的箭矢庫存充足。」他雙眼微微一亮又繼續說：「如果首席弓箭手喜歡，也可以是盤子。」

我嘴唇上揚空洞地假笑，雖然我很歡迎他嘗試緩和氣氛。

彥熙太子朝文智將領點了點頭說：「你們今晚的救援無比珍貴，我父親必定會向天皇推崇你優越的表現。你的名聲果然當之無愧。」他轉向我看來。「還有妳，首席弓箭手。」

對於他的稱讚，我回以鞠躬禮，但當我環顧大廳四周時，破碎的瓷器及散落的食物，與鮮紅色的血漬交錯相混著，我笑不出來了。

# 19

那晚我失眠了，當我們被攻擊時，一種求生的冰冷本能包圍著我，我堅定無畏地擊落了刺客，但那名人魚的指控言猶在耳，懷疑浮上心頭。龍族會有危險嗎？彥崢國王真的如大家認為的正直嗎？彥熙太子對龍的崇拜是否偽裝？不，我覺得他看起來不像個雙面人。

與文智將領一起用餐已經成了習慣，我通常很享受這樣安靜的陪伴。然而這天早上，我無精打采地挑揀著飯菜。

「妳昨晚表現很出色。」他說。

我皺著眉頭，對他的稱讚並不感到驕傲，那些戰敗者的痛苦慘叫聲仍在我腦海裡迴盪著。「你相信那位人魚說的任何話嗎？彥崢國王背叛龍族的事？」

「不相信。」他斬釘截鐵地說，如此肯定的回答讓我內心不安消失。「國王對他們的尊敬是眾所皆知的，此外，龍族對他們從來都不具威脅。」

「那為何那名人魚會相信總督？」我問。

「**那**倒是個謎。仁于總督有暴君的特質，昨晚卑劣的行為更驗證人們對他的印象。他能得到如此大的支持，很可能是因為人魚族被孤立太久了。」他陰鬱地補充：「他們似乎相信他說的每一句話。」

我舀了一口粥到嘴裡，米粒煮到如絲般柔軟綿密，還帶著雞肉及香料的香氣，我慢條斯理地咀嚼著，另一個疑問徘徊在嘴邊——我猶豫著要不要開口問。看著他，這才發現文智將領桌上的碗還沒動過。

「還有什麼事困擾著妳？」他問道。「妳的疑慮總是清楚寫在臉上。」我將白瓷湯匙放下，轉向他。「你真的有可能那麼做嗎？所有你說的那些……甚至將人魚族流放到沙漠？」

「妳認為我會嗎？」他的表情很嚴肅，不知為何，我感到我的回答對他而言很重要。

**不會**，我想這麼說，但我按捺住了。「昨天你如此肯定地說著解剖四肢及扒皮這種事，好像真的一樣。」沒有戰爭是不殘酷的，但我感覺對一個俘虜做這樣的事情很不好，尤其是對那樣無助的戰俘。

「有些任務，連我自己也很不喜歡。」他低聲說。「妳昨日見到的就是其中之一。但凡事都是把雙刃劍，對於我所說的話，我並不感到驕傲，但試想若我不這麼做，彥明王子可能就被抓走了。幾百名士兵可能在戰鬥中喪命，彥崢國王可能被殺害——還有妳的新朋友，彥熙太子也是。」

我愣住了，不理解他那嘲諷的語氣。但文智將領的另一句話使我產生共鳴。確實，有時候我們會發現自己處在一個被迫背離自我意願、理想及心意的情況。

他繼續說著，彷彿抒發這些思緒對他來說是種解脫。「這名人魚族首領不顧自身性命；無懼威脅，但事關家人及朋友的性命時，他就不會如此輕忽。」接著他露出一種不自然的笑容說：「而且天皇不以手下留情聞名。」

這點我非常了解，回想到天皇那冷峻的眼神，我就忍不住顫抖，一見到他我就感到恐懼，他會毫不留情地消滅那些他認定的威脅，一點都不令人懷疑。

「謝謝告訴我這些。」我是認真的，他其實不需要解釋，他這樣做是一種對我信任的表現。

「謝謝妳的傾聽。」他默默地說。「我希望我們能夠一直如此暢所欲言。妳可以跟我分享妳的任何煩惱。」

他端起碗，雖然粥已涼了。接下來我們沒再交談，但我吃得津津有味，沉重的愧疚減輕許多。

★ ★ ★

當文智將領和我抵達幽珊宮，一名侍從帶領我們到高層樓的一間房廳內。窗外看過去是變化莫測及浩瀚無垠的湛藍大海，紫檀木椅圍繞著一張大桌，桌子以一整塊木雕刻而成。彥熙太子跟其他六位神仙圍成一圈，正議論紛紛。

摒棄繁文縟節，太子快速地向我們介紹房內的軍官們。他滿臉愁容地說：「人魚從未膽敢衝入皇宮，他們現在會如此做，是因為他們相信他們的軍隊已強大到足以跟我們對抗了，這意味著我們所剩的時間不多。」

文智將領在椅子上坐下後，示意我也坐下，一位侍從趕緊將我們的茶杯斟滿。

「他們可能還想激怒您，讓您草率地展開報復。」他警示太子。

彥熙太子微微點了點頭。「我們會更加謹慎。然而，如果我們任由仁于總督攻擊而不反擊，這只會讓他更肆無忌憚。」他的眼神穿過房間看向我。「同首席弓箭手所提議，確保在陸地上戰鬥至關重要。人魚族無疑希望把我們引入水中，他們更能如魚得水。」

文智將領雙手緊握放在桌上。「精心策畫接下來這場戰鬥可讓我們選擇戰場。您說過人魚族很少冒險上岸襲擊，還有什麼其他的方式能讓他們上岸嗎？」

「就我們所知沒有。」彥熙太子回覆。

「那我們必須引誘他們上岸，有什麼可做為誘餌嗎？」文智將領果斷地說。

幾位軍官在椅子上挪動了身子，似乎對他的建議感到不安。我喝了一口茶舒緩喉嚨的緊繃。「應該有什麼東西能引誘仁于總督親自帶領軍隊，這招只能適用一次。」在失去勇氣前，我趕快補充說道。

「我同意。總督親自帶領過軍隊出征嗎？」文智將領問。

「沒有，他力量強大，但非常小心。」彥熙太子說。

文智將領嘆氣。「太子殿下，是否容我直白建言？」徵得彥熙太子同意後，他繼續說：「魔法法器或寶物可能不足以誘引他拿自己的脖子冒險，然而，我們現在已知道彥明王子是總督計畫中的重要關鍵。」

彥熙太子倏然站起身，椅子磨擦於地刮出刺耳的聲音。「你希望用我弟作為誘餌？」他咬牙切齒地說。

文智將領沒有畏縮，似乎對太子的憤怒不為所動。「一旦有任何危險，令弟就會被帶至安全的地方。我們只需要他幫忙引誘總督掉入我們的陷阱。」

彥熙太子瞪著他：「你要如何保證他的安全？」

我回想起那晚年幼的王子，緊緊握著母親的手，臉靠在她的肩膀上。這使我回憶起過去當我快淹沒在河水裡時，當我得知必須離開家時，我如何害怕地緊抓著我的母親。

心一橫，聲音從我的喉嚨中湧出：「**我**來保護彥明王子。」

現場每顆頭瞬間轉向我，他們的驚訝跟懷疑清楚寫在臉上。我自己都不敢相信；直到這一刻，這一直都不是我的本意。

只有文智將領笑著。「她會是看守王子的最佳侍衛。我也會保護他。我們不能安排比平時更多的侍衛圍著他，這樣會引起懷疑。」

我倒在椅背上，鬆了一口氣，因為不再成為注意焦點，又或者是因為他願意跟我一同看守？

彥熙太子的臉色稍微緩和下來，再次坐下。

文智將領衝在前頭，總是能很快地察覺到機會。「這個計畫行得通，經過前晚的攻擊，仁于總督應該知道，想從這裡帶走彥明王子幾乎是不可能。我們可以散播消息說彥明王子即將啟程前往天庭以確保他的安危。我們所需要的僅僅是讓王子出現在海邊，親自現身讓總督信以為真。首席弓箭手星銀跟我會每分每秒跟著彥明王子，如果這都沒辦法吸引到總督，那就應該沒有其他辦法了。」

一名身材結實有著淺棕色頭髮的將軍皺起眉頭，「王子殿下平常是由他的家庭教師及一名侍衛伴隨，再說，」他臉紅著偷偷看了我一眼。「我們的軍隊裡沒有女士兵。首席弓箭手星銀的現身是否會引起懷疑？」

對於他敏銳的觀察，眾人都沉默以對。

文智將領手指托著下巴，目光上下打量著我。「首席弓箭手星銀可以假扮成安美小姐，王子的家庭教師。」

我愣住了，克制想抗議的本能，要我扮演宴會上那位如此優雅高貴的女子，還要成功瞞過他們？我的想法明顯與許多將軍相同，他們彼此交換難以置信的眼神，雖然他們很有禮貌地沒有高聲表達出自己的懷疑。

文智將領沒這樣的顧慮，「我知道她看起來完全不像安美小姐，但只要適當的著裝及飾品，臉上塗一些妝粉——」

「文智將領，謝謝您對我的信任。」我插嘴道，強忍著聽見他如此冷酷無情的話而湧上心頭的惱怒。

彥熙太子的表情仍然嚴肅。「我弟要在戰鬥開始前就帶離開。」這是個命令，而非問句。

文智將領點頭。「當然。」

太子現在轉向我說：「這會比昨晚還要更危險，仁于總督非常殘暴且不可預測。妳會成為我們敵人的攻擊目標，並要避免引起他們的懷疑，妳不能攜帶武器或者施展法術——至少在陷阱出現之前。當然我很有自信我們能夠擊敗他們，但誰也無法預測任何戰鬥的結果。當他們接近妳，卻發現我弟並不在妳的庇護之下，我很擔心妳的安危。」

他的坦白及顧慮令我感動。「太子殿下，我會照顧好彥明王子以及我自己的。」我向他保證。

他點點頭，眼神環顧四周。「很好，我們繼續。我們需要一些時間來準備，以及依照正確的資訊來源做規劃。接下來幾天，建議妳花點時間與我弟相處，如果我們的計畫要成功，他跟妳在一起必須要能夠感到自在。」

我的胃開始翻騰，我承認他的建議很有道理，但我沒有跟孩童相處的經驗。

會面討論過後，文智將領與我跟隨著太子來到他弟弟的房內。一見到我們，安美小姐起身行禮，她穿著及地的綠色長袍裙。仔細近看，她比我記憶中的模樣更加耀眼動人。一見到文智將領，她的臉頰染上一抹紅暈，但文智將領僅僅回以禮貌的鞠躬，讓我莫名地咬起下唇。

彥明王子走向前，向他的兄長行一個完美的鞠躬禮。引介我時，他顯然不記得昨晚見過我。彥熙太子隨即將安美小姐拉到一旁，低聲說了幾句，兩人二話不說，就跟著文智將領離開了房間。

「安美小姐要去哪裡？妳又是誰？」彥明王子以命令口吻說。他的臉頰柔軟圓潤，即使他的下巴挑釁地抬高著。

我蹲下身看著他的眼睛，跟他長兄一樣的藍眼珠。「安美小姐必須離開一下子，但馬上就會回來了，現在我會先陪著你。」

他的嘴唇抿成一直線。「妳會玩遊戲嗎？」

「圍棋如何？」我提議，我之前瞄到他房間內擺放著棋盤跟光滑的黑白棋子。

他聳聳肩。「妳會唱歌嗎？繪畫？用紙摺成動物？」他喋喋不休說著。

我搖搖頭，心一沉。

「妳是我見過最糟糕的家庭教師。」他叛逆地將雙手環抱胸前。

我生氣地看著他，被他的話激怒。「這個嘛，我不是你的家庭教師，而且你太無禮了。如果你能禮貌一點，我或許會教你一些我會的有趣東西喔。」

他的眼睛瞇得更緊了，嘴巴抿得像一顆皺掉的葡萄。我做好面對他的脾氣與淚水的準備，心想如果是淑曉，她應該可以毫不費力地用她的魅力應對這個挑戰。但彥明王子隨即挺直身子，鎮定自若地問：「那好吧，妳會做什麼？」

我絞盡腦汁思索著有什麼東西能引起他的興趣，有什麼可以讓我實現剛剛草率的吹噓。「我會吹笛子。」我提議，帶著一點驕傲。

他不耐煩地氣噗噗，瞪大雙眼——對我最厲害的技能之一，完全不以為然。

「我讀過很多書。」我趕快補充說，「我可以給你說故事！」

他臉上突然閃過一絲興致。「有關龍族的？」

「四條龍，牠們能召喚凡間的雨。」我鬆了一口氣，終於引起他的反應了。這是我小時候最喜歡的故事之一，而且這故事或許比我想像的更為真實。

「是那個龍族被古板沉悶的天皇懲戒的段落嗎？這是所有故事裡最爛的部分！」

聽到他如此不尊敬地描述仙界最強大的神仙，我忍不住噗哧一笑。

他的嘴角微微上揚。「那妳還會做什麼？」他語氣中的敵意消失了。

我回以微笑。「射箭，還有用劍戰鬥。」

他高興地抓著我的手臂，把我拉向一個裝滿木劍跟盾牌的大箱子。

「王兄說我還太小學不會，但妳會教我，對吧？」他渴望地問著。

面對這樣的熱情，我實在無可奈何。我微弱地點點頭，希望彥熙太子能原諒我的過失。

當安美小姐及文智將領回來時，我們正在進行一場模擬戰鬥，跳躍過花園裡的珊瑚，我們木劍互相交叉碰撞。一見到他們，我連忙丟下劍，撫順我一頭的亂髮。

「殿下，睡覺時間到了。」安美小姐語氣堅定地說。

彥明王子肩膀垂下，但還是握住她伸出的手。「妳明天還會來嗎？」他問我。

聽到他語氣中的期待，我內心開始欣喜。「會的，我很願意再過來。」

當我們回到岸上，天色昏暗近薄暮時分，我沒有和文智將領一起去他的帳篷，今晚我跟其他士兵一起用餐。因為某種緣故，我今晚不想跟他在一起。

我心情很緊張，焦躁不安。飯後我散步走向海邊，爬上一顆大岩石。看著海浪不顧一切地盡全力沖向海岸，能撫慰我不安的心情。我的背躺在粗糙的石頭上，凝望著天空。當月亮像今晚的一樣明亮時，我知道母親已點燃千盞燈籠，我心頭久久不散的傷痛才舒緩些。我想像著她雙臂環抱著我，她冰冷的臉頰貼著我的臉頰——我嘴角露出微笑。

有個腳步聲靠近，幾乎淹沒在海潮聲中。

「妳很喜歡盯著月亮看。」文智將領在我身後說。

「這裡的景色很不錯。」我懶得起身，這很沒禮貌，但我實在沒心情客套。他爬上來加入我，我突然撐起手肘，瞪著他。「您可以離開嗎？」我努力使自己聲音保持冷靜。

「不行。」

「那我離開。」我雙掌撐著岩石想滑下來，但他雙手蓋住我的手，緊緊握著就像我掌下的石頭般堅定。

「妳為何在生氣？」他聽起來很困惑。

我將手抽回，雙臂環抱著膝蓋。事實上，我不知道為何每次看著他，都會有這種揪心的感覺。

「是因為我建議裝扮成安美小姐嗎？」他試探地問。

想起他那不經意的話刺痛了我。「你說那些話的時候完全沒有顧慮到我。」

他眉頭一皺，表示驚訝，「妳會害怕嗎？」他問，完全誤解我的意思。「即使沒有武器跟法術，妳也可以照顧年幼的王子跟妳自己。況且，如果我沒有顧慮到妳，我會提議跟妳一起看守？」

「我不是害怕。」

「那妳現在心情不好的原因是什麼？」他的聲音輕柔地像傍晚的微風。

「我知道你欣賞安美小姐，而我沒有像她那麼漂亮或優雅。但是……聽到您大聲這樣說出來，真令人不開心。」想到這裡，我的脖子熱了起來。

「**欣賞**她？如果我有留意她，那只是因為這可以讓妳不開心。」他狡猾地笑，然後再次表情嚴肅。「妳為什麼想看起來像她？為何一隻獵鷹想變成夜鶯？」

我心跳加速，不知道為什麼，除此之外，我突然間不確定自己到底想離開，或是……想要留下。「文智將領——」

「叫我文智就好。」他深深凝視著我。

不知為何，我知道這一刻對他來說有著重大意義，一個他不會輕易給予的信任。

我想離開的懦弱想法消失了。我會直呼淑曉名字，但我們是閨密，好麻吉。我只稱呼他為「文智將領」，而他叫我「弓箭手星銀」——在這裡使用任何其他稱呼都令人無法想像。我們會互相嘲弄、針鋒相對，甚至互相爭論，但這將跨越到一個陌生的領域，徹底消除我們之間仍存在的另一個隔閡。而我，發現自己對於不用加上稱謂感到高興。

「文智。」我緩慢地重複著，這次沒有加上職稱。

他嘴角浮現一抹微笑，在黑暗中幾乎難以察覺。

我最後一絲的不安消失，取而代之的是一種溫暖的悸動。我沒再開口說話，他也是。我倆一起靜靜地躺在岩石上，海浪拍打聲是此時夜裡唯一的聲音。

月亮升高了一些，光輝灑落水面，海面上波光粼粼就像是上千個銀色的碎片。微風涼爽地吹拂著我的肌膚，胸口的溫暖蔓延至全身的血管，彷彿我喝得醺醺然似的。

# 20

接下來的日子時光飛逝，充滿了焦慮——然而，也有快樂的時候。我教導彥明王子如何握劍，並在每次練劍時讓他擊倒我。他秀給我看如何摺紙動物，我們一起唱著自己編的蠢歌曲。當他發現，我只知道他最愛的龍族故事中的一小段時——他拿來所有的故事書，我們一起讀著有關龍族如何從海獸手中拯救出人魚族，以及在一群有毒的水母汙染海水時，牠們如何淨化水域的事蹟。難怪牠們的消失在東海留下了如此巨大的失落感。當他張開雙臂圍繞住我的脖子，用他柔軟的手臂抱緊我，一股暖流流進了我心裡。他偷偷溜進了我的心牆，成為我從沒擁有過的童年玩伴，我從來不知道我會期待的手足。

很快地，我們實行計策的日子來臨了，我與文智坐在房內，兩名侍女忙著將我妝扮變身為安美小姐。

「妳是否能夠試著表現得溫柔端莊一些？」文智建議著。「走路時步伐小一點，眼神再溫和一點。安美小姐是個嬌貴的花朵，所以妳可不可以不要那麼——」

「有刺？」我忍不住脫口而出，失去耐心。過去一小時，他都在訓誡我應該如何模仿動作。我投以一個看似甜美的假笑說：「也許**你**應該試著裝扮成安美小姐，因為你似乎對她的舉止瞭若指掌。」

其中一位侍女發出一聲憋笑聲，但她很快就忍住了。

文智的眼彎出了笑意，但彷彿沒聽到我的話，繼續說：「試著表現有點害怕跟緊張，並非大家都能像妳一樣那麼有自信。」

我轉過身，避開了正試圖將金花髮簪固定在我髮上的侍女。「自從遇到你，我擔心害怕的次數比以往的還多，被飛鏢刺中，被火燙傷，被怪獸攻擊，誰不會害怕？」

「如果妳會感到害怕，就能保持妳的理智。這普遍適用。」他坐下並打開一卷竹簡卷軸，每一根竹片上寫滿了密密麻麻的小字，並以絲線綁著。很快地，他全神貫注讀著上頭的字，似乎忘了我的存在。

他的反常令我惱怒，我不應該因此被干擾的。我看著鏡子，一個陌生的眼神正看著我。侍女將我的眉毛描繪成精緻的拱形，在我的雙頰刷上玫瑰色腮紅，在我的嘴唇塗上淡珊瑚紅唇彩。我的頭髮梳成柔順的辮子，裝飾著珠寶花朵，一串串綠松石珠子垂下。淡紫色絲綢裙上繡著繽紛的貝殼與海草，腰間繫著一條深紅色的腰帶，披著一件開襟的天藍色緞質外衣，衣長到腳邊，腳上套著金錦緞涼鞋。

侍女們恭維我，離開房前，直說我看起來很美。

「妳準備好了嗎？」文智透露出不耐煩的語氣，朝我轉身。

突然一陣安靜，我發現自己屏住了呼吸。「妳看起來很不一樣。」他終於開口說。「雖然妳不需要所有這些……濃妝豔抹。」

「濃妝豔抹？」我簡直哭笑不得。「可以容許我提醒一下這是您的點子嗎？」

他聳聳肩。「是不錯，但我可沒說我喜歡。」

這不是稱讚，但他這樣直盯著我看，令我頭皮發麻，就像一股涼風吹過皮膚般。在我正要回嘴前，他拿起卷軸繼續閱讀，我起身想自行取本書，卻不小心被外衣的下襬絆倒了。

文智衝向前接住我，手指緊緊抓著我的手臂，他眼裡閃爍著光芒，我心跳加速像是剛跑了很長的路。但我知道這種感覺是危險的，它造成的傷口會比被刀刃劃傷還要疼痛。

我抽身離開，轉移視線。他的手垂放兩側，一股詭異的沉默籠罩著我們。

幸運的是，彥明王子隨後抵達，當他一見到我，立刻哄堂大笑，澆熄了我對自己容貌短暫的信心。「妳穿著安美小姐的衣服。」

「她今天**是**安美小姐。」文智嚴肅地提醒他。「記得你兄長跟你說的，王子殿下。」

彥明王子臉上的笑意消失，他點了點頭，身體微微顫抖。他當然會感到害怕，因為知道他跟他的至親都身陷危險之中。

蹲下身，我拍拍他肩膀。「不用擔心。」我告訴他。「是有一點危險，但你會很安全的。你的兄長會跟侍衛們在森林裡等你，我們不會讓任何事發生在你身上。」

他咬著嘴唇。「那妳呢？我也不希望任何事情發生在妳身上。」

「不會的。」我保證，擦拭掉掌心的汗水後，握起他的手。「我會照顧好我們。」

彥明王子臉上閃過一絲奇怪的表情。「但是……妳很不會戰鬥。我每次都打敗妳，而且我才剛開始學。」

文智噗哧一聲，我瞪了他一眼。「別擔心。」我告訴彥明王子，他仍皺著眉頭。「我更擅長用弓箭。」

我們一起安靜地從皇宮走到海邊，那邊已搭設好一個大帳篷供我們使用，離海岸線很遠。對仁于總督的軍隊來說，是個可見的目標，我希望真的可以引誘到他們。當我們進了帳篷，門襟隨即拉下，我開始在帳篷內藏匿武器、弓箭，以及箭袋。

隨後，我們在海邊散步了很久，正午的太陽照射在我們身上。居民被疏散到安全的地方，留下偽裝的天庭士兵待在他們的居處，彥熙太子跟他的軍隊躲在岸邊的森林裡。我沒有鬆開彥明王子的手，眼光掃射周圍查看任何危險跡象，然而並沒有，海面一片寧靜且清澈。

當我們回到帳篷內時，也許是因為一整天的緊繃，彥明王子馬上就睡著了。我拿了件被子給他蓋上，看著他胸口起伏，他臉龐上的平靜深深地打動了我，我默默地承諾著，無論今天發生什麼事，我都要確保他的安全。我左顧右看想找點事做，發現一些書籍跟角落的一盤圍棋，黑白交錯的棋子誘人地閃閃發光，但我還是沒有心情，等著被攻擊的坐立難安，損耗著我的神經，不像文智可以氣定神閒地坐在椅子上看著卷軸。

一股衝動慫恿著我去打擾他。「你什麼時候來到天庭的？」我問。

「不久之前。」

不受他簡短回答的影響，我繼續問道：「你來自四海哪裡？」

他抬起頭，尖銳地盯著我。「為何突然感興趣？」

我嘆氣。「這裡沒有什麼我能做的，只能聊天。不幸的是，我沒有其他聊天對象可選擇。」

「那我們為何不談談妳自己呢？」他建議。「妳來自哪裡？」

「南海。」不自覺地，我說了腦海浮現的第一個地方，我曾被交代要如此回答。

「南海。」他緩慢地重複我的回答，然後放下手上的卷軸。「然而，妳卻從未見過大海？」

我臉頰發燙變紅，還好有那層厚厚的粉妝遮蓋住。「我很小就離開了，所以不記得任何事。那你的家人呢？」我急著想轉移話題。

他沉默了一陣。「西海有我的親戚，但許久未見他們了，我的職務讓我全力投入，沒有時間。」

「你想念他們嗎？」我問道，想起我的母親。

「有些會。」他回答，拘謹地微笑。

他再度拿起卷軸，意味我們的對話結束了。我終於遇到一位跟我同樣沉默寡言的人，他不願談及他的家人是因為大戰中西海與魔界同陣線嗎？也許還是謹慎點，不要讓他回想此事。雖然天庭目前與四海諸國和平相處，但神仙的記憶很長。我準備開口再問問題，但猶豫了，並非大家都願意將過去攤在陽光下，我們每個人都有各自想留在陰影裡的私密角落。

太陽逐漸西下，但是仍然沒有人魚族的蹤跡。我們的計劃失敗了嗎？仁于總督是否太過狡猾精明，沒有上我們的當？

「我還要在這裡待多久？我們現在還不能離開嗎？也許那個壞總督不會來了。」彥明王子醒來後就開始感到不耐煩，不習慣被如此拘限。

我看向文智。「我們應該再去外頭走一趟嗎？讓他們知道我們仍在這裡？」

「他們可能要等到夜幕低垂才會開始攻擊。人魚族擅於暗中活動。」他說。

「那我們散播消息說彥明王子即將離開如何？我們靠近水域時，侍衛跟侍從可以假裝在準備。之後，王子應該被護送到安全的地方了。」我們的危險隨著時間每分每秒增加，比起等著他們展開行動，最好先主動激起人魚族採取攻擊。

他點了點頭，將一名侍衛叫來傳達他的指示。離開帳篷前，他遞給我一個銀製握柄的小匕首。「隨身帶著。」他說。

我收下，並塞入我的腰間，隱藏在外衣底下。與其說是武器，這對我來說比較像是裝飾品，但這是我唯一可以用來防衛之物。不，我提醒自己，即使赤手空拳，我還是很有力量，不會束手無策。

此時海面不太平靜，灰綠色的海水波濤洶湧，泡沫狀的海浪湧起，拍打著岸邊。彥明王子掙開我的手，跑在我前頭，我追著他一同進到水裡，涼鞋跟裙襬都濕透了。

一片漆黑的陰影籠罩著我們，彷彿黑夜降臨，冰冷的恐懼在我胸口凝結。高高聳立於我們面前的是一隻巨大的章魚，擋住了太陽。巨大的觸手，每一條都是成年男子身高的兩倍之長，對我們猛烈攻擊——濺起的水花幾乎淹沒海岸。一位身穿及膝的珠光盔甲，雙臂外露的戰士騎在這怪物身上，他的頭上戴著紅珊瑚枝編織成的王冠。他的脖子上閃著一大顆墜飾，一個金色圓盤鑲著一顆發光的黃寶石。他手持長矛，另一手拿著嵌滿惡毒尖刺的盾牌。他的雙眼像冰川般蒼白，當他雙眼鎖定我時，我僵住了。

是仁于總督。

文智大喊警告著，總督嘴角露出一抹冷笑。這隻章魚——幾乎要覆蓋彥明王子！我衝向更深的海裡，將他一把抱起，緊緊抓住他，奔跑逃離洶湧的漲潮。一條觸手在我身後猛烈攻擊，劃傷了我的小腿，我忍住哭喊，強迫自己趕緊穿越端急的水流，同時令人刺痛的海水不斷地沖刷我傷口上的鮮血。當我們回到岸上時，水面湧現上千隻顫動的水母，他們半透明的觸手覆蓋著有毒的刺。

一名人魚騎在波濤洶湧的浪尖上，呼嘯著衝上岸。一聲令下，彥熙太子的軍隊從森林裡奔出來，天庭的士兵們褪去偽裝，他們的盔甲像閃耀的午後陽光。空氣中瀰漫一股緊張的氛圍，兩軍對峙時，戰士們的能量一閃一爍。

霹靂冰火猛烈碰撞著匆忙豎起的盾牌，刀光劍影，相互撞擊的聲音響徹滾滾沙塵中。我們飛奔到帳篷內時，彥明王子在我懷裡發抖著。但是當後頭傳來痛苦的尖叫聲時，我停下腳步，轉過身。見到那情景，我心裡猛然一沉，那隻巨大的章魚用它的觸手纏繞著天庭的士兵們，然後將他們扔進海裡，毒水母一擁而上，將他們拖進浪中。文智大喊著要他們趕緊往高處移動，但他的聲音淹沒在混亂之中，他的能量噴發出一道光，沿著海岸線形成一道聳立的屏障。

但是範圍太廣，他的屏障延展後變弱了，在數名人魚戰士的簇擁下，仁于總督抬起手，一道藍光向前奔馳，衝擊著屏障。一次、兩次，然後再一次——直到最後，文智的屏障潰散了。我可以衝去拿取武器，但如果我扔掉偽裝，總督可能會察覺到這是個陷阱。

人魚們更急切地繼續向前，尤其是我們的軍隊像落葉般地潰散了。文智渾身發抖，我從未見過他如此焦慮——憤怒、暴躁及沮喪的樣子。

「去吧。」我催促著他，「你不需要跟我們待在一起，我會看守彥明王子的。」

他靜止不動，雙眼盯著這場殘殺。「妳會怎麼做？」

「我會在帳篷內待著，那裡很安全。」

沒等他回答，我大步走向彥明王子，幾位士兵已在裡頭等著護送他到安全的地方。但當他們試著帶他走時，他緊抓著我。

「妳不一起走嗎？」他聲音在顫抖。

我用指關節輕擦他的臉頰。「王子殿下你現在必須啟程，你的兄長在等你，我稍後馬上跟隨。」

「妳答應我？」

我點頭之前心裡猶豫了一下，我討厭跟他撒謊，但如果總督發現這裡空無一人，他可能會在我們逮捕他之前就離開了。這場詭計裡我所堅持的每一刻，都可以增加我們抓到他的機會。

當我見到彥明王子跟士兵們已從帳篷後方溜到安全的森林裡時，我的心怦怦跳。過一陣子，我才慢慢放鬆下來。我坐下來等著，因無所事事而感到不安，想像著鮮血已浸滿外頭沙場。我們本想設下圈套捕捉仁于總督，但他的凶猛攻擊及聽命於他的海怪反而殺個我們措手不及。

脫下濕漉漉的外衣，我拿出弓與箭袋，將它們放在觸手可及的桌上。我內心某處想用手摀住雙耳，掩蓋那些金屬碰撞聲、尖叫聲及呻吟聲。我還能忍受多久？當一聲尖叫響徹雲霄，我衝向門口——但瞥見帳篷上的身影時，我急忙踉蹌止步。

門襟被掀開，一個身影赫然出現在門口。我向後退了一步，身體因恐懼而僵硬。

「妳一定就是安美小姐了。」仁于總督輕浮地向我低頭致意。「關於妳容貌的傳聞果然不假。」

他的氣息瀰漫在狹小空間的稀薄空氣中，壓著我喘不過氣，可以肯定的是，這力量很強大，但又像變化多端的潮水般搖擺不定。他對自己力量的操控還不穩定嗎？但我沒有時間去思考了，他已出現並聳立於面前，我可以看到他肌肉發達的身體，冰寒的目光、冷酷的下垂嘴角模樣，和臉上噴灑的鮮血，在在令我全身發抖。

我衝向桌子去取弓，但他把它們掃到我拿不到的地方，並將弓箭扔向外頭，一陣狂笑：「妳知道如何用它嗎？」

我搖搖頭，手指一點一點地往藏身的匕首挪動。如果我現在手上有把弓，他的胸口早就插上一箭。由於他現在占有優勢，我還不能摒棄我的偽裝，只要他繼續認為我是安美小姐，他就不會傷害我。

「你是誰？」我問，試圖將他的注意力從我雙手引開。

「妳完全不用害怕。我要的只是年幼的王子。幫我，妳會得到優渥的回報。」他的眼神環顧帳篷一圈。「他在哪裡？」

他的聲音渾厚、深沉且悅耳——這是我聽過最動人的聲音。我對他的懷疑煙消雲散，取而代之的是熱烈的欽佩。仁于總督表現得尊貴且和善。為何他會遭受如此惡毒的毀謗？他脖子上的那顆墜飾閃得更亮了，就像蛇的眼睛在黑暗中發光。

這畫面令我震撼，直覺不對勁，我趕緊眨了眨眼，將自己從動人的話語誘惑裡抽離，強迫自己去聽外頭的尖叫聲。剎那間，我突然了解——他如何對付控制人魚族。他的聲音有魔力，可控制他人不自覺地聽信於他。那法力是否來自他脖子上閃亮的墜飾？不論是什麼，幾乎在我身上也奏效了，甚至攻克了我的敵意。這也難怪人魚族會對他如此忠誠，願意冒著生命危險保護他，單憑他空渺的話術及虛假的榮耀就挺身而戰。不過，我之前從未對抗過這樣的力量，他來自魔界嗎？那些使用可怕的心之術的神仙？

我不敢將我的恐懼表現出來，他預期著我欽佩並順從的表現。預期我會像草地上的葉子被風吹動一樣，屈服於他的意志。我睜大眼睛表現出很無辜的樣子，指了指那張彥明王子稍早睡過的床。被單的頂端綑成一團，形狀就像小孩身體窩在裡頭的假象。

「他在睡覺。」我說。

他的嘴角勾起一抹惡毒的笑容。「只要東海成為我的，我就會除掉這小子，我們將會一起統治。其他國度也會歸我所有，而妳，將成為四海的皇后。」他伸出手，說著他相信我希望聽到的承諾。

聽到他預計如此對待彥明王子，以及他卑劣的計畫，我怒火中燒——但同時我很高興，如此能把持住我搖擺的意志。我盯著他胸前黃色的寶石，如此接近，一股奇怪的力量從中散發出來，令我毛骨悚然。

「你憑什麼覺得你會贏？」

「人魚族遵從我的指令，所有的海怪也是。有我在身邊，妳什麼都不用害怕。」他的話像蜂蜜般甜到滿溢出來，而我內心正在掙扎，多想認同他的說法啊，多渴望得到他的許可啊。不，我不能屈服；我不能成為他那些無法思考的僕從之一。我的指甲嵌入掌心，同時灌輸一股能量到我的耳朵來屏蔽聽覺。突然籠罩在全然寂靜下，我幾乎不能聽見自己的呼吸聲。一想到要這樣跟他對戰，我的胃就抽筋，但我更害怕陷入心之術的控制。

我專注盯著他看，因為不會有警示的腳步聲或劍鳴聲提醒我。這是風險，但也是必要的。當他移到床邊，我抓起腰間的匕首向他扔去。他迅速轉過身閃避，刀刃劃過他的臉頰。沒有半點停頓，他撲向前，掀開床上的被單——發現床上是空無一人後大聲咆哮。他隨即向我衝來，我衝去抓取最靠近的弓箭，拉弓引箭幾乎同時地發射出去。他揮舞盾牌，將箭矢掃到地上，我以瘋狂的速度一個又一個地射擊，直到指間因溝槽上的尖端刺痛不堪。他動作很快，以驚人的速度避開了所有的射擊。

當我摸索著拿取另一支箭時，我的手肘撞上了架子。他手指關節泛白緊握著長矛，迎面重重撞擊上我緊急施法出的屏障。

我最後一支箭射進了他的肩膀。我尋找著新的箭袋，太專注以至於毫無察覺空氣中某物刺傷了我的小腿，疼痛像野火般擴散開來。我的腿上突出的兩根銀針，將我身上的長袍絲綢布料跟肉釘在一起，上頭還沾著我之前見過的綠色液體。海蠍子的毒液在我血液裡奔湧，我的屏障消散了，不再起作用，留下無助的我像隻困在陷阱中的兔子，而獵人正一步步靠近。

他的嘴唇向後拉扯，咧得很大，但我只能聽到微弱的嗡嗡聲。我解開屏蔽耳朵的魔法，微弱的耳語漸漸傳入，現在，我只能靠說話來拖延他了。

「懦夫。」我發出嘶聲，試圖延緩無可避免的結局，刺激他魯莽行事。「跟我打鬥不需用那樣的伎倆。」

「敗者抱怨，而贏者……這個嘛，贏者有更好的事去做。」他說話時自得意滿的樣子令我感到恐懼。

他聲音中的魔力仍在，但現在較微弱；我幾乎感覺不到了。我取回自己的力量，掙扎抵抗著毒液帶來的灼熱疼痛，讓自己穩住。

他脖子上的寶石像陽光直射下的黃金般閃耀著，我看著它，問說：「你的墜飾，就是你用來控制人魚的手段？」我的聲音聽起來像是從遠方傳來。「使用這種法術太卑劣了。」

「卑劣，因為妳無法駕馭它？因為妳害怕它？」他歪著頭說，雖然我認為他並沒有想要得到答案。「人魚族一直對海神們抱持質疑，我僅僅利用他們的偏見點燃火花，輕推一把將他們的意志向我靠攏。這與架著一把劍在敵人喉嚨上有何不同？為何某種勝利是光榮的，而另一種則不算？」

「這不一樣。」我費力地說。「你奪走了他們獨立判斷與選擇的自由，強迫他們做生不如死的行為。」我惡狠狠地瞪著他，即使內心抖個不停。「然而沒有任何法術是攻不可破的，一旦解除時你會為此付出代價的！」

「死亡對那些被我控制的人魚是唯一解脫。」他的雙眼閃過一絲冷酷的光芒。「有的因自己的無能而遷怒於我，有的則太難操控。只有在他們死去前，臉上才會呈現出清晰的光芒，同時也憤怒地發現他們一直被當笨蛋。這反而讓他們的死亡更加甜美，就像妳的一樣。」

他的長矛閃著光。我抵抗著疼痛，緊抓著我的力量——但隨即他的拳頭痛擊我的太陽穴，疼痛吞食著我，我的能量在消散中。如果我的腳能動，我早就逃跑了，但全面的麻痺壓垮了我，我甚至無法發出任何吶喊。

我還有箭，雙腿不能動彈時，雙手還能動——至少現在還能動——直到毒液擴延開來。我在背後摸索著，找尋著箭袋，當我抓到一個，總督從我手中奪走，並折成兩半——金屬尖端磨刺著我的手掌，他將它刺進我的肉裡。痛苦讓我無法思考，我哭不出來，甚至無法呼吸。帶著邪惡的冷笑，他從我手裡奪走弓，丟到我觸及不到的地方。他撿起掉落的長矛，抵住我的胸口，稍微施力就會有毒的尖端穿刺我的肌膚，血如鮮紅色的木槿花瓣般在絲綢上綻放，我倒抽一口氣，上身在僵硬前抽搐了一下，從他嘴角的弧度看來，我知道他很享受這樣折磨我。

我內心畏縮了，後悔刺痛著我，我還能再次見到母親或平兒嗎？力偉的臉龐閃過我的腦海，奇怪的是，還有文智。如此灼熱的疼痛在我血管裡奔馳著，變得更快了，我呼吸急促且困難。我閉上眼，想阻擋掉入徹底任憑他擺布的恐懼——手無寸鐵、中毒，以及無法脫逃。**不**，我憤怒地告訴自己。**我受過訓練，我還有理智**。**我還有法力**。

我奮力保持冷靜，咬著牙關直到下巴感到疼痛，我把力量捕捉回自己手中，一陣狂風衝進帳篷內，將總督打倒在地，某物隨之從他頭上掉落，是他的紅珊瑚王冠，珊瑚枝裂成碎片。

他的雙眼閃過驚訝的神情，然後憤怒。他舉起手，手上能量閃爍——但我毫不留情地，甚至不顧一切地，向他扔出一道法術——不敢給他任何反擊的機會。狂風暴雨鞭打著他，旋風圍繞著他，火球燒著他的皮膚直到熄滅。如果我沒有失去行動能力，根本不得動彈，我可能會因為體力耗竭而崩潰。我從來沒有僅靠法術來戰鬥過。腦海中響起道明老師的警告，不能耗盡能量，但如果我停止下來就會死。他不會放過我，也不會有第二次的機會，他的背緊靠著牆壁，抵擋著每一個攻擊，汗水從他的額頭冒出，他的呼吸跟我一樣吃力。一種強烈的自豪包圍著我，我不再是他追捕的獵物了。

門口出現其他身影，是文智！他身上沾滿了鮮血、沙塵及泥土，表情因疲憊而緊繃，或者是憤怒？當仁于總督搖搖晃晃地站起，文智與他迎面對抗，刀劍與長矛猛然撞擊。總督的嘴巴張得超大，說著我聽不懂的話語，他在說什麼？如果文智陷入他的控制之中？

「他的墜飾！」我的哭喊變成了斷斷續續的沙沙聲；我沒有更多力量了。恐懼攫住我，我的法力幾乎乾涸。我的手因疼痛而持續抽搐著，但全身的劇烈痛苦則鋪天蓋地襲來。我低頭一看，發現破碎的箭矢仍插在我手掌上。

文智將總督扔擲到架子上，發出一聲悶響，總督反彈後迅速站起，脖子上的墜飾閃爍得更亮了。一陣寒意席捲我的全身，他現在隨時都會釋放他的力量。我無法移動，甚至手指頭也動不了；毒液已使我完全喪失行動能力。但我不能讓文智陷入總督的控制之中，我大口喘氣，將我的能量拼成一股細而快速強大的風，將我身上的箭矢拔出，並擲向總督。箭矢擊中了他的墜飾，碰撞到那顆寶石。黃寶石隨之碎裂，光芒漸漸消逝。

總督張大嘴巴，憤怒嘶吼著，但從我的耳朵聽來僅僅像是低聲私語般，疼痛使我渾身燃燒著，對其他一切已麻木無感。文智以震攝的氣勢一個轉身，腳飛踢總督側腹。總督踉蹌向後一退，文智一刀砍在他肋骨上，他的珠光盔甲裂開來了。總督的嘴巴張成大圓形，臉上露出異樣的表情，那是震驚嗎？無法置信他自己的法力失效了？無論如何，我見狀感到高興——心中燃起惡毒的滿足。

仁于總督氣喘吁吁，他的動作越來越慌亂，忙著甩開文智的爆擊。他現在毫無防備能力，散發出絕望的惡臭味。當文智舉起手臂，總督將手上的長矛扔向他——

但文智閃到另一側，刀刃順勢刺向總督的盔甲，正中他的肋骨。文智向前衝刺，將劍鋒刺得更深入，直到劍柄陷進去，劍鋒從總督的後背滑出，銀劍上沾著鮮紅色。文智一臉扭曲猙獰將劍拔出，鮮血四濺，仁于總督的身子搖搖晃晃，嘴角吐納出濃濁的喘息，踉蹌地後退。他的手在傷口裂縫處慌亂地搜索著，從他指間湧出的血流如注。總督倒地不起，頭重重地撞上地板——眼睛上翻，四肢抽搐，然後一切都安靜下來了。

死了，他死了。我對他沒有任何憐憫同情，但也沒有一絲喜悅。只有深深地慶幸這一切都結束了，而我們都還活著。

文智丟下他的劍，奔向我。他抓著我的肩膀，看到我的傷勢眼睛睜大，他的嘴唇開合動著，我側耳凝聽。「妳哪裡受傷了，妳為何一動也不動？」

儘管他的碰觸令人舒服，但我還是感覺到一股彷彿覆蓋一層冰雪般的寒冷。當我凝視他時，視線逐漸模糊，這是一片黑暗之前我眼前最後的影像。

# 21

我努力睜開眼皮，瞇起眼看見亮光。陽光從窗外灑進來，夾雜著鹹鹹的海風。

我的身體因為長時間沉睡而感到沉重，一舉一動都是掙扎。我全身發抖也發冷，但是掌心感到很暖和，有一雙強而有力的手握著我，但是誰的？有個身影坐在我身旁，我眨眼想看得更清楚，那臉龐卻變得模糊了。我不介意那個碰觸，是我在意識邊緣游離時的記憶中，盤繞在鮮血、痛苦及恐懼裡的安心力量。

我猛然起身，與文智四目交會，那雙眼露出我從未見過的溫柔。我把手抽開，皮膚發熱。他在這裡多久了？我睡了多久？我在床邊晃動雙腿，避免因疼痛而臉部抽搐。

他皺眉。「妳已經沉睡好幾天了，慢慢來。」

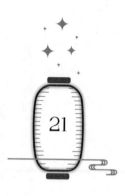

「我很好。」即使我虛張聲勢地蹣跚站起，頭暈目眩的我，在原地搖搖晃晃著。我抓著木框穩住步伐，僅有的自尊支持著我避免倒回床上。

他伸出一隻手臂摟著我，輕柔而堅定地協助我走到最近的椅子。

「彥明王子，他安全嗎？後來怎麼了？」我一股腦兒丟出所有的問題。

「下次妳還是先擔心妳自己吧！」

他舉起茶壺，倒了一注紅褐色的茶到瓷杯裡，推向我面前。是普洱，我深吸一口氣，濃郁且帶著土質香氣，喝了一大口，茶液帶著甦醒的溫暖流入我喉嚨。

「彥明太子沒事，而且一直央求要見妳。」他頓了一下，斟滿我的茶杯。「仁于總督死後，人魚族投降了，對於他們的懲罰尚未決定。」

記憶閃過腦海——總督折磨我時臉上浮現的病態笑容、文智的劍刺入他胸口時他可怖的表情。深紅色鮮血在他周圍流成河，沉沒在死亡的寂靜中，我告訴自己，看見他的死亡我感到高興，即使胃仍在絞痛著。總督原本可能也同樣惡毒地殺了我，但此刻我感覺不到勝利，雖然他已逝去，他的欺騙所造成的傷痕仍在，那些他奪取的性命，那些無可挽回的毀壞。

「人魚族或許不該被責備，總督用奇怪的法力得到他們的信任，他的聲音，他的墜飾……」我皺著眉，試著拼湊起片段的記憶。「他也用在我身上。」

他臉色一沉，「妳如何抵抗的？」

「我封住我的耳朵。」我做了鬼臉。「很蠢吧，或許是。這讓我更加困難對抗他，但我想不到其他辦法。」

他的手在桌上緊握，直到指關節周圍都泛白了。「幸運的是，總督的法力很弱，正如妳猜的，法力是來自墜飾。真正的心之術可以在幾秒鐘內改變妳的意志，一旦被奴役，他會緊抓著妳直到妳或他的生命終結。」

總督咆哮的迴盪聲在耳邊響起，激起我之前的恐懼。彷彿感受到我的悲痛，他將手伸過桌子觸碰我的手臂。「我不應該離開妳，如果我留下來，妳就不會受到重傷。」

「你如果留下，也許我們都會臣服於總督了。」我嚴肅地說。「這不是你的錯，我應該負責自身安全，我當然不想讓他殺了我，我終究會讓他後悔。」

「我相信妳會這麼做。」他傾身向前，檢視著我的臉。「如果妳感覺好多了，我們應該趕快啟程，我已經讓其他人回去了，然而彥熙太子想在我們離開前見一面。他今早在覲見廳。」

我站起身，感覺比較平穩，我伸手往下撫順身上的素綠色長袍，直到現在才有心思檢查服裝儀容是否得體。如此樸素的衣服或許會引起總是盛裝打扮的東海朝臣的側目，但經歷瀕臨死亡後，我牽掛著更重要的事情。

正當我們踏入大廳，文智被東海將軍叫到一旁，我走到房間外圍，找尋著彥熙太子的身影——終於發現他正與另一個神仙交談討論著。那位神仙背對著我，但他的站姿及他深藍色長袍勾勒出的肩線身形，奇妙地令我感到熟悉。

當彥熙太子注意到我，他點點頭。他身旁訪客也跟著轉過身，深邃的雙眼穿透我的眼睛。

是力偉，我在這裡最不希望見到的人。我的心顫抖了一下——是害怕還是喜悅，我再也分不清他在我內心喚起的情緒。他仍然對我相當親切，不管我多麼希望他不要如此。

力偉簡單地跟彥熙太子說幾句後走向我，意識到旁人關注的眼神，我趕緊以應有的禮儀向他鞠躬。

「起身。」他緊張地說。

我與他四目相接，不帶一絲情緒，感謝道明老師的訓練——我現在得以內心劇烈起伏時戴上面具。「您為何在此，您何時抵達的？」

「三天前。」他舉起腰間的天空之雫流蘇，寶石清澈且深處閃爍旋轉著銀色斑點。「當它變紅時，我以最快速度趕來這裡。」

我抓起腰間的寶石，跟他的一模一樣。一股強烈想丟掉它的衝動襲來，埋葬我們的過去——就像傷口癒合前想撕掉結痂的衝動。我為何還帶著這個？我為何還執著這段回憶？**愛情傻子**，我罵自己，強迫自己將手鬆開。

「當我抵達時，戰爭已結束。妳不省人事，文智將領從帳篷把妳帶回來時，傷口血流不止。我……我害怕最糟的事會發生。」他靜靜地站著，彷彿自己內心掙扎著。「妳受到重傷，彥熙太子將妳帶到皇宮，讓皇家御醫取出妳身體的毒液，再多就要妳的命了。」

他靠近我，將我的手放在他的手上——掌心摩擦著，手指緊貼。我吃驚地愣住，一股熱能在我皮膚上閃爍，他的能量流過我的身體，我的思緒淨空，一股復甦的力量在我身上舒展開來，但我抽身離開。雖然他是個治療師，精通生命之術，但一想到將他的能量與我的混和，就引起我內心的不安。

「謝謝，您不必如此做。」我思索其他話題，任何可以減少我們之間尷尬的沉默都好。「您跟彥熙太子在討論什麼呢？」

他的表情變得嚴肅，眼皮下垂。「一件大事，妳認識的那位弓箭手斐懋，最近得了一種奇怪的疾病。自從跟相柳作戰後，他發現自己難以施展法術。我們認為是卡在他盾牌上的那顆黑礦石壓制了他的力量。」

「他現在如何了呢？」我擔心地問。

「一旦將黑礦石拿出，他就復原了。」

「那是什麼金屬？怎麼會卡進去呢？」

「以前從未發生過這樣的事，弓箭手斐懋懷疑這來自影子峰，他跌落的那個山谷。我們搜索隊在那裡只找到礦石的痕跡，但沒有任何殘留物。」

「被拿走了嗎？」我忍不住打了冷顫。

他簡潔地點點頭。「看起來應該被開採了。這樣的東西若被不當使用可能會造成重大毀滅，我已經提醒彥熙太子提高警覺，一旦發現什麼可疑的情況立即通知我們。」

他沉默了，在這突然的安靜下，我變得更敏銳，我們站得那麼近，像以前一樣放鬆地交談。那個看不見的羈絆仍在那——磨損了，儘管我試圖折斷它，但仍完整無缺。也許這是一種無法割捨的牽掛，深根於我們不被祝福的愛情之前時的友誼。我不想要這樣——我的情緒同時躍升及墜落，胸口的空洞再度重現。但於生死關頭走一遭後，讓我體認生命的寶貴，即使對神仙而言，都是脆弱的。而現在的我比幾個月前感到更有活力，他的氣味讓我回想起那段一起在恆寧苑的回憶裡……我幾乎可以聽到那裡瀑布的轟隆聲。

我不自覺握起拳頭，從力偉身邊退後一步，退出一個安全的距離，讓涼爽的空氣在我倆之間流動。他正準備開口說話，突然一個身影接近，他抬頭看了一眼。

「首席弓箭手。」

是彥熙太子，身旁跟著文智——他們的臉龐像石頭鑿刻般向力偉鞠躬。

我也準備鞠躬，但彥熙太子舉起手表示免禮。「我很高興妳康復了，我的家人欠妳一份情，捨身冒險保護我弟弟。如果妳需要任何我們的協助，我們將榮幸地伸出援手。」

他的慷慨承諾令我感動。「沒欠什麼，太子殿下，仁于總督的野心不止於此，還遠擴到四海。如果放任他不受約束，他會給大家帶來極大的痛苦。」

彥熙太子不可置信地搖搖頭。「幸好有文智將領跟妳，才得以平息這一切。」

「總督的墜飾呢？」力偉問道。

「毀了。」我回想起我拔起手掌上的箭矢，打碎了那顆石頭。

力偉嘆口氣。「這樣危險的法器消失了是種解脫，它不能再被使用了。但我不禁希望我們有機會研究它一番。我們對這種法術所知甚少，我擔心這會對我們不利，必須知道我們將對抗的是什麼。」

我理解他的想法，但是我還是很高興不用再看到受詛咒的墜飾。

「那些仁于總督的手下呢？那些攻擊我們的？他們被繩之以法了嗎？」文智詢問，語氣中帶著憤怒。他是否想起了戰死的天庭士兵們？我無法忘記他見到他們倒下時的悲痛神情。

「審判將交由東海自行決議。」力偉憂傷地說。「雖然明顯雙方都被總督欺矇。」

「太子殿下，不管他們有什麼理由，人魚族背叛了自己的君主，您的父親相信這般大事應該嚴厲懲處才能避免再犯。」文智的嘴角勾起嘲諷的笑容，他是否很喜歡挑釁力偉？他確實看起來不在乎太子的恩寵。

我跟文智說：「我受到那法力的影響也幾乎淪陷了，可能就像我一樣，很容易就會屈服於那種咒語的。」

他沒有回答，咬著牙彷彿被我的話擊中。

「許多人魚族看起來表情都很茫然，不清楚為何要造反。」彥熙太子告訴我們。「我們會進一步調查來決定他們是否無罪。無辜者會被釋放，並監視一段時間。一些則會受邀來朝廷，做我們與人魚族之間的溝通橋梁。緊密一點的聯繫可避免這種情況再次發生。」

人魚族在天皇的制裁下，不會受到如此公平的待遇。「您父親跟您確實英明且仁慈。」我說，沒有奉承之意。

他還來不及回答，地板響起腳步聲，一雙小手環繞著我的腰。我舉起彥明王子，在空中繞一圈，忘了我身體的疼痛，他歡呼雀躍著。當我將他放下，他的表情變得嚴肅，嘴角向下。

「妳沒有跟來，妳騙我。」他語氣帶著責備。

內疚刺痛了我，我蹲下身，盯著他的臉龐。「我很抱歉，我那時不能跟你一起走，但我也不應該說我會。」

「我很開心妳活著，還有……謝謝妳。」他伸出手，掌心躺著一個用紅紙精緻雕刻成的小龍。

我小心翼翼地拿起它，用我的大拇指跟食指捏著，生怕會弄壞了這個精緻的紙雕。「謝謝你，我會永遠珍惜它。」

他的下唇顫抖著。「願龍族保護妳旅途平安。」接著他用手背摀住雙眼，轉身跑掉了。

我看著他小小的身影消失在眼前，喉嚨一陣哽咽。

「無論妳去哪，這裡永遠有妳的位置——無論是在我們的朝廷或成為我們的朋友。」彥熙太子真誠地說著，一想到在世上還有另一個家，內心深處感到寬慰不少。

「彥熙太子，我們該離開了。」力偉冷冷地說。

「謝謝您的熱情款待，太子殿下。」文智同樣用著冰冷制式的語氣說著。

他們態度的明顯轉變令人困惑且毫無緣由，他們看著彥熙太子的眼神分明不太友好。我搖搖頭甩掉這念頭，懷疑這是否是我的幻覺。

幸好彥熙太子並沒有察覺到這突如其來的冰冷，嘴巴微笑著說：「我們非常感謝天庭的相助。」

# 22

東海行之後，文智與我參與一場接著一場的戰役，有時甚至連續數月都沒有回到天庭。我們與恐怖的怪物、貪婪的野獸，以及最近盤旋在東邊疆界靠近鳳凰城森林的惡靈搏鬥。當我們終於回到玉宇天宮時，早已疲憊不堪，急著想回房間休息，但當我聽到淑曉獲得晉升的消息時，立刻動身去找她。

我敲敲她的房門，期待看見她跟朋友一起慶祝。然而當她一開門，我看見她的笑容裡沒了以往的溫暖；她整個人變得蒼白無力。黑暗中點亮著一盞孤燈，桌上則擺著一瓶瓷壺酒。

「妳就這樣慶祝？自己喝起來？」我不敢相信地搖搖頭，我踏進房內坐在一張凳子上。「我來找妳，妳不開心嗎？」

「非常開心。」她扯下酒壺上的紅布塞，倒給我一杯。

我舉起來敬酒。「淑曉中尉，祝一切新的開始。」

她舉起酒杯一飲而盡。我盯著她，手停在半空中。淑曉以往喝酒很節制，也許因為今天是特別的日子。我將她酒杯斟滿，她再度喝光，我聳了聳肩，決定陪她一起喝，我們很有默契地安靜喝著——直到我們臉頰泛起紅暈，呼吸中都瀰漫著桂花香，燭燈散發著朦朧的光，但淑曉的眼神仍然空洞，像心飄至他處，而且是不甚愉快之處。

「發生什麼事呢？」我終於忍不住開口問，「是關於妳的家人？壞消息？」

她緊握杯子。「我想回家。」

這簡單幾字深深觸動我，我腦海中日日夜夜呼喊著同一句話。我知道淑曉想念她的家人；她談論他們時滿懷思念。但她是天庭的神仙，我以為她在這裡很開心，這是她選擇的道路。

「這裡不就是妳家嗎？妳不想待在這裡？」我試探地問，懷疑是否酒精讓我腦袋遲鈍了。

「不是，我家在南方的鄉村，布滿海棠樹，一條河流穿過田野。」她嘴唇浮現一絲絲微笑。「我的父親從沒想要當朝臣獲得到天皇的恩寵，雖然我的家族不弱小，但我們沒有盟友。若不是一個強大的貴族看上了我妹妹，弱勢倒也無所謂。他找上我父親，要我妹妹做他的妾，這真是個侮辱，他年老又好色，有十幾個妾跟三個老婆。」

這種事在貴族間很常見，但這樣的想法令我反感，愛情怎麼可能在這樣不平等的環境下萌芽呢？

「我妹妹拒絕這門親事，我父親很支持她，沒多少人會如此做。那隻老山羊竟認為我們藐視這**極大**榮耀而大發雷霆！」她咆哮著。「他威脅要毀滅我們一家，要玷汙我們的名聲，我們在天庭這裡沒有認識我們的人，誰會為我們辯護呢？」

「這就是為何妳加入軍隊？」

她點點頭。「為了阻止威脅跟霸凌。為了避免這樣的事再次發生。現在我有建允將軍的信任，沒人敢在沒有證據下汙衊我們。但成為玉宇天宮的一員不是我想要的生活，我想要在家鄉跟我家人朋友在一起，也許還可以談個戀愛。但我晉升得越高，約束就更多，失去得也更多了。」抓起酒壺，她倒下最後一滴在杯子裡，一些酒濺到桌子上。

我不知道該說什麼，也許我保持沉默令她感到失望，但我也不希望給予錯誤的建議。我一直以為淑曉在這裡發展得很好，深受將領及士兵們的喜愛。也許就像力偉曾經說的：**大家都有各自的煩惱；有些人顯露出來而有些人則偏好隱藏**。

我不能跟她說就跟隨她的心，我不能跟她說就自私一點，這會是她自己要做出的選擇，而無論她做什麼決定，我都會很高興地給予她支持。我們都有各自的責任要承擔，而只有我們自己知道真正的代價是什麼，以及我們是否能夠負擔得了。

「也許妳會在這裡找到喜歡的對象？」我捉弄地說，試圖振奮她的精神。

她鼻頭一皺。「哈！至少妳已經找到最好的那位——如果是說男人的話。」她在身後的箱子裡翻找，又拿出另一瓶酒。

她是說文智嗎？我的脖子逐漸發燙，但我閉上嘴，假裝不在乎。

沉默一陣後，她輕推我的手臂。「星銀，有件事我一直想問妳。」

我喝下一大口，讓酒在我突然縮起來的喉嚨中燃燒著。她是否對我的家庭背景有懷疑？我的身分？我相信她不會背叛我，但我不能冒一絲風險。

「妳腰間一直配帶的飾品是什麼？那個滴狀的寶石，我在力偉太子身上也看過。」

我大大鬆了一口氣，即使因為新的焦慮而感到緊張，但好在有關我母親的祕密暫時安全了。我跟力偉的過去是另一個深深埋藏的祕密，但我不會對淑曉說謊，至少這點不會。

「是力偉太子給我的禮物。」我討厭說到他的名字時我聲音顫抖的樣子。

她嘴角會心一笑，我趕緊補充說：「這沒什麼，只是個友誼的象徵，他已經有婚約了。」如同我髮色一樣明顯的事實。

她瞇著眼，彷彿在醉醺醺的狀態下試圖回想什麼。「力偉太子從來沒有拿下那個流蘇飾品，還有他的侍從說妳的歌，那首妳在宴會上演奏的曲子，常常從他的房間飄揚出來。」

他仍留著那個貝殼？這不代表什麼，也改變不了什麼，我內心吶喊著。

我的手指把玩著杯子，這次，是我先乾了這杯酒。「我想妳應該不會聽信八卦。」我跟她說。

「只有當這八卦跟我的朋友有關時。」她咧嘴一笑地說。我不再說話，而她也是。於是接下來的夜晚，我倆安靜地喝著酒，空氣中充滿過去的回憶。

★★★

第二天一早我的頭無情地疼痛著，我以為散步走走會減輕這感覺，但是我的雙腳卻把我帶到熟悉的院子。我猶豫了一下，然後踏入那涼亭，坐在凳子上。黃橘相間的鯉魚圍繞著盛開的蓮花游來游去，瀑布以悅耳的隆隆聲傾瀉而下落入池子裡。我閉上雙眼，甜美的清香撲鼻而來。我的舊房間就近在咫尺——已有其他房客入住了嗎？自從離開後，這是我第一次踏入恆寧苑的院子，景物依舊，人事已非。

一位女子經過院子，停下來向我鞠躬。她手裡端著一盤糕點，就是那種你咬一口就整塊散掉的甜豆餡糕點。當她一抬頭，我立刻認出她來。

「敏宜，是我！」我大笑。「妳為何要這麼正式？」

她圓潤的臉頰出現兩個小酒窩。「過去一年裡誰沒有聽聞過首席弓箭手的功績？」她說著，來到我身旁坐下。「妳上一場戰役真的打下二十個惡靈？」

我嘴角抽動試圖忍住笑意，想起她最喜愛聽八卦。「十二個，它們飛得很快。」

「那骷髏頭惡靈呢？它長怎樣？」

想起那頭掙脫出天庭牢房的邪惡怪物，我不禁打了冷顫。「頭髮跟瞳孔都是蒼白的，它們幾乎透明，粉狀的皮膚緊繃得像鼓一樣。」

她抓著我的袖子。「那妳怎麼殺掉它的？」

一段記憶閃過腦海：文智的劍在空中劃出弧線，刺入那怪物的脖子。它的下顎布滿了銀針，惡狠狠地朝他咬去。文智避開攻擊，而這怪物的利爪在他的脖子劃過，正朝向他生命血液流動的脈搏血管處攻擊。我感到一陣恐懼，射出一支箭，插入了怪物的頭顱。傷口滲出濃稠的白色液體，刺耳的尖叫聲震破雲霄，它的爪子抓住箭矢，然後跌落在地上。我內心因憐憫而顫抖的那段日子已不再，然而它們的臉孔仍會困擾我。

「文智將領與我一同作戰打敗它的。」我告訴她。

一提起他的名字，敏宜坐得更挺了，雙眼發亮，就像嗅到了八卦。

為了阻止她繼續發問，我趕緊問道：「皇宮裡最近有新鮮事嗎？太子如何了呢？」太遲了，我趕緊住嘴，一定是昨晚的酒讓我神智不清，竟如此大聲提起他。

一個身影從我後方靠近，是否瀑布的轟隆聲響遮蓋了腳步聲？一陣清喉嚨的聲音，一聽，未轉身我就知道是誰來了。敏宜一躍而起並鞠躬，二話不說，抓起托盤逃離現場，留下我單獨面對不速之客。他其實不是不速之客；他非常有理由出現在這裡，倒是**我**，才不應該在這裡走動。

「太子殿下，若有冒犯請恕罪，我立刻離開。」客套是我用來防衛自己弱點的盾牌。

「妳為何不自己來問我過得如何？」他的口氣裡有我許久沒聽到的溫柔。我準備離開，但他擋住我的去路。我抬頭看著他，不可否認我還是心很痛，他一靠近我，那條線就不斷拉扯……無論我多麼希望這種感覺不再。溫柔的微風輕拂過院子，將我的一縷頭髮掃過他的臉頰。他用手指捉住髮絲，雙眼像黑夜的水池般深邃。

「妳過得好嗎？」他問。

「很好。」

「妳為何在這？」

「好奇，我想見見繼任的伴讀。」我以輕鬆口吻說，但聽起來不太自然。

「誰能夠取代妳？」

他的聲音，他的話，仍深深觸動著我，但我努力掙扎，轉身準備離開。

「我們不再是朋友了嗎？東海那趟之後，我見到妳的次數少到用手指都數得出來，而且每一次妳還會逃跑。」他指向凳子。「妳為何不坐下？讓我們像之前一樣說說話，除非妳會害怕？」他帶著挑釁的語氣。

我的感覺與自尊交戰著，後者贏了，於是我坐下，被他的挑釁激怒。「我不能久留，我的訓練——」

「好的，英勇的首席弓箭手。」他挖苦似地打斷我的話。

「誰還能保護天庭？儘管妳完成那麼多功績，仍然是『首席弓箭手』，是一個少了實質軍階及權力的虛銜，妳為何不爭取個將領職位，而不是附庸在文智將領的背後？」

我咬著牙。「這是我個人的選擇，我想要自由選擇參與哪一場戰役。我對於懷著野心爬到高位這種事沒興趣。」

他盯著我的臉看，彷彿尋找什麼。「還是你們的關係不同一般？年輕將領跟他重視的天才弓箭手的眾多傳聞不勝枚舉。天庭軍隊中最閃亮的兩顆星，幸好妳在軍中沒有正式位階，否則就更不恰當了。」

他的指責令人刺痛。「有婚約還如此戲弄我的**你**還敢跟我談什麼是『不恰當』？這種事你沒有立場質問我，我要怎麼做，我要見什麼人，都不關你的事。現在的我，一點也不在乎你！」

我衝動地說，無視橫掃在他臉上的情感衝擊。我無法忍受繼續被他激怒，我受夠了這樣的糾纏，還將我的心扭成如此多的結。我起身大步走開——但他抓住我的手腕。

「我很在乎。」他咬牙切齒。「即使我有理智、我的判斷及榮譽——但我還是忍不住在乎妳。」

他的雙眼閃爍著光芒，像太陽般炙熱。我雙眼盯著他，無法動彈——直到發現他將我拉近身旁時已太遲。我應該推開他，快快離去，但我四肢無力。他的告白喚醒我內心以為已逝去的某種感情。我之前從未見過他這一面，如此充滿熱情及妒忌，而我陶醉其中，不計一切後果。

他慢慢低下頭，我沒有逃開，他鬆開我的手腕，順勢滑過去摟住我的腰。他眼底深處朦朧起了霧，接著他便飢渴地將雙唇貼上我的唇，如飢似渴地令我熱血沸騰。我腦子一片空白——沒有生氣、沒有羞愧、沒有任何恐懼。除了令人陶醉輕飄飄的感覺，血管裡奔馳著閃耀的火焰。我的手指已經勾住著他的脖子，將他拉近，沉醉在他的觸摸及溫暖下，他的手臂緊緊圍繞著我，將我陷入在一個我不想逃離的擁抱之中。

這庭院……曾經是我的避風港。瀑布療癒的低沉流水聲，空氣中春暖花開的芬芳，我在這裡體驗過的喜悅。但是這個令人熟悉且勾起甜蜜回憶的地方，同時也在我腦海最深處烙印了最令我心痛的記憶。他宣布婚約那晚，我獨自心寒且孤單地坐在這裡。

我扳開他的手，用力推開他，他腳步不穩往後退，手臂垂下。我大口喘氣，努力保持鎮定。「不行，力偉，結束了，我們結束了。」

他用手抓了抓頭髮，胸膛不規律地上下起伏。「我們不要再互相說謊了，星銀。我們還沒結束，我倆心心相連，妳對我還有感覺，就像我對妳一樣。」他淡淡地說著，帶著一絲絲的自信，只是這個事實帶來百倍的難堪。

「你要我怎麼辦？」我哭喊，對他，還有對自己感到惱怒。「你承諾別人了，你卻還想要我屈服自認對你還有感情。這樣你滿意了嗎？聽到我說忘不了你，讓你產生身為皇族的自豪嗎？還是你想要追隨你父親的腳步，在皇宮各處都立一個妃子？」

「從來沒有這種事！」他像受到侮辱般地縮了一下。

我自己也不相信那些苛刻的指控，但一部分的我——痛苦的，想報復的我——想要打擊他、傷害他，就像他傷害我一樣。我們怒視著，誰都不講話。我的心蹦蹦地跳，期許他沒聽見。

最後他轉過身，雙手在身體兩側緊緊地握拳。「我不知道自己在做什麼。」他低聲地說，像是很勉強地懺悔。「我心底告訴我要停止，該放手——但我做不到，我做什麼都想到妳，我到哪裡都見到妳；桌前吃飯時，房內醒來時。妳的聲音在空氣中，妳的笑容在我眼前，我忘不了妳，無論我多麼努力。」

我們誰都沒動，也沒再開口。我多懦弱，以致到現在還走不開，以致他的告白感動了我。如果通往院子的門沒有被打開，我不知道我們會在那裡站多久，像守衛入口的石獅子靜止不動。我立刻從力偉身邊退開，一名傳話侍從朝他跑來，他的黑色帽子歪斜，長袍在風中飄揚。

他鞠躬行禮，氣喘呼呼地對力偉說：「殿下，天皇天后要求您立刻前往東光殿。有要緊的事需要請您出席。」

力偉皺眉。「我馬上過去。」他看了我一眼，彷彿想再多說什麼，但隨即大步離去。

★★★

我飛奔回房，試圖平息混亂的情緒。但我一回房便看見文智坐在我桌前，情緒再次波動。

「你今早不是與建允將軍在一起嗎？」我問，在他身旁的凳子坐下。

「我們的會面提前結束了。」他聽起來緊張猶豫，不太像他的樣子。「星銀，有件事我必須告訴妳。」

我雙手在大腿上緊握，感到一股寒意，預期是個壞消息。

他靠近我，帶著粗糙且有些激動的情緒的聲音說。「我要退出天庭軍隊了，就到這個星期，我有緊急的家務事要處理，離這裡很遠——而我應該不會再回來了。」他刻意放慢速度清楚地說著，彷彿要確保我理解他的意思。

「你要走了？去西海？」我努力擠出這個問句。

一個簡潔的點頭。「我最後的任務就是去黃金沙漠那巡查部隊，他們最近不太穩定。」

我胸口緊繃，呼吸困難。自從東海行後，我們之間發生了一些變化。我一見到他會心跳加速，而他的笑容像酒一樣令我溫暖。有時候，我見到他看著我時眼中閃爍的火花。我們小心翼翼地互動，從未碰觸或說出踰矩的話題。然而我們不僅僅是朋友，而是處在某種全新且令人動情的分界線。這一切都是我的錯覺嗎？我垂下目光，令人困惑地感到沮喪。或說失望，甚至感到受傷？雖然我沒有權利如此，當我想起與力偉的接吻，愧疚折磨著我。

文智一直盯著我看，彷彿等待著我的回答，但我剛剛沒有聽見他的問題，終於他的聲音穿透我痛苦的霧霾。

「妳願意跟我一起走嗎？」

「去……去黃金沙漠邊界？」我結結巴巴地。

「那也行，如果妳也想去。」他嚴肅地說，「我的意思是，妳願意跟我一起離開嗎？」

我的舌頭拂過乾燥的嘴唇。「你的意思是？」我不敢擅自揣測他的想法。

他臉上露出微笑，整個房間都亮了起來。

「妳還不清楚我對妳的感覺嗎？」他的聲音顫抖著，他鋼鐵般的鎮定中出現的第一道裂痕，「我之前不能說，但現在我自由了。我想要妳跟我一起走——回我家，見我的家人，讓我們一起分享生活。」他朝向我低下頭，我們眉毛幾乎貼在一起，他的呼吸溫暖著我的肌膚。「妳的夢想也會是我的夢想。」

喜悅就像陣雨打在池塘上的漣漪般，湧動綻放。我以為我已對愛情厭倦了……它令人屏息的美、騷亂的苦痛。我曾經很幸福快樂，相信一旦我找到回家的路時，我會再次如此幸福快樂——一個真正的家，而非這個編織在謊言上的地方。現在，與文智一起生活的未來對我招手，有著清澈的天空，地平線上沒有一片烏雲。沒有破碎的心或過去恩怨的糾纏。我們至親沒有流血交惡，我們的關係沒有被仇恨或過去的仇隙玷汙——一個可以做我自己，沒有愧疚、悔恨及悲傷的地方。

直到此刻，我才敢承認面對自己對失敗的恐懼。我傲慢地錯估了自己才能的價值，以及獲得戰績的重要。即使為天庭效力，我贏得母親自由的希望逐漸消失，就像一幅在陽光下曝曬許久的絹畫。天皇的赦免確實是母親被釋放的最可靠方法。然而，就算我的成就贏得了眾多讚揚及賞賜，而我也全都拒絕了，但仍沒有任何關於紅獅符的隻字片語消息傳出。我應該聽從建允將軍的警告，但我太自信，以為自己知悉一切。天皇不以慷慨施恩著稱，沒有任何終身監禁的犯人被赦免過。因此，也許是時候我該尋找新的途徑幫助我的母親。也許我能在文智的家鄉，在西海找到方法。

文智的手抓著我的手臂，眼睛盯著我看，他還在等待我的回應，也許對我長時間的沉默感到奇怪。當我看著他堅毅俊俏的臉龐時，我內心有些變化，我在乎他，我知道我有，我對於他說要離去而感到沮喪，就是證明之一。不是聽人說愛情會在兩顆相合的心之間茁壯，並隨著歲月增長嗎？我們面前有著永恆。

「這也是妳想要的嗎？」他的語氣不再猶豫，而是充滿嶄新的信心，彷彿他已感受到我的回答。

**是的**。這個詞在我嘴上成型，但我說不出口。內心某種感覺在拉扯，一股微弱的聲音懇求著我重新考慮。若不是一陣礫石砰砰聲嚇到我們，我會請他再多給我一點時間想想。文智打開門查看時，某人急速朝我房間跑來。

一個年輕的侍從停在門口。「文智將領。」他喘氣著。「我到處找您。天皇天后要求您立刻前往東光殿。」

好奇怪，我心想。他是我今天看到的第二位傳遞緊急消息的侍從。

文智的眼裡閃過一絲不悅。「我一會兒就過去。」

傳令者身子一縮但沒有離開，勇氣可嘉，尤其是看到文智已明顯不悅。「其他將領皆已集合，我……我奉命一旦找到您，立即陪同前往東光殿。」

文智嘆口氣，把我拉到一旁。「我們明日再談。」他本想再多說一些，但傳令者原地躊躇，神色緊張看著我們，文智不耐煩地搖搖頭，大步離開。

我獨自坐在房內桌旁，直到太陽的金色火焰減弱至微光的餘燼。要不是今早脆弱導致的疏失，我會相信我的心復原完整，已從束縛的糾結中解脫。燦爛的未來召喚著我，而我卻眷戀過去，像一棵盛開的桃花樹，盼望凋零。

# 23

淑曉悄悄坐在我對面，將一盤食物擺在木桌上。她的眼睛環顧大廳一圈，這裡已擠滿拱著身準備用早膳的士兵們。「鳳美公主被劫持了。」她壓低聲音說道。

我的湯匙掉入碗裡，粥飛濺到桌上。「怎麼會？什麼時候？被誰？」我一連串問題脫口而出。這必定就是力偉跟文智昨天被緊急召喚的原因。

「我聽說力偉太子將親自領隊前往救援。」

我的雙手在桌下緊抓著膝蓋。若不是昨天發生的事，這個消息對我沒有這麼大影響。他昨天吻我的樣子彷彿我是他心中的唯一，說了那些溫柔的話……而今他將捨身冒險營救自己的未婚妻？一個他聲稱自己不想要的婚約？一股冰冷且刺痛的感覺緊緊纏繞著我的胸口。我深呼吸，大口吐氣，試圖解開內心的糾結，我的行為就像個自私的幼兒：身為她的未婚夫及盟友，捨他其誰？
「希望他能順利安全將她帶回。」這麼說也許有點像場面話，但至少我是真心如此期望。
「要偷偷帶走公主非簡單之事，我真不知道誰——」淑曉的聲音突然停止。
建允將軍雙手環抱胸前站在我們面前。我們立刻跳起來並向他行禮。
「淑曉中尉，我不知道妳打哪裡聽來這些消息，但我想要結束這話題，或任何關於這件事的談論，清楚嗎？」他命令道。
她驚慌地看了我一眼，然後一反常態地順從回答：「是的，建允將軍。」
他隨後看了我一眼。「首席弓箭手星銀，跟我來，我有話要跟妳說。」
我驚訝地盯著他，直到淑曉踢我小腿，疼痛使我從恍惚中驚醒，我趕緊跟上他。
「消息是真的。」沒有閒聊，他在紫檀木桌前坐下時便開門見山如此說，「鳳金皇后悲痛萬分，劫持者傳來條件，要求她與我們斷絕聯盟，並警告若試圖營救必格殺勿論。情況緊急，於是我方加入救援。」
「是魔界嗎？」我問。
「我們認為是，然而毫無證據。儘管如此，我們的優先任務就是安全帶回鳳美公主，太子殿下將會帶領一小批軍隊前往拯救她，不能超過十幾個，避免被發現。有鑑於上述的威脅，謹慎行事至關重要，以免危及公主。」他以一致的節奏敲了一陣桌子後說：「力偉太子要求妳加入救援。」

我震驚得像萬里無雲的空中被閃電擊中，完全說不出話來，與內心爆炸的情緒拉扯著——糾結扭曲，灼熱同時冰寒。然而有一點我心裡清楚：我並不想加入。

他臉一沉，也許從我的表情中看出我想拒絕。「我不能命令妳一定要加入，但我強烈希望妳能去，為了我們國度，我們的聯盟，沒有什麼比這點更重要的。」

他的說法並沒有打動我；我既不高貴也不英勇，也不是因為擔心生命威脅，而是對我的心靈及自尊上的傷害。更別說那些我已經拒絕多次的天庭賞賜。「還有其他士兵比我更合適，比我更有能力。」我說。

「在弓箭運用上？」是力偉，他站在門邊，我沒有聽見他的到來。

當建允將軍起身行禮，我也跟著照做，同時試著抑制內心的悸動。我不會留戀我們的過去；昨天發生的事不過是一個短暫的錯誤，也許是因為身處恆寧苑讓回憶迷惑了我們。現在我們踏入完全不同的現實情境，走上一條將漸行漸遠，直到永遠找不到回到彼此身邊的路。

「太子殿下親自領軍前往救援，相信一切萬事俱備。」這的確是一位朝臣會說的話，希望討好太子——如果不是因為我話中有刺。

力偉穿過房間站到我的面前。「我並非樣樣都行，我們都知道妳的箭法早已超越我。」

我沒有回答，他在建允將軍對面坐下，示意我也坐下。我坐在他身旁，全身僵硬，希望自己此刻身處何地都好，就是不要在這裡。

「請繼續，建允將軍。」力偉說。

「我們相信鳳美公主被關在長春林，靠近鳳凰城山脈南邊，那是我們掌握到的她的最後蹤跡。」

這個地名引起我的注意。「是那個前任花仙子華菱小姐的家？她最後消失的地方？」

他嚴肅地點點頭。「自此之後詭異的法術遮蔽了整個森林。幾百年來大家都不敢冒險前往，我們不清楚除了挾持公主的邪惡勢力外，是否還有其他危險潛伏。祕密行動及精巧策畫至關重要，還有加上妳的才能。」

建允將軍期待我欣然接受，但我不要。或許會顯得我不夠善良，但我無法輕易地將我的感受拋到一旁，我自己的願望也很重要。我為鳳美公主身處危險感到難過愧疚，但我並沒有狂妄到自認不可或缺。

我起身拱手，深深彎腰鞠躬。「建允將軍，你答應過我可以自由選擇任務，這次任務我拒絕。」

他皺起眉頭，張口想訓斥我——但力偉打斷他。「我可以獨自跟星銀談談嗎？」將軍用令人生畏的神情看了我一眼，向力偉鞠躬後便離開房間。

「妳想要坐下嗎？」力偉沉默片刻後問道。

「我喜歡站著。」我更急著想趕快離開這裡，決心避免跟他進一步近距離接觸。

他嘆了口氣，起身跟我並肩站著。我內心一部分因為眼前的荒謬處境感到難堪，昨天他才激情地拉我入懷，而今天他就要求我去拯救他的未婚妻，我怒火中燒，炙熱且凶猛。

「你是否一點都不在乎我的感受？」我忍不住問，同時也怨恨自己這麼說。

「我必須這麼做。」他說。「如果我們失敗了，如果鳳美公主受到任何傷害——這不只是一個悲劇，而且會讓鳳凰城向魔界靠攏，強化他們的力量，並大大削減我方勢力。如此一來，魔界會試圖打破和平，再度向我們宣戰。」

「我懂，但為何一定要**我**跟你一起去？你有無數稱職的戰士可以選擇，能與您同行，任何一位都會倍感榮耀。」

「因為比起妳，沒有一位我信得過。」他的眼睛凝視著我。「近期發生太多事，狐妖闖入了我們的領域，弓箭手斐懋受到的折磨，而現在還發生這種事，公主前來天庭的途中被劫持。只有我們朝廷內部核心大臣才知道這個行程，這意味著鳳凰城或我方有內賊。」他臉色凝重地做出結論。「我說有關妳的才能至關重要是認真的。這會是場危險的戰役，我們需要匯聚所有的優勢。」

我沒有回答，他低聲補充說道：「我讓妳陷入如此為難的處境，妳現在一定很恨我。」

遲遲無法決定的沉重感受猛烈重擊著我的頭，背負拯救力偉未婚妻的重任，令我感到不安，同時也受到傷害。我希望她被拯救，但同時希望不用參與其中。而且內心出現一個微小的聲音低聲私語，如果天庭滅亡，也許我的母親也可以自由了……

這卑劣的念頭使我猛地一顫，這裡有我在乎的朋友，如果發生戰爭，她們也會受害，而且萬一魔界如願稱霸？雖然我不再相信他們是我懼怕的怪物——但我也不信任他們的國王，也許跟天皇一樣冷酷無情，尤其如果真是他劫持鳳美公主來脅迫鳳金皇后投降的話，我怎敢將我們的命運交給這樣的君王手中？如果要說這些年來我學到什麼，那就是戰爭中沒有任何一方是贏家，即使自認獲勝也一樣。

鳳美公主的臉龐閃過我的腦海——不是我從遠處見到的那位穿著金色羽毛大衣的皇室成員，而是那位我在力偉庭院遇到的女孩。我難道不能一視同仁，看作我過去接下的其他任務？若不論我們的過往，我一定義不容辭出手解救太子跟公主，這可是千載難逢的機會，一個無疑能贏得天皇的注意——可能幫助我得到紅獅符，也避免一場帶來災難的戰爭。除此之外，我真的能夠拒絕幫助力偉嗎？再怎麼說，他仍然是我的朋友。

我的腦袋因千思萬慮打了好幾個結，然而現在全指向同一處。我會跟力偉一起前往救援，不是為了責任或義務，而是去保護他——我的朋友——以及那些天庭裡我在乎的朋友，去拯救那位我曾交談過的無辜女孩。如果這都無法獲得天皇的恩澤以及我渴望的紅獅符——那也沒有其他機會了。這趟任務是這條路的最後一步，之後我將問心無愧地離開，展開新的生活。

我迎上他的目光說：「好，我跟你一起去。」

「謝謝妳。」

他朝我靠近一步時，我躲開了。「我跟你一起去。」我重複說道。「然而，我要求你從現在開始，和我保持適當距離……就好像我們的過往沒發生過一樣。」這些冷漠的話同樣刺痛著我，但我不能再讓一時的軟弱動搖我的決心。

「那如果是妳對我做出不恰當的舉動呢？」他的嘴角浮現一絲微笑。

他如此輕易就轉換回去成我那位互相嘲弄的朋友，但我也不允許這樣。「我們不能再繼續這樣下去。」我低聲說，試圖壓抑他靠近時溜進我心裡的留戀，愧疚及羞愧在我的胃裡燒出一個洞。「我會幫助你跟鳳美公主，但你有你的榮譽，我也有我的。我們的事已成過去，你現在有婚約——你的心屬於她的了。」我不由自主地回想起我們的吻，我嚴厲地告訴自己——最後一扇門已關上，這是最後的告別。

他灰頭土臉，眼神失去光彩，看見他的神情，我知道我做到了……切斷我們之間最後一條受盡折磨的線，他點點頭，一句話也沒說，接著大步離開。我沒有抬頭，不想看著他離去，我的話成真了——致命的一擊，迅速的結局。但這是個空洞的勝利，僅留下我嘴裡的苦澀，以及胸口如被爪子抓過的疼痛。

★　★　★

夜裡我難以入眠，我內心焦躁不安，感到困擾。溫柔的微風吹拂著空氣，我沿著房外的柱子爬上屋頂，坐在冰涼的玉屋瓦上盯著天空看，月亮從一片黑暗裡散發出光芒，柔和的光。

某個聲音沙沙作響——是文智，他翻身跳上屋簷，長袍往側邊一甩，在我身旁坐下。

「我今天一直在等妳。」

「對不起，今天……事很多。」我討厭這樣結結巴巴，彷彿我在隱瞞什麼。

**喔，妳的確是**，我內心如此喃喃自語。

「我不能跟你一起去邊界了。」我告訴他。

他下巴緊繃，但沒表現出驚訝的樣子，他是否已從建允將軍那邊聽到消息了？

「別跟力偉太子一起去。」他突然很急迫地說。「那裡太危險了，神仙們遠離長春林是有原因的。自從華菱小姐失蹤後，那個地方的謠言四起——有黑魔法及凶惡的怪物，許多痛苦及死亡。」

我聳聳肩，一派輕鬆無所謂的樣子，內心其實不然。「我面對過怪物，就在你身邊啊，也還不少呢。」

他的嘆氣在涼爽空氣中凝結成霧氣。「妳考慮過自身安危嗎？」

我皺了眉頭，有點訝異他如此堅持勸退我。「會比相柳更危險？仁于總督？還是骷髏頭？」我一一列數，試圖緩和他的擔憂。

「我不會一起去，如果妳發生什麼事怎麼辦？」他停頓一下，「妳難道都不顧慮我的感受？」

他的關心令我感動，但是我沒有因此動搖。「我有，但我會照顧好自己，不管怎樣，此事已定，明天就出發。」

「為什麼要去？」他繼續問。「建允將軍命令已經不重要，我們馬上就要離開這裡了，妳為何要冒這不必要的險？肯定不是出於對天庭的忠誠。」

被他的話刺激到，我坐挺身子。我一直以來都有能力保護自己，他常支援我，然而我也多次前往救援他。而且，他竟然譏諷我對天庭不忠……這點不需要他來提醒我。我從軍是因為我相信這能幫助我母親得到自由，我所受的訓練，我所建立的名聲，我所奪去的生命——都是為了達成那個目標，我所有在這裡度過的每一分每一秒都是。

當然我也聽出他話裡的擔憂，我試著解釋：「我並非受命出征，力偉太子請我幫他，我不能拒絕。」

文智臉色一沉。「妳是不是還愛著他？所以妳才捨身去拯救一位妳根本不在乎的公主？妳難道忘記他為了她而離開妳？」他那嚴厲的字句像鞭子般抽打著我。

我瞪著他，憤怒在我血管裡燃燒著。他對我跟力偉的過往一點都不了解，比起註定沒結果的愛情，我們兩人之間的友誼更為深厚——當我一無所有時，他是我唯一的朋友，而這友情淵源比起我所受到的傷害以及失望還重要。他對我的仁善是我欠他的，我應該要還。

「你怎麼能這樣說我？」我生悶氣。「我不是愛情傀儡，乞求施捨一點點愛情。我有我自己的夢想，我自己的原則，我自己的榮耀要達成！」我沒有心情再解釋自己的決定，我爬起身準備離開。

「等等，星銀——」

他的聲音因絕望而有些破碎，我停下腳步，但沒有轉身。

他說得如此小聲，我只能吃力地聽。「我很抱歉，我不應該說那些話，我就是覺得失落，還有……忌妒。」他深深吸一口氣。「我以為我們昨天已達成共識，我錯了嗎？妳當時明白我的心意嗎？我對我倆未來的期待？」

我的心軟化了，即使還沒完全氣消。文智只看見我對力偉婚事的絕望，難怪他會如此忿忿不平。對他來說如此坦露心跡相當艱難，但這不代表他有權利這樣說我。

我轉過身，凝視他的雙眼。「你一定要相信我的判斷，就像我相信你一樣。不要試圖以你自認為我應該做的事來汙衊我或定我的罪。如果我們無法平等對待，要如何共創未來？」

「妳我是平等的，妳甚至比我重要。」文智猛地站起身，強而有力握著我的雙手。「我只是不想要妳受傷害。」

風越來越大，吹得我的頭髮在臉頰上飛舞。看見我發抖，文智脫下他的外衣，披在我肩上，將我拉靠近他。「答應我，妳要確保自己的安全，不要……太衝動。」他在我耳邊輕聲說。

一股想笑的衝動驅散了心中的怒氣。他很了解我，知道該說什麼話。而我也很了解他，知道他已經克制自己不再多說。

空氣中瀰漫著清新的松葉香氣，點燃我心中的一盞燈，掃去陰霾。我對文智的感情很強烈，雖然與我之前對力偉的感覺不同。也許我與力偉那樣炙熱、不顧一切的激情，是因為初戀使人意亂情迷，充滿愚蠢的天真，認為沒有什麼會將我們拆散。而之後的戀情呢，我們便腳步放慢，更加謹慎——尤其在心已受傷，而承諾破碎之後。也許，我對文智的感情越來越溫暖，是所有愛情的演化過程。

我把頭靠在他的肩上，最後一絲的焦慮逐漸消失。「我答應你，而且等我回來，我們就一起離開這個地方。」

我們靜靜地站著，聽見我的答覆，他的手臂緊緊環抱著我，這是他唯一的回應。今天我第一次感到平靜，感到一股想將我的祕密全告訴他的衝動。但不是今晚，不在這裡。我一直在天庭保持高度警覺，等到有一天我們遠離這個地方，我會將我母親的事一五一十告訴他。

眼前一望無際的夜幕，在月光及星星的照耀下，卻如白晝般明亮。

## 24

長春林曾經是仙界最美的地方，據說這片森林是天皇年輕時親手種下的，植下天下第一棵樹的分枝，澆下施予魔法的蓮花露水。在高聳蔘天大樹下，有著清澈的池塘及銀色河流，河流中的魚群閃閃發光。那些漫步到森林中心的訪客，總是著迷地談論著那裡永遠茂密的樹林，以及樹枝上開滿五彩繽紛的花朵。成熟的果實、甜美好比神仙飲用的瓊漿玉液，結實纍纍有如鬆軟草地上的野花般盛開。詩情畫意完美的森林，吸引了不少的鳥獸及神仙來訪。就連強大的華菱小姐，首席花仙子，都受此地吸引，離開天庭來此建立家園——牡丹、山茶花，及杜鵑皆跟隨她而去。

但天堂並未持續多久，華菱小姐被革職後，她不再動手種植花卉，也不再甦醒凋零的花朵。她消失之後——翠綠的樹林枯黃了，波光粼粼的池塘乾涸成一灘沼泥，樹木凋萎了，不再葳蕤。

我走下雲朵，這裡的沉寂使我震撼。沒有一聲鳥兒的啁啾聲，也沒有蜻蜓的振翅聲。白霧籠罩著森林，蒙上一種不受歡迎的寒意。樹木高聳挺拔，枯萎的葉子依附在樹枝上，永遠地凋零逝去。四周散布著一灘灘骯髒的水池，我們盡可能地避開，以免陷入這無底的沼澤。不流通的空氣散發著腐爛的臭味，對這森林的名字著實是個悲傷的嘲諷。當我們通過暗處及迷霧，往更深處走去時，我的手緊握著鳳凰火弓，皮膚起雞皮疙瘩。如果我能帶玉龍弓就更好了，天焰比一般的火焰來得強大。但我不確定自己能否駕馭它，因為我從未施放過。而且我也害怕在天庭士兵面前使用玉龍弓，也許他們會以天皇的名義取走。

兩名士兵先跑去前方探路，其餘八位留守。「在這裡召喚雲朵沒有用。」力偉解釋，「這裡霧太濃，因為霧被施了法不會散去。」

「我們無法破解嗎？」

「這不容易破解，並且大霧正好掩蓋我們的蹤跡，我們不想被發現。」

「那我們要如何尋找鳳美公主？甚至跟上探子？」我問道。

「我能感受到她的氣息，不過我需要夠近的距離。」他說。

他的答案刺痛了我，他跟公主的關係已經比我想像中的還要親密？我提醒自己不要跟他交談，以免思緒漩入深淵。

然而，他沒有如此顧慮。「文智將領要離開天庭了，妳接下來有何打算？」

雖然他的態度很自然，甚至愉悅，我的回答卻卡在喉嚨裡。

他繼續用著低沉且誠懇的聲音說：「我對妳的感覺依舊沒變，但我不會再談論這些了。妳昨天說的……妳要求我的，是對的。」

我木然地點點頭，心想著若這樣是對的，那現在壓在我心頭上的是什麼？我握緊拳頭，對自己生氣。我對文智有好感，怎麼還可以被力偉撩動？我是否太善變又不專一？我與文智的未來充滿光明及希望，沒有過去悔恨的泥沼——我不會放棄這個幸福的機會。

有腳步聲朝我們而來，謹慎且輕悄悄的。我抬頭一看，發現是其中一位探子。

「太子殿下，前方五百步左右有武裝士兵，守衛著一座寶塔。」

「謹慎行事，他們必定不知道我們來了。」力偉警告說。

我們拿起武器，祕密前進。前方空地若隱若現出現一座寶塔——八層樓高，幾乎跟周圍的樹木一般高。這一層層的高塔是以快要傾頹瓦解的木頭蓋成的，窗框及屋簷裝飾，皆不復原先的鮮紅色，也因此天衣無縫地與荒蕪的背景融為一體，成了破舊模糊的棕色及灰色色塊。縱使幾十名身穿青銅盔甲的士兵圍繞著，高塔看起來依舊如此荒涼。

「你認得那些盔甲嗎？」我問。

「不認得，但這很容易偽裝。」力偉閉眼一會兒，眉頭微皺。「鳳美公主在裡面；我能感受到她。我們必須安靜地消滅衛兵，免得打草驚蛇。」他悄悄地跟我們說：「從最近的開始，這一路到寶塔我們必須迅速行動，避免士兵喊叫，否則公主會有危險。」

力偉做了一下手勢，我放出燃燒的箭矢，插入了最近的那位衛兵的喉嚨，當她發出哽噎聲時，我也射中她身旁那位，他的眼珠子凸出，倒地不起。力偉跟戰士們快速移動，包圍剩下的士兵，伴隨著窒息的喘息與低聲的尖叫像不祥的合唱般，將他們一舉拿下。

前哨戰結束，即使寒風吹過我的皮膚，額頭仍滲出汗滴。這很容易——太容易了。力偉的目光轉向我，回應我未說出口的困惑。

「寶塔。」他說。「那邊可能有更多的衛兵——」

突然森林裡傳出一陣怒吼，掩蓋他接下來說的話。一大群敵軍衝向我們，他們蜂擁而至，陽光照射在他們的青銅盔甲上，眼前一片閃爍。力偉大刀一揮，砍殺兩名，我射中另一個衝向他的敵軍——就在此時，一名敵軍倒在我腳邊失去意識。一陣混亂中，我並沒有發現他，若不是那支插在他胸前陌生的黑羽箭矢，他很有可能趁我不備而傷到我。

我轉過身尋找那位弓箭手，但力偉大喊：「去救出公主！」

他舉起劍，劍上燃燒著火焰，當他劍一揮，劃出一道寬闊的弧線，擊退包圍在他身邊的敵人。他們的武器閃著金銀光芒，有些帶著深色的金屬鍊條。這景象激怒了我，他們竟然意圖要俘虜他。他周圍的其餘天庭士兵們激烈交戰著，雖然寡不敵眾，但仍堅守陣地。我們仍有機會……至少現在看起來，如果我能即時找到公主。

我想留下繼續作戰，但我跑向寶塔，留下力偉跟其他士兵面對塔外的戰鬥。恐懼撕裂著我的心，儘管我不斷提醒自己力偉劍法優異，以及他強大的法力，他可以擋住他們直到我回來。我越快找到鳳美公主，我們大家越快能離開這鬼地方。

我衝上木梯，原本預期會在每一個轉角遇到衛兵，但這地方異常空蕩，我直達最高層，一路沒見到任何敵軍。我用力打開塔頂的厚木門，它鎖得很緊，我失去耐心，召喚一陣風打破門鎖。

鳳美公主一躍而起，周圍地上盡是木塊及碎片。她那瓜子臉很蒼白，棕色的眼睛睜大並茫然地看著我，彷彿不確定該驚恐尖叫，還是解脫般哭出聲來。她的頭歪向一邊打量著我，也許試著回想我們似乎曾經見過。「我是天庭軍的人，我們是來救妳的，快，力偉太子正受攻擊！」我的聲音著急地催促著。

一聽到力偉的名字她立刻明瞭，向我伸出手。她雙手被黑色金屬鐐銬束縛，細鏈串著兩端。「妳能幫我解開嗎？」

我拔出劍，用力在精緻的鏈條上一揮，刀刃反彈了回來，我的手臂因用力過猛而疼痛，但金屬沒受到半點損害。鋸也沒用，狠狠敲擊也沒有產生任何凹痕。與此同時，我腦子一直想像著塔下的力偉，箭矢飛向他失去防衛的後背，而刀劍刺向他的胸口。

「站穩。」我拉弓引箭，射向了她右手上的手銬，暗紅色的火焰在金屬上激起漣漪，一道裂痕出現後手銬隨即破碎了。我立刻向她左腕上射出另一支火焰箭矢，第二個手銬也脫落了。

鳳美公主的嘴巴露出顫抖的微笑。「妳……妳的弓法很厲害。」她溫柔地說，拂去覆蓋在她臉龐上的黑色秀髮。

她的嬌美動人令我心頭一顫，我艱困地吞了口水，彎腰將她腳邊斷掉的金屬細鏈扔掉，它們有如冰一般刺痛著我的肌膚。

「這是什麼鏈條？」

她肩膀一沉，「我不清楚，他們給我戴上時，我便不能施展能量。」

我的胃劇烈翻騰，這些鏈條……我剛才看見塔下的士兵攜帶著，也想起在東海時，力偉曾告訴我影子峰的礦石會束縛神仙的力量。「快！」我拉她起身，「力偉太子有危險了！」

空中發出某物呼嘯越過的聲音，一個任何弓箭手都熟悉的聲音。我撲倒在地，將公主也拉下。手臂一陣疼痛，我不敢置信地看著傷口滲出的鮮血。我爬向窗前，僅抬頭約一吋，便見一道銳利的閃光朝我奔來，我躲開了，平躺在地上，另一支箭射入了房內。

我引了一支火焰箭矢，射向窗外，下一刻，兩支箭矢朝我擲來，與我毫釐之差擦身後落地。我咬緊牙關，這弓箭手很強。難怪這裡沒有衛兵守候，因為任何前來拯救的人都極有可能早就被射殺了。這黑色箭羽很熟悉——這跟剛剛在外頭看見的相同。還是我一直被當作目標？難道上一箭是失誤？看他的技巧應該不太可能失誤——更難以理解的是，這弓箭手先救了我，後來又想殺了我？

我深吸一口氣，對那位隱身的襲擊者感到憤怒。寶貴的時間滴滴答答地流逝，如果那些鏈條真能封印神仙的法力，那力偉一點機會都沒有了。我引了一支箭，跳起身想看清我的敵人。一個高高的身影——一名男子——站在寬闊的樹枝上，一支箭蓄勢待發。鋼盔遮掩住他的臉龐，但他的眼珠閃著銀光，我嚇一跳，退後一步，我將弦放鬆，火焰消失了。我做好準備，預期下一支箭射穿我……但這弓箭手放下他的武器，我們互相凝視片刻，接著他退回暗處，消失不見。

現在沒時間考慮這個了，我抓起鳳美公主的手，拔腿跑向樓梯，奔向激烈的搏鬥——只見眼前一片死寂如墓地，屍體遍野，其中身穿青銅盔甲的士兵眾多，而數到第十位身穿白金盔甲的殞落天庭士兵時，我內心一沉，然後一具跑過一具，尋找任何的生命跡象，然而他們的眼神空洞，身上的氣息逐漸消失不見。

「力偉太子呢？」鳳美公主的聲音發抖著，驚恐地看著眼前的慘況。

「我不知道。」我低聲地說，除了席捲全身的恐懼，我對所有一切感到麻木，恐懼將我石化癱瘓了。

# 25

微弱的光線從白霧中透出來，在樹林間投下詭異的光暈。鳳美公主跟我在森林裡徘徊，找尋力偉的蹤跡。每踏出一步，我的心就更加沉重絕望，我心慌意亂地幾乎喘不過氣，必須找到他的迫切念頭驅使著我前進。

鳳美公主的低沉抽泣聲將失神的我拉回現實。「力偉太子強而有力，也許他已經逃離，或許他受傷了，無法來找我們。」我的聲音很空洞，而我說的話，是假的。我相信只要還有一口氣在，他一定不會拋下我們。

她點點頭，因為緊張而不斷打嗝，她抓住了我脆弱的安慰稻草。「謝謝妳救了我，但若是力偉太子有危險或……或受傷，我真的無法承受。」她聲音哽咽，淚水再度在她眼眶裡打轉。

我突然感到一陣惱怒，我的神經已經很緊繃了，此刻可不想當保母，我想要**找到**他。她一直哭，我要如何追蹤到力偉？如果任何敵軍抓到我們，我們必死無疑。然而我壓抑住對她發火的衝動，伸出手臂環繞著她的肩膀，把她拉近一點。

「我們會找到他的。」我告訴她，是對我倆的承諾。

承諾似乎使她平靜下來，棕色的眼珠子盯著我看。「我現在認出妳來了，妳是力偉太子的伴讀，我們在宴會上見過面。」

「是的，在涼亭。」一股回到往日快樂時光的渴望湧上心頭。

她嘆了一口氣說：「妳很善良，妳現在也是。」

我陷入沉默，打從心底感到羞愧，滿臉內疚。不，我一點都不善良——現在不是，那時也不是。第一次碰面時我並不知道她是誰。而之後，我並不想認識她，也許是害怕發現我現在意識到的——鳳美公主跟力偉**會**很相配。如果我可以討厭她，事情就容易多了。

「太子殿下跟妳是好朋友嗎？」她問。

我以審視周遭環境為藉口，目光從她身上移開，「是的，我們是好友。」話只說一半，若是道明老師聽到必定會訓斥我。

她突然身體僵硬，我也感到不自在，擔心她可能會問我一些令我必須說謊的問題。她從我的肩膀抬起頭，指著我的腰帶。

「那個為什麼一直發光？」

是天空之雫流蘇。原本晶瑩剔透的寶石閃著紅光，閃爍著不尋常的能量。我強迫自己深呼吸，抑制湧入心頭的恐懼。力偉正處於危險，但這也意味我現在有辦法找到他了。

我將公主拉到一片灌木叢中，「在這裡等著，躲好。盡量不要出聲。我會盡可能早點回來，如果我黎明前都還沒回來，往北走直到走出這森林——從這裡。」我指著方向，確保她知道。「妳現在有法力了，保護好自己，若任何東西試圖傷害妳，攻擊它，一旦走出這裡，就召喚一朵雲載妳回家。」

我摸索腰帶，抽出一把匕首遞給她，她收下但沒說話。她握得很鬆，看似沒把握的樣子。

「手指緊抓刀柄。」我指導她。「刀刃背對著妳的方向，向上傾斜，如果必須攻擊，千萬要果決出手。」

她害怕地睜大雙眼並點點頭。我突然感到內疚要讓她獨自面對，但我已經沒有多餘的時間了。離開時，我繞了一圈確保她有躲藏好，接著飛奔離去，直到雙腿像火燃燒般。

我跟隨著天空之雫流蘇的牽引，來到一個山腳下狹窄的洞口，完全不顧裡頭是否危險，我溜了進去。洞裡一片漆黑，我腰間發著紅光的寶石在牆上投射出威脅氛圍的光芒。潮濕的空氣是汙濁的，充滿霉味及腐爛的氣味；肺部充滿這種氣味，我忍不住作嘔。我跑過一個急轉彎，因不平坦的地板絆倒在地，手掌擦傷。

遙遠深處有聲音傳來，我壓低身子，沿著狹小的通道向聲音來源爬去。一見到光線，我加速前進。通道開口是一個寬闊的平臺，我爬上去，看見下方的大房間。

我的心一抖，是力偉。他坐在一張椅子上，跟鳳美公主一樣，手被鐐銬束縛著。鮮血從他一頭亂髮流下，一直流到他的臉上。額頭上一道深深的傷痕，一側臉頰上遍布深色的瘀傷，他的氣息不知為何消弱了，以不穩定的頻率飄忽著。然而他把頭抬得高高地，彷彿坐在寶座上，而非被鏈條綑綁。我尋找看守他的衛兵們，鬆了一口氣，並沒有發現那位奇怪弓箭手的蹤跡——光他一個，就足以成為令人畏懼的敵軍。那些不幸殞落的天庭士兵之前消滅他了嗎？

一股強烈許多的氣息向我襲來——濃郁的泥土味，刺鼻並違和。應該不是來自士兵，就我判斷，應該是來自站在力偉面前的那位女子。她那雙鳳眼閃爍著深色暗沉的古銅光澤，臉的下半部以一層薄紗遮住，她的肌膚如初雪般潔白。朱紅色的衣服上繡有緋紅色的牡丹，絲綢花瓣綻放著，露出金亮的花蕊。一串山茶花插在她的腰帶上，我蹲在臺子上方，聞到一股濃郁的花香，甜到發膩且帶著腐爛的氣味。

「我用一隻鳥抓到一條龍。」她的語氣充滿得意。「聽聞那麼多關於你的非凡能力，我很失望你如此容易掉入我的陷阱，太子殿下。」

力偉咬牙切齒，肌肉緊繃彷彿與看不見的勢力對抗著。「這些鎖鏈是什麼？」他終於忍不住大喊。

「來自魔界的禮物。由凡間的金屬鍛造，施以你父親禁止的法術。」她看著他持續掙扎，以感到無聊的語調說：「你儘管努力吧，只要銬上它，你的法力就無用武之地了。」

「華菱小姐，妳為何要如此做？為何妳要跟魔界同盟？」力偉嚴肅地問。

華菱小姐，那個被罷黜的花仙子？我以為她已經離開這座森林，或被消失了，真沒料到她原來居住在這陰暗的洞穴中。

「妳曾經是我們天庭最偉大的神仙之一，直到妳自己選擇隱居，妳真的要背叛仙界？」力偉繼續問，儘管身處危險，他的口氣很平靜，也許仍希望理性說服她。

她大笑，苦澀且沉悶的笑聲。「**我**背叛**天庭**？你以為是**我自己選擇**這種生活？讓我跟你說說真正的故事，小王子。很久很久之前，你父親跟我在這片森林相遇，那時他剛與你的母親成婚，但這並沒有阻止他繼續向我獻殷勤。」

力偉從椅子上猛彈起來，但兩名衛兵將他拉回去，用手壓在他的肩上。

她不為所動，沉浸在她的回憶中。「只要他一離開皇宮，就會來這裡。他說要蓋一座在天庭的宮殿給我，但我拒絕了。我不是個受到恩寵的卑微朝臣，我是整個仙界最卓越的女神之一。」她的臉龐浮現一絲溫柔。「一晚春夜牡丹盛開，他向我許下誓言，說當他權力強大到可以挑戰鳳凰城時，他就會迎娶我，將我提升到與皇后一樣的地位。」

力偉搖搖頭，傷口上的鮮血順著臉頰流下。「我父親才不會許下這種胡亂的承諾。」

「戀愛總讓人許下無法兌現的承諾！」她怒吼。「後來這些話傳到你母親的耳裡，她來拜訪我，各種威脅與惡意，離開時，還送給我這個禮物。」洞穴裡的光線一閃一滅，華菱小姐掀開了面紗。

在那古典圓潤的臉上，鮮豔紅色的豐唇，精緻高挺的鼻子。兩頰各有一道淺痕，我感到困惑——但其實那些疤痕淡淡的，微不足道。

她再次將面紗蓋下，「這是鳳凰爪子留下的傷痕，永遠無法癒合，我必須永遠帶著這難看的印記生活著。」

我猛地一顫，回想起天后指尖上的尖銳金鞘，極有可能輕易地刺破血肉及骨頭。儘管華菱小姐認為自己破了相，她的容貌還是非常美麗，倒是她的惡毒表情令我的反胃。

「肯定事出有因。會不會是某個鬼魂，利用我母親的模樣呢？」力偉抗議。

「你這個天真無邪的孩子，還有誰會穿戴鳳爪？像我這樣孤立獨居，還會威脅到誰？」她冷笑。「更糟糕的是，你那位父親，不守信用的懦夫，拋棄了我，瞬間我被奪走了美貌，被愛情背叛，還剝奪了我的頭銜，這是其中我最珍貴的東西。自此之後，我的生活陷入悲慘，充滿著苦難及悔恨。」

她伸出手指輕撫力偉的臉頰，他躲開她，盡可能地向後退。「所以，我要從折磨我的人那裡奪取他們最珍貴的東西，你，他們的兒子。他們最深愛的兒子，則是我該最恨的人。」

「華菱小姐，請三思而後行，弒君罪將受極刑，妳會被逐出仙界，被天庭及我們的盟友追捕，他們會降臨此地並——」

她發出刺耳的大笑，笑聲停止後，笑容像是隻饜足的狐狸。「我不是傻子，太子殿下，當他們到時，我早已不在這裡了。一旦我將你的生命力獻給魔王，我會得到他永恆的賞賜，或許你也可以稱之為新婚賀禮。說不定他會打敗你那該死的父母，然後當他坐擁天庭寶座時，在他身旁的就會是我。終究，我將成為天后。」她沾沾自喜地舉起一枚戒指，上頭鑲嵌一顆散發著邪惡光芒的卵形紫水晶。

見此情景激起我內心強烈的反感，難以言喻且怪異。而且，她說力偉的生命力是什麼意思？

他看起來沒有一絲恐懼。「華菱小姐，妳受到極大的冤屈，我向妳保證，釋放我之後，我一定調查此事，若有任何誤判不公將獲得改正補償。別聽信魔王的諾言，他的背信是無止盡的。」

「就像你那對父母一樣。」她生氣說著，將戒指壓在他的額頭上。

力偉脖子上的繩子被拉緊，表情痛苦扭曲。他的眼皮像被捕捉的飛蛾般快速振翅，快闔上時，戒指上的紫水晶閃爍著微弱的金色光芒。

我的理智線啪地一聲斷掉了，無法思考，怒火中燒，雙手無法控制地射出一支熾熱的箭矢，插進華菱小姐的手臂。她大聲尖叫並放開力偉，但衛兵趕來幫忙。我對著力偉的手銬瞄準一支箭，就像之前為公主解開鎖鏈那樣。但是我氣得渾身發抖，那支箭擊中在他手腕中間的鎖鏈上，啪的一聲斷開了，力偉倒在地上，接著他動了一下，當他睜開眼跟我四目相接時，我的心怦怦跳，他驚訝地睜大眼睛，發光且帶著……某種我看不懂的情緒。他還來不及移動，衛兵們以迅雷不及掩耳的速度包圍他，他們身上的盔甲閃閃發亮，一陣寒意襲來，我又驚又怒地向他們射出一支又一支箭，直到摧毀他們的屏障，他們像豐收的稻稈般一一倒下。隨即魔法光束跟箭矢向我襲來，我撲向石地，滾到安全的地方。我很快便感到疲憊，然而又必須保留能量。腦筋不停轉動，試圖想些方法分散華菱小姐跟衛兵們的注意力，這樣我才能夠趕緊帶走力偉逃離這裡。但馬上空氣中充斥著法術氣息，濃濃的泥土味以及金屬味道撲鼻而來，一片鮮綠色苔癬爬上了臺子，像水洩般地擴散開來——帶著多刺的根深深扎入地下，石地出現裂痕。我猛然站起，向後退一步，臺子破裂之前，瞬間對自身施以屏障。

我從空中墜落，掉至虛無，力偉的哭喊聲刺痛了我的耳朵，他痛苦絕望地叫著我的名字。站在下方的華菱小姐朝我揮揮手，解消我的屏障。失去了保護，我雙腳重重地撞在粗糙的洞穴地板上，跌倒在地時膝蓋也受了傷。士兵漸漸包圍我，我趕緊跳起來，現在士兵還算少，但應付起來多少還是會受傷，我咒罵著自己的魯莽導致暴露於危險之中。最好應該還是保持低調，趁不注意時把他們全拿下。但力偉正處於危險之中，我又能怎麼辦呢？侍衛們將長矛刺向我，我用力釋放一陣狂風，將華菱小姐跟士兵們吹到岩石牆上。我迅速轉過身，衝向力偉，但那些剩下的士兵蜂擁而上圍住他，有些把他抓得更牢了。華菱小姐大步走向我，珠寶髮簪歪斜地掛在她的捲髮上，她的面紗被扯下，現在那些傷痕在她氣到臉色發白的肌膚上變得鮮明可見。

「妳是誰？」她的口氣充滿著威脅。

我引了弓作為回應，一道火焰瞄準了她。

「住手，不然他就會死。」她淡淡地說，手指著她身旁那位將長矛尖端抵住力偉脖子的士兵。

我立刻逼迫自己鬆開手，燃燒的箭消失了。

華菱小姐目光看向那把鳳凰火弓，然後看向我。「啊……是那位弓箭手，首席弓箭手，他們都如此稱呼妳？我聽聞過妳的事蹟。」她聽起來很好奇，甚至感興趣。「妳的能力浪費在效力天庭真是可惜。」

「誰跟妳提起我的？」我還沒自負到相信我的名聲已遠播到如此遙遠之地。

她沒有回答，僅僅輕敲著她的下巴，看似想事情想到失神。「妳保護天庭太子的熱忱令人佩服，冒險來到這死亡之地。忘掉他吧，加入我們來對抗天庭。妳想要的任何職位、任何榮耀，魔界會好好回饋妳。」

「絕不！」我下意識馬上拒絕，然而下一秒我咒罵自己太快表態。更明智的做法會是假裝對她的提議有興趣，來獲取她的信任，再找機會逃離。但當我的心被蒙蔽時，就無法理性思考，這一直是我的弱點。

她嘴上慢慢露出一抹微笑。「哦，是不是不只因為忠誠及責任呢？」她看似很開心地吸了一口氣。「一名士兵愛上了皇室成員？妳還可能奉獻什麼給天庭太子，除了為他效力的命一條？」

「妳什麼都不懂。」力偉咬著牙。「星銀，妳快離開，現在。」他用懇求的語氣說，顫抖的聲音帶著急迫。

但如果我離開了，他就會死，孤獨無援地死去。

「啊，太子殿下，看來你的名聲也沒有我們以為的高尚嘛。」華菱小姐嘲笑道。「和一位你從沒打算結婚的平民蹉跎，你真是你父親的兒子，採花自娛，一旦花兒枯萎了就丟棄。」

她轉向我，她的目光專注而深刻。「妳知道他已經訂婚了？訂婚對象是一位皇室血統的公主，美麗、擁有權勢和魅力。這是一個他會冒生命危險去拯救的獎賞，就像**妳**為了拯救**他**而犧牲自己一樣。」

關於鳳美公主的每句話都刺痛著我，就像他們訂婚之夜那晚。我以為我已經把那些情緒消化掉了，但如果這情緒如此容易就死灰復燃的話……我還能得到自由嗎？腦海溜進可怕的想法，她那些惡毒的話有些道理。我來這裡救力偉，但除了死，什麼也做不了。如果我死了，我母親會怎麼樣？她不會得知我悲慘的命運，徒勞地在等待中消磨光陰——首先是為了我的父親，接著是為了我。我為何要為一個曾經傷害我，也許從沒真正愛過我的人，犧牲我的一切呢？

是她眼裡的光芒讓我停了下來，她很會激怒我，說出了我內心最殘忍的想法——那些總在深夜裡譏諷我的想法。她想要使我忌妒、使我自我懷疑，讓仇恨潛入並將它的爪子陷入我的心裡。我大口吸氣，試圖重振精神，我需要維持她對我的興趣，爭取時間打擊或激怒她，我不敢讓她將注意力放回到力偉身上，以及她將用在他身上的卑劣計畫。

「是的，我們曾經在一起過。」我吞吞吐吐地承認。「現在太子跟我已經分道揚鑣了。」

「是妳的選擇，還是他的？」她嘴角上揚，彷彿她已經知道答案。

我轉移視線，她的問題比我預期的還要尖銳。

「生活若沒有愛情會更美好。」華菱小姐感慨地說，彷彿我是她信任的朋友，好像我們心靈相通似的。

她的話引起了我的共鳴，對愛情關上心門——所有的愛情——是獲得圓滿幸福的唯一方法嗎？如此漫長的悲慘經歷中，我自己不曾如此想過嗎？事實上，我最黑暗的時刻是我必須離開我至親的時候，然而，我最幸福的時刻卻也是與他們相處的時候。但我不會對她的說法表示不認同，她看似已相信我們之間有共識。她從我身上看到部分的自己了嗎？我搖搖頭甩開這想法，然而現在開始我會謹慎行事，維持這種假象，再趁她掉以輕心時制伏她。

「也許妳是對的。」我說，讓我的聲音變得冷酷無情。「愛情對我一點好處都沒有。」

「我也沒有。」華菱小姐的胸口上下起伏，「我並沒有要求天皇的愛，但他卻虛情假意地欺騙我，直到我回應他的感情。當我受傷並害怕時，我渴求他的安慰，他卻再也沒回來過。因為他，我失去了所有東西，甚至我曾經的幸福。我寧願他**死**了也不要這樣傷害我。我現在只想要好好地報復那些使我墮落的他們。」

我心裡因她激烈的言詞而畏懼，她並非盛怒之下脫口而出咒罵，那是發自內心深處的強烈願望。

「他們不會回心轉意的。」華菱小姐繼續說道，她的語調低沉且親密。「天庭皇室們很驕傲、冷酷且固執。他們的愛情一旦消失，就無法挽回。問問妳自己，妳**為何**要如此做？只是為了他與公主結婚後會珍惜妳倆的回憶？在妳墓前擦拭眼淚？如此巨大的犧牲，這樣的感謝少得可憐，不要虛擲妳的性命。」

霎那間我恍然大悟，她相信我們的處境相似，我也曾被無望的愛情所困；我也曾被拋棄——被她那殘忍情人的兒子同樣拋棄，她相信我現在的行為是為了孤注一擲，奪回我所失去的一切。

我咬著嘴唇，用力咬到一股帶著鹹味及鐵鏽味的溫暖液體湧進嘴裡。就像她一樣，我沒有祈求過愛情，愛情出現前我的生活也很完整。但它悄然而至，像微妙的香氣滲透我的感官——直到我在花落時看見美好，在雷雨中體驗喜悅。然而它帶給我的喜悅，我以十倍的悲傷償還。即使我認為我的心已痊癒，傷痕仍在，他的手僅僅一個觸碰，傷疤再度揭開。

**為什麼**我要這麼做？她的疑問言猶在耳，當我追蹤至此，早知有危險，但我沒有片刻猶豫。我只想著要來救他，我唯一的擔憂就是他的安危。然而她錯了；我並沒有試圖挽回他，這是為了友誼。就像我如何說服自己的？這或者是出自於道義，報答他的恩情？我摸不透答案，然而答案一直徘徊在我腦海邊。

一抬頭，我的雙眼與力偉的相會——如一道閃電打中，我忽然意識到，我一直試著理清的，過去一直努力抵抗的，一直害怕發現的，那些真相可能造成我的毀滅。那些我曾自以為是地向他說過的話，那些榮耀及責任。是謊言，全都是謊言。

我還愛著力偉。

這段日子以來，我不停說服自己，我對他的感覺是藕斷絲連。我的驕傲不允許我糾纏他，但我也不想放手。我告訴他要放棄要忘掉，但我自己也做不到。每一次他來，我心裡偷偷因他仍在乎我而感到欣喜。我對他的冷淡只是我用來隱藏自己感情的面具，甚至對我自己——我還愛著他，從未停過。

我走近力偉，幾乎全身顫抖。士兵們的臉已與背景模糊成一片；我只看得見他。帶著離別的痛苦，我挖出了埋藏在心裡的祕密，如果我現在不告訴他，我可能再也沒有機會了。

「我愛你。」我的眼淚奪眶而出，不再隱藏或視而不見。「我愛你，現在還是。我試著忘掉你，試著讓自己死心，但我做不到。」

胸口沉重的大石放下，我才意識到自己一直承受的負擔。我凝視他，一度失神，沉浸在我們的過往。在這腐爛的洞穴裡，凝滯的空氣中，我幾乎能聞到桃花的清香。

我將自己拉回現實，回到危險之地。力偉的眼睛盯著我看，嘴張開準備說話——但我搖搖頭，示意他別說話。華菱小姐看起來愣住了，臉上充滿期待，這不是她一直指責我的嗎？她是否希望力偉拒絕我？然後我就會痛苦與沮喪地加入她？當我開始攻擊力偉，便可滿足她渴望的報仇——證明她所做的一切，她成為的樣子，都是因為她自己被玷汙的愛情。

我不會讓她得逞的，我才不想變成跟她一樣，被怨恨吞沒，渴求那些得不到的東西……直到被擊垮。那些痛苦最劇烈的夜晚，有多容易陷入仇恨及憤怒的深淵。然而，儘管我很愛他，但我更愛自己。如同我剛剛意識到的，愛情沒有盡頭——會無限成長及重生，不斷擴展並涵蓋到新的視野。家人、朋友，以及其他愛情——全都獨一無二——而對我來說，每一位都具特殊意義而使我珍惜著。

為了確保被聽見，我提高音量對著力偉說：「我不後悔，我會永遠珍惜我們曾經擁有的，我不會因為你與其他人在一起有了幸福而感到怨恨，而且我也從來不會希望你失去性命。」就在那時候，可能再也沒適當時機，我內心翻騰看著華菱小姐憤怒的眼神，說：「我跟妳**不**一樣。」

「妳這個蠢蛋，愛情傀儡。」華菱小姐的臉頰上浮現出鮮豔的紅斑，雙眼瞇成一直線，全身顫抖著。她是感到失望還是憤怒呢？

如閃電般快速，我拉弓引箭，火焰從我手指間劃過。箭擊中了她的胸口，發出刺眼的光芒，她踉蹌退後一步——空氣中瀰漫著燒焦的絲綢及肉體燒焦的刺鼻味。但是她隨即施法，一股溪流嘶了一聲撲滅了火焰。士兵撲向我，他們的武器在火炬照射下閃閃發光。我低頭躲過，轉過身，另一支箭從我手中射出——但只撞上快速現身圍起華菱小姐的屏障。她手指一彈，一股像森林裡腐爛樹葉的泥土味向我席捲而來，粗壯的樹根衝出，緊緊纏著我的腰，將我重重甩到地上。鮮血從我的太陽穴流出，我的弓箭被搶走。我趴在地上，試著喘口氣，一只錦緞鞋子的珠尖將我的臉頂起，華菱小姐低頭瞧著我看，嘴角勾起一抹得意的笑，長袍上被我射中的地方焦黑破洞——但底下的肌膚滑順，已痊癒。

她很強大，我失敗了。而現在，她怒火中燒。

「妳還真**高尚**啊，愛著他還願意放他走，珍惜妳倆的過去同時忘記他帶給妳的苦痛。妳真願意為一個不屬於妳的愛情如此犧牲奉獻，捨身冒險？」她嘲笑並藐視我的告白。「讓我們來看看妳的信念在受到真正考驗時表現如何？」

一名衛兵抓起我的手臂，將我拉起。另外兩名將力偉拖到我面前。黑色金屬鎖鏈仍然圍在他的腰間，束縛著他的力量——我咒罵自己稍早的失誤。力偉的目光一直沒從我身上移開，那對雙眼似乎對我們的危險處境毫不在意，眼底盡是我記憶中的溫暖及柔情。

「妳捨身救他，但他會同樣如此對妳嗎？」她的語氣充滿輕藐。

「放她走，我就不再跟妳對抗。」力偉毫不猶豫地說。

一股強烈的喜悅在我的血液裡歌唱，即使我很害怕接下來要發生的事，他的提議只會更加激怒她。

她的嘴巴露出苦笑。「讓我們今晚來點餘興節目吧，一場戰鬥，戰到滅亡，就你們倆。如果妳贏了，首席弓箭手——妳可以活著離開這裡。我甚至會讓妳保留著自己的弓箭。」她語氣中的甜蜜與字句間的憎惡含義互相抵觸。

我是不是聽錯了，她不是那個意思；她不能。讓力偉跟我……殺掉彼此以保全自身？這是意圖嚇唬我們的變態笑話嗎？但我看著她的表情——如此愉快且無情的——我背脊發涼。

她是玩真的。

# 26

力偉眼裡燃燒著。「我不會跟妳戰鬥，星銀，請妳……快走。」

我搖搖頭，我不會丟下他，讓他送死，即使是為了救自己。

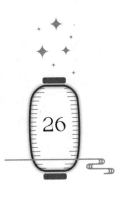

華菱小姐嘆口氣說：「拒絕戰鬥的話，你們兩個都會被殺，真是個浪漫的結局，繼續堅持你們高尚的信念吧，即使這是恣意浪費的行為。」

看著力偉那嚴肅且堅定的眼神，一股無力的絕望籠罩著我。我們的雙手依舊分毫未動地擺在兩側，無視她的命令，我們不會成為她這變態遊戲的棋子。我也不會默默接受而離去；我會堅持對抗，直到能量耗盡，直到用掉我們最後一口氣，只有這樣，她才算從我們手中奪走她那沾滿血的勝利。

她咂嘴發出嘖嘖聲。「真是可惜啊，我原本希望能有個激烈的娛興節目。沒關係，我還有很多方式能讓你們配合。」她走向力偉，身上的法力能量閃爍，用手指夾住力偉的下巴，指甲刺入他的皮膚。

他縮了一下，臉上露出恐懼的神情。她緊緊抓住他，她的士兵更牢牢地在背後抓住他的手臂。

「力偉！」我衝向他，試圖衝破那些把我抓住並把我推回去的衛兵們。

華菱小姐的眼珠子閃爍如黃寶石反射出的折光，一個回憶浮現，力偉曾告訴我有關心之術的知識：**他們的眼睛，會像寶石般閃爍**。

恐懼竄入我全身，隨之我開始懷疑，我拒絕相信，我不敢相信。華菱小姐來自天庭，而非魔界，或雲城，或任何其他地域。她曾經是位花仙子，她的技能來自土之術，而非心之術。我親自看見不斷蔓延的苔癬以及像怪物般的藤蔓，她應該不可能知道這種禁術。即使她知道，天皇應該也會將它封印。但如果天皇也不知道？或者她是在法術被禁之前消失的？

力偉的皮膚上的汗珠閃著光，華菱小姐仍然沒有放手。我不禁回想起她曾經是仙界最強大的神仙之一。即使力偉的法力沒有被束縛，他也已經在戰鬥中消耗不少體力了，還有那顆紫水晶。我說服自己如果她嘗試脅迫他，她必定會失望。力偉也很堅強，他不會屈服，他一定會反抗——但當華菱小姐跟侍衛放開他時，我幾乎認不得他——某個極為重要的東西消失了。我內心惶恐地盯著他的眼睛——比形同陌路還糟，那雙眼冷冰冰地像他的父親。他臉色蒼白地站在那一動也不動。一名守衛在他手裡塞了一把劍，而另一名守衛遞給我另一把劍，我出於本能握住了劍柄。

華菱小姐傾身向我，一股花朵腐爛味充斥鼻腔，令我作嘔。「妳是否後悔拒絕了我的提議呢？最後一次警告：別那麼傻，將妳的性命浪費在他身上。他不會感激的，他們家族的男人都鐵石心腸。」

我毫不猶豫，向前一躍，將劍刺向她，當劍撞上她的屏障，疼痛傳遍我的手臂。為了便於繼續作戰，我再次舉起劍，但士兵們將我推倒在一邊。我跌倒在地時，另一位士兵踢向我膝蓋後方。

華菱小姐蹲下來，用她冰冷的指關節劃過我的臉頰，我往後縮了一下。「別忘了，**妳**仍然擁有妳的力量。」她用親密的私語說著，「如果妳讓他殺了妳……嗯，無論如何他已喪失生命力。只要他死了，妳就能活。」

內心裂成碎片。這是個不可能的選擇，要嘛白白壯烈犧牲，或者殺了力偉來保全自己。她不只希望力偉死亡，更希望是**我**去殺了他。她折磨敵人的孩子以得到報復的快感嗎？想像著我和她一樣生活在悲慘悔恨之中是否讓她很享受？還是為了證明我錯了？證明儘管我那樣說著大話，但她跟我並沒有什麼差別，證明我的潛意識中，同樣存在與她心裡一樣的邪惡念頭。

哦，我成功激怒了她，但同時又刺激過了頭，現在我們兩個都要付出代價了。

華菱小姐拍拍手，那空洞的聲音響徹整個山洞，彷彿是個信號。力偉的身體一抖，接著大步走向我。他手中持劍，圍著我打轉——以一種殘忍的詼諧模仿著之前他多次打鬧時挑戰我的模樣。

我無法動彈，也無法將目光從他垂死般的凝視中移開。即使現在，我仍無法相信他會傷害我。我自己之前在東海也被控制過，見識過這種法術只要一絲絲便能做到什麼程度。

他衝了過來，快如閃電，我驚嚇地舉起劍——慢了半拍，他的刀刃已劃過我的臉頰。鮮血從刺痛的傷口流出，但比起心中的痛，這不算什麼。他看著我的眼神不是仇恨，而是極度的冷漠。

銀色的光芒閃爍著，堅硬且明亮。我的身體不自覺地移動，猛地舉起手臂，我們的刀刃碰撞在一起。當我在他的重擊下而跌跌撞撞時，他持續向我逼近，我的後腳跟深深地踩入地面。突然一個假動作，他轉到另一側將劍穿過我的盔甲鱗片，深深地刺入我的肩膀，我向前倒下，冰冷的鐵插入我的肉，刮傷我的骨頭。他將手臂平行一拉，刀刃帶著濕潤的抽吸聲從我身上拔出。我被撕扯的肺部吐出一聲喘息，我用手按住破口，鮮血從我的手指中間湧出。現在的我怒火衝上心頭——儘管明知他是受了操控——我撲向他，將劍刺向他的盔甲，刺進了他的側身，我立刻拔出，避免刺入太深，羞愧及悔恨灼痛著我……以及恐懼，對他完全沒有半點退縮而感到恐懼。

我們的刀刃碰撞著，一次又一次，每一次我都有所保留，儘管他沒有。我們比預期地還棋鼓相當，他是一個優秀的擊劍手，但我受益於士兵的訓練。我動作迅速，他力量強壯，我的攻擊靈巧，而他毫不留情。法術本來是可以打破這個僵局，他的法力被束縛了，但我發現我自己並不願意對他施法。微小的差別，但現在使用我的法術對付他，就像是處以死刑，完全不公平。我在腦海裡吶喊著這樣的榮譽有什麼用，即使我的內心小聲告訴自己眼前那位無情攻擊我的人**不**是力偉——只是他的軀殼，受到別人的指揮。他是我的對手，但並非我的敵方，雖然我想贏，但我不能殺了他。約束著我的不只是榮譽，還有自我保護的意識，我明白，殺了我愛的他，也會殺了我自己，我將永遠無法復原，永永遠遠都無法，即使我找到回家的路。

我的腳踩到一顆鬆動的石頭而差點跌倒，就在剎那間他的劍尖抵住我的頸窩。他靜止不動，臉頰上的肌肉緊繃著，他是在對抗華菱小姐的控制嗎？我瞥向她——她的雙眼閃著耀眼的光芒，額頭布滿汗珠。她感到疲倦了嗎？我心裡燃起希望，但看到力偉的手抖動時，希望又被澆熄了——就在他將劍刺入我的胸膛前，我倒抽一口氣，雙腿一軟，倒在石頭地板上，浸入地上那攤我剛流下尚未冷卻的血泊中。漆黑在眼前招手，一種解脫般空虛，沒有蔓延全身的疼痛，我只感到一種痛，意識到**他**做的這一切而感到的痛苦淹沒了一切。一段遺忘的記憶浮現，是我母親的手臂，抱起跌倒的我，她的拇指拂去我臉頰上的淚水。當時跌傷的身體多麼疼痛——我第一次真正的受傷——而她冰涼的撫摸及溫柔的低語緩和了我的傷痛。

這不會是結局。

我猛地睜開雙眼，伸手捕捉我珍貴的殘存力量，止住我的傷口。治療師應該會為我粗魯的傑作感到難過，傷疤猶在——但疼痛消退了，血也乾了。我搖搖晃晃地站起，思緒清晰多了，我在力偉的臉上搜尋，想認出一些微弱的跡象，但什麼都沒有發現，沒有一絲愛情，也沒有半點悔恨。就在那一刻，我突然醒悟了：我不會捨棄我的性命，我不會被任何人擊敗，我會為了活命而戰，只要我命還在就有希望。為了爭取活下來的機會，我願意冒一切風險，甚至付出我們的性命。

我的能量正消耗殆盡，我盡可能抓住一切。我向力偉施法，空氣中星點閃爍，氣旋圍繞著他——將他圈倒在地——封住他的耳朵、鼻子、嘴巴，以及闔上他的眼皮。我將他每寸肌膚都覆蓋住，直到他只能一動也不動地躺在那裡，像個掉入陷阱的野獸扭動著。如果他的能量未被束縛，我的綑綁術也不夠強大到將他困住。

耳邊響起華菱小姐開心的笑聲，這不就是她想逼迫我們表演的戲碼嗎？她是否夢想過這樣折磨著她自己的愛情叛徒？

力偉困在我做出的氣旋繭縛中，臉色比白雪還蒼白。我感到噁心，忍住想要釋放他的衝動，我強迫自己堅強起來；不能現在喊停。我的能量流動著，覆蓋住他每一個毛細孔，直到他像披著星塵外衣般閃爍著上千個銀色光芒。我的心臟如撕裂般非常疼痛，痛苦已經失去了所有意義。

他掙扎漸緩，直到身子變得無力，穩定的氣息搏動也漸漸消失，直到我幾乎無法感受到它，我才停止施法。我的雙眼乾涸，雖然內心已淚流成河。我真可悲，身心俱疲、如被撕扯，如被挖空，但我拒絕動搖信念。我蹲下身，摸索找到力偉冰冷的手，將我倆的手掌貼在一起。

「對不起。」一聲沙啞的低語，「原諒我。」

掌聲響徹整個山洞，絕望的我感到格外刺耳——我所做的這卑劣到難以名狀的行為擊潰了我。華菱小姐想要傷害那些曾經辜負她的人，而我卻是打倒了我所愛的人。勝利的冷光下，我的理由是否很虛偽？美化了我求生的自私欲望？

我失去控制，像被燙到般彈開他的身軀；我不配碰觸他，尤其現在這樣，尤其是我對他做的事之後。我緊緊地抱住自己，乾嘔到我的胃開始緊繃抗議。喉嚨裡爆出哭泣聲——醜陋且生硬——迴盪在可怕的寂靜中。

但這一切尚未結束，我不能白白浪費，撿拾我殘餘的鎮定，我踉蹌站起，「我的弓。」我淡漠地跟華菱小姐說道。

她點了點頭。「我答應妳的我會做到，還有我的提議仍然有效，魔界國王會很開心有妳隨側。頭腦好、強壯的臂膀及意志，必能完成大事的一名朝臣。」

聽見她的讚美，我縮了一下，希望她覺得是我太累了，而不是對她反感。我從沒想像自己愛好嗜血，但現在殺了她，我會很高興。但她說的也沒錯，我的雙手已沾滿了力偉的鮮血，傷害他是我自己的選擇。

「妳是對的。」我說，試圖讓她產生一種虛偽的安全感。「僅僅為了信念而死沒有意義，我會好好考慮妳的提議，因為如今天庭已不再歡迎我了。」

華菱小姐點點頭，一名衛兵將鳳凰火弓遞給我。我握住它，一段回憶閃過腦海，那是桃花林裡我第一次握著這把弓的時候。宛如一輩子前的事，那時我還青春無傷。我轉身蹣跚地走向力偉，儘管他毫無生氣且被束縛著，但仍然是位不折不扣的皇族太子。多希望我們的苦難能趕緊結束。

「放開他。」我指著他的手銬。看到那些鐐銬令我憤怒，我想自己解開，但不想引起懷疑。

「為何？」她問。

我盯著她的臉看。「儘管我很痛苦，但我已經按你的意思做到這樣了。力偉太子應得到符合他地位的儀式入葬，我要服侍他最後一程，送他回到他父母身邊，但我不願像奴隸般將他綑綁起來。況且，妳希望這個東西落入天庭的手裡嗎？」我指著他身上的金屬鐐銬。

她一言不發，我皺起眉頭：「難道妳**不**想要讓天皇天后知道妳對他們的兒子做了什麼？」

「是妳做了什麼。」她極度殘忍地嘲諷我。「由妳負責運送他的屍體對我來說很適當，我只是希望能親自到場觀看。」

她抬頭對著一名士兵示意，士兵立刻向前用某物按住力偉的鐐銬，鐐銬隨即掉落，噹啷一聲掉在地上。我立刻拽住力偉的手臂搭在我的肩膀上，準備將他拖走。

「等等。」華菱小姐湊近，紫水晶戒指在她手指發光。「我必須榨乾他的生命力，它正快速消退中，沒有那些鐐銬現在速度更快了。」

我呼吸加速，努力保持冷靜。我不能再讓她玷汙他。當她一靠近他，我蓄積能量，準備釋放——但空氣突然變暖和，一股強大的力量推開華菱小姐，她被狠狠地撞上石牆。一圈火焰困住她，屏障閃爍幾下後便消失了。我轉過身找力偉，他搖搖晃晃站起身，刀尖在地上拖著。三名士兵衝向他，他用劍揮出一道寬廣的弧形，一劍將他們擊飛。一名衛兵拿著長矛奔向我，我快速引箭射向他的胸膛。

我全身顫抖，內心熾熱。這是個背水一戰的豪賭，僅僅依據我所知道的一點點觀察拼湊而成的嘗試。東海那次我曾經封住耳朵來對抗仁于總督的控制——但他的魔咒力量來自聲音，這次封住耳朵卻起不了作用。當時仁于總督曾經提到，受心之術困住時，死亡是唯一解脫。為了打破華菱小姐對力偉的控制，我已經將他所有的感官都封住——將他帶到死亡邊緣。如果我失敗了，他會死去或殺了我，我們都會白白犧牲。

之後我握住他的手時，在不引起懷疑下盡可能灌注能量。我不是治療師，之後我所能做的只有祈禱，祈禱足以救回他。我不想保全自己而拿他的性命冒險。我要兩個人都能得救！

我原本希望偽裝死亡之後，華菱小姐會讓我帶走力偉，而且幾乎奏效了，但我得意地太早，我們還未脫離險境。當我發現她在聚集能量時已太遲了，一個猛擊，華菱小姐解除了束縛，藤蔓急速衝出，纏繞住力偉跟我——擠壓我胸口的空氣，四肢被勒到麻痺。在我完全絕望前，力偉施法將圍繞我們的植物全燒光。

華菱小姐再次舉起手，她的魔力能量在空氣中閃爍，瀰漫著濃厚的潮濕泥土味道，我召喚出一道護法，力偉站在我後方支援。我一個人無法對抗她，但我跟力偉站在一起就有機會。她攻擊時能量發出劈啪聲響，化作無數條閃著邪惡光芒的藤蔓，朝我們的護法蠕動著。我的額頭瘋狂滴下汗珠，試著不去想著它們如此飢渴貪婪地在搜尋什麼？

華菱小姐看見我的苦苦掙扎，她紅唇上揚，在我們的護法上繼續加壓強化，藤蔓的卷鬚不斷重生，充滿活力捲曲著。刻不容緩，我快要精疲力盡了，而力偉的力量勢必也在衰退中，很快我們就會倒下——因為疲勞，或因為她邪惡的法術，或因為圍困住我們的那些表情飢渴的士兵。

不，我不會輕易地放棄我們得來不易的性命。我想到一個點子——瘋狂且危險的——但這微弱的希望總比死亡來得好。我的目光迎向力偉，無聲地指示他穩定護法。他點點頭，全力支撐起護法上的所有壓力。我榨取出我剩餘的所有能量匯聚成一顆比彈珠還小的光球，扔向護法。護法裂開了，而藤蔓織網緊牢抓著。我咬著牙，嘴裡發出嘶嘶聲，道明老師叮嚀我不要耗盡能量的嚴厲警告此時不斷在腦海內回響，但我無法停止，我的頭陣陣作痛，我從能量深處擰出最後一道閃光，並施放一陣風同時發射出去。

我們的護法碎裂開來，衝擊力將華菱小姐的藤蔓反彈回去——正好落在她的身上，以及逃跑中的士兵們，還有天花板及牆上，彷彿生根般緊緊扎入。山洞裡到處是裂痕，石頭低鳴顫動著。

我癱軟倒地，像不小心踩到紙燈籠般落空。我發抖著，並非因為山洞裡的寒冷，而是散布在我四肢的冰。我的眼皮感到沉重，亟欲闔上雙眼，抵擋不住遍及全身的黑暗。眼前所有一切看起來都蒙上一層朦朧的光澤，直到我不再確定我是否還活著，還是陷入無限的夢境。

光影繚繞，耀眼的金色——力偉的法力流進了我殘破不堪的身子，潛入黑暗中但沒有消失，就像陽光在深夜的海面上揮灑著。光束流進了我生命力的核心，深深地埋入腦中——漸漸地一點銀色光點出現，我最後一滴的能量。身體裡的寒冰融化了，力量也恢復了。我甦醒過來，發現力偉與我躺在地上，十指交扣。

華菱小姐目光呆滯，她的嘴巴張大，無聲地尖叫，藤蔓捲繞緊勒著她的身軀，她開始痙攣。藤蔓越纏越緊，撕裂了她的絲綢衣裳，擠壓著她越來越腫脹的肌肉，直到全身變得又紅又紫。我強忍著噁心，看著她的掙扎逐漸虛弱，腰間的山茶花枯萎了，垂下它昔日驕傲的容顏，長袍上的絲綢牡丹也變成褐色並凋落。她雙眼的光芒暗淡下來，臉上的痛苦逐漸褪去……最後只剩下她冰冷的美貌。

我本可以躺著不動，等著月圓又月缺，實在沒有力氣爬起身。但是山洞比之前震動得更劇烈，岩石從上方滾下，力偉把全身緊繃的我拉起身，一起奔向入口。一塊石頭擊中了我的背，將我擊倒在地。塵土飛揚，天花板開始崩裂倒塌——就在此時，力偉召喚了一陣強風將我們吹到洞口，洞穴在我們身後崩垮，發出震耳欲聾的轟鳴聲。

堅硬的地板不足以舒緩我憔悴的身子，我無法動彈，躺在塵土中彷彿被釘住。我困難地一吐一吸，力偉雙眼睜大看著我。他的臉色恢復光澤，我的恐懼減退許多。他靠近我，手掌捧著我的臉頰，不知不覺流下的淚水弄濕了我的臉。

我微笑著，滿足地感受著他的溫暖，我沒有什麼話要說；我已經把心裡的話都說出來了。

月亮皎潔的光輝在森林裡施展魔法，潔白的月光下，枯樹發亮著像是用銀與玉打磨製成的光滑柱子，夜風吹散薄霧，這薄霧難道是華菱小姐為了躲避世人眼光而施下的隱身術？

一陣樹葉的窸窣聲及樹枝劈啪聲，我們轉過身，發現鳳美公主從樹林裡現身。她高興地大叫一聲衝向力偉，雙手環抱著他。他伸手前看向我，猶豫了一下。

我掙扎坐起身，視線從他們的重逢場面移開，然而他們的低語還是刺痛了我的耳朵。之後鳳美公主碰了碰我的手臂，「我就躲在妳告訴我的地方，直到我聽到一聲巨響。」她仔細看著我的傷勢之後，拳頭摀住嘴巴說：「妳還好嗎？」

我看起來一定很恐怖，布滿鮮血、瘀傷及汙垢。她的關心令我感動，「我會沒事的，一旦太子帶我們回天庭治療。」

鳳美公主臉上的笑容一閃而逝，她看向力偉。他的表情深不可測，雙眼像深淵，如果凝視太久會將我淹沒。她的目光停在他腰間的天空之雫流蘇，她歪過頭轉向我，看著掛在我腰帶上那一模一樣的流蘇，上頭的寶石再度透明清澈。

「是一對的。」她的聲音輕柔地像草地上的微風。

一股莫名的衝動使我急於解釋，即使她還沒開口問。「是友誼的禮物。」我說。

她沒有接話，陷入沉默，力偉起身並向我伸出手。我抓著他的手，搖搖晃晃地站起來，忍住想要抱緊他的衝動，陶醉在他肌膚貼緊我的感覺。當他協助鳳美公主起身時，我趕緊跑向前頭，不想當電燈泡，而且我的心也沒強大到可以忍受看著他的手臂保護般地摟著她的肩。尤其在我們才剛一起經歷的事情後，更不用說，我對我自己，也向他坦白自己的真心之後，我的心依然痛苦，難以平復。

往北前行，我領著路穿過樹叢，越過森林，邁向蒼翠繁茂的青草地及野花。我深深吸一口氣，享受清新的空氣，鳳美公主的法術向前湧動，召喚一朵大雲彩，在我們面前俯衝而下。我爬上去，急著想遠離這破碎夢想的墓園。這一切結束了，一想到華菱小姐的命運我就感到惋惜，對一位傑出的神仙來說，是個悲劇的結局。同時我回想起我的母親，為了我父親而逐漸憔悴——大半餘生都活在陰影下，埋葬在回憶及遺憾當中。

不，我不會像他們做那種選擇，我不會渴求已然失去之物，我不會沉溺過去。我會展望未來，展望等著我的幸福，向前邁進……只要我夠勇敢堅定地追求下去。

# 第三部

27

陽光流瀉在水晶柱間，在雕刻的磚瓦上投射出數百道細小彩虹。一陣涼爽的微風吹過東光殿，將皇位後方的玉珠簾幕吹得輕輕互撞，叮噹作響。今日所有朝臣都出席了，當我跪在地上時，他們所有目光都在我身上。我伸長手臂，彎著身子，將眉心及手掌貼地，向天皇天后行叩首頂禮。

「起身。」天皇緩慢莊重地說。

我慢慢伸直雙腿，抬起頭往皇位方向看去。今天，天皇天后陛下身穿華麗的御製黃色錦緞，天皇的皇冠垂落明亮的珍珠，天后的頭髮上戴著以金飾與紅寶石製成的頭飾，形狀如鳳凰翅膀。力偉則站在他們旁邊，身穿午夜藍色調的高領長袍，上頭繡著雲朵間盤旋的金色蒼鷺，腰上繫著一條玉環帶，一頂藍寶石皇冠包覆著髮髻。

我仔細端詳他的臉，沒有發現任何在長春林裡受傷的痕跡而感到安心。先前我太過緊張，甚至害怕所以不敢去看他。在那潮溼黑暗的洞穴中，死亡如此接近我們，使我敞開了心扉。雖然當時我每一句話都是認真的，但現在沐浴在遠離危險的陽光裡，當時大膽告白的記憶挖苦著我。我沒有後悔，但我現在理解若要擁抱未來，我必須先擺脫過去的束縛。

我將目光轉向站在大殿一旁的文智，他向我點點頭，讓我放心，我回以微笑，想到我歸來後他無微不至的照顧而心裡感到溫暖——他吩咐治療師照顧我、帶來稀有草藥及藥物使我更快康復。他不斷來探視，有關我們的閒言閒語與謠言也甚囂塵上。經歷過那樣的苦難後，我已不在乎這些蜚短流長，但我再也不能聲稱那僅僅是謠言。

天后的嘴唇緊抿著像是吃了一顆未熟的金桔。力偉的雙眼明亮閃爍著，我發現自己很難將視線從他身上移開。竊竊私語在我身後飄盪，我的名字被小聲提及多次，看來不只我自己想知道今天為何被召見。

接著，天皇開口了：「首席弓箭手，妳為天庭做出極大的奉獻，若沒有妳的救援，我們的兒子已喪命，他已詳細稟報了妳的功蹟，鳳美公主同樣也表達了對妳救命之恩的感激，我們讚揚妳的膽量及英勇，也很感謝妳保護我們的兒子以及他的未婚妻。」

我僵硬地微笑並鞠躬示意，能得到天皇如此仁厚的讚賞，著實比日蝕還少見。但即使他嘴上如此說，臉色依舊冷酷，毫無表情。若要說兒子逃離魔爪感到欣慰，又或者聽聞華菱小姐之死是否對他產生任何影響，我絲毫看不出來。

「首席弓箭手星銀，聽我詔令。」

從天皇口中聽到自己的名字感覺真奇怪，我身體僵直，朝廷寂靜地像被雪毯覆蓋，某樣物品叮噹作響，空氣中充滿驚嘆聲，我抬頭一看，發現天皇向我伸出手，掌心放著一塊血紅色的橢圓形玉石。

「我將紅獅符賞賜予妳。」他停頓一下，讓他的話莊重地傳達至整個朝廷。「妳可以為自己提出一個要求，只要在我們的能力範圍內，我們都會答應。」

一名侍從急忙跑向他，端著一只黑到發亮的漆盤，天皇將玉符放在上面。侍從轉向我，大步且緩慢地走來，停在我面前將盤子舉高。我雙手僵硬地接過玉符，呆呆地看著。玉符中間刻了一頭獅子，牠球狀的雙眼與捲曲的鬃毛都雕刻地非常精細，下方則繫了厚厚的金色流蘇。

天皇的聲音在大殿裡轟隆作響，但我只聽見一些隻字片語。我的心臟大力撞擊到以為它會暴衝出來。我沒聽錯吧？這是真的紅獅符？他說得如此冷靜淡然，彷彿他賜予的不過是個普通的一塊封地或者一箱金子，彷彿這不是那個我朝思暮想且差點放棄的夢想！

我抬頭一看，發現天皇等待著我的回覆。他是否預期我會喜極而泣或謝主隆恩，宣誓永遠效忠？絕對不會預期像我現在沉默無聲的反應。突如其來的惶恐使我說不出話來。我只有一個願望……而這個願望恐怕會惹他不開心。

「妳需要時間考慮？」他的語氣透露出一絲尖銳——也許是不耐煩，或者是提醒我不該得寸進尺？

我害怕會失去這個機會，從喉嚨中擠壓而出像哽咽喘氣般的聲音，我說：「我的母親！」

大家陷入一陣死寂，我大口呼吸顫抖著，試著穩定緊張的情緒，「我請求天皇陛下釋放我的母親。」這次我慢慢地說，盡可能地表達清楚。

天后的雙眼彎成有如掠食動物的爪子。「妳的母親？她是誰？」

她語氣中的惡意令我卻步，我的願望無疑會引起他們的憤怒，天皇天后陛下會討厭被當作傻子，竟然被弱小的月之女神欺騙了那麼多年，會不會如果我全盤托出，卻依然被拒絕，還對她施加懲罰？

我再度俯首跪地，「天皇陛下，這並非我母親的請求，全是我自作主張。我卑微地請求您，保證她不會因為我的行為或我今天所揭露的任何事而受到懲罰。」

「妳竟敢指使我們！」天后生氣地說。

氣氛突然凝結，如果我只是一般的陳情者，天皇可能會因我的冒失把我判刑送入牢房，甚至更糟。但握在我手中的這塊玉石提醒著我，今天這是我用血汗及淚水**換來**的發言機會。

「很好。」天皇以一種冰冷的語氣說。「我答應妳，妳的母親會很安全，然而，**妳**，如果**妳**有任何冒犯行為，可就沒有同等的保障。妳將為自己的行為負責。」

他的威脅削弱了我的勇氣，內心翻湧一股想逃走的衝動，急欲鑽進暗處並被遺忘。雖然分開兩地，但至少母親跟我現在都是安全、未受傷害的，我是否太貪心，要求太多？但我回想起文智曾經在我耳畔說過，當我第一次站在這裡，面對像今天這樣的玉座時。

**當戰線已劃定，就心無旁騖地向前衝吧**。

無論如何，我做到了，贏得了紅獅符，我再也不會有這種機會，我現在不是個膽小鬼了，尤其在我盡全力走到這裡之後。一股激動的情緒湧上心頭，我說出了一直深藏內心深處的話，每晚入睡前，或每個醒來的黎明時，我不斷小聲地對自己說的話：

「我的母親是嫦娥。我是月之女神的女兒。」

大殿再次傳來竊竊私語，稀稀疏疏的聲音聚集成急促的呼吸聲，熱切的議論紛紛伴隨著緊張的踏步聲。力偉的雙眼睜大，牙關緊閉，而文智的嘴唇抿成一條細線。那些最了解我的，最相信我的，被我一直蒙在鼓裡，我的坦白應該會令他們感到被辜負。

「月之女神？」天后嚴厲地說著每個字。「如果嫦娥是妳的母親，那妳的父親是誰？」

恐懼籠罩著我的內心，就像毛筆蘸進水裡墨汁翻騰的樣子。我的父親殺了太陽鳥，天后的至親，然而我忍不住對她粗暴的暗示感到憤怒，我抬起下巴與她對視，開口時少了該有的謹慎，還多了驕傲：

「我的父親就是凡間弓箭手后羿。」

當我大聲說出這些話時，多年來積壓在心底的緊張頓時解開。一種輕鬆的感覺向我襲來，一股自由湧上心頭，終於能提起自己的父母。我現在才明白這負擔多沉重，然而，除了放下心中的大石及感到驕傲外，揭開身分並沒有帶來任何榮耀，我先前以無家可歸及沒有背景而被憐憫——但如今在這些朝臣眼裡，慘遭貶謫的處境更糟糕。

憤怒使得皇后蒼白的肌膚更顯斑駁，她的指關節都泛白了，手指上的金鞘陷入皇座的扶手裡。

天皇首先打破沉默。「妳好好解釋清楚。」他的語氣嚴厲，而他看著我的模樣……讓我想起力偉將劍插入我胸膛的那一刻。

十隻太陽鳥的傳說眾所皆知，但是大家並不了解月之女神昇天成為神仙的真相。面對著這些對我虎視眈眈、懷有敵意的聽眾，我重述了我所知道的事：我母親和我面臨的危險、她心碎的選擇、因為恐懼而將我隱藏，而之後又日夜恐懼被發現。當我說到我母親成為神仙後的每一天，都在悲傷中度過時，我忍不住淚流滿面。

當我說完，再度跪地低頭，額頭貼著玉磚，吞下自尊及怨恨，只希望這次自己的故事能好好被聽見。「多年來，我母親一直被監禁，生活在孤單且悲傷之中，她吃下靈藥是為了挽救我們的性命，她並不知道自己違反什麼天庭禁律，一名凡人怎麼會知道這些？我懇求天皇天后陛下您的悲憐及諒解，請原諒我母親的過錯，免除她的刑罰，這就是我的請求。」

我抬起頭，將發抖的手掌放在跪膝上，看向天皇，從他的眼神可以看出他對於我發自內心的懇求完全不為所動。

天后手指向我，幾乎氣到要抽搐。「這樣的欺瞞是不能容忍的，這家子從嫦娥及后羿，到這個……這個**女孩**都是陰謀！滿嘴謊言、表裡不一、忘恩負義，應該立刻解決這家族！」

前一刻才萌生的樂觀希望，瞬間枯萎消逝。然而天后的話引來了一片沉默，沒有得到熱烈的呼喊支持，只有少數者點點頭——見此景象我很感激。

一旁有個身影大步向前，跪地行禮。是名朝臣，從他的禮帽和黑色長袍，以及黃色玉珮懸掛於腰間，站在如此靠近皇位的位置，應該是一名位高權重的朝臣。然而他跪在前方，從我的角度看不見他的容貌。

「天皇陛下，可否容許我提出看法？」

一聽這圓滑的語調，我看著他的背影，一段回憶衝進腦海，我之前在哪裡見過這位神仙呢？

天皇向後往皇座一靠。「起身，吳大臣，你說說看，你的諫言值得參考。」

我的心突然一沉，**吳大臣**？我不該如此驚訝；他似乎總在我困頓時出現。距離太近，我強烈感受到他的氣息，濃厚且混沌不透明像個無底洞。吳大臣再次鞠躬後起身，當他轉過身，他充滿敵意的表情嚇到我。「天皇陛下，不論是嫦娥或是她的女兒都不值得您的憐憫。一個偷了您的御賜，另一個以卑劣的手段欺瞞您。月之女神竟然如此厚顏無恥在當年的巡視中對天后說謊！請您下達命令，我將前往逮捕她，讓她和她女兒一起接受審判！如果您允許她們逍遙法外，您的仁慈將會立一個危險的先例，往後被有心者利用！」

他的惡意令我震驚，之前與他的短暫接觸中，他僅僅對我視若無睹且不感興趣。他當時不知道我是誰，但知道了又怎麼了嗎？難道他鄙視我凡人的血統？還是他認為我不配站在這裡？他為何會說出如此惡毒的話，蓄意挑撥與煽動，讓天皇質疑我並更加憤怒？說什麼仁慈？還說憐憫？我情緒激動，**我母親只是喝下仙丹，竟然就該被囚禁那麼多年？**

「我母親對天庭沒有任何威脅！」我哭喊著，無法再像先前如此平靜地懇求。

「她沒有傷害任何一方，她僅僅是為了要保護我，她不應該被如此——」

「夠了。」天皇語氣平淡，但語帶威脅，比怒吼來得令人生畏。

我咒罵自己的急躁衝動，如果這時天皇下令將我處死，也沒有人挺身抗議的。

突然一陣安靜，力偉走下高臺，將長袍掃向一邊，在我身邊跪下，他拋給我一個警告意味的眼神後開口，語氣沉穩平靜：「尊敬的父皇、母后，我虧欠首席弓箭手一命。她不計後果地捨身冒險前來救援，如果不是因為她，我已喪命，鳳美公主則仍被俘虜，天庭也會陷入混亂。身為賢孝之子，我必須提醒您，首席弓箭手今天被賜與紅獅符是因為她的英勇事蹟，這是來自皇室的賞賜，而非刑罰。」

我內心燃起一股暖意，即使敵意及譴責包圍著，在這裡我仍然有一個朋友，而他仍是我的朋友。這比起我無法為自己辯解這件事更重要。力偉冒著觸怒他父母的危險提醒他們許下的承諾，這是其他朝臣絕不敢做的。儘管這可能不足以改變我的命運，但看見他這麼做——即使他對我的身世揭露感到尷尬——令我深深感動。

天后怒視著力偉，稍微膽小的人大概會嚇得開溜。而他父親的表情——我打了冷顫，不敢直視。然而力偉堅持立場，毫不退縮，盡可能謙卑地跪著，如同叩首乞恩之人。

「她要求的恩惠非同一般，終身監禁是不能隨意撤銷的。」天后的口氣裡帶著一絲狡詐，「再者，首席弓箭手是替她的母親陳情，不是**她自己**，她才是紅獅符施恩的人。像這樣欺瞞的行為，還有假冒身分如此叛逆之事，我們尚未議罰如何處置她，就算她走運了！」

她怎能如此拿我母親的性命討價還價，像市集上的小飾品般？她怎敢奪走我如此努力獲得的勝利，並扭曲成毫無意義的成就？我流過的血，承受過的痛楚……我緊閉雙眼，忍住想斥責、想將我的鄙視及憤怒扔向他們自傲且毫無同情心的臉上的衝動。

「天后陛下英明。」吳大臣順著她的話說，「如果首席弓箭手的動機是純正的，那她為何要隱藏自己的身分？誰知道她那滿懷心機的母親教了她什麼詭計？暗地裡又藏了什麼陰謀？」

憤怒使我的血液沸騰。侮辱我，我尚可忍受，但冒犯我母親，孰不可忍。我轉向吳大臣，開口準備要嚴責他——當然這是欠思慮的——但接著聽見踩在石磚上一陣腳步聲，有人疾步走來。

是文智，他在我身旁跪下。「天皇陛下，請斟酌首席弓箭手重要的貢獻。她一直以來忠誠且英勇地為天庭效力，幫助天庭擴張領土。此外，首席弓箭手星銀從來沒有欺騙過任何人，沒人詢問她是否為女神嫦娥或凡人后羿的女兒。」

幾位朝臣點點頭，這是個很精明的論點，我希望自己也想得到。

天皇坐立不安，長袍在皇座上沙沙作響，「建允將軍，你怎麼看？」

當將軍走向前時，我屏住呼吸，因為跪著所以無法看見他的表情，作為天皇最資深的將領，將軍的支持可能可以讓我站穩腳步——如果他沒有因我的坦白揭示而生氣的話。

「天皇陛下，首席弓箭手的身世很……不幸。然而，她一直是一名勇敢且傑出的新兵。更重要的是，她拯救了太子以及他的未婚妻，順利維持我們與鳳凰城的聯盟關係。這樣的英勇事蹟不應該沒有回報，如同您先前慷慨的賞賜。」他停頓了一下，讓說出來的話更加意味深長。「我們應該欣賞的是花本身，而非它的根。」

大庭的議論紛紛越來越大聲，我豎起耳朵聽，有沒有人可能會對我的待遇感到驚訝？甚至是不贊成的私語？

天皇沒有說話，我的心跳加速，感到他的目光落在我身上。但我絲毫不敢動彈，我的呼氣在地磚上形成薄霧。建允將軍的話是否比吳大臣的指責更有份量？他說得很圓融，以寬宏大量及通情達理為名義，給了天皇天后一個好臺階來赦免我。

但想起天皇的仁慈，我忍不住揪心，他曾經那樣冷酷無情地對待我母親、華菱小姐，以及龍族。

「首席弓箭手星銀。」天皇終於開口。

我再次彎下身，準備面對即將到來的最終御旨，試著不要去想像那些冒犯他而會受到的拷問和威脅等常見的酷刑。

「妳不該為妳父母的過錯而受罰，妳的功績應個別看待。妳對天庭有所貢獻而得到了紅獅符。」

我猛然抬起頭，燃燒的希望在心裡不受控制地發出轟轟作響，我急切地等待天皇的下一句話。

「然而，妳要求的恩惠——釋放月之女神嫦娥——不被允許。」

我的手緊握著那塊玉石，弄皺了流蘇，那現在這個符有什麼用？雖然不用受罰，讓我感到鬆一口氣，但我沒有其他想乞求天皇開恩的陳情了。此刻我的內心既無敬意也無感激，不是覺得自己被戲弄，更多是錯愕地發現我的奉獻，贏得的獎品竟然是枚假硬幣。

「那麼請賜予我這個恩惠吧，天皇陛下。」我說，因憤慨而膽大了起來。「請賜給我自己想要的恩惠，您選擇一場戰役，我贏了就讓我母親自由。」這是個魯莽的提議，但我有什麼好損失的？這次我把條件說清楚，之後任何人都不用再質疑我別有居心。

我的行為幾近傲慢無禮，我有什麼資格竟敢向天皇提出要求？但那雙深不可測的雙眼並沒有因此發怒，反而露出狡詰的神情，他舉起一隻手指輕撫下巴。「很好，首席弓箭手，我們命令妳代表妳母親再完成一項任務，彌補她對我們的冒犯。」

「什麼任務呢？天皇陛下。」我不假思索地馬上接話，我願意前往世界盡頭，甚至前往魔界，換取母親的自由。

天皇沒有回答，僅伸出手，掌上放置一物——深灰色的塊狀物。我傾身向前，伸長脖子細看。是枚以暗色金屬刻製而成的印章，頂端雕刻著一條精細的龍。

文智緩緩地吸了一口氣，表情滿是驚奇，我訝異地看了他一眼。

「這天神鐵印可釋放那四條因犯了極大罪孽而被囚禁在凡間的龍，每一條龍都擁有獨一無二的珍珠。我命令妳從龍族那裡取得珍珠，帶回給我。」天皇的語氣變得尖銳。「如果牠們不服從我的命令，妳可以使出一切必要的手段。一旦我擁有這四顆珍珠，我便赦免妳的母親，妳也可自由回到她身邊。」

我不自覺地畏縮了，龍尊者！從東海得知牠們真實存在之後，我完全不想去挑戰這樣偉大且高尚的生物。龍族會自願交出珍珠嗎？如果牠們不願意，我必須強迫自己去爭取嗎？這是天皇期待我完成的任務？

「我們達成共識了嗎？」他帶著不耐煩的口吻。

我嚥下我的不安，像凝結的油脂般留在胃裡。是我自己向天皇提出的請求，這是爭取來的機會，我現在怎能猶豫？我雙手合掌，鞠躬表示接受此條件。在市場上討價還價完成交易是再普通不過的場景，但這場交易的賭注風險明顯高出很多。

一名侍從向前，將印璽放在我伸直的掌心上，冰涼的金屬碰觸到我的肌膚，我把它放入絲綢製的荷囊裡，袋子因重量而垂下。

天皇點點頭，示意我可以告退了，我欣然接受。我站了起來，轉身背向皇座，雙腿往前邁步，每一步越來越沉重。我的雙眼直視前方，從旁邊的朝臣們看來或許我看起來淡漠平靜，但其實我的內心已快被雜亂不安的情緒撕裂。寬心的是，真相終於公諸於世。然而辛苦得來的獎賞被剝奪，我仍然感到憤怒不已。第二次的機會使我再次燃起希望，但越來越沉重的恐懼，卻也讓這個希望變得微弱渺茫……我害怕為了換取母親的自由，我得付出無法承受的代價。

# 28

我茫然地走出東光殿，幾名皇宮侍從好奇地盯著我看，他們正擦拭著石欄杆，清掃著潔淨無瑕的地面。淑曉大步向我走來，彷彿等我很久了。我已告訴她我受召見之事，但沒有料到今日的召見會如此發展。

「是真的嗎？」她問。「關於妳的母親？」

我驚訝地對她眨了眨眼睛，我離開殿廳僅僅不過五步。「妳怎麼知道的？」

「啊，大部分的皇室覲見都非常無趣，但今天大家都在討論，說這次聽到異常提高的音量——」她環顧四周後咧嘴一笑。「妳會非常訝異突然很多人說要來這裡處理急事。」

她的笑容消失，將我拉到一旁，避免隔牆有耳。「妳的母親真的是嫦娥？月之女神？」

她的聲音聽起來有點生氣？還是怨恨？一直以來她時常跟我談論她的家人，我卻沒有透露半字，讓她相信我父母皆已過世。如果她不再願意跟我說話，我不會怪她。這樣可能對她也比較好，以天皇天后陛下現在對我的厭惡，我是個不值得交往且危險的朋友。

「是的。」我說，準備好迎來嚴苛責備的話。

相反的，她伸出雙手擁抱我。「我為妳的母親感到難過。」她說，接著放開我。「但我也對妳有點生氣，妳知道我絕對不會說溜嘴的。」

我曾私下跟她說些其他事情，她也都為我嚴守祕密。「直到確認安全，我不能透露任何事。」

她緩緩地點點頭。「我了解，但我懷疑妳這消息是否令天皇天后陛下高興？」

「像斷了弦的古箏般高興。」我蹙額，回想起天后的嘶吼，以及天皇的……一開始肯定是憤怒的，但當我離開時他看似出奇地滿意。我告訴自己，應該是因為他僅支付一分薪資卻得到雙倍的勞力。

「而現在，我必須想辦法說服四條龍交出牠們的珍珠，將珍珠獻給天皇之後，我才能再見到我母親。」我不禁思考——如果我失敗了，如果我無法證明自己對天庭有任何用處了，天皇對我的承諾還會存在嗎？我母親能免受天后的毒手嗎？甚至我自己，還能遠走到文智的家鄉嗎？

「為什麼天皇要那些珍珠呢？」我大聲地問。「皇室寶藏庫不是已經有滿滿的珠寶了？」

「我聽說龍族嚴守著他們的珍珠，但故事裡沒說**為什麼**。」淑曉指向坐落於玉屋瓦的閃亮金龍，每一隻的下顎都安放一顆發光的球體。

想到那尖尖的彎牙咬入身體裡，我就臉色發白，難道這是個調虎離山之計，想要沒收我的紅獅符及其他所有一切？這是否解決了天皇的兩難，一來擺脫我這麻煩的存在，二來實現他的諾言？一想到這，我的胃就開始絞痛。

淑曉拍拍我的手臂。「妳還好嗎？」

「我不確定。」我開始感到內心麻木。一個早晨的時間，我的心從帶著希望翱翔，一下子變成伴著恐懼狠狠跌落。然後現在，在動盪的海上擺盪不安。

「那好吧，先別輕易送死喔，我一直想去參觀月宮。」她大笑地跟我說。

「我也不想，但是龍族可能不這麼想。」我陰沉沉地說。

「那一起確保牠們不會殺了我們吧。」

「**我們**？」

她雙手環抱胸前。「我要跟妳一起去。」

一絲希望在我心中燃起，但隨之熄滅。她是天庭的神仙；她應該在天庭盡忠。她加入軍隊是為了保護她的家人——我怎能如此自私讓她白白犧牲，讓她一同遭受天皇的憤怒？

「不行，妳不能放棄妳的職位。」當她正準備要辯解，我繼續說：「聽著，我父親殺了天后的親戚，我母親違抗了天皇，我也被他們厭惡。妳不能受牽連，妳有妳的家人要保護，妳想想，如果天皇天后陛下將怒氣發洩在他們身上呢？」

她臉色一沉。「我可無法忍受。」

「我也是，因為我們都一樣。」我鬱悶地說著。「我們都為了我們的家人——我們的摯愛——而不是為了我們自己而努力著，我直到離開家才深刻明白這點。可能會被當作傻子，但無法理解的人，是永遠無法懂的。」

她不再辯解，但看起來仍然很煩惱。「妳不能獨自前往，太危險了，不然我加入妳但別讓外界知道？」

「我只是跟龍族索取珍珠而已。」我帶著信心說著，但其實我沒什麼把握。

「東海的神仙說龍族很慈祥，最糟的狀況應該就只是拒絕我罷了。」

腦海中響起天皇的話，我的鎮定有所動搖：**妳可以使出一切必要的手段**。聽起來不是個建議，而是個命令。

「妳不會獨自一人前往。」文智出現並走過來。他在這裡多久了？「我會跟妳一起去。」

我不喜歡依賴別人，但是，呼！聽到這句話我有多放心。他馬上要離開天庭了，不像淑曉那樣地位不穩固。而且我們一起戰鬥多次，他能一同前往，我很開心。

淑曉被文智嚇到，倒抽一口氣。恢復鎮定後，她匆匆地向文智鞠躬行禮。

「中尉，可以請妳先退下嗎？」他問。「我有事要跟星銀討論。」

她對我歪著頭表示詢問。我就是愛這樣的她，總是先顧慮到我的需求。這也是為何我不能讓她冒險加入我的行列，我不能讓她涉險惹怒那些權貴。

「淑曉，我沒事。」

「如果妳改變心意，我可以告訴建允將軍說我這幾天身體不適，例如老狐妖咬到的地方又開始發作了等等。」她認真繼續說著。

文智皺了眉頭。「中尉，我希望妳不要真的做出這樣不負責任的行為。」

「不會的，將領。」她再次向他鞠躬。「只有特殊場合而已。」

我忍住笑意看著她離開，然而一想到要面對的事情，表情又嚴肅起來。文智跟我無聲地走著，走進一個熟悉的花園，寧靜的湖泊圍繞四周。毫無由來地，他突然拉起我的手臂，拖著我穿越木橋到柳歌亭。那些與力偉坐在這裡的回憶，不願想起的回憶，我努力拋諸腦後的回憶……

他放開我，轉身盯著鏡子般的湖面，「妳為什麼沒有跟我說？」

我閉上雙眼，想起那晚我逃離家園時的情景——充滿著哀傷與恐懼。母親急迫的語氣警告著我要保密。「我承諾過我的母親。」

「我們一起經歷過那麼多事，妳還不信任我？」

「當然我信任你，但這不是一個我可隨意說出來的祕密，這會讓所有人陷入危險。」我伸出手抓著他的手腕。「這有什麼關係嗎？我仍然是那個我。」

他轉過身，握住我的手，「妳說的對，這不重要。雖然我還是希望妳先告訴我，也許我就可以提早幫點忙。也許我現在還是可以幫忙。」

我很感動，他毫不猶豫接受我的過去，堅定地支持我。這一刻，我不確定他的反應會如何。我倚靠著他，將頭放在他的胸膛，他的手臂滑過我的肩膀，他身上帶著松樹清爽的草木香氣。

「我本來想跟你說的，當我們遠離這裡的那一天。」他的心在我耳邊跳動著，比之前更快速。「這改變什麼了嗎？妳仍然願意跟我走吧？」

「是的。」一股興奮流過我全身，沒有一丁點猶豫或懷疑。「但我必須先幫助我母親，我必須完成天皇的任務。你願意再等一下下嗎？」

文智將我緊緊地摟著，抱得更近。「只要妳是我的，而我是妳的，我們就有整個世界的時間。」

我們靜靜地擁抱著，直到我感到後背一股刺痛，提醒我身在何處。任何人經過都能清楚看見我們。我掙脫文智的懷抱，轉過身，瞥見站在橋上的力偉。他一動也不動地站著，像根木頭柱子。他的眼睛睜大，雙手放身體兩側緊緊握拳。看見他臉上的表情，我心裡某處像被撕裂般——不是內疚，而是悲傷，我造成的傷。

踏著緩慢沉重的步伐，力偉走進涼亭。「我能跟妳說幾句話嗎？」他的態度既冷漠又拘謹，就像陌生人，或只是一位他總想避開的朝廷大臣。就在幾天之前，我們還以死護衛彼此。我們之間是否總是如此：靠近一步，接著退後三步？不，我告訴自己，我們不再同行了；我們已分道揚鑣。

縱使我內心糾結，我點點頭。但比起任何人，我確實欠他一個解釋。

「我晚點再來找妳。」文智跟我說。

我以為他會直接轉身離開，但他卻再次握起我的手，故意將大拇指滑過我的掌心。我脈搏加速，儘管感到窘迫，我沒有將手抽走。文智的嘴角浮現一抹微笑，放開了我的手。他稍微斜擺一下頭，當作是向力偉鞠躬，然後大步離開。

「我很抱歉。」我吞吞吐吐，我欠他的不應該只是這樣草率的道歉。對於我們彼此的關係，單論我們之間的友誼，他確實不應該忍受我的謊言。

「從我們見面那天開始，妳就對我撒謊。」他的陰冷口氣刺傷了我。「妳為何跟我說妳的父母皆已過世？」

「我沒有！是你自己假設，然後我……我誤導你這樣想。我不知道如何修正，除非說更多的謊言。我答應過我母親要保密，我必須保護她。你能想像你的父母親發現她懷有祕密，會如何懲罰她嗎？如果他們知道她的祕密就是我？他們會施以重刑，將她虐待致死，就像今日他們可能會做的。要不是我贏得紅獅符，要不是我在朝廷確保她的安危。」我苛刻的話脫口而出，欺騙他我感到抱歉，但他的父母讓我沒有其他選擇。

「為何我們關係更親密後，妳還是沒跟我說？」他雙眼盯著我，深邃且毫不妥協。「妳已不是我相信的那個星銀。」

他的控訴很刺耳，激起了我的怒火。「我一直以來都對你誠實以對，我僅僅隱瞞有關我的父母的事，而我也告訴你我為何如此做。我**被迫**與家人分離；對我來說，他們**已消失**了。公開真相並不能改變什麼，只會令我母親陷入危險。所以，這有什麼關係？為何會困擾你？還是因為他們是凡人？還違抗你的父親，所以讓你受辱？」這些話很可惡，也完全不合情理，我當然知道他不是這樣想，但我現在被激怒了，不假思索地說出這些話，試圖解釋的同時也想傷害他。

他退縮，但怒視著我。「那對我來說不重要，我只是從沒想過妳會對我說謊，我如此信任妳，妳卻沒有同等回報。」

我的憤怒消退，雖然我想要否認，但他的話不無道理。我一直太自我中心，將自己防衛起來，並不斷索取他的付出。「很多次想要對你說，但我很害怕。一開始，我不知道你會如何反應，但後來……我不想成為你的負擔。」

「星銀，妳怎麼認為我會傷害妳？我必定盡可能地幫助妳。」他現在說話更加溫柔。

「力偉，我並不想隱瞞你。但我擔心被你父母發現，擔心他們可能會做什麼——對我母親、對我、甚至對你，如果你觸怒他們。你認為天皇天后陛下可能變得憐憫嗎？」我厭惡地撇了撇嘴。

他的雙眼瞇起。「那妳為何來到妳如此厭惡之地？來尋求報復嗎？還是**每件事**都在妳的算計之中？」

我沒有移開視線；也沒有對我所做的事感到慚愧。「不是為了報仇，也不是所有的事情都是我刻意算計的。我的確想要你提供的擔任太子伴讀的機會，我想要精進自己，因為唯有勝者才能獲得天庭的恩寵，這樣我才能得到我想要的東西。你要責怪我因為原本的生活被奪走所以努力追求新的未來是錯的嗎？直到我進了宮，我才知道你的父母是誰，即使如此，我也不想要你衝撞他們，我只想要讓我母親自由——這比任何事都重要——但只能靠**我**自己努力，就像今日。我從來沒有想要傷害你以及你的父母。」

「比什麼都重要？」他重複我說的話，語帶哽咽。「所以到頭來，我只是妳達成目標的墊腳石？我今天那樣勸說我父親君無戲言時，還真是讓妳稱心如意。」他把頭低下，字字句句那樣溫柔，但也充滿苦澀。「妳下的賭注得到豐厚的回饋了，妳如願以償，妳擁有妳想要的一切，首席弓箭手——名聲、尊重及紅獅符，妳母親的自由，妳幾乎勝券在握。」

「我要的僅僅是我被剝奪的東西！」我咆哮著。「你不了解我經歷了什麼，我母親承受了什麼！」我失去性子，舉起手想要打他。

他一把抓住我的手，手指在我的手腕上燃燒著，那一刻我們靜止不動，怒視彼此。我們的呼吸急促，我清晰聽見自己的心跳聲。

「這一切都是我自己贏來的，我奉獻給天庭——你的國度——用我的鮮血。而我也會在這場最後的戰役贏得我母親的自由。」我猛地掙脫他的手，從他身邊退開。「我很抱歉欺瞞了你，我真的很抱歉，但我從來沒想要傷害你，我並不應該受到你的指責。」

憤怒及失望使我顫抖著，我繼續說，「無論發生什麼變故，我始終相信我們的友誼永存。也許我錯了。」那一刻，我不禁想起文智與淑曉如何毫不保留地接納了現在的我。不過話又說回來，我的謊言確實對力偉傷害最深。

他撇過頭，看向平靜的湖面，雙手放在身後。過一會兒他再次開口，語氣平和許多。「唉，星銀，失望讓我變得說話惡毒，我是個忌妒的蠢蛋。剛剛看到你們兩人——」他搖搖頭。「這不是我原本打算再次見面時想說的話，我一直想說的是——肺腑之言，感謝妳把我從華菱小姐手中拯救出來。雖然妳現在可能會後悔救了我吧。」他露出苦笑。

「也許吧。」我生硬地說，即使他把話說開，我也不想平息我的憤怒。

「在長春林裡，那詭異的洞穴中……我很高興見到妳，但我也很害怕妳會受傷。」他緩慢地說著，彷彿回憶令他痛苦。「我欠妳一條命，謝謝妳的救命之恩。」

「你沒有欠我任何東西。」我說。「這是我的選擇，我的決定。」

「妳大可自保，轉頭離開，但妳選擇留下，而我回饋妳的，卻是我……我幾乎要殺了妳——」他的話停頓，胸口上下起伏。「我永遠不會忘記在那裡我第一次向妳襲擊時妳臉上的表情，至今猶是我的夢魘。」

部分的我——不忠誠專一的部分——想要將他拉近。好好安慰彼此，直到擺脫記憶，那些他揮劍使我流血，那些我以法術抽取他的生命力的殘忍記憶。

我的胸口像被滾燙的煤炭灼燒而感到痛楚，但我僅僅說：「我知道那不是你，我知道你不是有意的。」

他陷入沉默，目光緊盯著我看。「妳在洞穴裡說的話是認真的嗎？妳愛我？」他輕聲地說，幾乎像是耳語。

「是的。」我深深吸口氣，試圖平息我內心的刺痛，也許這感覺永遠會在，我已體悟愛情無法隨心所欲澆熄的。「但我後來說的話也是認真的，我會永遠珍惜我們所擁有的一切。我希望你的日子能過得幸福快樂，即使我將不再參與其中。」

他的指甲嵌入手心，一滴血落在蒼鷺的金色羽翼上。「我以為我們從華菱小姐手中活下來後，我們仍有機會回到彼此身邊，但我錯了，我自大地以為妳未來的路只會通向我。」

我被他的話嚇了一跳。這有可能嗎……他以為我會選擇他作為紅獅符的獎賞？

他繼續說，語氣充滿悔恨。「我希望妳一切幸福，雖然他配不上妳，雖然我忍不住希望我們之間的未來有所不同。」

「謝謝。」我的話卡在舌頭上。即使陽光普照，我突然覺得有點冷，雙手抱住胸。「你還是怨恨我沒有告訴你？」

「我永遠不會怨恨你，是我自己愚蠢，沒權利擁有還拒絕放手。」他的喉嚨動著，彷彿還有更多話想說。「妳明天離開？」他終於開口。

我點點頭。

「我會跟妳去。」

「為什麼？」

他聳聳肩，語氣客套且淡然，讓我心裡受傷但不願承認。「出於一樣的理由，跟妳為什麼到森林救我一樣。無論我們是否還會在一起，妳我已經命運相連。我會繼續幫助妳，因為我想這麼做，而非我必須這麼做。也不必計較什麼，什麼妳欠我的，我欠妳的，這些虧欠以我們的關係來說都毫無意義。」

他走後許久，我依舊坐在大理石板凳上。一陣風掃過柳樹，垂下的樹枝使湖面起了漣漪，樹葉沙沙作響彷彿低聲述說著我剛剛對全世界透露的祕密。這看起來像是個不可能的夢，我重新回復自己的身分，並擺脫一直以來的偽裝。現在，距離我解救母親以及返家之路，又更近一步。我一直相信這樣的機會帶給我無盡的喜悅，但我現在發現其中夾雜著難以名狀的苦澀。

# 29

圓滾滾、帶著黃色穗子的紅燈籠，高掛在鋪石子的街道上。樹木沙沙作響，將燈籠的影子投射在蒼白的牆上，菱格門窗已被磨損成淡紅與淡綠的色塊。灰色的屋瓦與黑夜融為一體，以凡間天氣多變的環境來說，灰色樸拙的屋瓦確實是個較實際的選擇，夜裡的村落可能顯得沉悶，但發光的燈籠帶來迷人的光彩。

空氣中瀰漫著上百種氣味，有食物、香水，以及凡人的氣息。街道上擠滿了人，大多身穿素色的棉衣長袍，較富裕的少數凡人會穿著發亮的錦緞絲綢布料，腰間掛著飾品，有的綴以玉珠子或昂貴金屬製成的圓盤飾物。巨大的爆炸聲嚇了我一跳，伴隨著閃光，半空中迸出紅紙及濃煙。是煙火，今晚有慶典嗎？村裡每個人臉上都帶著愉悅的笑容，就像我從遠遠的月宮上俯看著他們時。

力偉與文智在一棟高大建築外停下腳步。門口懸掛著一塊堅固的黑色匾額，上頭寫著：

## 西湖客棧

紅木門兩側垂下來一層層的葫蘆燈籠，敞開的窗戶迎著涼爽的晚風、音樂以及街上傳來的嬉笑聲。真是一個熱鬧的地方，然而我的頭開始因為不停歇的吵鬧而抽痛著。

我們將在這裡過一夜後啟程前往長江，長龍受困在山腳下的長江裡數百年之久。當文智提議在村裡暫歇，我馬上同意。我想要看看凡人如何生活，若不是命運捉弄，我可能也會生活其中。

一見到我們，客棧店主搖搖頭打發我們。客棧已經滿了嗎？鎮上的確很熱鬧。文智沒說話，放了一枚銀錠在桌上。跟法術一樣有效，店主露出笑意，將銀子塞進袖口，低聲對文智說了幾句，但被附近一位客人的大笑聲淹沒了。

也許是店主女兒，一位年輕的女子帶我們到靠窗的木桌。她離開後不一會兒又回來，帶著一個托盤，上頭放著一盤盤的炒野菇、紅燒排骨、小條炸魚，以及一大碗熱騰騰的湯。

「今晚那裡有什麼節目？」文智問那位女子，向屋子中央的高臺點點頭。

她向他鞠了個躬，臉頰出現一抹紅暈。「客官少爺，今晚有說書，這裡最好的一位說書人。」

**少爺**？我嚥下我的笑聲。文智應該有她爺爺兩倍大的年紀，雖然從他光滑的肌膚以及緊緻的五官線條看不出來。

用餐到一半，說書人抵達了，長長的灰白鬍鬚拂過他布滿皺紋的臉龐，帶著眼袋的雙眼在濃眉下閃亮著。他坐在竹椅上，將粗糙的木杖置於地，從一名客人手中接過一枚銅板後，清清喉嚨開始說故事——一個高貴的君王被他的寵妃背叛，她是敵國派來的間諜，最後這命運多舛的一對鴛鴦雙雙在悲劇終聲罹難。聽得入迷的觀眾們紛紛嘆息及鼓掌，幾位用手帕及袖子擦拭眼淚。我忍住想打哈欠的衝動，妃子的欺騙使我反感，也對君王的愚蠢感到不耐煩。

帶著被逗樂的微笑，文智賞了說書人一枚銀子，說書人出乎意料敏捷地一把接住，塞入荷囊裡。

「客官，您想要聽什麼故事？」說書人恭敬地詢問。
「四條龍。」文智回答。
我挺起身，豎起耳朵。
「啊，是個經典的故事，客官少爺您必定是名秀才。」說書人諂媚道。茶館裡幾名觀眾唉叫，可能是希望聽到更多關於好色君王以及美麗姑娘們的腥羶故事。但當那位說書人一舉起手，他們立刻安靜——他那鬍鬚閃著銀色光芒，就像躺在他荷囊裡的銀子一般閃亮。
他開始說道，聲音像美酒般醇厚。「很久很久之前，開天闢地初時，沒有湖泊，沒有河流，所有的水源都在四海，凡人仰賴著天空下的雨來農耕及解渴。東海是四條龍的家，長龍是牠們之中最大隻的，牠的鱗片如火焰般通紅，珠龍則是像冬天的冰霜般微微發光。黃龍比太陽還閃耀，黑龍比夜晚還漆黑。每年兩次，牠們會從海上升起飛到空中。」
說書人突然提高音量，嚇了聽眾一跳。「有一天，牠們聽到下方人間的大聲哭喊及哀號。出於好奇，牠們飛近一點，聽到人們苦於連年乾旱，正絕望地祈求雨水。他們的衣服鬆垮垮地掛在骨瘦如柴的身上，他們的嘴唇因乾渴而龜裂。因他們的苦難而感到憂心煩惱，龍族向天皇懇求凡間降雨。天皇同意了，但由於後來發生另一場天災異變，天皇分心而忘了，乾旱又持續了好幾個星期。」

他停下來，伸手拿起他的杯子，舉到唇邊，繼續壓低聲音說。雖然已經非常熟知這個傳說，我發現自己依然聽得津津有味，這就是我曾告訴彥明王子卻被他嘲弄的那個故事版本。

「由於無法忍受飢渴人民的悲慘困境，龍族飛向東海，用牠們的嘴巴裝滿海水，從空中噴灑。牠們施法將海水變成乾淨的水，降雨般灑落凡間土地。人們紛紛跪下，歡欣鼓舞地讚頌上天。但是天皇對於龍族越權感到憤怒，他囚禁牠們，每一條龍都被壓在一座鐵石山下。而四條龍被困住之前，耗盡了巨大的能量為人間帶來源源不絕的河流，確保我們凡間不再缺水。從那天起，從東邊到西邊，四條大河流過我們的土地，每一條皆以感念龍族高貴的犧牲來命名。」

話畢聽眾鼓掌，但沒有先前那般熱絡。一名婦人馬上向說書人扔出一枚錢幣，大聲說出她的請求。

然而我沒有聽見，因為我掉入浮現在腦海中的回憶裡頭。這個傳說曾是我小時候最愛的故事之一，我常常要求母親說給我聽。閉上雙眼，我幾乎能想像自己躺在家中肉桂木床上，手指輕撫著被風吹拂的柔軟白窗簾。我不需要燈光，因為空中的星星閃耀，而燈籠從我的窗戶灑入珍珠般的光芒。

我很喜歡這個故事，然而結局使我不安。有一天，我曾問我的母親：「為何天皇會忘記凡間降雨這件事？」

「天皇有太多事情及責任要顧慮，治理天上跟天下的領域並不容易，每一天他要處理無數個陳情跟請求。」

「那他為何因為龍族的幫忙而懲罰牠們，而不是感謝牠們呢？」我想知道。

她的手撫過我的臉頰，冰涼的碰觸舒緩我的焦躁。「睡吧，小星星，這只是個故事。」她說著，輕巧地迴避了我的疑問。

直到現在，我才明瞭這沒有滿意的答案，至少沒有一個可避免冒犯天皇的答覆。

天皇的任務令我焦躁不安、芒刺在背。尤其我想起彥熙太子對龍族的崇拜，也聽說過龍族仁慈的故事。如果龍族不願意，我豈能爭奪牠們的珍珠？我有辦法**打敗**任何一個嗎？遑論四個，這是個毫無希望且吃力不討好的任務——如果成功，將以我的榮譽為代價；若失敗，則換來我的死亡。

「星銀，怎麼了？」文智的問話使我從一團思緒中回神。

「我累了。」我說，雖然並沒有理由感到疲累。

「妳何不睡一下？」力偉建議道，但目光沒有離開他眼前的碗。「步行前往長江需要一天的時間，中間不能休息。」

自從我們於柳歌亭談開後，我們之間的互動變得冷淡。是否那些話斷絕了我們之間的藕斷絲連？或者是因為他目睹我跟文智之間的親密互動？不管原因為何，力偉始終彬彬有禮，同時沉默寡言。這正是我之前要求他的，但又令我感到悵然。

客棧主人的女兒前來收拾桌子，她吃力緩慢地將一個個盤子收到托盤上，同時偷偷瞄了文智與力偉好幾眼。她的雙眼來來回回，彷彿無法決定她最喜愛哪一位。的確，在凡間他們可是所向披靡。即使一身樸素穿著，掩蓋了氣息，文智與力偉無論在凡間或仙界，一樣帥得令人動心。

我站起身，急著想離開，僅僅與他們共餐就令我神經緊張。「我的房間在哪裡？」

文智皺眉指著樓上。「客棧已滿，我們三個必須共用一間。」他看到我驚恐的表情，他補充說：「床當然是妳的，我相信太子殿下可以忍受一晚沒床可睡。」他帶著嘲諷的口吻。

「是沒錯。」力偉冷冷地說。「而且我仍然打算出現在房內。」

那是個警告嗎？還是我對他的弦外之音做過多解讀？但沒關係，即使這間客棧擁有全世界最柔軟的床，現在我覺得一塊潮濕的草皮，都會比整晚在那間房裡煎熬來得好。

「啊，我一點也不累了。」我從桌旁離開，我就是個膽小鬼。「吃太飽了，我出去走走，這是我第一次到凡間的村莊。」

文智急忙起身，凳子摩擦地板發出刺耳的聲音。「我跟妳一起去。」

我搖搖頭，用微笑減輕尷尬。我想要一些時間獨處，還有，不知為何我不想要跟文智一起離開，然後留下力偉一人。

我快速穿越客棧，從後門溜走。這條街比稍早閒晃的那條還小，但一樣熱鬧。一些村民正在觀賞街頭表演，街頭藝人用棍子轉著盤子，或者口吐火焰。我停下來欣賞一位老先生演奏二胡，這是一種雙弦木製樂器。憂愁的曲調很符合我現在的心情，演奏完畢，我在他的碗中落下一枚金幣，與碗裡其他銅幣碰撞發出叮噹聲。

即使天色那麼晚了，孩子們仍到處跑，追著狂吠的狗，或聚集在攤販前面。一些孩子們拿著用乾草編織成的昆蟲跟蝴蝶，有些握著一支堆疊著光滑紅色球狀的甜食，我出於好奇也買了一支，嚼著酥脆的糖衣嘎吱嘎吱地響著，吃出裡頭是香濃的山楂莓。當我滿意地舔著手指上的糖屑時，一些村民盯著我看，也許疑惑為何我對這麼平凡的美食竟然如此興奮。我的母親是否也喜歡這個甜食呢？我抬起頭看向天空，希望我能問問她。

發光的月亮看起來比我在天庭看到的還小，但在黑夜中仍然醒目。我突然想到，如果我父親沒有獲得長生不老仙丹，如果我母親沒有吃下它——也許我們可能會在這樣的村落裡居住著，一棟有著白牆、苔痕斑駁的屋頂，以及木門的房子裡。我們家，一家子。有這麼一刻我無法呼吸，迷失在這個夢境裡，**或者，也許，你已死了**，我內心小聲地說。

我的母親是否仍天天望眼欲穿地看著凡間？我的父親是否還在世？他是否……責備母親的決定？或責怪我，危及她的性命？如果能找到他就好了，但我不知要從何處開始。而且我也再也不敢像之前那樣試探天皇的耐心了。

我轉進一條較安靜的小巷內，走不到五十步，我感覺到危險出現時會出現的肌膚刺痛——就像當時在長春林攻擊我的那位弓箭手出現時。他不可能在這裡，這裡是凡間，而且他應該已經被力偉的士兵殺死了才對，但是我確實感覺到被監視。

我裝作若無其事，繼續往前走，雖然懷疑凡間有什麼東西能傷及我，我還是拿出幾把匕首以備不時之需，把玉龍弓掛在我背後，用一塊布包覆著避免引起注意。文智建議我帶著它，看起來是個聰明的主意。

我曾經在我安靜的房間裡練習使用這把弓，剛開始只能短暫撐開弓，但一次次練習後，我越來越能穩定掌控。我很想試試看它的威力，劈哩啪啦地飛射好幾個光箭——但我從來不敢。哪裡能在天庭發射出這種引人注目的天焰？

我身後出現腳步聲，想起凡間不得使用法術的禁令，除非緊急需求。與龍族對抗無庸置疑是緊急需求之一——但是現在，我只能依靠武打搏鬥。

「妳走得那麼急，要上哪兒啊？」一名男子喊著。「像妳這樣的美女要不要陪我們？」

三名男子大搖大擺地走向前把我包圍。他們穿著精緻的服飾，頭戴銀玉裝飾，但渾身酒氣。他們必定是醉了才會喊我美女，我挖苦心想。從他們色瞇瞇的表情看來，不難猜出他們的企圖。

我握緊拳頭。「我可不是你心想的那種青樓女子。」我回答得很乾脆，然後轉身離開。

一隻肥手搭上我的肩膀，將我轉過身。「不要害羞，妳為何獨自在這裡徘徊，不就是想被我們找到嗎？」高個兒口齒不清地對著我的臉噴氣，呼吸充滿酸味，還有前一餐的刺鼻餘味，手在我長袍領上亂摸。「妳知道我們是誰嗎？我們可以負擔得起——」

憤怒與厭惡從我血管裡爆發，我抓住他的手腕將他扳倒在地上，他痛苦地尖叫，手斷掉了嗎？雖非本意，但我內心還真希望他的手斷了。他的另外兩位朋友咆哮著衝向我，我避開他們的拳頭，抓住他們的脖子，將兩顆頭撞在一起，發出響亮的撞擊聲，補上兩腳將他們踢飛倒地不起。在他們爬起身前，我兩手各拿一支匕首，抵著他們的脖子。

我將刀刃下壓，直到細細血痕滲出，我氣憤地說：「我猜這不是你們第一次了！如果你們**膽敢**再次犯下這樣卑劣的惡行，我一定會回來將刀捅入你們的心臟。」我惡狠狠地看了他們一眼，依次用腳痛踩他們的脊椎，將他們踢了個落花流水。

「妖魔！女妖怪！」其中一人喘息大喊，眼睛瞪大，拔腿就跑。

**不完全對**，我心想。答案接近，但他永遠不會知道自己碰上什麼。

我的憤怒尚未平息，繼續施法放出閃爍的光點追趕著他們。也許我這小小的違規行為會被忽略。確實我這麼做有點魯莽，但我對他們的惡意感到噁心，更加上他們竟然試圖將自己的卑劣惡行歸咎於我。

聽見一陣竊笑聲，我轉過身發現是文智。他倚靠在牆邊，一副看好戲的愉悅表情，「做得好。」他稱讚我。「我原本要加入，但看來妳並不需要任何協助。」

「我很高興你覺得好玩。」我將匕首擦拭乾淨後放回刀鞘中。

他的眼底閃過一絲危險的光芒。「如果妳沒有處理他們，我也會很高興地幫妳處理，這樣他們就再也無法行走，更別說跑了，妳太輕易放過他們。」他斥責道。

「我沒有告訴你我還做了什麼，他們的傷好幾個月都不會癒合的；每個傷口都會發癢，鮮血不停地流。他們不會如此容易忘了此晚——他們做了什麼以及我對他們做了什麼。我想他們無力再覬覦別的女子了，更別說試圖欺負任何一個。」

文智挑了挑眉毛。「提醒我不要挑起妳使壞的那一面。」

他從牆面挺身，靠我更近，伸出雙手滑過我的腰際。我的心跳加速，抬起頭面向他，期待像火焰燃起我全身肌膚。他的雙眼閃爍著無可言喻的情感，他低下頭，將嘴唇壓在我的唇上。光芒像散落的星星般閃過我的腦海。我們一動也不動地站在那裡好一會兒，身體緊緊靠在一起。他的唇開啟我的雙唇，急切地探索，他的氣息溫暖且甜美地滑過，熱氣掠過我身上——燃燒著、明亮地熔化著——令我熱血奔馳，將我點燃。他的手掌劃過我的後背，手指纏繞著我的髮絲，溫柔地將我的頭往後輕拉，冰涼的嘴唇滑向我的脖子，形成一道灼熱的軌跡，我欲火焚身，失控地無法自拔。我毫無雜念地全心全意擁緊他，緊貼著他，直到聽見他的心跳應和著我的心跳。

當他雙手鬆開，我忍不住從喉嚨發出一聲嘆息聲。我不禁雙臂環抱胸前，稍微舒緩內心的空虛。我們的呼吸聲在突然的沉默裡變得很不協調。

「我並非跟蹤妳，我想要帶妳看某樣東西。」他跟我說。

我們走著走著抵達附近一處河岸，那裡擠滿了人群。人們點了燈籠後，放入水中。不像村莊裡那些絲綢燈籠，這些都是用彩色蠟紙精巧地摺成蓮花形狀的燈籠。每朵蓮花上都有一支蠟燭點燃著，黑暗中閃閃發光。

「我想說妳對水燈節慶會有興趣。」他說。

那些村民的臉上顯得憂愁且凝重，有些毫不掩飾地哭泣著，悲傷像冬天的冷風籠罩空中。

「他們在做什麼？」我疑惑地問。

「祈求祖先的指引，緬懷他們離開的至親。那些燈籠用來引魂回到人間。」他從飄逸的袖子裡拿出一枚小型的燈籠遞給我。

我抬頭看著他。「要做什麼？」

「可不能小看龍，也許妳應該與妳的祖先尋求指示。」

我凝視他，一股溫柔湧上心頭。這意味他同理我有著凡人的根源，以及我在這世界的位置。我這才明白他有多麼地在乎我，而我也在乎他。

我拿起燈籠點了根蠟燭，蹲下身，把燈籠放入河流，它搖搖晃晃一陣後，穩定立起，然後緩緩漂流而去。我沒有詢問指引——我可以問**誰**呢？我不知道我父親是否仍在人間？我甚至不知道其他任何一位祖先的名字。但我希望不論他們現在身在何方，都能看見我為他們而點的燈籠，讓他們知道自己被想念著。

漆黑的天空下，我們安靜站著，河流上閃爍著無數個發亮的燈籠，像一條生命躍動著的火流，順著潮流，流向未知的地平線。

# 30

萬丈光芒的太陽逐漸褪去，淡化成一團柔和的深紅色光。夕陽餘暉下，長江的河水閃閃發亮，有如一條燃燒的巨蟒，穿越翡翠谷，一直延伸到我們視線所及之外。

我瞇著眼，掃視周遭，尋找龍族裡最強大的長龍，據說是封印於此。力偉指著那座藍灰岩山嶺，雲霧罩頂，遍地盛開的黃色野花。逐漸變暗的天色下，山上閃著淡淡的光芒——非常微弱，凡人肉眼無法看見。

我解開荷囊上的繩子，取出天神鐵印。鐵印不再冰冷，反而流動著一股熱能。我的心臟怦怦跳著，拿著鐵印對著山頂高舉，是否會山崩成為一片塵土？然後一條龍從中飛騰升起，從牢籠裡被解放並訴說感激？

然而什麼動靜都沒有，山谷依然寧靜，只有夜晚鳴叫著的蟋蟀。

「這個要怎麼起作用？」我問力偉。

他接過鐵印，查看了上方的標記後還給我，「這是把鑰匙，我們需要找到那副鎖。」

我盯著高聳的山嶺，心想不憑法術的話，要花多久的時間才能找到。「這個算是個『緊急需求』嗎？」我大膽詢問。

力偉嘴角露出微笑。「我父親不會責怪妳的，妳是依照他的要求來此進行任務。」

**妳可以使出一切必要的手段**。天皇的話再次在耳邊響起，化解了我的不安。我施展法術，我手掌裡發射出一束光線，包裹住這霧面的鐵印。上頭雕刻的龍噴發出一團火焰，彷彿活生生地開始盤旋。熱風迎面而來，鐵印騰空而起，圍繞著山頭像是燃燒中的烽火——接著俯衝而下，消失在眼前。我還來不及思考下一步該做什麼，它又出現在地平線上，旋風式地飛回我手裡，力量之大令我差點站不穩，幾乎跌倒在地。我看著它，火焰逐漸消失，那條龍再度變回毫無生氣的金屬塊。

接著大地震動，我踉蹌地差點拿不住鐵印，趕緊將它放回荷囊。如雷般的咆哮聲劃破寧靜，山頂出現巨大裂縫，我看向山峰，落石四處飛散，有些從我身邊飛馳而過，我趕緊蹲下。深紅色的火舌從山的中心湧出，從裂縫中流出，就像即將爆發的火山。

隨著一聲震耳欲聾的狂嘯聲，一頭巨大的生物沖天而出，從身上甩出一朵朵陽光照射下的輝煌微塵，紅寶石般的鱗片像是剛鍛造出的燒紅金屬般閃耀著，巨大的掌上有著似金鐮刀的爪子，鬃毛及尾巴上飄垂著茂密的朱紅色絲線，牠的臉看起來如此可怕——骨白色的角枝如冠，還有那些鋒利彎曲的尖牙——但牠那琥珀般的雙眼，閃爍著智慧。

我們驚呆地站著，看見一條龍仰著脖子衝向天際，牠的目光掃視整片山谷，之後鎖定並凝視著我們，並瞬間往我們飛來，強而有力的身軀在空中飛騰，牠的飛舞姿態多麼地優雅，也不需翅膀的輔助！當這雄偉的生物靠近我們，我的心狂跳到我覺得都要從肋骨鑽出一個洞來了。相柳、巨大章魚、骷髏頭惡靈……都沒令我如此震撼。

**是誰將我從牢籠裡解放的？告訴我你們的名字**。龍的聲音恰到好處，不低不高，不過於尖銳，也不過分柔和。

我突然驚覺，當牠說話時，嘴巴並沒有開合——牠的聲音是在我腦海裡回響，就像我們是一體的。我轉頭看向力偉跟文智，他們看起來同樣困惑及一頭霧水。我沒料到龍也跟他們說同樣的話了。

長龍將牠雄偉壯麗的腦袋彎向一側。牠是在等待回答嗎？

我清清喉嚨，試圖舒緩緊張帶來的突然抽搐。「龍尊者，我是星銀——嫦娥與后羿的女兒。我奉天皇之命釋放您，天皇要求您將珍珠讓與他。」我說出父母的名字時感到驕傲，但同時因為這項任務帶來的羞愧而抵銷了。

一陣低沉的咆哮打破了寧靜，龍的眼睛瞇了起來，充滿威脅，張開的鼻孔裡冒出煙霧。不，不是煙霧——而是薄霧，像秋天早晨般清新的薄霧。我被牠的敵意嚇到，向後退了一步，從綁帶中解開玉龍弓。

**你們有什麼權利要求我的生命靈體？**長龍怒吼。

「不是您的靈體。」我連忙回答，試圖減輕他的疑慮。「天皇只要您的珍珠。」即使我這麼說，但心底的懷疑開始萌芽。在天庭——珠寶似野花般滿山滿谷——為何天皇只覬覦這些珍珠？

長龍的鼻孔裡冒出火花，牠的聲音在我腦海裡爆發出來。**我們的珍珠蘊含著我們的生命靈體。誰擁有我們的珍珠，就能控制我們！妳認為我們會心甘情願地用監**

**禁換取奴役嗎？被那位因為我們為凡人帶來雨水就將我們關起來的統治者奴役？我們大可以與他戰鬥，我們也可以逃到他無法觸及的大海裡——但這樣會導致翻天覆地，陸地與大海將互相排斥，而我們不願見到這種局面。**

我心一驚轉向力偉。「你知道這件事嗎？」

「不知。」他簡短回答。「龍族從仙界消失幾百年了，我們書籍上完全沒有記載這一點。」

我相信他不會隱瞞我。此刻我才意識到，我被天皇騙了，他要求珍珠，卻沒有提及龍的靈體。這不是我所承諾的……但協議已達成。我怎能如此？怎能要求龍族放棄牠們的自由，來換取我母親的自由？

但是，我要如何不這麼做？

這是兩回事，我提醒自己，雖然這是個令我難受的事實。囚禁跟奴役並不相同，給予天皇那樣的權力來壓迫龍族，強迫牠們屈服於他——我怎能做出如此醜惡之事？

「您先前曾服侍天皇，他必定有充分的理由希望您再次為他效力。」我思索著任何的和平解決方法，抓住這條細線，救贖自己的良心——即使我因此厭惡起自己。

長龍雙眼一閃，尾巴聳立於空中。**我們從來沒有服侍過天皇，我們曾經接受一位更有可敬的神仙統治，我們效忠他——直到他將我們的珍珠歸還我們。**

這些話摧毀了我最後一絲希望，我轉向文智與力偉，從他們臉上讀出絕不屈撓的決心。

我不禁伸向脖子上的玉珮，拉出並握住它尋求安慰。我無法直視那條龍，一股滾燙、刺痛在我胸口擴散開來。「我很抱歉，但我需要你們的珍珠。」

長龍露出獠牙，比長矛還尖利。牠張開嘴，對我噴出一陣白霧。力偉與文智馬上放出法術，而我趕緊施以護法，但為時已晚，薄霧快速包圍住我，緊貼著我的肌膚，刺骨寒冰使我感到灼傷之痛。但這不適頓時消退，僅在頸窩處留下陣陣舒適的涼爽。是我的玉珮嗎？我提起玉珮查看，發現雕刻上那條裂縫消失了；玉珮再度完好如初，難道是龍的呼吸所為？

長龍向後一仰，雙眼凸出，薄霧在鼻孔周圍再次捲起，牠又要展開攻擊了嗎？我感到恐懼於是拉弓引箭，天焰在我指尖上劈啪作響。我對準這巨大生物，胃開始絞痛。我瘋狂地想著母親，只要我掌握住力量，殘酷地去做我必須要做的事……我該做的就是射出這支箭……

我的腦海中不由自主地浮現彥明王子的紙雕龍。**願龍族保護妳的旅途平安**。我將弓高舉，偏離瞄準這條龍，內心一陣痛楚，將箭射往天空。白色的光紋照亮了天空，沉重的失望襲來，但同時伴隨著不可否認的寬慰。我無法攻擊牠，我內心深處明白，我母親也不會希望如此，無論我們將付出什麼代價。

力偉在我身後倒吸一口氣，長龍將脖子伸向我，盯著這把弓。牠金色的眼球閃過一絲像是認出什麼的光芒。

**玉龍弓，怎麼可能？**牠的口氣較平緩了。

在我開口說話前，文智邁前一步，他一定也聽到長龍的疑問。「這把弓選擇了她，現在由她使用。」

**這更出乎我意料了**。長龍的嘆息聲彷彿一陣風衝過樹林。**妳可否借給我天神鐵印？我來釋放我其他手足，我必須與牠們商量。我承諾妳，我們一定會回來這裡，並且不會傷害你們任何一位**。

文智把我拉到一旁，小聲地說，「請長龍先交出珍珠，如果妳給鐵印，牠釋放了其他條龍，妳可能就什麼都沒有了。我們好不容易走到這一步——如果妳現在失去鐵印，最終什麼都失去。」

他的建議聽起來很合理，在任何交戰中，文智總是保持警戒且冷酷無情——這也是為何他總是屢屢獲勝。

但龍族並非我的敵人。

我轉過頭，目光對上力偉。「星銀，這是妳的抉擇。」他說著，用著比我預期還溫柔的語氣。

我應該聽從文智的建議，但我的直覺引導著我，走向不同的道路。我相信長龍不會欺騙我，如果我無法交付出我的信任，要如何獲得牠的信任呢？

我緩慢地伸出手，鐵印放在掌心。

長龍從掌爪放出光芒，包圍鐵印，讓它飛到牠的掌上漂浮。當牠闔上爪子，長龍的大嘴向上揚，一躍而起，飛向夜空中。

文智靜靜地看著牠逐漸縮小的身影。他是否感到不悅？我沒有他那般經驗豐富，但我相信自己的直覺。

我伸手碰觸他的手臂，手指點了點他的袖子。「牠會回來的。」

「妳怎能如此確定？」

「因為我的冰雪聰明超越我的實際年齡。」我故作輕鬆地說著，試圖掩蓋我內心升起的不安。

他大笑，聲音厚實且飽滿。「妳的確是，雖然對於神仙來說妳仍是個小孩。」他刻意補充地說。

「那你告訴我，老人。」我笑著說。「你說那把弓選擇了我是什麼意思？為何你之前從沒提過？」

文智彎下腰，將我一縷鬆開的髮絲攏到耳後，手指在我耳後徘徊了一陣才放下。「我在東海圖書館讀到的。我認為不重要，畢竟很明顯這把弓已做了選擇。」

「應該不是選擇我。」我承認，「我認為這是個巧合，也許是因為當時我第一個碰觸到那把弓。我只是它的保管者。」

「我本來應該要跟妳說的，但直到現在才想起來，長龍的話開啟了我的記憶。」他苦笑地說

「你還有發現其他事？」我試探地問。

「據說玉龍弓一次僅屈服一名主人，這部分我原本不是很確定。」他臉上看起來心事重重。「然而，從長龍剛剛的反應看來，印證了真有這件事。」

「我之前從未聽聞這把弓。」力偉說，朝我們走來。「但也不意外，也許因為

我們並沒有好好研究過龍族。我可以握握看它嗎？」力偉伸出他的手。

我還未將弓遞給他，這把弓就開始顫抖，彷彿在抗議。力偉縮回手，搖搖頭。

「我不會傻到試圖去拿它了。」

★　★　★

我不知道我們原地等候多久，直到天色漸暗，直到白晝的最後一縷大地上的餘熱消散，直到我疲憊地倒坐在地，雙臂環抱膝蓋。我是否不應該相信那條龍？我是否錯誤判斷牠們的品格高尚？我不敢看向文智，雖然他不會嘲諷或責備我，但我令他失望了。除此之外，我感到害怕，若我雙手空空回去，沒帶回珍珠還弄丟了鐵印，天皇會怎麼做？就在我正要認輸時，月亮跟星星彷彿被夜空吞噬般消失了，四隻龐大生物的身影籠罩天空。

巨龍們在我們面前降落，大地因牠們落地的威力而撼動，牠們金色腳爪深入地面，塵土飛揚，尾巴在身後鞭打著，拱著長長的脖子伸向天際，牠們的龍角閃著銀白色光芒。牠們的氣息非常強大，空氣似乎都被牠們的氣勢震住而一直顫動。另外三條龍都比長龍來得小，但不減華麗。一隻散發著如月光的雪白鬃毛，而另一隻則像太陽般閃耀，背上一排金色的尖刺。而最後一隻，天衣無縫地融入深夜黑暗中，但牠的乳白色獠牙閃閃發亮，像是骨製匕首。

在這條源遠流長的河岸邊，龍尊者再次集合。牠們目不轉睛地盯著我看，雙眼閃爍著永恆的智慧。不知為何，我跪倒在地，伏低身軀直到額頭貼到草地。

長龍的聲音在我腦海轟隆響起。**我們很感激重獲自由，再度感受微風拂過臉上的感覺，生命彌足寶貴**。牠的眼睛閃爍著，薄霧從鼻孔湧噴出。**然而，我們不願意為天皇效勞，我們不會將我們的珍珠交給他**。

心頭一陣沉重，我站起身，文智向我靠近，彷彿預備支援我，他是否以為我要跟龍族對戰？我不可能這麼做的。我並非感到害怕——雖然牠們很可能撕裂我——但是，我不會的。這也表示，我失敗了，我的母親將繼續受監禁，而我在天庭的所有努力也化為烏有。

長龍的聲音再次在耳邊響起。**我們要將珍珠交給妳**。

「什麼？為什麼？」我不可置信地重複牠的話，確認自己沒聽錯，即使力偉跟文智都轉向我。

長龍抬起頭，鬃毛飄盪在空中，如絲狀火焰。**很久以前，我們還幼小時，一位法力高強的術士偷竊了我們的生命靈體，若不是一位勇士救了我們，我們差點喪命。但當時我們太虛弱，無法取回靈體，於是這位勇士把靈體注入四顆珍珠。我們對他宣誓效忠，當他離開東海時，他將珍珠歸還我們——我們一致同意，如果他要求或是他的代替者要求，我們有義務再次交出珍珠。**話到此，長龍停頓了一下。**這把玉龍弓是他珍藏的武器，只聽從他，如今這把弓選擇了妳。**

我的思緒打轉，我知道這把弓武力強大，但作夢也沒想到龍族對它如此崇敬。更無法想像，我將成為它的合法主人，而這會使龍族視我為——

「但我並非那位拯救你們的勇士。」我猶豫地說。「我對他完全不了解，我的母親跟父親都出生凡間。」

**位階是世代相傳的，天賦則是血脈相依的，但真正的卓越來自於內在，**長龍說。**這把弓選擇妳必有它的理由，可能是妳還未察覺的理由，只有撥雲見日那天才會明瞭。我們必須謹守誓言，我們會尊重這把弓的選擇，並把珍珠給予妳，如果這是妳希望的。**

長龍用牠金色的雙眼凝視著我。**但是，還有其他條件妳必須知道，如果妳接受**

**了珍珠，我們會要求妳發誓——就像我們的統治者所做的——絕不強迫我們違背我們的意願行事，並且願意捍衛我們的榮譽及自由。我們是和平的生物，我們不允許我們的力量使用在傷天害理的事上，這會減弱我們的力量，我們將會死去。**

即使這樣涼爽的夜晚，我的肌膚仍冒出汗來。我驚恐萬分，想像天皇可能會要求龍族的效忠效力，以及如此一來牠們得付出的代價。龍族給予我極大的榮耀，但同時是個可怕的負擔，我不確定我是否值得去承擔或者夠強大去承受。

「龍尊者，**您**能夠讓我的母親，月之女神，重獲自由嗎？」我小聲地問。如果牠們做得到，我就不需要天皇的赦免，也不需要珍珠，更不需要在我的榮譽與母親的自由兩者間權衡輕重了。

長龍琥珀般的眼珠子黯淡下來，**即使我們被囚禁著，我們也聽說嫦娥跟后羿的傳言。天皇看管整個天庭，嫦娥監禁在月宮。而她的神力來自於仙丹，那是天皇的賞賜。因此，嫦娥算是他的臣民，他有權對她進行嚴厲的懲罰，我們不能解除此法術。如果我們試圖釋放她，這是藐視天庭，等同開戰。我們不能與天庭交戰，那會摧毀我們。**

這難以抉擇的重量幾乎壓垮我，我不希望背叛龍族，但如果我的母親受到威脅，我能抗拒得了以龍換取她的安危的誘惑嗎？而如果龍族效力天皇而因此滅亡，我的良心過得去嗎？

我內心哭喊著抗拒這個負擔，但我又怎能讓這個機會溜走？如果有方法可以利用龍族的力量且不需傷害牠們，如果有方法可以同時讓龍族與我母親都安全……我不知道有沒有可能，但只有一個方法能找出答案。

我雙手合掌，向牠們鞠躬行禮。「我會接受你們的珍珠。」

龍族點點頭，牠們臉上浮現失望的表情嗎？

罪惡感尖銳且深刻地刺痛著我。「作為報答，我發誓不會強迫你們違背意志，並維護你們的榮譽及自由，而且我會把珍珠歸還你們。」我的聲音顫抖著，一本正經地說著誓言。龍族沒有要求我做到最後一點，但我內心深處覺得這才是對的。

這夜是如此寧靜，我可以聽見草叢的顫動聲，葉子從樹上飄落的聲音，最後，長龍緩緩向我潛行，牠巨大的下顎張開，呼吸中噴出薄霧。在那閃亮白色獠牙中間，血紅色的舌頭上方，躺著一顆深紅火焰的珍珠。牠低下頭，用舌頭舉起那珍珠，輕輕地放到我掌心。其他龍一個接一個仿效，將四顆發光的珍珠交到我手中，每一顆的顏色都與贈與的龍相同，它們在我手心上充滿力量地顫動著，像沉浸在陽光般熾熱發光。

**我們的命運交到妳手裡了，嫦娥及后羿的女兒**。長龍凝重嚴肅地說。**當妳想召喚我們時，握著我們的珍珠並喊我們的名字。**

我緊緊握住珍珠，這就是天皇命令的任務。「謝謝你們的信任。」我低聲說道。

**謝謝妳的承諾。**長龍發出一聲渴望許久的感嘆聲。**現在我們想去東海沐浴在久違的冰涼海水中。**牠二話不說，騰空飛起，劃過天際，珠龍跟黃龍緊隨其後。

只有黑龍留在原地，牠的目光令人不安地發亮著。當牠一開口，聲音猶如鐘聲用力敲響般宏亮。**嫦娥與后羿之女，我被壓在山下的這些年，我聽過黑龍江邊沐浴的凡人們談論這位史上最偉大的弓箭手。**

**「您有我父親的消息？」**我不敢奢望，但壓抑不住我胸口的瘋狂起伏。

黑龍遲疑了。**他們提到他的墳墓在黑龍江岸邊不遠處，兩條河交會地，那裡有座開滿野花的山丘，妳會在那裡找到他的安息之地。**

我的父親……已過世？我一直懷藏他還活著的期望，即使凡人的生命短暫，而他正邁入人生初冬，我最後一絲希望破滅了，我哀悼著素未謀面的父親。至今仍等著他的母親，知道這消息必定會讓她傷心欲絕，她長久的願望毀了。我四肢突然無力，跪倒在露水覆蓋的草地上，陷入絕望之中。

文智在我身邊蹲下，擁我入懷。我眼角餘光瞥見力偉同時伸出手，然後慢慢收回，放下。

黑龍一聲嘆氣。**我多希望我能帶來的是喜訊，請節哀順變。**牠優雅地躍入夜空中消失不見。

文智緊擁著我，我抬頭看他，驚訝地眨了眨眼。他的雙瞳不再是黑色的，而是像冬雨般的銀灰色。我猛然退後，極力推開他，一朵雲飛來將我們席捲到空中，接著快速飛翔，空氣撞擊我的臉龐，我幾乎無法呼吸。我在文智懷中扭動掙扎，瘋狂地想抓住我的力量，但我全身漸漸麻木寒冷，像是樹葉上逐漸成形的寒霜。我動彈不得，無法掙扎，力偉的叫喊聲打破了我的昏迷，緊接著是金屬碰撞聲，隨後變成沉悶的模糊回音。

「我很抱歉。」

飄盪的耳語隨風而逝，如此輕柔到我以為是在幻想。銀色的雙眼，蒙上一層遺憾的陰影。接著，我眼前一片漆黑。

# 31

一股濃郁的香味滲入了我的嗅覺，富饒且清甜，像是一座金碧輝煌的的森林。

**檀香**，我在腦海裡低聲呢喃，逐漸從籠罩的霧氣中甦醒，雙眼猛然睜開。我坐起身，手指按壓著抽痛的太陽穴——當我見到房內的紅木家具、綠色大理石地板，以及金色絲綢帷幕時，頭更疼了。三足香爐上的香煙裊裊，某個冰冷的東西刺痛了我的手，我低頭一看，恐懼地縮了一下。深色金屬手環環扣在我手腕上，材質跟力偉在長春林綁住他的一樣。我試著解開，但它們緊緊扣牢，數個相同的金屬圈環，沒有勾扣，也沒有鉸鏈。我抓著我的能量，但它逃離了我的控制——就像我未接受訓練時的力量狀態，就像在影子峰時。

恐懼席捲而來，我跌跌撞撞地走向門口，用力拉門。是鎖著，我跌坐在一張圓桶型板凳上，怒火中燒，我現在被囚禁了？我的法力被束縛了嗎？力偉在哪裡？文智呢？還有珍珠呢？我發抖著解開荷囊，將裡頭的東西全倒在桌上，我的玉笛滾出來，還有彥明王子的紙龍，我衝向床邊，掀開棉被，查看家具底下，翻開所有的櫃子跟抽屜，沒有見到任何珍珠或玉龍弓的蹤影。

我回想起瞥見冰冷瞳孔的文智那一幕，我失去意識前風中的低語，他是否被某種惡靈附身了？被假冒？他是否同樣身陷危險？我胸口一緊，令人反胃的疑慮不安浮現腦中。

門滑開，我猛地抬頭一看，一位年輕的女子端著托盤走進來，被我嚴肅的神情嚇到，她猶豫了一下連忙鞠躬。「小姐，您醒了，我……我這就去通知王子殿下。」

她將托盤放到桌上後匆匆離開，並闔上身後的門。

「等等！」我跑向門口，使勁拉門卻沒有用。我在她身後大喊，「這是哪裡？誰是『王子殿下』？」沒有任何應答，腳步聲消失在寂靜之中。

我再次坐回板凳，壓抑著想拍桌洩憤的衝動。束手無策又百無聊賴，我只能掀開托盤上瓷碗的蓋子，碗裡是淋上金黃色麻油的清澈肉湯，令人垂涎的溫暖香氣撲鼻而來。但我將碗推到一旁。

一陣微風吹進屋內，吹散了煩膩的薰香。我跑向窗邊，大口吸著新鮮空氣，外頭陽光普照，然而紫羅蘭色的雲朵遮掩住了下方。屋頂上的瓦片閃爍彩虹般的絢麗光彩，我仔細觀察黑曜石牆面，注意到屋脊的溝痕夠深，我足以抓穩，便將裙子拉高，一腳跨過窗外——卻撞上一道堅如硬石的無形屏障。

我咬緊牙關，施以更大的力量想抓住我的法力，但那些光點彷彿被風吹散般，快速溜走。我再次環顧房間內，清空櫃子抽屜，絲綢及錦緞四處散落，書籍堆滿一地。如果要殺出重圍，我必須武裝自己——如果必要反攻，扯斷的桌腳也行。我翻了翻裝滿珠寶的盒子，找出所有的髮簪，別了兩支在我頭髮上，其餘的塞進我的腰帶裡。

我身後的門吱吱作響，我鼓起勇氣轉過身，掌心藏了一支金色髮簪。文智走進房內，身穿綠色長袍，上頭繡著色調由紅轉金的秋葉，他的黑髮穿過一枚玉環，垂落披肩。一見到他的雙眼，我瞬間血液沸騰，不是黑色的而是奇怪的銀色。這是偽裝者！我將髮簪丟擲在他臉上，快速衝向門口，他敏捷閃避，轉身一把攔腰抓住我，我拚命掙扎狠踢他，雙腳重重地踩在他的大腿上，他的身體繃緊，把我抓得更緊了。我蹲下準備用膝蓋踢他的腹部，他也敏捷地打掉攻勢。我急著失控發狂了，強壓他的胸膛，奮力推開他，結果一頭猛撞上牆！**真蠢**，我痛到忍不住發出嘶聲，眼冒金星。

我目光茫然，眼睛眨了眨，身體癱倒像暈過去般，他一手穿過我的肩膀，另一手放在我膝下，將我抬起並抱緊我。他抱著我走了幾步，接著把我放在床上。我閉上眼，清晰感覺到他那長繭的手指刷過我的肌膚，意外溫柔地撫順我臉龐的頭髮。我內心警戒，但試圖表現放鬆，腰間摸索著髮簪，當感覺到影子籠罩我的臉時，一陣驚恐下我雙眼睜開並拔出髮簪刺向他。他抓住我的手腕，髮簪尖鋒與他的脖子僅僅距離一絲毫髮。

他嘴角上揚。「星銀，妳今早好殘忍啊。」

我背脊發涼，耳畔響起他低沉的聲音，帶著令人心痛的熟悉，但他現在對我來說是個陌生人。他用另一隻手撬開我緊握的手取走精雕銀針，我試圖用力扭動掙脫他的控制。

他把手放下，臉上笑容消失。「別害怕。」

「你的眼睛……」我的聲音顫抖，坐起身並雙膝貼胸。眼前那對雙眼閃爍著，就跟華菱小姐一樣。寒意掠過我全身，直到我了解他的能力前，我必須小心謹慎行事。

他聳聳肩，彷彿一點都不重要。「是偽裝的，避免不必要的麻煩。」

「你是誰？」我質問他。

「就是妳一直以來都認識的那位，一直以來在妳身邊的那位。」

我語氣嚴厲：「別跟我玩文字遊戲，告訴我你是誰。」

他專注地打量著我，「妳揭露自己是月之女神的女兒時，我是否接受了妳？星銀，妳我都知道彼此最在乎的事。」

成為被玩弄的棋子令我內心糾結，他說的每件事都是藉口及拖延，巧妙操弄我的情緒，同時又刺痛我的良心。將我們連結在一起，讓我們看起來就像同夥的。無論他做了什麼，肯定都很不妙。

「別拿我跟你相提並論。」我非常激動。「我的欺瞞並沒有牽連到你，而你……你把我關起來，還偷了我的東西！」

他雙唇緊閉，轉過身去，大步走向窗邊。

「這裡是哪裡？」我問，厭惡自己語帶顫抖。我在他身上感受到新的不確定感，是**恐懼**。

「我家，雲城。」他的語氣一度帶著暖意，接著又變得冷酷，「儘管外界喜歡稱作魔界，天庭聰明的伎倆將我們包裝成敵人，即使是那些我們從未見過的人也憎恨和害怕我們。」

這不可能，這裡不可能是魔界。而他也不是禁止進入天庭的邪魔，他在軍中服役的那些年，必定會被察覺到。

「這是開玩笑嗎？」我從床上一躍而起，手肘撞摔一個珐琅花瓶，鏗鏘碎成一地的聲音在房內迴盪。

門突然被打開，兩名身穿黑色鑲銅盔甲士兵跑進房內。一名士兵有著細長鼻子及像雪貂般的尖下巴，另一名較高的同伴臉頰白皙，有著圓圓的雙眼。他們手中握著掛有墨黑色流蘇的發亮長矛。一見到文智，他們鞠躬並以長矛尾端撞擊到地面行禮。

「王子殿下，我們聽到巨響。」臉色白皙的那位說道。

意識到士兵們及稍早那位侍女對他的稱呼時，我猛然抬頭。他的父親真的是魔界國王，那位所有天庭神仙既恐懼又厭惡的邪惡君王？我真想倒回床上，閉上雙眼，希望這一切只是個噩夢，而我會從中醒來。但龍的聲音在我腦海響起，想起他們將珍珠放在我手中，那種刺痛。想起我被風捲走時，強大的氣流衝擊我的臉。

這不是場夢。

這兩名士兵再次向文智行禮，我沒聽見他們接受到的口令。他們站得挺直，充滿好奇地盯著我看。

「不要打擾我們。」他冷冷地說。他們立刻退出門外，關上門。

我雙手緊握，真希望我手中握有武器，「殿下。」我生硬地吐出這個稱呼。

「你怎敢沒經過我同意就帶我來這裡？」

他倚著窗框，面對著我。「沒經過妳的同意？妳答應要跟隨我的。」

「我不是那個意思。」

「妳就是，妳說妳會跟隨我，跟我回到家鄉。」

我的憤怒直衝腦門，氣到無法思考。他的欺瞞讓我們互相的承諾成了笑話。我曾相信他來自西海；從沒想到原來魔界才是他的家鄉！我不可能答應這種事！我拳頭緊握，但我強迫自己把手鬆開；現在不是意氣用事的時候，他是個超高明的騙子，至少現在知道這點對我才有幫助。

我必須打聽到更多消息。

「你怎能這樣對我？」我的聲音因壓抑憤怒而變得沙啞。

他穿過房間，拿起桌旁一個凳子，舉起茶壺倒了兩杯茶，如往常般拿了一杯給我。我一言不發地看著他，他等了一會兒後舉起茶杯自個兒喝了一口。

他眉頭一皺。「明智的決定。茶冷了。」接著他對茶杯輕輕施法，茉莉花的香氣升起，杯子裡的茶色從浸泡過久的暗褐色轉變成濃郁的金黃色。

「我原本可以自己來的，只是我做不到。你對我做了什麼？」我滑下床，對他伸出雙手，那金屬環在我肌膚上閃爍著暗色光芒。

「只是個預防措施，確保妳不會做什麼傻事。」

我忍住衝上前打他的衝動。「我做過最傻的事就是相信你。你如何通過天庭的結界？你加入軍隊是有什麼企圖？你為何把我帶來這裡？」

「那麼多問題啊，星銀。我盡可能地回答妳，如果妳願意好好坐下來。」他手指著他身旁的椅凳。

我瞪著他緩緩坐下，背挺得比木板還直。

「天庭的結界並沒有以往那樣堅固，也許是因為他們不再擁有刺探敵軍的能力？我用法術隱藏自己，再削弱他們的防護，非常簡單。」

「你是**他們**其中一員，你使用那種禁術。」我不禁顫抖。

「是的，然而在這裡沒有被禁止。在這裡，這是種**天賦**。」

「你這個叛徒！」我怒吼，想起破壞結界並傷害淑曉的狐妖。「你難道不在乎你造成的傷害嗎？」

「那被我拯救的呢？我幫助天庭擊潰的怪獸及敵人呢？」他細數著，「我們現在只是兜圈子，不會產生任何共識。妳不也隱藏了自已的身分嗎？星銀妳應該比任何人都更能了解我的處境。」他的口氣轉為嘲諷。「別當正義魔人了，妳也不效忠天庭。」

我的理智啪地一聲斷裂，「無論我做了什麼，我都不是個奸細！我只是要保護我的家人和我的生活，我從不陷害別人！」我繼續嚴厲地說，「那**你的**忠誠是什麼？你裝得真像，表面上關心天庭士兵們的傷勢，卻暗自竊喜。」

他的氣息變得凝重，像暴風中的雲般翻騰。「我一**直**都關心我的那些手下，為每一個逝去的生命哀悼。但我做我該做的事，我喜不喜歡並不重要。」

「就像你對我一樣。」

「什麼？」他像吃了一驚，「不是——絕對不是。」

「那，是為什麼？」我試探地問，瞥見他得意洋洋中的一絲縫隙。

我不認為他會回答我，即使他回答了，也預期會是謊話連篇，但當他再度開口，全身緊繃了起來。大概是他心裡所想的事，深深影響他的行為舉止。

「身為一國之君的二兒子沒有太多的機會。一切好處都給了我那同父異母的兄長，文爽。即使他的能力跟力氣都不如我——更不用說法術上更是毫無天分。但他因為是長子，便被封作為太子。」他的嘴巴扭曲成一抹苦笑。「所以，我找我父親談判，達成的協議就跟妳與天皇爭取的差不多。」

「就這樣，只是為了奪取你兄長的位子？」我不可置信地說，我內心一部分希望他是被迫的，但卻是因為貪婪及野心……我不敢相信是這些東西驅使了他。他不再是我以為的那個人了；他不再令我尊敬。但他那無情的火花，極力想要贏的欲望，其實一直都存在——如果我早點認出那是不受控制的野心就好。

他的手放在桌上緊捏著茶杯，手指關節因用力而發白。「你一點都不了解我那同父異母的兄長。」

「我甚至不知道你**有**個兄長。」

「除了血脈相連，他跟我一點都不親，自幼他對我除了殘忍，就是仇恨。我在他手裡忍耐許久——挨打、懲處，以及侮辱。我完全不能反抗他，並非我比較軟弱，而是因為他是繼承者。一些我年幼時的忠僕及朋友都被他搶走，我則學會了絕不輕易讓人看出自己的喜好。我唯一能保護自己跟我所關心的人的方式，就是超越他，並奪取王位。」

我抑制了憐憫之心，試著忽略他語氣中坦露的真情。誰知道他是否編織更多的謊言以博取我的同情？我雙眼盯著他，問說：「那這又跟天庭有什麼關係？還有珍珠？**還有我？**」

「我父親一直夢想推翻天庭，他對天皇積怨已久，天皇詆毀我們的法術，讓整個仙界與我們為敵。還有那些我們在戰爭中失去的朋友。但我們無法開戰，我們還不夠強大到可擊敗他們及他們的同盟。」

「你們的法術**太**卑劣。」我脫口而出，想到力偉在華菱小姐控制下受盡折磨，還有我與仁于總督的對抗。

「不，才不是。我們的法術可以治癒心理疾病，舒緩苦痛，揭露謊言，偵測惡意。它**可以**用在卑劣的行為——就像水、火、土、風之術也曾使用在令人髮指的死亡與毀滅攻擊。心之術易受毀謗是因為大家對這項技能所知甚少。最重要的，是因為被那些當權者——天皇及他的盟友畏懼使然。」

「控制心智並剝奪意志，這是很齷齪的行為。」

他臉色一沉。「在大戰前這個法術很少被使用，在這裡也不太容忍——直到我們被迫用來防衛自己。不要責備樂器本身，要怪那位操控曲調的人。也許這就是天皇的企圖，鞏固他在仙界權力的高位。想要號召團結，沒有什麼比樹立共同的敵人更方便了。如此一來，他可是製造出一個自我實現的預言，也就是他自我毀滅的預言。將我們驅逐反而給了我們一個對抗的目標，只會讓我們更強大。戰爭中，對錯正邪的界線是很模糊的。」

我思緒紊亂，千思萬縷。他與天皇，我誰都不信任。還是這是文智的技能令我如此？他將事情扭曲到我無法辨別是非對錯？

我保持沉默，他繼續說著：「我答應我父親，若他封我為繼位者，我會幫助他推翻天庭。我會找到可抗衡天皇的強大武器——天皇害怕至極、牢困凡間的武器。」

「龍族。」我難以呼吸，勉強微弱出聲，「你從我這裡拿走牠們的珍珠，要用來做什麼？」

他聳聳肩。「或許牠們會很高興能對那位囚禁牠們這麼久的天皇報仇。」

「絕對不行！」我哭了出來。「你也聽到牠們自己說的，龍族是和平愛好者，牠們寧願被囚禁以**避免**流血衝突。如果逼迫牠們做這樣的事，牠們會滅絕。」

他對我的話充耳不聞，臉上呈現一股冰冷的決心，就像石鑿般的堅定。我忍住內心快說不出話來的痛苦，繼續追問，我必須知道他的陰謀有多深。「來自影子峰的礦石，你用它鍛造多少這個？」我將手環推向他面前。

「我們必須防衛自己，盡任何可能。」

「東海人魚族的叛亂是你策畫的？」

他的嘴抿成一直線。「播下一顆小種子，卻製造出超過它原有價值的麻煩。我很早就嚮往東海的圖書館館藏，但他們嚴謹守護著他們的知識，尤其是關於龍族的一切。我們的臥底回報了他們驕矜自滿的軍隊以及充滿野心的總督。我們安排贈與仁于總督一枚墜子，用來挑撥離間。我們清楚知道東海一有紛亂就會找天庭求救，誰能拒絕救世主的恩惠？然而總督的計畫超越了我們的預期，我們並不想要他推翻東海王位並統治四海，我們只是想要與天庭為敵。」

我強迫自己平靜超然地傾聽，雖然想到他那天假裝對那些被擊潰的士兵表達關心，我就感到噁心。我不敢深入思考他的供認不諱，不然我一定會克制不住情緒。我抬起頭，發現他盯著我看——那雙眼蒼白，閃著銀灰的光，某種東西在我內心波動，認出難以描述的似曾相識。那個森林裡的弓箭手，那個有雙銀色眼睛，毫不留情射擊我的弓箭手！

「**你**襲擊我！在寶塔裡！」我的心痛苦地幾乎撕裂成一半。「綁架鳳美公主的是你！」

他別過頭，是因為感到慚愧或可恥嗎？「我警告過妳不要去。我是在保護妳。我襲擊妳是為了讓妳安全——把妳留在寶塔便可以遠離埋伏。而且如果妳受傷了，妳可能會轉移到安全處。」

他的黑色箭羽確實擊退了攻擊我的人，但這也無法平息我的怒火。「你怎麼可以這樣？你知道我們在那鬼地方經歷了什麼嗎？」

他急促地深吸一口氣。「我命令華菱小姐不能傷害妳。她同意了——但妳，星銀，妳有一種激發對方產生強烈情感的本領。這是妳的優點也是缺點。」

他用如此親密的口吻對我說話令我反感。「真是個高尚的計畫。」我懷著狠勁的鄙視口吻恭賀他，「綁架一個無辜的女子，操控一名憤恨不平的神仙，讓她聽從你的命令，然後不沾染你的雙手。你不感到羞恥嗎？」

聽到我的嘲諷，他綳起臉，「我效力天庭數十年，終於打進天庭的權力核心，但還是沒有龍族的消息。我父親已失去耐心，所以我決定提早返回並先送上替代的禮物。」

「力偉。」一想到他，我內心一陣劇痛。他在返回天庭的路上了嗎？他是否擔心著我在哪裡？

文智嘆息道，「任何一個都可以：天庭太子的生命力，或是鳳凰城與天庭的斷交。可惜妳摧毀了華菱小姐的戒指，我父親失去這東西很不開心。」

我因他無任何悔意而感到心碎，我仍緊抓著最後一絲……無論多細碎的希望，希望那**不是**他，希望這一切不是真的。自從我離開母親之後的每件事，我所取得的所有成就，都被他的邪惡給玷汙了。

喉嚨湧出膽液——滾燙、苦澀、酸嗆。我極力保持冷靜，但不幸還是失敗了，我怒氣衝天，用盡全力往他臉上甩了一巴掌。他沒有畏縮或阻擋我，一記響亮耳光，他的頭被揮偏向一側。我的掌心刺痛得像火燒，然而他肌膚上留下的紅色印記使我感到強烈的滿足。

「星銀，我知道妳很生氣，但別再打我。」

「生氣？我現在的感受根本無法形容！還有，我多看不起你！」

他靠近我，耳鬢廝磨般對我輕柔耳語。「這是妳自己的選擇。**妳**從龍族手中取走珍珠，別否認妳也想要牠們的力量。」

他說出我無法反駁的事實，我不禁畏怯。但他誤解我了。是的，我想要牠們的力量，但原因並非他陳述的如此。忽然，我想到一件事，意識彼此關聯後我不禁覺得心被掏空。「你是因為知道我傳承了玉龍弓，才假意關心我嗎？因為你發現我可以控制它……透過它，可以控制龍族？」

「並沒有。」他毫不猶豫地說。「我不能否認妳與那把弓產生連結，引起了我的興趣，但在東海經歷的事情，讓我更想靠近妳。一開始像是盟友般，接著——」他臉上泛起一陣紅暈。「我們之間的關係老早就開始了，我第一次看見妳射箭時，妳就令我怦然心動，我沒有預料到自己會感受到這種悸動。這也是部份的原因，我放棄珍珠，決定返鄉，我不想要我們之間有更多的謊言。」

即使此刻，我內心一部分還為他的坦白而感到痛心。但我不會表現出來，他不會知道他對我的傷害有多深。

他繼續說：「我幾乎希望天皇不要給妳這項任務，我從來不想要與妳為敵。但命運如此捉弄人，妳覲見天皇時，他揭露了我等待多年的東西，一個我不容錯過的幸運巧合。」

「對我來說並非偶然巧合。」我觀察他臉上的神情，沒有傷害我也傷害到他的任何跡象。「你知道我需要那些珍珠來拯救我母親，你知道我經歷了什麼才獲得它們，而你仍然從我手中搶走。」我極力保持鎮定，說出最後的懇求。「如果你真的像你所說的那樣在乎我，還給我那些珍珠並讓我走。」

他一個箭步拉近距離，將我拉進他的懷裡。在我灼熱的肌膚上，他的雙手如此冰冷。「珍珠對我人民的未來至關重要，我們必須擺脫天庭的威脅。有龍族聽令於我們，我們才能輕易地擊敗天庭。一旦成功，我發誓我會找到方式釋放妳的母親。我們會擁有我們一直想要的東西，以及我們夢想不到的一切。家庭、權力，還有彼此。妳現在要做的，就是相信我。」

我掙脫他的懷抱，他的碰觸使我全身起雞皮疙瘩，前一天我還如此渴望他，期待我們的未來……現在他卻令我如此反感。「我對龍族許過承諾。我的諾言對我至關重要，就算你的諾言對你來說毫無價值。」我可以再多說什麼，我可以憤怒、謾罵，以及詛咒他，但現在一股痛楚的疲憊襲來，一種來自心底的厭惡。我轉身背向他，要他離開，我一刻也無法再忍受他。

他深深地嘆了口氣，掩飾了悔恨。「妳慢慢考慮，不管如何妳都離不開這裡。」他大步走向門口，拉開門。「別浪費力氣試圖逃跑，如果妳堅持當個傻子，我別無選擇只好待妳如個傻子。」

他轉身闔上門，我氣到抓狂，拿起他的茶杯扔向牆壁，精緻的瓷杯破裂成無數個碎片——一切都將無法再回到從前了。

# 32

無視他的警告，我試圖逃跑，我必須逃跑。但窗戶被封住，門也緊緊被鎖上。一名侍從送餐給我時，我試著突破重圍，卻撞上外頭的守衛。不幸的是，他們皆是經驗老道的衛兵，不是會措手不及的青澀新兵。我用盡全力與他們對抗，但他們輕易制伏我，將我扔回房內。

我癱坐在板凳上，手指不停敲打桌子，敲著連續無止盡的節奏。我要如何離開這個受詛咒的地方？我要如何奪回珍珠？而我的母親……我想要解救她的希望變得渺茫，如同絕望妄想，就像我在金蓮府作侍女時的慘淡無望。就這麼一次的打擊，文智徹底撕毀了我的夢想，連同我的心。我的指甲戳入桌子，撬出細細的木屑。

我以為自己已經因他的背叛而麻木無感，但此時一陣疼痛向我撲來，尖銳且無情。我的思緒飄向我們在一起的時光——這些回憶令我心痛，但我沒有心情對自己仁慈，我試著回想他的所作所為：他堅持要我們保密玉龍弓的事、他深夜時去影子峰探路、試圖打消我對東海圖書館的興趣。從個別事件來看，沒什麼特別，但串在一起時，便拼湊成一個惡意的策畫。甚至他談論自身時的緘默，都應該視為警示，尤其是我。但我被自己的情感、野心及欲望給蒙蔽了，以至於對其他事都視而不見。我的虛榮心也是個問題——我不可否認自己迷惑於他的名聲，因他的關注而高興。我想像他如此高尚崇敬，所以我將他所做的事都打上這樣明亮的光。他欺瞞了我，但這是我讓他這麼做的。受情緒遮蔽的心會遭來禍害，如果我認真把道明老師的告誡聽進去的話……而現在，一切都太遲了。

門被拉開，我立刻起身搜尋房內任何可作武器的物品。依上回經驗，文智命令他們清掉房內所有的髮簪。我本來可以徒手制伏一名侍從，但自從我試圖逃跑，現在改成武裝士兵送飯。

不是武裝士兵。文智大步走進房內，他的青色長袍下擺飛舞飄動，腰繫著一條鑲嵌琥珀的布帶。他頭髮上頂著白玉王冠，鑲了一顆發光的祖母綠。見到這顆寶石，我雙眼瞇了起來，那是他榮譽的獎賞。

我坐回去，拒絕迎接他的到來。我本能地抓著手上的金屬環。不論我如何使勁拉，或者用力往牆上敲，它們依舊完好無損——然而我的手已瘀傷破皮。

他目光集中在我的手，我見狀便把手藏在身後。他大步走向前並拉出我的手，一股舒緩冰涼感滲入肌膚，連疤痕也消失了。

我奮力掙脫他的緊握，我不感謝他，連看都不看他一眼。

他在我面前坐下。「別再傷害自己了，我的耐心是有限度的。」

我轉向他，聲音充滿憎恨。「你還要做什麼？除了把我抓起來，封印我的法力，還有偷走我的東西？」

他王冠上的寶石閃著更亮的光芒，也許是在傳輸他的怒氣。但當他靠近我時，他的表情仍然無法捉摸。「我要怎麼做才能使妳消氣？」他問著，彷彿他是個慷慨的主人，而我，是他的座上賓。

我向他舉起被銬住的手腕。

他嘴角上揚。「這恐怕不行，至少妳恢復理智之前不行。」

「我**已經**恢復理智了。」我怒喊回去。「我現在看清你的為人：一個騙子及小偷。」

他退開，板起臉來。如果我的話傷到他，我會很高興。

「我突然想到，」我說。「你，身為魔界王子，欺瞞天皇，滲透天庭，進入朝廷核心監視他們。這不會違反你們的停戰協議嗎？天庭的同盟國肯定會開戰來討伐你們。」

他聳聳肩，並沒有如我預期的那般擔憂。「他們可能會爭論我過去表現不錯，至少我在當天庭軍隊將領時是如此。」

我咬著內頰，想起他確實是天庭軍隊裡最著名的軍官。「但卻是**你**破壞天庭結界，煽動了東海騷亂，策劃綁架鳳美公主——」

「星銀，這些只有妳知道。」他打斷我的話，令人惱火的冷靜。「天庭的神仙們並不知道我是誰。還不知道。他們認為我只是個臥底，就像他們派來我們這裡那些毫無用處的臥底。而且，天皇不會願意承認受騙多年；他太驕矜自滿了。所以現在看起來，他會尋求可以挽救他自尊的手段，而不是召集盟友來打一場他不想要的戰爭。至少，勝負尚未明朗前不會開戰。」他臉上露出微笑。「儘管現在情勢對我方較有利。」

**因為那些珍珠**，我不發一語，強壓著怒火。

他似乎沒有注意到我悶燃中的怒意，他從碗中拿出一顆橘子，剝皮後將水果遞給我，但我沒有理睬他。

「那我呢？」我問。「綁架一名天庭士兵必定違反你們寶貴的協議了吧？還有將天皇想要的珍珠占為己有？」我帶著充滿勝利的語氣；我很確定這次說中了。「放開我，歸還我的東西，我不會告訴他們你做了什麼。」跟他協商簡直傷了我的自尊，但我沒資格挑剔了。

他將水果放入口中，一片一片地，專心咀嚼著。他是否故意不回答我？他是否沒預料到這點？不太可能，他那麼狡猾。

最後，他將手肘放置桌面，手指交叉。「我寧可妳不要知道這些比較好。」

「你這話是什麼意思？」我感到一股寒意，覺得他接下來說的話不會令我開心。

「天庭朝臣認為妳是我的貴賓，我未來的新娘子。陰謀策畫說服天皇將鐵印交出，取得了珍珠並自願逃到這裡。他們不會責備我窩藏妳；如果我對**妳的**罪行一無所知，那就沒有違反協議。」

「你這禽獸。」我低聲咒罵。「這全都是你做的，沒有人相信我會……我們……」我內心糾結著回想那些圍繞著我們的流言蜚語。我曾一屑不顧，認為那些嚼舌根的話不重要。但我錯了，大錯特錯。言語擁有力量，將謊言與竊竊私語轉變成事實，可建立名聲，也可摧毀聲譽。這也是為何我之前如此輕易信任文智，也是現在為何大家肯定會相信那個說法。一名眾所皆知的騙子，對大家隱瞞自己的身世。誰會相信我這受損的名譽？

「力偉。」我說。「他會相信我，他當時在場——」我猛然回憶起當時的畫面，脆弱的希望瞬間瓦解。我回想起當文智將我帶走時，我聽到的吶喊及金屬撞擊聲……力偉被襲擊了嗎？他是否受傷了？他必定會試著救我，他會試圖追趕。除非他被什麼擋下了。

「你對他做什麼了？」我嚴厲地問。

文智臉上閃過一陣怒氣，我瞬間鬆了口氣。「他逃走了。」我肯定地說。

「即使他幫妳說話，也不會有朝臣相信他。現在所有證據都對妳不利，而且大家都知道他對他的前任伴讀情有獨鍾。」他停頓，彷彿衡量著他下一句話。「星銀，我很抱歉讓妳這麼難過，但最好的做法，就是一個乾淨的切割。忘了天庭吧，那邊沒有什麼值得妳留戀的了。」

他如此溫柔地說著，然而此刻……我恨他。他犯下的滔天大罪深深打擊了我，我的身體因恐懼而顫抖，如果天皇認為我背叛他，他會對我母親做什麼？他是否仍然會秉持諾言不去傷害她？我必須回去，必須把這件事澄清清楚。

他再度張口準備說話，但一名士兵衝了進來。他深深一鞠躬並急切地說：「王子殿下，天庭軍隊他們——」

「現在不方便！」文智出聲制止。

士兵愣了一下，急忙轉身離開，關上他身後的門。

「天庭軍隊？」我語氣提高，帶著微微興趣，然而其實我迫切地想知道。略些猶豫片刻是他顯示不安的唯一跡象。「只是一般的邊界紛擾。」

我假裝漠不關心，但其實腦子不停轉動著，試圖理解我剛剛聽到的。那名士兵急忙通報關於天庭軍隊的消息，而文智那尖銳的反應也不像平常的他。這並非簡單的邊境擾亂糾紛，一定是更嚴重的事發生了，一件他想要隱藏我的事。

他的謊話說得多順口，我明瞭到這點時，胸口一陣刺痛。但我不再如此輕易被他騙了。

他一離開，我便衝向門口。那扇門由黑檀木雕刻製成，底端是片實心木板，上半部是連續交錯的圓圈花窗，內襯著白色絲綢，我蹲低並隱藏身影，避免被門另一側發現。

文智的聲音傳到我耳裡，低沉且聽不太清楚。「加倍守衛，如果有突發狀況，或她再次試圖逃跑，立刻通知我。」

盔甲撞擊聲響起，也許是士兵們鞠躬行禮。加倍守衛令我氣憤，這樣我要如何逃跑？我捲起長裙，趴在地上。大理石地板又硬又冷，但也許我能聽到什麼訊息。

我坐了好幾個小時，坐到我的脖子痠痛，雙腿發麻。我起身跳了兩下，腳下木頭吱吱作響，我趕緊離開。太陽下山了，我的房間也落入陰暗中，然而除了門衛最喜歡的食物、他們的家族史、崇拜的神仙之外，我什麼都沒聽到。嘆了一口氣，我起身在地板上踱步，試圖平緩內心不停翻滾的情緒。

走到窗邊，我停了下來，超過上千名士兵聚集在下方，他們黑色的盔甲閃閃發光像夜晚的大海。文智站在前方的高臺上，就像往常那樣對著軍隊進行開戰前的演說，一想到他正密謀對抗之前與他並肩作戰的隊友，我就感到噁心。我仔細凝聽，但沒有任何聲音穿越這道屏障，甚至連微風吹拂過的嘆息聲都沒有。我猛擊它直到拳頭都發疼。如果我能聽到他在說什麼，就能解開我內心的疑問。

下方一群士兵向前行，文智一點頭，他們舉起手，一整片紫色雲海變成了金色的沙子，空氣中閃耀著魔法。

**為什麼？**我貼近屏障，但士兵很快就解散了。一股不安籠罩著我，就像我站在搖搖欲墜的橋上，隨時可能崩塌，我將墜入峽谷。夜幕降臨，我熄了燈，房間陷入一片漆黑。如果他們以為我已沉睡，也許會安排少一點衛兵站崗。

我回到門邊的位置，蹲下去雙手環抱膝蓋。一場戰爭即將一觸即發，我很確定這點。但是什麼時候？天庭軍隊會如何牽涉其中？以及為何要將雲朵變成沙？

門外響起腳步聲，還有盔甲撞擊聲。

「殿下吩咐回報這邊的情況。」這次是名女子的聲音。

她的聲音太過輕柔，我必須閉上眼，仔細凝聽，就像我在桃花林蒙著眼睛射擊那樣。

「沒有狀況，她今天很安靜，而且早早就寢，也許她終於回心轉意了。」

一陣笑聲響起，我咬著牙聽著那嘲諷的聲音。

「夢綺將領，我們錯過了殿下的戰前布告。」另一位畢恭畢敬地說。「妳有什麼消息要帶給我們嗎？」

我豎起耳朵，她是位將領？那她一定有可靠消息。

「根據我們的線報，天庭太子明日將加入軍隊，後日黎明時將親自領軍出發。」

力偉要過來這裡？為什麼？我燃起的希望又幻化成恐懼。文智會做出什麼事？無論如何，他都會扭曲成自己的優勢，代表……這是個陷阱，而我，是誘餌。

某人清了清他的喉嚨。「那一切都準備好嗎？」他問，帶著一絲絲緊張。

「當他們一跨過邊境，我們就勝券在握了。」她的語氣充滿自信，其他人則咕噥著表示贊同附和。

不久之後，夢綺將領離開，聽見她的腳步聲逐漸消失，我靠在牆上，壓抑一陣又一陣的恐慌。為何天庭軍隊要來這裡？不可能是為了我而來——天皇連動一根手指來保護我都不可能，尤其是在文智散播各種謊言後。他們必定是為了珍珠而來，但為何只有天庭軍，沒有召集盟國呢？這必定因為他們不想違背和平協議——不想為了他們尚未準備好的戰爭，一場他們不想要的戰爭。比起文智的說法，我更理解箇中道理。天庭軍隊的士兵們似乎對再次與魔界交戰不感興趣，他們不談論過去戰場的豐功偉業，而是壓低聲量，陷入恐懼。他們以為可以速戰速決，最後卻只能狼狽地以脆弱的停戰協議撤退。

不，天庭神仙不會越過邊界的，力偉從來不會如此衝動行事，即使是被激怒。

我跟他一起學習成長；我了解他，他是不會接受輕率地犧牲性命。這會不會是用來分散魔界的注意力的圈套，目的是搜尋珍珠？但就像稍早文智說的，天庭軍隊必定無意進攻。那他又在計畫什麼呢？手上握有珍珠，文智就能控制龍族。他現在開啟戰端最大的優勢就是身處地主國，但如果他們無由來地攻擊天庭，整個仙界必定會聯盟出兵反抗他們。

我的頭劇烈疼痛，試著將所有思緒的片段拼湊起來。雲城位於黃金沙漠的旁邊，士兵將紫色雲朵變成沙子，他們是否在製造新的邊界？或說是個錯覺？一瞬間我恍然大悟，渾身不寒而慄。

**這是個陷阱**。比我想像的還更糟。

天庭軍隊會被引誘到魔界製造的假邊界，一旦跨越便被視作違背協議，魔界便有正當理由報復。天庭盟國也無法指責魔界，因為這只是自我防衛。我很確信天庭軍隊即將掉入埋伏，被殺個全軍覆沒！一個狡猾的計畫，且令人髮指！

我用手捂住嘴，忍住哭聲。啊，如果我沒有拿取那些珍珠就好了！但我被那強大的力量誘惑，同時迫切地想要釋放我的母親，不用被天皇懲罰。我太貪心想要擁有一切好處。真是太自滿了，認為我有能力可保護他們，我甚至連自己都保護不了。而現在，即將來臨的災難，上千名士兵的性命，我感到良心不安。

午夜的浪潮向我襲來，偷走我最後一絲力氣。我閉上雙眼，看到的都是滿地的鮮血，倒地的天庭神仙身上發亮的盔甲、力偉失去生氣的眼神、淑曉失去生命的身軀。那些我曾一同休戚與共的臉孔閃過腦海，全都邁向死亡的命運。我用力咬著指關節直到破皮，一股溫熱且帶著鐵及鹹味湧進嘴裡，我的身體蜷曲成緊緊一團，我的手握緊拳頭，什麼都無法做，只能重重地擊在冰冷的大理石地板上。

# 33

我不能讓力偉與天庭軍隊走進眼前的陷阱，我不能讓他們因我而喪命。

我要如何阻止他們？如果我還擁有法力及玉龍弓，我可能還有機會往前衝。但我現在失去力量、手無寸鐵、孤立無援——我逃跑成功的希望就像被困在虎爪下的老鼠般渺茫。眼下我只能靠我的智慧，我提醒著自己，並非所有的戰鬥都能靠蠻力取勝，有時候，滴水也能穿石。

我像個孩子似地發火痛罵文智——受傷、氣憤及魯莽。而我的挑釁只會引起他對我的不信任，使我更難逃跑。我得說服他我已改變心意，讓他減少守衛。只有這樣，我才能拿回珍珠並逃離這裡。但他不會那麼容易上當，淚水或許有用，但是文智看過我毫不退縮地殺戮猛獸。懇求是沒用的，他的野心不會手下留情。要騙他不太容易，他如此了解我。至少，他以為他了解我——當我想到他傲慢的假設我就氣憤不已，他怎能如此假定我會接受他卑鄙的計謀呢？

但或許我能利用他對我的了解來對付他，讓他認為**他**已成功說服我，加入他的陣營。他曾試圖用我母親的自由來引誘我，他認為我會願意做任何事來拯救她，就像他為了鞏固他的地位不惜任何代價。他錯了，我跟他不同。我的榮譽對我來說很珍貴，我知道我母親也會認同。

天色仍昏暗，但我已經掀開棉被，起身準備，我的胃不停翻滾，如同以往每個前往戰鬥的早晨。這一次，我沒別的武器，只有微笑及言語，而這兩者我都不擅長。我身穿絲綢，不穿盔甲。我在衣櫃裡翻找，裡頭堆滿了精緻且色彩鮮豔的衣裳。現在這個時候煩惱衣著，真是瑣碎且詭異，然而，一身光鮮亮麗的外表，可以使人不要過分關注我準備要說的浮誇謊言。決定就這件了！我拉出一件黑色禮服，正適合我現在的心情。裙擺上繡有一隻羽鶴，當我碰到牠白色羽毛，這隻鳥開始在午夜色絲綢上展翅翱翔。我真希望也能像牠一樣。

幾個小時過去了，太陽高掛天空，文智仍然沒現身，我苦澀地心想，也許他正忙於明天的屠殺行動。當他設下陷阱、密謀各種詭計，而我目前能做的只是在桌上刮出個大洞。不，我不能坐以待斃，眼睜睜地看著我在乎的人身陷危險，如果他不來，我可以出去找他——以免為時已晚。

我大步走向門口，用力敲門，微弱的聲音從絲質紗門中傳進來。

「別應聲，這可能是個詭計。」一位低聲說道。

「那如果她受傷了或者出了什麼差錯呢？」

另一位嗤之以鼻，「受傷？如果我們開了門，受傷的是我們。」

聽到他們的懷疑，我皺起眉頭。但他們這樣說確實事出有因，在我試圖逃跑的過程中，我拳打腳踢外加口出惡言。但現在我失去耐心了，用命令口吻說：「我需要見文智王子。」說出他這個頭銜令我彆扭。

外頭一陣安靜，當我以為他們打算拒絕我，我可能必須將門撞倒時，門被拉開了，六名士兵拿著閃亮的盾牌，手持長矛對著我。

即使我現在身處淒涼困境，我仍然忍不住想大笑：他們是否覺得我真的很可怕？

「你們可以帶我去見文智王子嗎？」我用我最甜美的聲音說，同時試著不被這些話噎到。

守衛們面面相覷，經過一番低聲討論後，其中一位匆忙離開。他是要尋找支援嗎？不久之後，一名高挑的女士兵現身，大步從走廊另一端走來。她那清澈棕色的眼睛裡透露著質疑，她的身形姣好，不像我從平兒那邊聽聞到的有關邪魔的長相。他們每一位都不像。雖然我不想承認，「邪魔」這個字已經令我先入為主，讓我覺得他們都是壞蛋，然而他們跟我們其實沒什麼兩樣。

「我是夢綺將領，文智王子的貼身侍衛，殿下吩咐我們今天不能打擾他。」這位剛到的將領冷冷地宣達。

但我不會就這樣溫順地回到房間，才沒有那麼容易打發我。「文智王子告訴我，只要我願意，隨時都可以見到他。」我很不會撒謊，對自己的花言巧語都感到驚訝。

一名年輕、肌膚白皙的士兵開口說：「殿下正在打坐冥想，為了戰——」夢綺將領惡狠狠地瞪了他一眼，他閉上嘴往後退一步。

我嘆了口氣，撫順著裙擺上不存在的皺摺。「文智王子知道後應該會很不開心。」我腦袋靈機一動，「你們為何不直接帶我去找他？如果他拒絕見我，我們可以直接回來這兒。」

將領帶著質疑的眼神，我補充說：「難道七名武裝士兵無法束縛一名手無寸鐵的俘虜嗎？」我的口氣帶著挑釁，將手腕上那圈受詛咒的金屬舉到他們面前。

夢綺將領點了點頭，示意我跟她走。她以矯捷的步伐走著，其他守衛跟隨在後。每一步我都能感受到他們盯著我的腦袋，長矛對著我的後背。

我加緊腳步跟上將領的步伐，研究我們經過的路線，想找個逃跑的方式。空氣中瀰漫著一股濃郁的檀香，從走廊那頭的一座青銅香爐上燃燒的香散發出來，華麗的燙金鏤空格紋包覆著黑檀木柱，綠色的大理石地板則嵌滿著銀色紋理。

通過走廊末端的木門，我們進入一座鬱鬱蔥蔥的花園，盛開的花朵散發清香，掩蓋了煩膩的薰香。我停下腳步，轉過身彷彿被這一切吸引而陶醉，其實我在尋找任何我可能可以利用的東西。茉莉花有時候可用來做鎮定劑，但這太溫和，我從銀杏樹上摘了幾片葉子，據說會引起肚疼及暈眩——雖然我還沒有任何打算要做什麼。縱使這裡種植眾多的植物跟藥草，我找不到其他可用的東西，甚至連朵有致幻效果的菇類都沒有。如果我之前當學生時認真一點就好了！突然我冷靜下來，瞥見草叢中探出的尖型花瓣的藍色花朵，我以前看過這個……第一天到崇明堂的時候，我腦中浮現憤怒的教師以及力偉假裝睡著的樣子。我蹲下身撿起一朵，假意欣賞同時用手指搓揉花瓣，直到汁液沾滿手指，當我吸到花香，一股睡意席捲而來，我趕緊放下，手在裙子上拍了拍。是星百合，與酒混和，可使人陷入沉睡。

我身後一名士兵不耐煩地清了清喉嚨，我抬起頭看見夢綺將領已走遠，我暗自竊喜，因為她比較難愚弄。我站起身，假裝絆倒——跌下去並手掌用力摩擦石頭直到流血，士兵們不知所措地看著，而我另一手在身後抓了一大把的花朵。

「我真是笨手笨腳的。」我對他們露出苦笑。很難相信幾年前我才說出我第一個謊言。我曾經很厭惡自己對力偉與淑曉說謊，但現在說的謊激發出了另一個我。我感到一種意外的滿足，一種內心的喜悅，愚弄那些俘虜我的士兵，用同樣的方式報復文智。

我甩了甩裙子上的泥沙，順便將花朵塞進荷囊。一個影子籠罩在我身上，我抬起頭，發現一位陌生人站在我面前，他的衣服很華麗，甚至招搖鋪張，紫色錦緞在上頭鑲嵌的珍貴寶石襯托下，光彩奪目。他看起來很面熟，有著高高的顴骨，強壯的下巴及薄唇。然而這位陌生人可能覺得自己很有吸引力，臉上那不安好心的樣子令我反感。

「殿下。」士兵們向他鞠躬行禮。

另一名王子？我心想。這也不足為奇，雖說魔界君王未婚，但傳言後宮佳麗三千，各個為了鞏固地位而爭相生育孩子。

他忽略旁人，目光直直盯著我看。「而妳又是哪位呢？」他的口氣親切，然而那淡黃色的眼珠子令我想起虎視眈眈對著獵物的毒蛇。

我沒有回答，不確定該說什麼——我很確定這裡我找不到盟友。幸運的是，夢綺將領出現了，大步走向我們。她一見到這陌生人眉頭一皺，但還是畢恭畢敬地鞠了個躬。

「夢綺將領，真難得不是在我弟弟身旁能看見妳，妳能告訴我她是誰嗎？」他朝我做了手勢。

**弟弟**？我感到震驚，仔細端詳他。難道他是文爽王子？文智討厭的兄長？

「她是文智王子的賓客。」夢綺將領平靜地回答。

這男子的臉上突然閃過一絲恐怖表情，是否提及文智的頭銜令他如此惱怒？而夢綺將領這麼做是為了忤逆他，還是為了避免我們被耽誤，或是兩者都有？

文爽王子此時對我露出燦爛的笑容，臉上所有不悅全消失。「我聽過這個消息，妳真的來自天庭嗎？」

他的目光令我感到不安，我簡單地點點頭。

「殿下，請見諒，但我們必須趕路了。」夢綺將領再次鞠躬，起身時她的姿勢很僵硬不自然。

文爽王子撇了撇嘴，大手一揮感到不屑。我們離開時我感覺到他的目光一直盯著我的背影。

我們穿越一個圓形石門，來到一個庭院，朝著一棟青綠的高聳松樹圍繞的大房子。空氣中充滿清新香甜味，是松針的清香融合著夜晚的微風……令我想起文智的味道，我忍住不要去想。門口兩側的黑色大理石柱，上頭刻畫著金色漩渦的圖騰。緊閉的大門則是堅固的黑檀木製成，從外頭完全看不透裡面有什麼。

夢綺將領用指關節敲了敲木門。

一陣沉寂後，腳步聲從地板上傳來。「我的指示很清楚，今天禁止打擾。」文智從裡頭冷冷地說。

將領瞪了我一眼。「我很抱歉打擾您了，殿下。我們會馬上離開。」

**我才不會**。「是我堅持要夢綺將領帶我來這裡的。」我喊著。

他沒有回答。我屏住呼吸，夢綺將領嘆了口氣，其他士兵互換恐懼的眼神。

接著門被打開了，文智站在門邊，一身深綠色的迤地長袍，頭髮披落在肩上，鬆散且沒有綁束。一見到我，他眼睛睜大，接著瞇了一下，我想，那是懷疑的眼神吧。但是他移到一旁，讓我入內。

我走進房內，聽見門在我身後關起，發出不祥的巨響。我背挺直，環顧這寬敞的廳間，石牆面、挑高天花板、長型窗戶，金香爐矗立在門口，幸好沒有點燃，我很高興這裡沒有充滿薰香味。一張桃花心木床躺在房中央高起的臺子上，木床架上覆蓋著白紗帳。書籍跟卷軸推疊在窗邊的大桌子上，如果百葉窗開啟，窗外看出去是賞心悅目的庭園景色。幾把劍懸掛在房間遠處，劍鞘是以金銀、稀珍木料及玉石製成。一看到這些，我靜止不動，試圖壓抑內心激動的情緒。

他走向我，凝視我許久。我忍不住握了一下拳，努力地放鬆擺放在裙擺兩旁。如果我能保持冷靜，如果他認為我對他的陰謀一無所知，那我就還有希望。但如果我暴露出我真正的意圖，我就會再次被鎖起來並無望逃脫。而被鎖起來只是一小部分的麻煩。

他看向我的錦緞拖鞋，目光沿著我的長袍，然後移向我頭髮上的翡翠玉梳。

「為什麼……這個？雖然這些色彩很適合妳。」

我聳聳肩。「因為我感到無聊。」

他的嘴角露出一抹微笑。「妳今天想我了嗎？」

我忍住想對他咆哮的衝動，難聽的話語只會顯得我小家子氣，毀了我費盡心思來到這裡所做的努力。相反的，我抬起下巴，挑釁地盯著他看。「即使我是，我也不會承認。」

「妳為何來這裡，星銀？」他直截了當地問。

「我想要個答案。」我平和地回答。「你有了珍珠，有了玉龍弓，我對你已經毫無用處，你為何還把我留在這裡？」

他沉默片刻，彷彿衡量著決定要說什麼。「這還不夠明顯嗎？我的心意仍然不變。」

我以為我對他的感覺只剩下厭惡，但他直白的坦露激起我內心一陣漣漪——我就是如此軟弱，我咒罵著自己。儘管他那溫柔的話語，我不會忘記他所犯下的惡行，他宣稱在乎我，但卻奪走我珍視的一切。如果這就是他的愛，我寧可不要。

我看著地板，試著表現困惑的樣子，難以抉擇、猶豫不決。「你之前說的……有關我們。我們的未來，我母親。你是認真的嗎？」

他靠近我，近到他的髮絲撫過我的臉頰。「妳不再氣我了？」雖然他的口氣輕柔，但他的眼神仍充滿警戒及審慎。

我深深吸一口氣，試圖讓自己平靜下來。「我之前確實很生氣，很憤怒。你做了這些事，我怎麼可能不氣憤？」我抬起下巴，與他對視。「但你是對的，現在最重要的是我母親的自由，這也是為何我加入軍隊，我多年來努力的目標，以及還有——」我的聲音漸漸變小，但我希望我表情做足，讓他以為我發熱漲紅的臉頰是因為欲望，而非羞恥。

「你說過你能幫我拯救她，你要如何做？」我急迫地問，就像我在試探他的誠意，而不是在說服他相信我的真誠。他不會料到位居劣勢的對手採取攻勢而非防衛，這會是個輕率的舉動，甚至是愚蠢的。但我已經沒什麼好損失了，又有什麼關係呢？

「一旦我們推翻天庭，加上龍族作為我們的後盾，沒有任何事我們辦不到了。」他的語氣保守，但眼神散發光芒。

我逼自己點頭，內心異常激動，他竟然認為龍族可受他控制。即使違反龍族的意志，即使牠們可能會因此喪命。彷彿明天將發生一場公平的戰鬥，而他沒有使用邪惡的手段突襲那群曾經與他並肩作戰的士兵們。

我微笑掩飾內心的反感。「我能相信你的話嗎？」多令人痛心，任由他將我這世上最想要的東西，在我面前晃來晃去。更糟的是，它們仍不在我觸手可及之處。

他緩慢地眨了眼，一副不可置信的樣子，然而他的腦袋仍非常清楚。「妳願意斷絕一切與天庭的**所有**聯繫嗎？」他反問，試圖在我的鎮定尋找破綻。

他是說力偉嗎？我戴上冷漠的面具說：「天庭對我來說並無任何意義，天皇囚禁我的母親，天后充滿惡意地鄙視我，至於她的兒子——」說到這裡，我在口氣裡調入嘲笑的音調，「你仍然忌妒他？他曾傷害過我，後來繼續幫助他，只是希望他能為我母親求情。」這是力偉之前指責我時說的話，剛好那毫無良心的文智可能會相信這番說辭。

我走向他，直到我們長袍絲綢互相摩擦。「我選擇了你，早在我們出發尋找龍族之前就是了。我這幾天會生氣與他無關，反而是**你**——你做了那些事，對我說謊，破壞我對你的信任。」我語氣溫柔，頭往上仰，小聲並帶著期許口吻說：「哦，我還沒有原諒你——這需要時間，而這取決於……」

「取決於？」他想知道。

「取決於你是否能彌補我倆之間的關係。」

他盯著我看，雙手抱胸。我知道他這副表情，他在沉思，他衡量著我說的每一句話，與他所知的情況是否相合。他是否回想起我跟力偉在凡間時冷淡的互動？是否記起屋頂上我對他的承諾？最好的謊言確實沉浸於事實之中。

想了想後，他放下手臂，表情變得柔和。「跟我在一起，我答應妳一旦我們擊敗天庭，我會解救妳的母親，妳的家族也就是我的家族。」

他帶著莊重的誓言如此說。幾天前這種話會令我喜悅，而現在——卻令我反胃。但我內心同時燃起希望，這代表他相信我的謊言了，代表我還有機會。

「我會讓你信守承諾的。」我溫柔地說著每一個字。

他伸出手捧住我的臉頰，雙眼如熔銀般閃耀。我們在凡間村莊裡擁抱的記憶閃過我的腦海，那時我極度渴望他的撫摸。但我現在明瞭他想要從我身上得到什麼，而我不會給他的。我不可能再親吻他；我不擅長作個騙子。

「我們來喝一杯？慶祝一下？」於是我提議道。

「如妳所願。」他的手放下，大聲喊了一位侍從，侍從進門後恭敬鞠躬。

「桂花酒。」他指示侍從。他還記得我的酒類喜好。

但是這樣的體貼沒幫上忙；我需要更強烈的酒來掩蓋星百合的苦味。我盡量表現鎮定，手指刷過他冰冷的肌膚說：「我現在的心情想來點別的。梅酒如何？」

他向侍從點點頭，她鞠躬後便告退了。當她離去關起門，他向我走近一步，眼神有所意圖地變暗。我目光掃射四周，尋找某樣東西——任何東西——來轉移他的注意力。角落的矮桌上躺著一把琴，是把漂亮的樂器，紅漆木鑲嵌著珍珠母。

「你會彈琴？」我問，猛然想起我對他所知甚少。

「一點點。」

「通常說只會一點點的人，其實都精通熟練。你很厲害嗎？」我挑釁地說。

他嘴角翹起，說：「一點點。」

他在樂器前坐下，眉頭因專注而微皺。他的曲子以誘人的低語開始流瀉，溫柔且甜美。當他撥動琴弦，音符優美地高低起伏，他如此投入演奏著，充滿熱情，即使我想起他所做的事，他的音樂仍深深打動了我。

最後一個音符落下，我的手掌撫過裙子，皺巴巴的星百合花瓣不知不覺地掉到地上，汁液擠入侍從端來的酒裡。我舉起瓷壺，斟滿一杯酒並用雙手遞給他。他微笑接下，但當他把酒杯端到嘴邊時，他停下來了。

我立刻向他舉起我的杯子。「祝我們未來的日子。」

他回敬我，一飲而盡，帶著驚訝且複雜的表情。他察覺到味道不同了嗎？

「你演奏得很好。」我急促地說，想要轉移他的注意力。
「沒有妳演奏笛子來得厲害。」
他唯一一次聽過我演奏，是在力偉的宴會上，那首我贈給他的禮物。文智從來沒有要求我演奏給他聽，我懷疑這是否就是原因？為了爭取寶貴時間，我拿出我的笛子，對他歪頭無聲詢問。
「這是我的榮幸。」他靜靜地說。
我很久沒有演奏了，吹了幾個連續的音符，重新抓回感覺，腦中快速轉動，篩選著想要演奏的曲目。我的呼吸滑入空心的玉笛，穩定且平靜地，這些音符順暢且慵懶。我演奏著，心想著恆寧苑的瀑布，水流在石頭上的聲音應該非常催眠。黑夜裡皎潔的月光，撫慰著無數凡人進入夢鄉。還有文智的酒裡擠進的星百合汁液，比半打酒更有效的催眠劑，正在文智的血液裡流動。
他的手夾住我的笛子，從我嘴邊拽開。我的心跳加速，用無辜的眼神看著他，我將樂器從他虛弱的手中奪回，放回我的荷囊。我將琴拉到我身旁，很快地彈奏著我腦袋響起的第一首曲子——一首輕快，愉悅的旋律。我沒有練習過，也比他缺乏技巧，但這已足夠將他的聲音掩蓋住，避免被外頭的士兵聽見。

他緩慢地眨眼，彷彿在對抗，我期待疲憊睡意趕緊讓他倒下。

「星銀，妳做了什麼？」他含糊不清地說著，語氣帶著憤怒及受傷。

「沒什麼，不過就你應得的。」我的手指撫過琴弦，撥動漣漪般的旋律，曲調在勝利般的強音裡畫下句點，是對他現況的一個嘲諷。

他的喉嚨發出一種窒息的喘息聲，彷彿試圖呼喚守衛——而現在我的手指演奏起新的曲目，一個悲傷的、難忘的悠長長音，掩蓋住他的呼叫。

「為什麼？」他發出刺耳的聲音。

我向他拋以鄙視眼神。「你真的以為我會原諒你的所作所為嗎？我對龍族的諾言有那麼容易打破嗎？以為我會背叛關心的人只為了達到自己的目的？我才不像你。」

他摸索腰間，但身邊沒有任何武器，他再次試圖呼喊外頭的守衛，但他的聲音聽起來就像嘶啞的耳語。

「這無法改變什麼。」

「也許不行。」我生氣地說，手指繼續滑動琴弦，沒有停下。「但我知道你給天庭軍隊設的那些圈套，我必須做點什麼，否則我永遠不會原諒自己。」

「他們已經在這裡了，太遲了。」他雙眼一垂，越來越艱困地動著嘴巴。「我知道他一定會來，為了妳或為了珍珠。哪一個不重要，但我知道他一定會來……」他的聲音漸弱成勉強的呼吸聲。「就像我猜的一樣，妳如果可以就會去找他。我曾經希望，但……」他坐那裡搖搖晃晃，眼皮快速眨著，接著雙眼闔上，倒地不起。

我繼續將曲子演奏完畢；現在樂聲突然停止會引起懷疑。這悲傷的旋律正好是我們失去的一切的恰好告別。

當最後一個音符落下的那一刻，我跳起身，不確定藥效失效前我還有多少時間。我從他的收藏裡取走一把白玉劍柄鑲嵌著紅寶石的劍，看向門口，搖了搖頭，沒找到珍珠之前我還不能逃跑；我不能讓珍珠留在文智手中。我偷偷瞥見他那靜止不動的身軀，深綠色的長袍散落在地上，他周圍的頭髮像一攤墨水。沉睡放鬆了他嚴厲的臉部線條，拉扯我的良知，一股羞恥此刻湧上心頭。

就像他一樣，現在，欺騙對我來說是如此容易。

# 34

我確信那些珍珠在這裡。文智一定會將如此寶貴的東西放在身邊，尤其在開戰前夕。我掀開他桌子的抽屜，只找到一些玉璽及金屬印璽，一只硯臺，以及散落的幾張紙。書架上除了書籍與卷軸，什麼都沒有，衣櫥裡堆滿衣物，在我瘋狂翻找中掉落滿地。

太陽落下，房內變得昏暗。我點燃一盞絲綢緞面的燈籠，燈籠在牆上投射出柔和的光芒。文智沉睡中，他有節奏的呼吸聲打破了寂靜，藥效結束前我還有多少時間呢？他要求不被打擾，然而這個命令可以持續多久？如果侍從來為他送晚餐，或著報告消息？我忍不住想到外頭的守衛會怎麼想，想像我們在一起那麼長的時間做了什麼。

我的指甲掐入掌心，強迫自己冷靜思考。在相柳的洞穴中，我沒來由地感受到玉龍弓的存在。我閉上雙眼，專注地擺脫文智那強大的氣息，用我的感官搜尋著，就像進行特別高難度的射擊時一樣。我將手指壓在太陽穴上，試著穩定心跳，沉澱所有情緒，如恐懼、挫折，還有希望，如道明老師所教的。當一切平靜下來，我呼吸更順暢了，身體不再緊繃。四周只有舒緩的黑暗，閃爍著微光。

我雙眼睜開，就是那裡！那種難以捉摸的感覺掠過我的意識——低聲如一陣風般呼喚著我，就像之前把我引到影子峰的隱密山洞的感覺，珍珠肯定會跟玉龍弓放在同一個地方。

我就像在黑暗中盲目摸索前行，只有指縫間的一縷蜘蛛絲指引，一步一步地，我跟著拉力來到房間角落的一個小漆櫃。我剛剛瘋亂的搜尋忽略了它——或者這小漆櫃被施隱身術？我衝向它並拉了把手，卻發現上頭是沉甸甸的黃銅鎖。我失去耐心，拔出劍並用盡全力鋸斷鉸鏈。這木櫃很堅固，所以需要點時間。木板應聲破裂，碎片掀飛刺傷了我。

我身後響起清嗓子的聲音，聲音刻意且帶著威脅，我趕緊轉過身，擔心是文智醒過來，卻看到文爽王子那雙看好戲般的黃眼珠。

我沒有聽見他進來，我太專注手上的任務。直到現在我才發現空氣中的變化，隨著他的氣息而溫度升高。他關上身後的門，我壓抑叫喊的衝動，他的出現令我驚恐，但我更害怕驚動守衛。如果一群守衛衝進來，我說什麼都無法證明我的清白。但現在他只是一個人，而我如此靠近目標了，我只要想辦法擺脫他就好。

「我那親愛的弟弟知道妳在做什麼嗎？」他帶著愉悅的口氣說著，嘴角上揚。

我沒有回答，腦中一片空白。他用手指拍著下巴，環顧四周。我進來時房內還整整齊齊，但現在彷彿龍捲風肆虐掃過，文智的物品被丟棄似全散落一地。「我想他應該不知道。」他自問自答。

我脈搏加速，悄悄地往旁邊挪動，試圖擋住沉睡中的文智。他的目光跟隨著我的動作，當眼睛落在他弟弟身上時，忽然閃現怪異的光芒。我感到絕望，他肯定會大喊，我別無選擇只能與他開戰。只要一發出武器碰撞聲，守衛便會湧入，我就會被囚禁或喪命，龍族只能落入接受奴役的困境，而我母親則永遠被監禁，力偉跟天庭軍隊也將遇害。

沒有任何預警，他在空中施展起法術，房內的牆壁閃爍著半透明的光芒，並滲入門窗間的縫隙，我心一涼，就像吞下一顆冰塊。我知道這法術；我曾經使用過一次，避免我的音樂傳播到恆寧苑外頭。現在即使我叫破喉嚨，外頭的守衛什麼也聽不到，只剩咻咻的風聲。

這個念頭令我振奮，但也令我害怕。

「你在做什麼？」我很慶幸我的疑惑大過於我的恐懼。這很有幫助，我真的困惑到順利藏起我的擔憂。即使這裡鴉雀無聲，而我的弓箭也近在咫尺，但我可不能冒險讓他發現珍珠。尤其不能在他的法術還在波動，而我的法力卻被束縛的時候。

「我可要好好感謝妳，我期待這個時刻許久，我那弟弟受到大家的敬仰與恭維還不夠，竟然還要搶走我的繼承權。」他雙手握緊拳頭。

我遠離他，慢慢靠近漆櫃。

他對我歪頭。「真是謝天謝地，我也會讓妳逃離的，這省了我還要處理妳的麻煩，並且讓我的故事更具可信度。」

我愣住了。「故事？」

「大家一定都會為這場悲劇流淚。一名天庭奸細，一位我愚蠢的同父異母兄弟愛上的女子，如何背叛並殺了他的故事。」他的嘴張得更開，呈現出更邪惡的笑。

「你……要殺了他？你的弟弟？然後嫁禍給我？」即使我對文智感到憤怒，但這個念頭使我內心糾結。

「**半個血緣**的弟弟。」他冷冷地糾正我，附和了文智自己對他們兄弟關係的藐視。「怎麼了？妳不是想逃跑？妳不是憎恨他？這不就是妳做這些事的原因嗎？」他張開雙臂掃過整個房間。

不等我回答，他舉起劍，大步走向文智。

我內心一片混亂，我提醒自己痛恨文智，因為他的所作所為，因為他計畫要進行的事，所以我厭惡並鄙視他，而我現在只希望能逃跑。但我真的能夠站在一旁，讓他連反抗的機會都沒有就被謀殺？他現在如此脆弱是因為我設的騙局，他的死會令我良心不安，彷彿是我親手將劍刺進他的身體一樣。那些過往回憶不由自主地浮現在我腦海裡——與仁于總督對抗時他出手相救，當他受到相柳的攻擊時我們多次互助防衛。哦，他的謊言與欺瞞；我們已經回不到從前美好時光。但我也無法假裝我們之間的一切已全然消逝。我現在如此憎恨他，是因為我曾經如此愛著他。

我走到文爽王子面前，擋住他的去路，緊握著玉劍柄，紅寶石倚在我的掌心。

「我不能讓你這麼做。」

他的雙瞳發出黃色火焰。「也許還是不要讓妳活下來比較好。」

我將劍舉高衝向他，他用刀大力一揮，朝我飛來。我跳到一旁，轉過身踢向他。他躲開了，我沒踢中。我的劍轉刺向他的胸膛，他趕緊閃躲——太遲了——我的刀劃破他的耳朵，鮮血順著他的脖子流下，他咆哮，我再次撲向他——空氣中充滿他的能量，閃閃發亮地包圍他。我的劍撞擊著他的屏障，手臂疼痛，因反作用力而差點跌倒。我還未站穩，他緊緊抓住並粗暴地扭轉我的手腕，將我的武器摔落地面。

他的拳頭揮向我的太陽穴，手上的戒指刺進了我的皮肉，腦門彷彿炸裂開來，引起劇烈疼痛，我倒抽一口氣。眼前一片漆黑，虛無失落向我招手，我極力抵抗著。如果我此時昏厥，文智**跟**我都會死。文爽王子衝向我——快到令我措手不及——他的雙臂勾住我的腰，將我拉近他，逼迫我受困於令人反胃的擁抱裡。他臉上的憤怒變成一種更陰險的表情，讓我想要將胃裡的東西全吐出來。如果我有法力，我一定會將他甩到牆上，讓他永生之軀上的每一根骨頭都斷裂，而且，遠遠不夠。

我只能用雙腿猛踹，我的膝蓋撞擊他的腹部，他退縮了一下，但沒有放手。我更用力地扭動，他將我的手臂扭到身後，把我翻轉後用力將我推倒在地。我的頭撞到大理石地板，一陣刺痛，我的鮮血噴灑一地。他壓在我身上，我扭動抵抗著，他牢牢地按住我的肩控制著我。

「要是我能告訴我的弟弟就好了，真是可惜，他再也醒不來了。」他距離我如此近，口水噴了我滿臉。

我快吐了，試圖逃脫他的掌控，但他的手指用力掐著我的身體，他朝著我的脖子呼吸，灼熱且濃厚，恐懼折磨著我，一個念頭閃過腦海……也許，死亡可能是個解脫。

不，我打消這念頭，大口深吸一口氣，開始盡可能地大喊。**讓守衛進來！**我胡思亂想著，**讓他們逮捕我吧**。我寧願被囚禁也不要任由這怪獸擺布。但這沒有用，王子的隱蔽罩吞噬了所有聲音。但我沒有停止——我的聲音從空洞的恐懼，轉變成熾熱的怒吼，燒掉我的畏懼，我內心一把火熊熊燃燒著……我不會停止繼續戰鬥的！

文爽王子急忙躲開，或許是被我那語氣中的狠勁嚇到。但短短一瞬的空檔也足夠了，我開始反擊，用我的後腦勺用力撞擊他的臉，空氣中出現裂痕，他咒罵了一聲後放開了我，將他的手壓在鼻上止血。我跳起來舉起劍向他揮去。他氣到臉漲紅，手掌冒出一道光芒，變出火焰擋住我的攻勢。我拿劍一砍，阻擋他的攻擊——燃燒中的卷鬚火焰沿著刀刃劈里啪啦作響，將劍燒成銀色碎片。我沒有停歇，將劍扔到大理石地板的另一側，從下方用力踢他一腳，他碰的一聲跌倒，躺在地上哀號。我拚命找尋另一個武器，同時不敢從他身上移開目光——他已經爬起身，表情殺氣騰騰，我的劍已壞，但我手中握的劍柄很重，上頭鑲嵌著寶石。我高舉著劍柄，用盡全力往他的腦門一砸，再砸。他的腦袋發出令人作嘔的嘎吱聲，他的雙眼睜大後，接著闔上了。

我喘著氣，壓抑著想嘔吐的衝動，放下劍柄。鮮血從他額頭上的傷口噴湧而出，如果他是個凡人，我這一擊會將他的頭顱如溏心蛋般擊碎。我不同情他，因為他計畫謀殺他沉睡中的弟弟，同時也試圖要殺了我。我忍不住心想，我是否應該殺了他？只需要我弓上的一支箭便可做到。

我跑向小櫃子，小心翼翼地撬開櫃門，同時不能掉以輕心，因為文爽王子已昏迷，他的隱蔽罩已消失，我摸到玉龍弓上的玉石，立刻把它抽出來，掃開殘骸，我把手伸到裡頭，發現一個小木箱。我掀開蓋子，珍珠向我閃閃發光，煥彩且明亮。我差一點因為鬆一口氣而發出大笑聲了。我取出那顆閃著午夜火焰的珍珠，高舉並低聲喊著黑龍的名字——祈禱風能將我的話迅速帶到東海。

一聲刺耳的怒吼傳來，我轉過身看見文智在扭動，他的頭左右搖擺，就像在做惡夢。藥效正在消退！我滿腦子想著應該趁機下手，但我的手緊緊握住弓。如果我這麼做，不就跟他哥哥沒什麼兩樣？而且守衛聽到聲音必定會衝進來查看，然後就會被困在房內。我打起精神，決定衝出門逃走，快速跑過庭院。那些士兵見到我突然急奔，一時措手不及。但他們愣住沒多久，馬上高聲叫喊，群起追捕。更糟的是，一個熟悉的聲音帶著絕望的哭喊聲叫著我的名字。是文智！他完全清醒了，並追了上來，他的長腿每一步皆是我的兩倍長，空氣中閃著他的法力，冰塊碎片在空中晶瑩發亮。

我緊急轉向另一條路，躲開他的法術——但一道石牆赫然聳立在我面前，我無法攀爬光滑的牆面。後頭的腳步聲越來越響亮；他們快追來了。我躍上一根大理石柱，利用華麗的格紋裝飾作為立足點爬了上去，這技藝我在玉宇天宮訓練多次。

我站在屋頂上，拉開玉龍弓，熟悉的火焰劈啪聲幾乎讓我快掉淚了。我的能量仍被束縛著，僵硬的弓弦切割著我的手指，天焰失去了往日的威力，我只能祈禱能量足夠讓我瞄準下方，對準隨時可能湧現的敵軍——內心想著這下勢必得發射出天焰，我就神經緊繃。

隨後，松樹開始顫抖，被風吹彎了腰，芬芳的針葉散落草地。殘月消失了，被降臨在我面前的黑影般生物遮蔽，牠琥珀色的雙眼像兩顆星星般在夜空中閃耀。是黑龍，牠巨大的身軀在空中盤旋，擺動起伏。

文智出現了，他以矯捷的身手爬了上來，朝我走來，直到看到瞄準他胸口的炙熱天焰箭矢才停下。

「我應該將它插入你那邪惡的心臟。」

他目光熾熱地盯著我，向前走一步。「那妳為何不動手？」

我緊握著弓，穩穩地固定住箭，要釋放它很容易。他現在清醒了，他是在刺激我；我沒有趁人之危，那為何我還如此猶豫？下方傳來喊叫聲，引起我的注意。他的士兵們召喚的雲朵從天而降，他們馬上就會登高追擊。

天空不再一片漆黑，露出一絲銀色光束。黎明即將到來，天庭軍隊就要起兵出發……而我快要沒時間了。

我鬆開緊握的弓弦，箭頭消失了，我轉過身，跑過屋頂，從屋簷盡頭縱身一躍，雙腿在空中劃一弧形。我抓住了金色的爪子，竭盡力氣地抓著，而龍尾纏繞住著我的腰，將我舉到牠的背上。透過我薄如蟬翼的衣袍，我感覺到龍的鱗片堅硬而冰冷，宛如石頭。

黑龍騰空飛起，飛得比任何鳥都來得快，快得連風都追不上。我往下俯看，第一次瞥見魔界的樣貌，魔都則坐落在無邊境的藍紫色雲海裡。絲綢燈籠四處漂浮，為這些黑檀木及石頭建造的房屋灑落空靈縹緲的光芒。屋頂各邊角都是上翹的屋簷，閃耀著絢麗的色彩，就像夜晚裡的珠寶。高聳在上方的是我剛才逃離的宮殿，宮殿上七彩石子磚瓦閃爍著如彩虹般超凡的美。

城市寧靜無聲，陷入痛苦的沉睡中，然而我再努力，都無法從腦海中抹去文智的聲音，以及他呼喊著我的名字時透露出的萬分悲慟。黑龍強而有力的身軀一瞬間就拉開了距離，魔界很快便消失在我眼前，彷彿我剛從一場惡夢中驚醒——除了那深刻腦海中的記憶，除了那籠罩心中的傷痛。

# 35

空氣中有股力量風起雲湧地鼓動著，我往下一看，全身感到一陣寒意。超過千名黑色盔甲的士兵騎乘著藍紫色雲朵，陰影漸漸蔓延布滿整個天空。他們出奇地安靜，既沒有發出噹啷聲也沒有咻咻聲，我咒罵他們隱密行蹤的狡猾多端。

黑龍飛在前頭，我們幾乎超越他們了。前線的士兵們穿著鑲嵌瑪瑙的閃亮黃銅頭盔，他們舉起手掌，一道強勁的光波從天而降，那股力量在空氣中湧動並變得濃厚，形成不透明的霧氣，深紅色的閃光像是散落的血滴，夾藏在皺摺中。霧氣在夜空中打轉，細細的卷鬚抓住我的裙子。一股濃郁的甜味撲鼻而來，伴隨著不好聞的水果腐爛味——我的肺堵塞了，彷彿嗆到濃煙，一種陰鬱沉重的感覺充塞我的思緒，我顫抖著，雙手環抱，左顧右看，試著弄清楚周遭陌生的環境。

我在哪兒？我如何來到這裡的？那些在天空竄來竄去像鮮紅色血滴的光影是什麼？看到這個帶著我快速飛翔的生物，我的胃一緊——這生物有著黑色的身軀及金色的爪子，牠的鬍鬚像絲帶飄舞，壯麗且恐怖，但卻又莫名熟悉。也許我曾在圖片裡見過？牠要帶我去哪裡？我摸索著我的弓箭想防衛，並要求一個解釋——但這生物突然轉向，往高處飛去，天空又黑又清澈。我嚇得半死，本能地抓住牠，強勁的風吹打在我臉上，我急促地吸了一口氣，排出令人作嘔的甜味，現在肺裡充滿新鮮的空氣了。

我頭腦清醒多了，但仍然驚魂未定。「我……我剛剛差點認不得你。」我跟黑龍說，「我以為你是敵人，差一點射殺你。」

牠優雅神祕的聲音在我腦海裡響起。**這使人困惑的迷霧是心之術，中了這種魔法會分不清是敵是友，只要吸入這個迷霧，記憶就會變得模糊，雖然沒有控制魔法那般強大，但迷霧可以散播到很遠的地方。**

「可散播到一整個軍隊。」天庭神仙們必定對此毫無防備，會像隻蝴蝶受困在蜘蛛網上。「我們要如何自我保護？用護法？」

**唯有最強大的護法才有用；迷霧可以透過空氣鑽進任何微小的裂縫中，不容易**

**完全消除，但妳可以躲開它、驅散它，或者從天空淨化它。**

現在我們下方，是一片閃耀著溫暖具光澤的黃金沙漠——廣闊的弦月形土地，坐落在魔界跟其他仙境之間，數以百計的燈火在前方閃爍著，營火在黎明時漸漸熄滅。我感到如釋重負，因為還沒太遲，天庭軍隊尚未起兵。我們降落在滾滾沙塵中，士兵們恐懼並敬畏的目光同時轉向黑龍。我從黑龍背上滑下來，踉蹌著地。直到這時，幾名士兵才轉向我，彷彿這才看見我的存在。

**等等**，黑龍說。牠張開嘴，淺白色的呼吸像霜一般。束縛我法力的手環周圍泛起了陣陣漣漪，金屬脆化成碎片掉進沙子裡。我揉了揉手腕取暖，現在感到多麼舒適輕盈，無拘無束。

「謝謝你所做的一切。」我心懷感激告訴牠。

黑龍點點頭回應，優雅地一躍飛入空中，朝著東海前行，牠的鱗片閃耀著，在剛升起的太陽光芒之中就像餘燼燃燒。

我這才注意到士兵們包圍著我。我見到他們充滿質疑跟厭惡的表情，打招呼的話才到嘴邊就停住了。

「叛徒！」一位士兵生氣地說，他曾於東海之戰時在文智麾下。「妳跟將領在帳篷裡共餐時，是否就一直密謀要拋棄我們？」

「妳在這裡做什麼？」另一位叫喊著，「滾回魔界，那才是屬於妳的地方！」

其他天庭士兵們齊聲附和，他們對我都不陌生；我認出幾位一起受訓過，還有來自文智的軍隊的隊友。我們曾一起並肩作戰，我的弓箭和他們的劍與長矛曾如此合作無間。我不知道我期待什麼。當然一定會有人大感意外，肯定也會有人深感疑惑。但如果我解釋了，他們會為我逃脫魔爪感到開心嗎？然而我現在眼前全都是他們充滿敵意的目光，手裡緊握著武器。騷動中，我幾乎忘了文智散播的謠言。他們還真輕信這些關於我的謠言。

「你們這些傻子。」一個熟悉的聲音響起，是淑曉。她推開群眾走向我，長髮藏進金色頭盔裡。

我精神一振，雖然我不敢跑向她，不敢用我的親密來玷汙她。

但她沒有同樣的顧慮，走過來挽住我的手臂，「別相信你們聽到的那些謠言，尤其是來自魔界。力偉太子已經說過星銀是被挾持的，她絕不會自願去魔界。」

淑曉附在我耳旁悄聲說：「反正妳最好不是自願的。」她補充說。「妳當時**真的**應該讓我隨妳去找尋龍族的，妳現在可能少掉很多麻煩。」

「真希望我當時這樣做。」我發自內心地說。

她輕輕捏了一下我的手臂後放開，問道：「妳還好嗎？」

「現在好多了。」我們尚未脫離險境，但突然想起我已恢復自由，深刻感受到這種感覺多珍貴，多容易被剝奪，我母親及龍族被囚禁時付出了多少代價。

士兵們讓出一條路，力偉朝我走來，停在離我一步的距離。他那白金盔甲閃閃發光，朱紅色的錦緞披風從他肩膀垂下。我沒什麼想說的話，此時單是看見他安然無恙，活得好好的，我便心滿意足。慢慢地，我彷彿從一場夢中醒來，力偉拉近我們的距離並擁抱我。他的盔甲緊貼我的肌膚，而我沉浸於將我的苦痛及恐懼依附在他身上——他的溫暖擁抱驅散了它們，融化了我們之間的寒冷。

此刻，我完全忘記即將到來的危險，或天皇的怒氣，直到一聲咳嗽驚醒了我。想起周遭那群正盯著我們看的士兵們，力偉的手趕緊放下，我則後退一步。

「發生什麼事了？文智到底是誰？」他問。

「魔界君王的兒子。」即使現在，這事實在我耳裡聽來仍然駭人聽聞。

淑曉長吁一聲。「文智將領？他是邪魔？但妳跟他不是？——」她偷偷瞥了力偉一眼。

「不可能，我們的結界不可能允許邪魔進入。」他極力聲明。

「他說那結界不再像之前那樣堅固，而且他本身的力量就很強大。」我回想起他的雙瞳，閃閃發光的銀色寶石。他沒有惡劣到用如此卑劣的法術來控制我，但我逃跑時做了這些事之後，他可能不再客氣。

「他想要什麼？」力偉冷峻地問，「雖然我完全可以想像。」

「那些珍珠，用來贏得他的王位繼承權。」我沒有鉅細靡遺說明，其餘他跟我說的……是屬於我和他之間的事。

力偉下巴繃緊，喉嚨動了一下，彷彿阻止自己繼續問下去。

「等等，必須給你看個東西。」我抓住我的能量——感官再次敏銳，著實令我寬慰——一股微微閃亮的力量從我身上流瀉而出，驅散了魔軍的法術。僅僅百步之遙，大地如一陣風吹過湖面一般蕩漾著，金色變成藍紫色，沙漠變成了雲朵。

「是假疆界。」力偉惱怒地說，語氣裡帶著恐懼。

「是個陷阱，想害你破壞和平協議。」

「如果我們越界了，他們就能毫無畏懼盟國反彈，殺個我們措手不及。我們還沒準備好要開戰，我們來到這裡是調虎離山之計，目的是尋找妳。」

「我？」我不可置信地重複他的話。天皇不可能為了救我下令起兵的，除非是拖我回去面對他的震怒。

他的嘴角揚起苦笑。「對我父親而言，最重要的當然是取回珍珠。但對我來說，除了妳，沒有其他理由。」

一股柔情在我心中綻放，既珍貴又脆弱，就像寒冬後的第一道陽光。這條路之前我們經歷很多次了——正當我相信那扇門已關上，又再一次嘎吱地開啟。但我不會過度解讀他說的話，他對鳳美公主一定也說過不少這樣的話。這次我要好好保護自己，我已厭倦心痛的感覺。

「妳怎麼逃跑的？」力偉問道。

我對著他微笑，這是我被劫持後第一次真正的微笑。「你還記得星百合嗎？我們課堂上，你給了我提示，免得我被訓斥？」在崇明堂的那個早晨彷彿已過了一輩子之久。「還好你是個認真的學生，否則我不會認識它們。」

他點點頭，然而似乎有些不太理解。

「我用星百合來讓文智沉睡。」

一陣緊張的沉默。他是否想知道我如何辦到的？我如何讓文智喝下藥水？他並沒有問，我不確定該不該告訴他。

「真可惜妳沒有附子草可以讓他睡更久。」當他的手指帶著令我隱隱作痛的溫柔，撫摸著我腫脹的太陽穴以及臉頰嘴唇上的傷痕時，他的雙眼閃過危險的光芒。他舉起我的手，將他的能量灌輸給我，一股觸電般的暖意湧入，我最後一絲的不適全消失了。

「他傷害妳嗎？」他咬牙切齒地低吼說。

「沒有，是他的兄長。」我的胃翻騰，一回想到文爽王子緊貼著我，在我脖子上吹氣，我就感到噁心作嘔。

也許感受到我的痛苦，淑曉默默地挽住我一隻手臂給予安慰。

力偉雙手握成拳頭，「這是我的錯，他的士兵攻擊我，我沒能快速擊退他們。妳就消失了，就在不久前我們才發現妳身處何方，我很抱歉……沒有盡快找到妳。」

「我逃脫了，而且沒有受傷。還好你也是。」我試著緩和擔憂。「而且我還拿回了珍珠，這很重要。」

空氣開始躁動，帶著能量劇烈翻攪，從西邊——魔界所在席捲而來。

恐懼吞噬著我，我抓著力偉的手臂，一切都還沒結束。「我們必須現在離開，文智的軍隊接近了。一旦你越過疆界，他們就會對我們的軍隊施以迷霧之術——這種法術會使人分不清敵我。他仍然威力強大；沒有什麼能阻止他奪取珍珠。如此遙遠之地，誰會知道真相？沒有目擊者，文智可以自圓其說。」我咒罵自己沒有早點想到這件事。

力偉轉過身，派遣士兵們召集他的軍官。短暫等待後，三名將軍朝我們匆忙趕來，帶著厚厚的紅絲流蘇頭盔，在陽光照射下閃閃發光，他們都比力偉年長，其中一位頭髮花白、樣貌非凡的神仙——鄔譚將軍，他常常派他的士兵來練習場觀摩我射箭。他們一齊向力偉抱拳鞠躬行禮。

「前方伏擊，集合軍隊，立刻歸返。」他帶著堅定的威嚴說著。

將軍們的目光滑向我，投以懷疑眼神。我抬高下巴，抑制畏縮的衝動。我沒做錯什麼；我這是捨身冒險警告他們。

三位中較矮的將軍，向前一步說話：「太子殿下，您從何處聽到的消息？您父親的命令是堅守疆界，直到我們奪回龍族的珍珠。」

力偉的下巴不知不覺繃緊了。「首席弓箭手星銀為我們帶來這個訊息。」

其中一位嗤之以鼻，我不知道是誰。鄔譚將軍對我投向責備的眼神後接著說：

「太子殿下，還請您謹慎行事，她是魔界派來的奸細。」

「我不是奸細。」我盡可能保持冷靜地說，雖然他們的責備跟不信任刺傷了我。「那些謠言是魔界意圖將竊取珍珠之罪嫁禍於我。」

與其這樣被誤會，我倒不如什麼都不要說。鉚譚將軍的表情依舊不變，繼續說道：「太子殿下，奸細們最擅長的就是自圓其說，您的父親——」

「夠了。」力偉打斷，他的口氣像刀刃般銳利。「我以我的性命擔保，我信任首席弓箭手星銀，她救過我不只一次，你是否想要違抗**我的**命令，鉚譚將軍？」

將軍面如死灰。三位將軍立刻同時跪下，「我們謹遵您的命令，太子殿下。」

力偉擺手示意他們起身。「時間不多了，邪魔們將施展迷霧來使我們錯亂迷失，除非必要，別主動攻擊，保留你們軍隊的能量用來飛行歸返，以及自我防衛。」

「護法陣必須堅固，緊密相接。」當我說話時，將軍們完全沒朝我看一眼。我怒火中燒，但我繼續說，忽視他們的輕視。「飛行是最安全的方式，儘管風和雨可吹散淨化迷霧，但要小心別吸進去了，只要吸入一口就足以令你迷糊失去方向。」一想到我自己的失常，差一點攻擊黑龍，我的語氣不禁顫抖。

鉚譚將軍猶豫說：「那珍珠呢？太子殿下，這會不會是個把戲，讓我們徒勞地空手返歸？」

「珍珠在我這裡。」我說，不耐煩地想打消他的疑慮，然而一說出口就後悔了，我看見他的雙眼閃過微光。「如果快點行動的話，很快就又保不住了！」

「吩咐下去，一朵雲最多乘載兩或三個人，速度最重要。」力偉命令。

將軍們鞠躬後，轉身匆忙離去。

「力偉，我們也該走了。」我催促著。

「直到所有士兵都離開營地我再走，而妳……妳必須先帶著珍珠離開。」他嚴肅地跟我說。

我抓緊我的絲綢荷囊。我不想要讓力偉留下面對危險，但他是對的，我不能再讓文智奪走珍珠。我已經承諾了這個重擔，我要負起責任。

「小心保重，別耽擱太久，否則我會回頭找你。」我的口氣比預期的激動。

「這是個承諾，還是威脅？」他的嘴角勾起一抹壞笑。「我得承認，如果妳再救我一次，我的自尊心會受傷。」

「受傷總比喪命好。」我用輕鬆的口吻掩蓋我的恐懼，但我相信他會照顧好自己。然而比起我和他，更大的危機正在發生。

雲朵從天而降，天庭士兵們紛紛躍上雲朵飛上天，我鬆了一口氣，但隨即一陣熟悉如糖漿的甜膩味道撲鼻而來——我轉過身，身體因恐懼而顫抖著。

我們沒有時間了。

# 36

一支由文智領軍的黑夜軍團朝我們翱翔飛來，他面無表情且嚴肅冷峻。我們怎麼會走到這一步？就在不久前，他還與我並肩作戰——而此刻，他卻是我的敵人。

「快，星銀！」淑曉伸出手，手中閃著熾熱光芒。一朵雲俯衝下來，她半拖半拉地將我推上雲朵。

風吹打著我的臉，我的長髮飄舞著。當我們飛離疆界，沙灘看起來像一匹展開的緞子，在我們前方掀動引起陣陣漣漪。我伸長脖子，在逃離的天庭神仙中尋找力偉的身影。我的心一沉，完全不見他的蹤影。

「我必須返回。」我跟她說，「一定是出了什麼事情。」

淑曉從我肩膀看過去，她的身體猛然一僵。「星銀，**真的**出事了。」

在我們身後，迷霧在士兵們之間蜿蜒流動。迷霧穿越天空，閃著腥紅色的星光，隨著每分每秒，它越來越靠近，卷鬚觸角幾乎要抓住眼前一切。幸運的是，淑曉的雲朵飛得很快，我們逃到迷霧的邊緣。然而，縱使這樣的距離，我仍感到一股暈眩。我連忙在我們周圍編織一道密封緊實的護法，不讓一絲邪惡的迷霧能夠溜進來。靠近我們的天庭神仙們如法炮製，閃亮亮的護法籠罩在他們上方。但我驚恐地看著一大群在我們身後的士兵們，在迷霧最濃厚的地方突然停滯不前。

「防護好自己！」我對著他們大喊，然而我的話消失在喧囂中。

他們雙眼呈現琉璃般的光澤，動作搖搖晃晃且充滿猶豫。我心底蒙上一層冰霜，其中幾位開始搖頭晃腦，一副困惑的樣子，抓著喉嚨。有些東倒西歪，身體扭動並拔掉頭盔，拉扯他們的頭髮。其中一位跌跌撞撞地走到雲朵邊緣，接著——絲毫沒有猶豫——越過雲朵，墜落到下方無盡的深淵。我的尖叫聲劃過空中，縱使我竭盡所能拋出力量拉住她，但一切都太遲了，她消失在眼前，地面傳來一聲沉重的碰撞聲。

我放下手，顫抖著。「淑曉，我們必須——」

彷彿她已看透我的心思，我們的雲朵突然轉向，衝向迷霧之中。

她打了個冷顫，指著前方。「這是什麼？」

「心之術的一種，外觀比較怪誕。」

「難怪被禁止。」她激動地說。

隨著我們越來越靠近，恐怖的實況就完全呈現在眼前。我努力地抑制住想逃離眼前這場即將展開的夢魘的衝動。在翻騰的迷霧之中，一些天庭神仙互扔冰箭跟火焰，有些持著武器打鬥著。其中一位將他的長矛刺向同伴的肩膀，沾著鮮血的箭尖從同伴身體刺穿出來，但是傷者既沒有哭喊也沒有畏縮，倒下前還能向前猛衝，用她的重量壓住對方。兩人雙雙跌倒，滾到雲朵邊緣。另一朵雲上頭，有三位天庭士兵井然有序地互相攻擊，神情茫然——看起來已對疼痛麻木——然而他們的雲朵上布滿了血跡。

我感到反胃，極度想要乾嘔。不論文智怎麼宣稱，這個法術的邪惡超越其他。讓朋友反目成仇，更是加倍殘忍惡毒。受到這種邪惡折磨後倖存的人，也將一輩子陷入悔恨及悲傷之中。

他們為何不好好保護自己，他們的護法呢？為何沒有試圖驅散迷霧？是因為太慢了，能自我防衛之前就深陷困境？還是他們的將軍沒有傳達我的警告？他們質疑的神情閃過我的腦海，也許他們真的認為我是個叛徒，而力偉是個輕信的傻子。

濃霧越來越厚，散發著惡意的光芒，直到天空彷彿浸透在鮮血中。再過片刻，它將吞噬那些在邊緣的人，滲透他們的防護，使他們陷入混亂。更多尖叫聲撕裂了空氣，伴隨著害怕的哭喊聲。我沒有身陷迷霧，但仍然渾身感到無助。我討厭這樣，這裡沒有怪獸可獵殺，也沒有目標可攻擊。我的弓箭對付這樣詭異的敵人有何作用？一種模糊、不斷變化的東西，它的飢渴是無法滿足的。

淑曉緊抓著我，手指陷入我的手臂。「鉚譚將軍！」她指著前方喊叫。

我轉身尋找那白髮蒼蒼、指責我是奸細的將軍，他正被數十多位困惑的士兵包圍，一道護法籠罩著他，將軍因努力維持防護而表情緊繃。其他士兵持續靠近，沒有任何空隙可逃脫。看到他們攻擊將軍時，我的胃抽痛。

一名天庭神仙騰空飛來，朱紅色的披風在他身後飄揚，是力偉。我一見到他，如釋重負。

「我來協助鉚譚將軍。妳盡力帶走其他人前往安全的地方。」他停下，目光盯著我。「小心一點。」

不等我回答，他朝士兵們飛去。他們的盔甲被陽光照得金光閃閃，同時照亮了天空，但在他們之間只剩一片混亂；天庭士兵陷入困惑，互相以法術、拳頭及武器攻擊對方。我無法想像這種災難，如此殘酷暴力。當我感到困惑時，我只想要防衛自己，並不會去傷害對方。然而現在，他們噬血之欲一波波湧發。混亂是否加劇了他們的困惑？明知身處戰場卻無法分辨是敵是友？

**他們是因妳而受這種苦的！**我內心一個嚴厲的聲音怒喊著。**妳不應該接受龍族的珍珠，看看妳的貪心跟自大造成了什麼局面！**悔恨如一把刀，深深地刺向我。但這一切發生不單單因為我——還有天皇掌控權力的欲望，還有文智殘酷無情的野心。我才不會因為我的良心獨自承擔這個代價，現在不是沉溺於罪惡感的時候，尤其是還有機會結束這一切！

一個陰險的想法溜進腦海，我可以很容易地復原這一切。龍族——如果我呼喊牠們前來救援呢？我曾召喚黑龍將我帶往安全之地，何不利用牠們來驅逐敵軍呢？只要龍族的一擊，我就能拯救天庭軍隊**並且**報復文智的背叛。有牠們聽命於我，那強大的力量足以讓我從天皇手中奪回我母親的自由。我對未來的想像改變了：我看見自己頭戴王冠，提拔所有忠誠於我的人，推翻那些曾傷害我的人。唯有走到這步，我才願意交還珍珠。我現在要做的，就是說出各條龍的名字……

我的手移動到荷囊，與誘惑掙扎對抗著，我猛地收回手。不，這樣做會毀滅龍族，也會毀掉我自己。我將永遠不會原諒自己。我已對牠們承諾——一個我認真看待的諾言，一個我會信守的諾言。我不敢冒險走向一條我無法回頭的路，至少尚未嘗試過別條路之前，我不行這樣做。

我轉向淑曉：「風、雨，任何可以淨化天空的都行。」

她點點頭，專心地瞇著眼，脖子冒出青筋。我盡全力聚集我的能量，法力貫穿我全身。

「就是現在！」我大喊。

魔法從我們的手掌流洩而出，一股風湧入雲層中，從凡間抓來的一場夏季暴風雨，夾帶著砂塵及熱氣流。某樣東西碰撞我們的雲朵，我差點跌倒，站穩後我繼續補滿飢渴的風——翻騰的空氣變成怒吼的颶風，在空中席捲呼嘯，驅散離我們較近的迷霧。

然而我們散布得不夠廣；上百名士兵仍身處險境，更糟的是，魔軍開始進攻反擊了，硬是將迷霧吹回來。迷霧現在更加蜿蜒濃厚，滯困兩端。我們還要這樣抵抗多久？我們的護法不行無止盡地支撐下去；此刻，我們也疲憊了。如果我們不能盡快消除這些迷霧，它馬上就會捲土重來，將我們全員吞噬。

一排由文智領軍的魔軍就在前方，快速飛了過去。我猶豫片刻，召喚一朵雲，一躍而上追趕過去。

「妳在做什麼？」淑曉喊著。

「去追他們。」

「妳瘋了嗎？」她吶喊，指著前方那一大群迷失的天庭士兵們。

「不，這正是我要追他們的主因。」我指向文智。「他的出現並非巧合，也許我可以找到方法阻止一切。」

我穿過雲層尾隨文智，蜿蜒飛行以免被察覺——雖然這裡如此多神仙，他應該分別不出我的氣息。我從背後抽出玉龍弓，握在手裡隨時待命。這裡的迷霧很濃，我幾乎無法看見遠處透過薄霧閃爍的深紅色塵埃。一股甜膩氣味襲來——混雜著蜂蜜及腐果味——我立刻屏住呼吸，強化護法。我現在絕不能失控，只要一個瞬間失神就能造成生死之差，關乎射殺的是敵是友。

力偉在不遠處，正在召喚狂風淨化空氣，這的確有效，士兵們陸續從恍惚中清醒，並遠離鉚譚將軍——但隨即文智就像老鷹見到獵物般，向力偉衝了過去。力偉一直以來都是他的目標嗎？他不會成功的，我決定採取行動，馬上也追了過去，心臟在胸口猛然怦跳。

彷彿感受到文智接近，力偉立刻抬起頭，那一刻他們互相瞪視——雙眼明亮且帶著威脅意味地瞇起——我內心一冷。亮出刀劍了！他們極度凶殘地衝向對方，刀刃互相碰撞，激起如雨般的火花四濺，化作火與冰，風雲因他們的搏鬥而顫抖著。一瞬間我無法動彈，陷入恐懼之中，同時被他們凶猛優雅的劍術所震撼，他們的動作在冷酷的戰鬥中越來越模糊成一片。

我拉著弓，但手指僵硬，天焰在我手中劈啪作響，我硬著頭皮準備發射，提醒自己文智才是敵方。但他們動作太快，刀光劍影閃爍著，身體旋轉又跳躍，如果我射錯人呢？

就在此時，力偉往下一蹲，躲過文智劃向他的頭上的劍——隨即轉身翻滾將刀子刺向文智的胸膛。文智一轉身，將他的劍揮出一個大弧線，砍向力偉的盔甲。鮮血濺出空中，力偉摀著傷口大口喘息。

文智漸漸逼近，舉起他的劍——我內心某處瞬間斷裂。太靠近了，不能用弓箭，否則天焰可能也會傷到力偉。一股氣流從我手掌噴出，擊中文智，他彎下腰就像胸口被揍了幾拳，踉踉蹌蹌地走到雲朵邊緣。他重新穩定好自己，施了一道護法圍繞自身。

他轉向我。「星銀，妳的能力恢復了。」

「跟你無關。」我咆哮著。

「不過，妳來遲了。」他的語氣中帶著遺憾，再次舉起手，寒冰匕首向力偉擊去——

我撲飛了過去，擋在他們之間，猛然在我跟力偉周邊施放一道屏障。文智的攻擊強烈撞擊著，但我們毫髮無傷。這場景喚起我某個回憶，想起文智跟我曾站在獅子穴裡，他教我如何使用我的力量。他大概不會預期他的教導某日反過來抵擋他。

文智的表情緊繃，是生氣，還是失望？他向後退，施放能量攪動空氣，隨即撞上了我的屏障。屏障震動了一下，我再次施法強化穩住，準備與他對抗——然而他的士兵開始攻擊我們，向我們施法，我的屏障被擊破了，碎冰、木屑及火焰刮傷我。我痛到咬緊牙根，壓抑哭聲。身後突然傳來嘶嘶聲，力偉施了火焰法術反擊魔軍。他的手轉向文智，朱紅色的火舌朝文智攻擊——如此炙熱，就像從太陽分裂出來般。

文智的屏障解體。他被甩回去——掉出他的雲朵之外，墜入底下深淵，我的心……也跟著墜下了。我衝到邊緣，瞥見下方他的士兵們衝向他——施力將他拖到安全處。我內心百感交集，然而不可否認，其一是鬆了口氣。

「妳已養成解救我的習慣。」力偉如此評論。

「我以為我們沒有在計較這個。」我再次往下方一瞥，生怕文智又出現。「這還未結束，力偉，我們必須加快腳步。」

濃厚的霧氣圍繞著我們；力偉先前的努力白費了，士兵們再一次包圍鄔譚將軍。將軍汗流浹背，屏障開始不穩定。

我向前施放出一陣狂風，力偉的能量與我的融為一體，形成一道光束。我大汗淋漓，雙腿因緊張而站不直。雖然迷霧已漸稀薄，但仍然籠罩在受困的天庭士兵上方。他們開始將注意力轉向我們，其中一位手中噴出火焰，我趕緊閃躲，差一點受到炙熱一擊。另一位則向力偉投擲長矛，還好力偉輕而易舉地擋住這一擊。鄔譚將軍則蜷縮在雲朵上，首當其衝受到他們的攻擊。

我看見不遠處的那些戴著鑲嵌瑪瑙頭盔的魔軍。我在黑龍肩上飛行時見過他們，現在才有機會看清楚迷霧的中心，那些操控迷霧的心之術者。他們的眼睛閃爍，一波波深紅色光芒從他們掌心旋轉而出。然而，他們的表情都顯得焦躁不安且揮汗如雨。

他們跟我們一樣都累了，表示有機會擊退他們。

心中燃起希望，我指向他們：「力偉，我要攻擊那些心之術魔軍，你繼續維持住這裡的屏障。」

我的話還沒說完，他便增強能量，擴張屏障接下重擔。狂風在空中翻滾，一陣暴風打散了天庭士兵。

我射出一道天焰箭矢，擊中一位心之術魔軍。他發出一聲尖叫，身體劇烈抽搐並爆裂出光芒。當他一倒地，他雙手的迷霧氣流便消散了。我沒有停下——沒時間歡呼或懊悔——我的雲朵衝上雲霄，射中了另一位，接著再一位。心之術魔軍們叫喊著，指著我，他們的魔法洶湧地向我撲來，我的屏障抖動後碎裂，但另一個金光閃閃的屏障立刻接續出現。

「星銀，留意！」力偉出聲喊道。

我點點頭表示感謝，同時射出另一支箭，那名魔軍閃開要害，但我擊中了她的肩膀。我瞄準第五位，心之術魔軍陣型開始潰散，有人脫隊逃跑。

魔軍雖然撤離，但迷霧仍在他們身後徘徊。許多天庭士兵從恍惚中驚醒後，開始加入我們，我的髮束被吹散解開，黑裙隨著狂風加劇而飄舞著——疾風呼嘯飛越天界，掃過空中每一個角落。迷霧變淡薄了，深紅色的光芒像黎明時刻的星星漸漸微弱，消失在無形之中。當我們的雲朵飛到天庭安全之地時，天空像剛經歷暴風雨般的寧靜。

★　★　★

我們安全了，魔軍已撤退。但我的脈搏仍然劇烈跳動，呼吸急促，心想天皇的接見正等待著我。我沒什麼選擇，現在將軍們已經知道我手中握有珍珠，我要嘛交出來，要不就拒絕，公然違抗他。這是個艱困的選擇，甚至根本無從選擇，做任何選擇都是背叛，都會失去某樣無比珍貴的東西——無論是我母親的自由或是龍族的自由。更糟的是，我深怕天皇會因為我的反抗而懲罰我的母親。或者，他會武力要脅我交出珍珠，就像他先前命令我設法奪取一樣。

我頭痛欲裂，要是我能夠兩邊都守護就好了！這樣的事是不可能的，除非……

有什麼辦法能夠達成與天皇的交易，同時不傷害龍族。我的腦中出現一個新點子，尚未成熟、瘋狂且無庸置疑，非常危險。

「星銀。」淑曉喊我，走到我身旁。「我們走吧。」

「不行。」我回她。「還不行。」我沒有多說什麼，不敢透露我的計畫——如果這稱得上是計畫的話，更像是一連串的想法及猜測。透露這樣的計畫可能會讓她陷入危險與兩難處境——就像我正陷入其中——掙扎於至親及榮譽之間。

「妳願意幫我做件事嗎？」我嚴肅且沉重地問她。

「任何事都可以。」

「別告訴他們我沒回去，就散播消息說妳在戰鬥中失去我的蹤影。」或許這樣可以拖延時間，避免天皇過早起疑。

「就這樣？我還希望妳給我來個真正的挑戰。」她哼了一聲。

「最近跟我有關的所有事情都是挑戰。如果事情沒能照我所想的順利進行，也許妳可以幫我想個法子，平息天皇的怒火？」我開玩笑地說，試圖隱藏我沒說出口的恐懼。

她停下來，仔細看著我的臉。「注意安全。我會盡全力的。」最後她說道。

「謝謝。」我僅僅說了這兩個字，然而還有許多話說不出口。當她飛向天庭時，回頭望了我一下，對我揮揮手。

「星銀，我父親在等妳。」

我別過目光，拂開我前額的髮絲，鼓起勇氣告訴他：「我不能將龍珠交給你父親，我承諾了龍族。」

他一開始沒有說話，雙眼深沉且凝重。「妳打算怎麼做？」

我猶豫了。我該相信他嗎？他是否也想要將珍珠獻給他的父王？如果這樣，他是否會試圖阻止我？但是當我凝視著他的臉龐，縈繞我心中的那股溫暖依舊——我知道我多慮了。他可能會與我爭辯，可能試圖勸阻我，但他永遠不會背叛我。

「龍族說，有個法術將牠們的生命靈體與這些珍珠綁在一起。根據道明老師的說法，沒有任何法術是無法破解的。也許這個法術可以解除？我不知道可不可行，但我想要找出答案。」我吞吞吐吐地說。「這樣一來，我就遵守與你父親的協議，但僅僅在這種條件下遵守，別無其他。」

他露出一抹淡淡的笑意。「就交出珍珠而已，沒其他的，是這個意思？」

我點點頭，即使內心仍存有疑慮。天皇企圖從我這裡拿到比協議還更多的東西。而今，他會得到的，是協議中**確切**承諾之物，這不是他真正想要的。這可能行不通：太多變數可能導致出錯，也許法術無法解除、也許天皇不會接受沒有生命靈體的珍珠；他肯定會震怒，但我還有什麼選擇？沒有一種我願意忍受。

力偉的雲朵飄過來，跳上我的雲朵，伸手握住我。「我們沒多少時間了。」

這一刻，是打從我離開恆寧苑，數年來第一次呼吸如此順暢。我並不孤單，即使我們之間發生那麼多事，他仍然是我的摯友。

但我並不想將他拉進我這些計畫之中，我的計謀無疑會使他與他父親對立，招致不悅與憤怒。但我現在不會拒絕他的幫忙，尤其他的襄助就像久旱逢甘霖，而此時這麼多未知狀況需要審慎處理，我不該拒絕。

「我們要去哪裡？」他問。

「去龍族誕生之地。」

# 37

幽珊宮璀璨生輝，就像貝殼中一顆白裡透紅的珍珠。今天，變化莫測的海水是湛藍色的，海浪激起白色泡沫。當我們走過水晶橋，上回拜訪的回憶湧入腦海中揪著我的心，令人不願再想起。

宮殿守衛立刻認出力偉，向他鞠了躬。他們同時也認得我。即使我們無禮地沒有事前通知，但力偉的身分地位得以讓我們迅速通關進宮。我們被帶領到一個寬敞的大廳，一名侍從先行告退，前往通知彥熙太子。

力偉透著晶瑩剔透的牆凝視壯麗的珊瑚礁，珠寶般的光彩閃耀。鮮豔繽紛的魚群穿梭珊瑚礁群，戒慎留意上方游過的大型陰影——是正在尋找獵物的掠食者。他的表情嚴肅，也許是正在衡量我把他拉進的艱難處境。

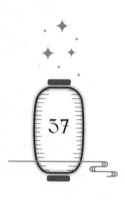

「我知道你很為難，很謝謝你願意跟我一起來。」我告訴他。

「多數的人不會贊同妳的做法。」他的目光轉向我，眼底深邃得像水底深處。「但妳永遠會得到我的支持。」

他言簡意賅說出這些話，但卻深深打動了我。

大門滑開，彥熙太子現身，他那珍珠灰錦緞長袍繡滿金線，一條青金石製成的腰帶繫在腰間。我偷偷把手放裙上抹了抹，徒勞地試圖撫平皺摺，至少深色裙子掩蓋了汙垢、汗水及血漬。

他向力偉打聲招呼後笑著轉向我：「首席弓箭手，妳是否決定離開冷冰冰的天庭，來到我們這溫暖的海岸國度呢？」

我一臉抱歉地搖搖頭。「很不幸的是，我們這次來這裡是逼不得已的，殿下。」

我語氣中的急迫使他收起笑聲。「如果妳有任何需要，儘管要求。」他向我承諾並坐了下來，同時也示意我請坐。

我依舊站著，手指解開荷囊的繩結，將珍珠放在掌心。我感到肌膚微微刺痛，珍珠裡頭的火焰跳動著。

彥熙太子靠近並端詳珍珠，驚訝地猛一抬頭：「這些是龍尊者的珍珠？」

「是的。」

「妳怎麼拿到它們的？」他表情疑惑地問道。

「是被給予的。」我結結巴巴地帶著遲疑及猶豫說。我不習慣如此輕易說出自己的祕密，即使現在，我內心一部分仍擔憂害怕來到東海是個錯誤的決定。彥熙太子可能被迫要求將我們遣送回天庭。

也許是感受到我的不安，他愣了一下並向後退開。

「誰給妳？誰有這個權利這樣做？」

「龍族牠們自己給的。」我回答，對他的懷疑有點受傷，但我想起他極度重視龍族，而我自己，也仍然不敢相信牠們選擇將珍珠託付給我。

「我的父親派星銀前往跟龍族交涉，替他索取珍珠，用他的鐵印將牠們從凡間解放出來。」力偉解釋著。

彥熙太子一躍而起，臉上充滿光彩。「龍族被釋放了！我必須通知我的父親。」

我趕緊擋在他前面。「殿下，您的父親將會在適當時間被知會。但現在，有更緊急的事情我們需要您的協助。」

「緊急的事？」

「我必須跟您請教一些關於珍珠的事情。」

他坐下並眼神再次警惕，探詢地看著我。「我想知道為何天皇現在想要這些珍珠？以及龍族為何願意交出珍珠？」

「我不能代表天皇表達他的想法。但當我接下這個任務時，我並不知道這些珍珠對龍族的意義。請放心，我已經承諾會捍衛龍族的自由。」

他並沒有答覆，頭歪向一邊，彷彿未能決定是否要相信我們。

深吸一口氣，我往前一步。「將龍族的生命靈體與珍珠束縛在一起的法術……能夠解除嗎？」我的心怦怦跳著，等待他的答案。

「為什麼這麼問？」他看著我，就像我是個謎團，他試圖理解我在說什麼。

「我想要將龍族的生命靈體回歸牠們自身，牠們將不再受制於人。」

「妳為何想要這麼做？為何不直接把那些珍珠歸還龍族？」他試探地詢問，非常敏銳。我想到我的母親，彥熙太子可能還不知情。「我必須據實以告，這也是出自我個人私心。如果我將珍珠歸還龍族，我就無法完成這項任務，我不想要徒勞無功。天皇答應我完成任務的話，將賜予某樣我渴望許久的東西。」

他挑了挑眉，「必定是什麼重要的東西吧，首席弓箭手。」

「沒有任何事比家人更重要了。」我低聲說道。「如您也理解的，殿下。」彥熙太子的表情軟化了，向後倚靠椅背。他是否想到了自己的弟弟？他的父母？「妳所提的那個解除法術，非常強大。」他若有所思地摸著下巴。「這封印是透過鮮血跟法術完成的，只有珍珠的合法主人得以破解。」

是可行的，意味還有機會。當然每一種法術都需要神奇魔力，但是一提到鮮血我就感到害怕。

他猶豫了一下，看著力偉。

「我們就開門見山直說吧，殿下，我們是朋友，沒有冒犯之意。」

彥熙太子十指併攏，手肘擱在桌上。「首席弓箭手星銀，龍族是否獨獨將珍珠交予妳？」

我點點頭，他的眉頭皺得更深了。「我對牠們的統治者了解不多，那名勇者曾救了他們。傳說那名勇者是天皇的親戚，如果是這樣，為何龍族不向你或你父親表示效忠？」他問力偉。

玉宇天宮屋頂的金色雕塑、皇袍上的刺繡……種種傳說都是真的，還是為了傳播一個崇高偉大的神話而設立的象徵？天皇是否一直覬覦龍族的威力？是否牠們受懲罰主要是因為牠們拒絕服從天皇？

「在天庭，我們沒有太多關於龍族的訊息。我所知道的是牠們不希望為我父親效力。牠們被解放時，也明確表示這一點。」力偉停頓一下。「你為何如此問呢？」

彥熙太子嘆了一口氣。「釋放龍族的靈體並不是件容易的事，需要極大的犧牲，那名勇士付出巨大的代價將牠們的靈體注入珍珠。完成這項法術，需要用上一半的生命力。」他隔著桌子靠向我，「龍族將珍珠交付給妳，這代表牠們認定**妳**是牠們真正的主人。因此，只有妳，妳一人，必須付出這個代價。」

他的話深深衝擊我，我一**半的**生命力？並非能量？無法透過休息治療來恢復？重拾我的生命力會需要好幾十年，也許要好幾百年啊。我會變得極為虛弱，難以使用玉龍弓，那我要如何保護我所愛的人？我要如何自我防衛？

力偉緊握著我的手。「星銀，別這樣做，一定還有其他方法。」

意識到彥熙太子銳利的目光，我趕緊掙開力偉的手。直接離開很容易，就讓命運決定一切。讓出決定權，不要去掙扎。但我之前差一點就失去珍珠了，我不敢再輕忽。我不知道我還有多少時間，文智的軍隊可能快逼近，而此刻天皇肯定對我的消失感到起疑與不耐煩。

我咬著內頰，用力咬到柔軟的嘴肉疼痛不已，溫暖的血液充滿嘴裡。如果彥熙太子錯了，或若施法失敗——我將白白失去生命力。而如果我不把珍珠交給天皇，我將招致他永久的仇恨，他還會遵守諾言不傷害我母親嗎？至於我自己……

全身一陣顫抖。

但是法術並非我擁有的唯一力量；先前沒有法術的日子，我也活得好好的。我曾用言語及一把花瓣騙過文智，我也曾經在法力被束縛時，打敗了一個魔界王子。如果這個辦法行得通，我就能一舉解放龍族**並且**帶著珍珠返回天庭，完成我與天皇協議，交予——字面上的——物品。我仍有機會能解救我的母親。

「就這麼辦吧。」我將珍珠放回荷囊，雙手發抖著，將繩子緊緊打個結。「殿下，我很感激您的協助。」現在我已下定決心，迫不及待想趕快進行。

「妳需要一件武器，強而有力的。」他說。「血液會解除封印，而妳的生命力會開啟通道，但是龍族的靈體需要從珍珠裡釋放，如果妳的武器太弱，妳會先一步耗盡妳所有的力量。一旦開始進行施法，就無法回頭了。」最後一句他沒說出口的警告是：**妳可能會死掉**。

玉龍弓懸掛在我的背上，給人一種安心的重量。「這個可以嗎？」我將它從肩上取下，放在前方桌上。

彥熙太子肅然起敬地摸著它精細的雕刻。他碰觸後這把弓開始嘎嘎作響，他立刻拿開手。「妳能操控這把玉龍弓？這怎麼可能？」

「我也不確定。」我誠實回答。「是這把弓允許我操控它。」

「這也是為何龍族將珍珠交給妳。」他說。

「牠們原本並不想。」我坦白地說，內心升起一股愧疚之情。「但是我被牠們的強大的力量誘惑了，還自以為能保護牠們，但我錯了。」

我從桌上提起弓。「殿下，很抱歉如此匆忙，但我們必須走了。附近有沒有什麼較僻靜的地方？我們想在那裡召喚龍族。」

他站起身。「南端有一片寧靜之處，如果妳不反對，我可以親自帶領。」他臉上浮現期待的笑容。「坦白說，我一直很希望能見到龍尊者，我們對凡人可能是個傳說，而龍族對我們來說才是傳說。」

★ ★ ★

彥熙太子的雲朵帶領我們前往不遠處的海灘。高聳的懸崖及嶙峋的岩石環繞四周，難怪儘管海水如此純淨卻空蕩毫無人跡。我們站在白色沙灘上，我盯著手上的珍珠。這樣行得通嗎？很快就會知道了。我深深地吸了一口氣，低聲對著珍珠喊出龍的名字，珍珠光亮的深處燃起火焰。

瞬間，一切都靜止了；大海與天空融為一體。隨著一陣低聲的急流，海水從天空藍幻化成綠色，海浪波濤洶湧，追逐岸邊，激起陣陣白色浪沫。地平線那端出現一個巨大漩渦，越轉越大，幾乎要吞噬整個海洋。接著，四條龍從漩渦深處沖天而出。冰冷的海水潑灑到我們身上，水滴在陽光底下熠熠發光。空氣中充滿著牠們的威力，龍在我們面前的海灘上降落，金色的爪子埋在沙裡。

彥熙太子踉蹌地後退一步，張大嘴巴，他的長袍濕淋淋的，頭髮黏在額頭上。我撫去臉上的水，看見這位完美太子變得衣衫不整，渾身濕透，我強忍著笑意。四條龍的巨大身軀在沙灘上投下巨大的陰影，然而牠們步伐優雅且輕盈，緩緩向我們走來。

長龍琥珀色的眼珠凝視著我，牠的聲音在我腦海中迴盪。**星銀，嫦娥與后羿之女，妳為何召喚我們？**

彥熙太子急促地深吸一口氣，長龍是對我們所有人說話嗎？我向他投以抱歉的眼神，我真是個無禮的訪客，直到現在還將他蒙在鼓裡。

我很樂意一直站在那裡，沉浸在龍族的壯麗英姿——但我不敢再浪費時間了。「龍尊者，我希望從珍珠上解開你們的生命靈體，歸還到你們身上。你們也希望這樣嗎？」我直截了當地切入重點。

牠們的頭向後一仰，空氣中洋溢著興奮雀躍的氛圍。長龍的聲音在我耳邊響起。**這比在海裡游泳及在天空翱翔，更令我們期待。之前我們不能如此要求妳；這樣的犧牲必須出於一顆自願的心。**

牠們充滿期望的眼神，燃燒著金色光芒，使我揪心，「那麼，我會盡力。」

龍族彎下牠們長長的脖子，優雅地點頭，牠們的眼神飢渴地看著我手上的珍珠。

彥熙太子抽出一把青金石劍柄的匕首。「妳準備好了嗎？」

我點點頭，將我手掌伸出來。但力偉突然站到中間，緊抓住我的手腕。

他的臉色蒼白，充滿焦慮。「星銀，妳要小心，如果該停止了妳還不停下來，我就——」

「她必須獨自完成。」彥熙太子警告。「施法進行中，你不能有任何干涉，如果你這樣做，會害她喪命。」

力偉不理會他，對著我說：「妳確定要這樣做？妳不必現在做決定。」

「我已經決定了。」我靜靜地告訴他。「這是我的選擇。」

他陷入一陣沉默後，終於從彥熙太子手上接過匕首。我點點頭，他緊握劍柄，指關節都發白了，將刀刃劃過我的手掌。刀工極佳，乾淨俐落，不淺不深。當刀劃過肌膚裂開時，冰冷的金屬麻痺了刺痛，溫熱的鮮血噴湧而出，我彎起手指緊握成一個拳頭，向下翻轉，讓血滴到珍珠上，就像下著鮮紅色的雨。

一想到即將要做的事，我的內心就非常糾結。我閉上雙眼，跟隨身體裡光線的蹤跡，碰觸到我發光的生命力核心，深深地藏存在我的頭腦裡。我猛力扒開——感覺多麼不對勁，像是侵犯自己——但我沒有停下，我的生命力衝脫而出，在我血管裡像條沒有壩堤的河流奔馳著，強勁、堅定且有力地滾動。比無垠的璀璨繁星還明亮，比月亮還耀眼。但是當我的生命力從我手中流向珍珠時，我全身感到一陣虛弱，四肢突然無力，踉蹌了一下，差點暈倒。我咬緊牙關，疼痛難耐，強迫自己支撐住，用力與遏制力量外流的本能對抗。我的生命力閃著光芒像海綿吸水瞬間滑入了珍珠。珍珠在我的掌上漂浮，珍珠裡的光芒更加絢爛明亮，每一顆都漸漸變成了純粹的火球。

這時，我才停止繼續輸送生命力，跪倒在沙灘上，喉嚨溜出窒息般的喘氣聲。我滿臉汗水，麻木的疲憊席捲四肢。更糟糕的是，我內心感到巨大的空虛，內在的一部分被撕裂了。我只能希望這樣已經足夠了。

力偉蹲下來並握住我的雙手。他的能量湧進我體內，流遍全身。與他之前治癒我時的感覺不同，溫暖但空洞，舒緩效果非常微弱。就像一直往滿溢的杯裡倒水，難道他的力量已經無法灌輸給我了？

沒有時間思考這件事了，我還沒有完成！我氣喘吁吁地用雙手撐地爬起，踉蹌地退後了幾步，我舉起玉龍弓，曾經它的弦在我手上如絲彎曲，現在則動也不動，如刀般切割著我的手指，直到滲出血來。我的肌肉緊繃，但仍努力撐著，直到——終於——發出一道細細的天焰。減弱的力量令我悲痛，但現在不是自憐的時候，我對準通紅的珍珠，將天焰射向珍珠中心的火焰。擊中了！一道閃爍光芒後，一團金色雲彩從珍珠噴發出來。長龍向前伸長脖子，張開大口將發光的微粒吸入體內，長龍的胸口閃閃發光，彷彿吞下了一顆星星，接著漸漸變暗。

深紅色的珍珠掉落在沙灘上，完好無損，而裡頭的火焰熄滅。其他條龍都轉向我，表情充滿期待。我各舉起三次弓，發射三支箭擊中剩下的三顆珍珠。每一次爆發的金色雲朵，都飄進了龍族張大的嘴裡。我的能量幾乎耗盡，手指已切到見骨，鮮血像白雪中盛開的梅花，散落整片白沙灘。

四顆珍珠躺在地上，我彎下腰將它們撿拾到手中，四顆如陽光璀璨、火焰赤紅、冰霜透白及午夜暗黑，它們極美，但裡頭精華的部分已消失。當你見過滿月生輝，殘月就失去了它的魅力。

龍族的雙眼閃著金色光芒，展露出微笑。牠們的聲音合而為一，比世間任一首曲子都美妙。**我們感激不盡，我們再次完整了，再次做自己的主人。**

我感到不好意思，加上精疲力盡而說不出話，僅僅向牠們深深一鞠躬。

長龍用龍爪摘下身上一片閃亮的鱗片，完美如盛開玫瑰的花瓣，低下頭將鱗片遞給我。

**如果妳需要我們，將它浸泡在液體裡，我們便會為妳前來。**

我接過鱗片，握緊它。牠們轉身潛入水中，當最後一圈龍尾激起的漣漪消散後，大海平靜下來——再次與湛藍的天空相映。

力偉的手滑過我的手，法力流動其間，治癒我飽受摧殘的身軀——但他怎樣都無法填補我內心巨大的空虛。我倚靠在他身上，望著海水，內心產生一股奇怪的失落感受。彥熙太子站在我們身旁，靜止不動像座雕像，雙眼凝視遠方。

「殿下，謝謝您的協助。」我對彥熙太子說。

他綻放燦爛的笑容，「我才應該感謝妳，月之女神的女兒，今天所見將令我永生難忘。」

我滿臉通紅，對他直率的言詞感到滿心自豪。然而我的母親仍被囚禁著，我們的命運仍岌岌可危。我沒有後悔；我很開心自己做了這個決定——然而想到即將要面對的衝突，日益累積的恐懼與不安，在我心中蒙上一層陰影。天皇不以仁慈著稱，今日之後，我更是給他充足的理由對我展現殘忍。

# 38

我們的雲朵在微風吹拂下於空中滑行。今天天氣晴朗，可以清楚看見下方凡人的世界——然而我卻茫然地盯著前方。陽光照耀在不遠處的玉宇天宮屋簷上的金龍。

身穿黑色盔甲的士兵們出現在天際，乘坐藍紫色雲朵翱翔在我們與天庭之間。不一會兒，他們包圍了我們，並讓出一條路給文智通行。他站在我面前，身上深灰色的長袍在他腳踝處飄逸地旋轉，他王冠上的翡翠閃爍著翠玉色的火焰，他未著盔甲，身側倒是掛了一把劍。

力偉挺身向前，怒火滔滔不絕。「叛徒！你是來坦承自己的罪嗎？」

「沒有什麼好坦承的，我也沒聽說天庭那邊對我有什麼指控。」文智用輕柔狡猾的語氣說，彷彿意圖激怒人。

「你知道你做了什麼，我也很清楚。你將為你的罪行付出代價！」力偉怒吼。

「也許吧，但不是今天。而且肯定不是在你手裡。」文智刻意轉過身背對他，眼睛盯著我。「我今天不是來跟妳打架的。」

我指著他的士兵手上對準我們的弓箭與長矛說：「看起來不是這麼回事。」

「我沒有說不跟他打。」他的頭突然轉向力偉，但沒有移開目光。「把珍珠給我。」他說，就好像在索取我頭上的一根髮簪。

我不會再給他任何東西了，現在不會，永遠不會。「太遲了，珍珠已經對你無用武之地了。」

他皺了皺眉頭，想從我臉上讀出蛛絲馬跡。「妳這話是什麼意思？」

「珍珠上的龍族靈體沒了。我已經歸還牠們了。」

他發出尖銳的嘶吼，「別撒謊！星銀，這不適合妳。」

「我沒有撒謊。」我嚴肅地說，如果他不相信我，如果他再次奪取珍珠——他會搶走我母親最後一絲重回自由的希望。我小心翼翼地從荷囊取出珍珠，捧在掌上，走到雲朵邊緣。

「你之前看過珍珠，你現在覺得模樣相同嗎？」我的脈搏不穩定地跳動。雖然我希望他看出這些珍珠的光有多微弱，但這也正是我擔心天皇發現並懲罰我的事。

他盯著珍珠看，沒有說話。「為什麼？」最後他突然大吼一聲。

他的語氣充滿震驚、沮喪及失望，聽起來非常悅耳，我沒想到有如此強烈的滿足感。他那些所作所為、陷害我的精心騙局，所有的一切都如此徒勞，我感到狂喜般的勝利滋味。

「因為你。」我告訴他。

「什麼？」

「我要感謝你讓我意識到該做的事，如果珍珠落入錯誤的掌權者手裡會發生什麼事。我不能讓這種事再次發生。」我將珍珠塞回荷囊。「現在我們手上沒有你要的東西了，請讓過。」

他的雲朵反而飄近我們，臉上的怒意消退，我預期聽到更多的謊言。

「要是我跟妳說，我來這裡並不單單為了珍珠？」他說。

「我才不管該死的你來這裡做什麼！」力偉走近我，握著劍柄的指關節因用力而泛白。

我抓住他的衣袖。「力偉，別攻擊他。」

「他做了那些事情，妳還護著他？」他不敢相信地說。

「你怎麼能這樣想？」我氣呼呼地說，放開他。「我已經厭倦了流血、恐懼及悲傷，最好的作法就是說服他放我們走。如果你攻擊他，他的士兵會回擊，而如果他再次傷害你。」我提高音調，好讓文智聽見，「一道閃電將穿過他的心臟。」

「妳的身子已經搞壞了，星銀，妳還能做出什麼傷害？」他默默地說。

我的笑聲尖銳且響亮。「我很樂意試試看。」下一刻，我拉開了玉龍弓，天焰在我繃緊弓的手指上燃燒著——但不可否認與之前相比，天焰強度弱了許多。

文智注視著從我手指流淌下來的鮮血，傷口又被撕裂。「妳發生什麼事了？為何變得如此虛弱？」他急躁又粗啞地說著。

我們一起戰鬥許多次，難怪他能發現到我的力量減弱。我沒有回答，強忍著痛苦的嘶喊。

「別把自己累壞了！」力偉警告。

「放下劍吧，魔界王子。」我以極具威脅的語氣說。「叫你的士兵撤退，讓我們走。作為回報，我不會將此箭射入你的胸膛，即使你罪有應得。」

我們之間一陣屏息的無言沉默。

文智的雙眼閃著銀色光芒。「星銀，妳失心瘋了嗎？如果妳已經取出珍珠裡的靈體，妳怎麼能返回玉宇天宮？妳真的相信他們天皇陛下的慈悲心嗎？」

他的奚落使我愣住了，然而我察覺到他似乎話中有話——是替我擔憂嗎？擔憂我的安全？然而當我回想他不斷的欺騙，便將他的警告拋諸腦後，抬起下巴挑釁地看著他。

「至少比你好多了，我之前這麼信任你又得到了什麼？謊言及囚禁。封印我的法力，偷竊我的東西！」憶起這些事，我忍不住氣得發抖。

文智向我伸出手。「妳不必對抗天皇，跟我走，我會保障妳的安全。這次妳不會被囚禁了，我會盡可能地幫助妳，以及妳的母親……不須任何條件。」

他的提議和考量令我訝異，但只是說說太容易。重要的是他的品行，我再也無法信任。我緊握武器，注視他。「我不會跟你走的，我會確保自身安全。」

他臉一沉。「妳知道妳去天庭即將面對什麼嗎？如果他們只是將妳像妳母親一樣關起來，這還算是幸運了！」

「她有我的支持。不像你，我永遠不會背叛她。」力偉淡淡地說。

我還未開口，一排箭呼嘯穿過空中，其中一支插入我的肩膀。劇烈痛苦傳遍全身，玉龍弓從我手上滑落。這是個陷阱？力偉拔出箭矢並幫我療傷，我怒視文智，然而他的表情異常凝重。

「別開火！」他對他的士兵們怒吼。

他回頭轉向我，雙瞳變得像風吹拂著的大海般灰暗，「我知道我兄長跟妳說什麼，他用我的死亡跟妳交換妳的自由，但妳拒絕了，為什麼？」

我可以感受到力偉帶著說不出口的驚訝瞪著我。我沒有告訴他這件事，出於某種原因，我並不想跟他說。「並不是因為你。」我生氣地說，「我無法讓他這麼做，因為即使是最糟糕的敵人都不應該被如此殺害，這樣很……不光榮。」

他的嘴角彎起一抹苦笑。「我很感激妳的道義。那晚妳救了我一命，在某種程度上。」他慢慢深吸一口氣，當他吐氣時，聲音沉重且帶著遺憾。「我不再違背妳的意願黏著妳不放了，我不想要妳的仇恨及忿怒。」

他看了力偉一眼，臉上扭曲成一抹譏諷，「為了報答她的恩情，我放你走。下次我們再碰面，你就沒那麼幸運了。」

「你也不會。」力偉的口吻裡透露出輕蔑。

我不可置信地看著文智，他在玩什麼把戲嗎？他真的讓我們離開？那他的野心？與他父王達成的協議？雖然我一直希望他讓步，但我從不相信他真的會這樣做。

我把這些想法埋藏心中，力偉施法放出一陣風，吹動我們的雲朵。雖然我忍住轉過身的衝動，但仍能感受到文智炙熱的目光尾隨著我們。

★ ★ ★

越接近玉宇天宮，我的恐懼加深。我的肌膚如冰一般，一想到天皇的憤怒，內心就狂跳。我毫不懷疑他會察覺到珍珠的變化，但我仍然希望能宣稱我完成了我們的協議。他會控訴我耍花招而施以懲罰嗎？我將頭埋在手裡，急促地呼吸吐氣。

力偉輕柔地像握著他其中一支毛筆般，拉開我的手，溫暖地握住我的手腕。

「妳手上有珍珠，代表妳完成了任務，我會在妳身邊。」

一直到我們於東光殿降落前，他都握著我的手。陽光灑落在石牆上，閃耀且明亮，與我內心的恐懼完全不相襯，一股想逃跑的衝動湧上心頭，逃到消失得無影無蹤，逃到大家都忘了我的名字。但是，就像我之前遇到的每項困難事物：相柳、仁于總督、在長春林與力偉的對抗，這次我也會面對這一切。

當我一踏入大殿，所有人的目光都轉向我——身體僵硬，眼神冷酷。但比起如蛇嘶嘶聲般纏繞的竊竊私語，並不算什麼。「叛徒」、「騙子」及「邪魔」等話此起彼落地傳入我耳朵。他們向力偉投以憐憫的眼神，彷彿疑惑他怎麼會被牽扯。面對這充滿敵意的迎接場景，我內心緊緊糾結著，完全沒有機會辯護就被判有罪，使我非常憤怒。同時也替力偉感到生氣，他們應該相信力偉的判斷才是。

我像支長矛般挺直身子，大步走向前方高臺。我沒有瞧任何朝臣一眼——並非因為自大——而是確保他們的嚴厲眼神不會壓垮我偽裝的逞強。我唯一的防護就是告訴自己沒有做錯任何事，不敢露出一絲懷疑。

走到天皇天后陛下面前，我跪下來，彎下腰將雙手與額頭貼向玉石地板。迎接我的是一陣沉默；天皇沒有讓我起身，我猶豫片刻，抬起頭往寶座一看——先是看見鑲嵌珍珠的鞋子，接著是他們夜色的絲綢長袍下擺。天皇的衣襟上繡有翱翔盤旋的金龍，而銀鳳在天后的衣裳上翩翩起舞。天皇的目光掠過我的臉龐並傾身向前，皇冠上的串珠相互碰撞。

「他們跟我說妳是個叛徒，妳拿了龍族的珍珠後帶到魔界獻給妳的情人。這並非是個難以相信的故事，但是我兒子極力為妳辯護。我願意考慮是因為妳熱切地為妳母親請求，我相信妳絕對不會犯下讓她陷入更糟的處境的錯誤。當然，我相信任何一位孩子都不會對自己親愛的父母做出這樣的事。果然，我對妳的信任沒有錯。」

他的語氣輕柔，但我沒有愚蠢到聽不出話中的恐嚇。他對我母親的威脅深深刺傷了我。啊，我真慶幸逃離了魔界，得以親自辯護。我的直覺是對的，他會因無中生有的罪行而懲罰我的母親。顯而易見，**考驗**才正要開始。

「天皇陛下英明，我永遠不會做出這樣的事。」說出這樣諂媚的話，差點令我噎到，但我不敢冒生命危險與他對抗。

天皇往後倚靠他的寶座，空氣中充滿無止境的猜測。「龍珠在哪裡？」

我顫抖著手摸索荷囊，但我強迫自己穩定住，並伸出手，展示珍珠。

一位侍官從我手裡接過珍珠，呈上天皇。他以拇指及食指一顆一顆捏拿起珍珠，舉到光線下觀察。當他皺起眉頭用如黑色碎片的冰冷眼神看著我時，我內心一涼——像寒冬刺骨般。

「妳好大膽子竟敢戲弄我！」他震怒。

我袍子下的雙腿不停顫抖。相比他之前表現得如此不動聲色，顯得他的怒火更加可怕。但若我畏縮地懇求寬恕，意味著承認有罪，於是我不會這麼做的。

「天皇陛下，我沒有戲弄您。這些都是來自龍族的珍珠，就是您命令我尋找的珍珠。」

「它們不是！」

「敬愛的父皇，她說的是事實。」力偉依舊站在我身旁，沒有坐上他在高臺的太子座位。

天皇手中迸出白色光芒，圍繞著那幾顆晶瑩剔透的珠子旋轉，「龍的生命靈體在哪裡？」他一個字一個字緩慢吐出，現在語氣較平靜——雖然仍充滿脅迫。

我本該害怕，但此時內心卻激起一陣憤怒。這並非巧合；天皇**原本**就計畫利用我來脅迫龍族服從他，我毫不畏懼地迎向他的目光。「歸還牠們了，本來就不屬於任何人。天皇陛下，您所要求的就是在您手中的珍珠。我最後的任務已完成。」

他的拳頭重重打在寶座的扶手上。「龍族在我的統治之下，牠們應該服從我的權威！」

「但龍族並不同意！」我責備自己說太快，雖然這不過是句實話。

一陣絲綢錦緞快速摩擦出的咻咻聲，朝臣們紛紛遠離我身邊，彷彿我得了瘟疫而他們並非不死之身。

「敬愛的父皇，龍族並不希望受到任何人統治。」力偉說道。「之前的珍珠太危險了，如果再次落入敵軍手中會如何？星銀冒著極大的危險才完成任務，試想，若龍族成了魔界的階下囚，將會招致多可怕的毀滅！」

朝臣們發出驚呼聲，而當天后的手指向我時，他們頓時又鴉雀無聲。

「妳真是太放肆了！」她大聲怒斥，鮮紅色的嘴唇露出骨白色的牙齒。「不知道妳用什麼不懷好意的詭計欺騙我兒子來替妳說話！妳是個叛徒，應該受懲罰！妳回到這裡來，是因為妳被拋棄了嗎？被妳的情人玩弄了？回頭巴結我兒子希望重回懷抱？」

如此惡毒的話語，撕裂了我最後一絲的自制。我**的確**被玩弄了，只是並非她想像的那樣，她這樣說簡直二次傷害。

我鬆開腿，站起身。這行為嚴重破壞了禮儀規矩，但與我說出的話相比，完全不值一提。「我**不是**個叛徒，我完成了任務，取得龍族的珍珠——而且捨身冒險把它們帶回來。我依照您的吩咐，我現在要求的只是信守承諾，依據誠信原則釋放我的母親。」

「妳還敢提到誠信？妳對天皇有誠信嗎？快跪下求饒！」有人出聲斥責我，這聲音如此刺耳地繼續說道：「要是其他士兵，早就被賜死了！」

我轉過頭，看見吳大臣向前一步，雙眼凸出，一副憤怒貌。我感到胃痛，他已再三證明非我盟友，也與我母親敵對，這次也不例外。

吳大臣朝寶座鞠躬行禮後說：「天皇陛下，您對這個騙子太過寬容，但她卻一而再地欺騙您。誰知道她是否真的將靈體歸還龍族？而不是交給魔界的那個叛徒？」

我一時說不出話來，被他惡意的指控震驚住。「那不是真的。」我終於說。

「妳要如何證明？」吳大臣反駁說。

力偉看著他。「如果是我證明呢？她被俘虜時，我就在旁邊。她與我們並肩作戰對抗魔軍時，她將靈體歸還龍族時，我都站在她身邊。吳大臣，你是否對於我的品德也有所質疑？」他充滿挑釁意味地用力說著每一個字。

吳大臣向力偉鞠躬，但他仍然帶著懷疑的表情。「太子殿下，您一向善良且仁慈，但我們都知道您與首席弓箭手的……特殊友誼。為了保護她，您有什麼說不出來的嗎？」

有些朝臣對他的暗諷竊笑，還有一些人更是大聲笑出來。吳大臣的話有意點燃天皇的怒火，提醒著他最鄙視力偉的「弱點」，然而其實這正是力偉最強大的優點。之前，我一直猜想他討厭我是否因為我的血統，也許是他對凡人的藐視。但從他的敵意看來，他故意煽動天皇來對抗我們——我覺得應該不僅僅如此了。我是否不小心冒犯到他？還是他與我的父母有任何恩怨？

大殿裡的能量場發生變化，空氣飄散著冰塊碎片，我環抱雙臂取暖。竊竊私語消失了，一陣寂靜瞬間吞噬了整個殿間，就像我被帶到幽冥之地。天皇的臉色比冰川核心還寒冽，他舉起一隻手，白色火花在他的指尖劈啪作響，比我的玉龍弓發出的天焰還明亮——以驚人的速度精準地朝我飛來，一場霜雪紛飛的暴風雪中，恐懼將我吞沒。我動彈不得，甚至無法將雙眼從那天焰可怕的美麗移開。

疼痛爆炸開來。炙熱。燒灼。如千根白熱的針，刺進我的胸口，一次又一次，無止盡的痛苦。我不自覺地倒在地上，淚水滾滾流至玉石地磚上，但完全沒有淌出一滴血。這種痛苦折磨並非來自切割或刺穿我的身體，而是被劈啪作響的閃電光海，撕裂著我全身的神經。從未感受過這樣的劇痛——不論是相柳的酸毒、海蠍的毒液，甚至是當力偉將劍刺進我的身體時，都沒那樣的椎心之痛。最可怕的夢魘或最黑暗的恐懼，都沒辦法讓我對如此撕裂我整個存在的痛苦折磨做好準備。

我吐出窒息的喘息聲，乾嘔到全身痙攣。我昂首挺胸來到這裡，但我已經毫不在意一群陌生觀眾目睹我的屈辱。

我的尖叫聲隨之而來，劃破了寧靜。太遲了，我趕緊咬住舌頭抑制住哭聲，鮮血湧進我嘴裡。見血很好，提醒我還活著。暈眩中，一個聲音傳入耳裡——是力偉——他傷心欲絕的聲音使我的心絞痛，即使我正深受煎熬。

尚未體驗的生活，尚未踏足的道路，一一閃過腦海，心中燃起千萬分的悔恨及渴望。假使我能返家再見到我母親就好了，假使我和力偉不曾分開，假使文智從沒有背叛我，假使……這不是結局。

我抵抗闔眼的欲望，拒絕沉入徹底遺忘的誘人召喚。我有可能活下來嗎？我等待著一絲憤怒，增強我的意志及恢復我的力量——但什麼都沒有，只剩下深之入骨的疲倦。

我快死了，我現在知道了。天皇的表情沒有顯示出半點憐憫或寬容，只有他的正義得以伸張的冷酷滿足。但我不會這樣躲入盲目的安詳平靜中，我會睜大雙眼看著這一切，從我愛的人的臉龐，一直到殺我的人的臉孔。

我全身顫抖著手撐住地板，頭抬高離地面一吋，每一個呼吸都是顫慄的折磨。我的玉珮從長袍的皺摺裡掉出，撞擊玉石地磚時發出叮噹聲。

只過了幾秒鐘的時間嗎？彷彿遭受一輩子的折磨。

「父皇！」力偉的喊叫聲再次傳入我耳中，空氣中伴隨著不祥的爆裂聲。

儘管昏昏沉沉，我驚訝地看著他施放一道金色光芒護法將我包圍，就像他之前保護我免於被魔軍攻擊時——但天皇的天焰一擊，護法隨即化為烏有。即使如此，我的身體因暫時的解救得以舒緩。力偉衝向前，站在我與寶座之間——他的臉色蒼白，從額頭流下汗水。他挺身而出了，我一直相信他會。

「力偉，讓開，如果你再次違抗我，我不會對你手下留情的。」天皇的聲音充滿敵意，彷彿是跟敵軍說話，而不是他的兒子。

天后從高臺衝下，急到差點跌倒。她髮飾上的金色花朵，像被狂風吹般顫抖著。「力偉，這奸詐的女人不值得你的保護，她的行為已嚴重威脅我們大家！」她拽著他的手臂將他拉開。

當力偉掙脫天后，天皇向侍衛們點點頭，他們便衝向力偉。我想叫他離開，但內心因他極力留下而感到強烈的喜悅。我覺得非常寒冷，認為自己應該再也不會感到溫暖了——但我看到他的奮力掙扎，我內心深處燃起火花，我趴在地上伸長手臂，徒勞地試圖去碰觸他。

天皇的目光掃過我，再次舉起手。我這身被打垮的軀體已無法再承受另一次打擊，但我強迫自己張大雙眼——即使他的指尖再度閃爍光芒。

時間停止了，天焰以令人暈眩的速度朝我襲來，卻又緩慢地令人痛苦。力偉的叫喊聲驚醒神智不清的我。我搖搖頭，看見他從侍衛手中掙脫出來，衝上前用他的身體保護我時，我忍不住從喉嚨爆發一陣尖叫——即使我伸出手將他推開，即使我知道一切都太遲了。

「不。」他緊握住我的手，斷斷續續地在我耳邊低語。我與他四目相接——充滿著溫暖及愛意——看著他，我心滿意足。

眼前一片白光，我準備好迎接死亡。

但我的肌膚沒有感覺到灼痛……沒有起水泡的撕裂劇痛。相反的，我被包覆在一個發光的繭中，柔軟溫和如黎明的薄霧。我看向力偉，他安然無恙——跟我一樣。就在那時，我感受到一股涼意拂過胸口，我從力偉的緊握中抽出手，伸向我父親的玉珮，肌膚感到微微刺痛，而它光芒四射。光芒同時保護著我與力偉免於傷害，但它很快就消失了。指間光滑的玉石出現裂痕，流出一股暖意，就像之前長龍以呼吸修復它一樣。

至於天皇……我差一點認不出他來。他表情震驚，臉色蒼白，但隨時轉為憤怒，滿臉通紅。他會因為差點殺了自己的兒子而感到自責嗎？他是不會對我感到愧疚的。當他冷酷的目光掃向我時，我強迫自己與他對視——我欣然接受他的憎恨，並同等回報給他。

力偉將長袍甩向一邊，跪在地上。「敬愛的父皇，您的命令是從龍族那裡取回珍珠，用來交換對月之女神刑罰的撤銷。您那時沒有提及牠們的靈體，如果我們犯了錯，我代為懇求您的寬容。現在這四顆珍珠就在您面前，如約交付，而尚有一方未實踐諾言，那就是您。」

他的聲音傳遍大殿每個角落，朝臣如夢初醒般，少數幾位比較膽大的朝臣，附和地點了點頭。有些舉起衣袖交頭接耳。當然，他們對於珍珠的極大力量所知甚少。在他們眼中，我完成了任務，而我的領賞卻是被一道閃電擊中胸口。

天皇愣住了，是否力偉的話提醒了周圍眾多好奇猜測的目光？在這裡沉默寡言的，可能回到家就不會如此克制。他會被視為是正義且仁慈嗎？還是任性、反覆無常且殘忍呢？至於我，力偉已將我們的命運緊緊相依。「我的」決定變成「我們的」決定。對於我的懲罰，也會成為我們共同承擔。我在長春林為力偉而戰，就像他剛剛為我而戰。我搖搖頭打消這種想法，就像他之前跟我說的，我們之間不需計較。無論我們走上不同道路，我們兩人之間的情誼完好無損。

「天皇陛下。」吳大臣油腔滑調的聲音再次響起。「我謙卑地建議您立即鎮壓如此反叛行徑。這女孩與她的母親使天庭成為了笑柄，別忘了嫦娥如何對您隱瞞了她孩子的存在，就像她的女兒現在試圖欺騙您。如果其他人也認為可以愚弄您並逍遙法外呢？」

力偉轉身面對他，指著倒在地上的我。「毫髮無傷？**你**能像她這樣承受天焰嗎？她已為任何冒犯付出過多的代價——」

「安靜！」天皇大發雷霆，緊緊抓著寶座兩旁的扶手。

氣氛突然轉變，充滿緊繃壓迫。沒有任何人敢動，甚至天后，她不可置信地瞪大雙眼看著力偉。

天皇的嘴癟成一條細線，空氣中冰晶再次閃閃發光。一想到這種折磨，我的身體忍不住縮在一團，準備好迎向死神。

一聲尖銳的靴子撞擊地磚的聲音打破寧靜，一股沉穩、剛毅且強壯的氣息靠近。是建允將軍，他走到高臺前，雙膝跪下。

「天皇陛下，在您作出判決之前，身為您的忠臣，我有義務提醒您，今天首席弓箭手從魔界險惡的陷阱中拯救了眾多天庭士兵。這些士兵們希望表達他們對她的感激。現在都在外頭等著呢。」他抬起頭，指向大殿入口。

我不敢相信地抬起頭，搖搖晃晃地起身，無視每個舉動帶來的劇痛。我緩慢地轉過身，跟隨建允將軍的手勢，朝臣議論紛紛並讓出一條路。

淑曉站在門口——而她的身後，大殿之外，是一大片浩如烟海的天庭士兵，綿綿不絕延伸到我看不見的地方。他們同時鞠躬，陽光照耀在他們的盔甲上，宛如一波白金般的火焰。我的心懸在喉嚨，身上的疼痛漸漸消失。我低下頭回應他們時，不禁潸然淚下。

我並不忠於天庭，但我對我的朋友們是忠心的；那些曾一同並肩作戰的人、曾一起流血流汗的人。我打直身子，與淑曉四目相接，我舉起手跟她打招呼。我懷疑這一切都要感謝她，還有誰會通知建允將軍，並把軍隊帶來這裡呢？

是天庭天皇的軍隊。

我全身起雞皮疙瘩。我回過神並轉身，再次雙膝下跪。我不會懇求或乞求；這是沒用的。「天皇陛下，我不是叛徒，我完成了我們的協議，我等待您公正的裁決。」我的話很不優雅，因剛剛的尖叫變得聲音沙啞——但無論接下來會發生什麼事，因為知道我已經盡力了，內心充滿平靜。

大殿內的竊竊私語越來越大聲，幾位朝臣紛紛搖頭，外頭的士兵沒有解散，依舊在大殿門口。

天皇宛如戴上一副王者大度風範的面具，剛剛的激烈及憤怒消失無蹤。他一開口，聲音沉穩且平靜。「首席弓箭手星銀，為了表示我們對於您崇高奉獻的感激之情，我們將實現妳的願望。嫦娥獲得赦免，可自由離開月宮。然而，她不可推卸責任，身為月之女神，她仍須負擔起每晚月亮升起的職責——絕無例外。」

一陣安靜後，東光殿裡裡外外歡呼聲響起。持反對意見的如天后或者吳大臣，他們的抗議皆被置若罔聞。我跪坐在腳後跟上，感覺卸下全身的緊繃，即使我的腦內仍一片混亂。天皇的赦免是寬宏大量的，完全意想不到。我和他都很清楚，我並沒有實際完成我的任務；我並沒有滿足他的要求。他同時身為裁判，有權拒絕履行他的約定。然而他讀到了朝臣及士兵們的情緒，經過算計決定施以恩典——為了維護他自己的榮譽及名聲。同時，我也聽出他話中的威脅。凡事並非盡如人意，再次冒犯，天皇恐怕絕不寬貸。

天皇揮了揮手，一枚印璽出現在我面前，閃閃發光像顆星星。我握住它，彎下身軀，頭壓在冰冷玉石地板上。我骨子裡並無順從或感激之心，但我會在這場鬧劇中扮演好自己的角色。疼痛刺穿著我身上每一吋肌膚，而我也無法消除恐懼本身帶來的刺痛，擔心這一切可能是場欺弄的騙局。信任是我學會最不應輕言屈服的東西。但我的喜悅之情無法抑制，就像陽光穿出無垠天際，光芒萬丈。

我要回家了。

# 39

雖然這條路之前我只走過一次，然而在我腦海裡已遨遊此地上千回。我第一眼就看見月白色的桂花林，以及遠處微微發光的月桂樹。接著是純明宮閃耀的銀色屋頂，閃亮的石牆。**這是我家**。我閉上雙眼，用力吸嗅這肉桂木的香氣。如果這是場夢，我希望不要醒來。

我停下我的雲朵，跳到燈籠照耀而散發微光的地板上，此刻，母親跟平兒應該都會感受到意外訪客的到來。我沒走幾步，大門軋然打開，一位身穿白衣的窈窕女子走來，頭戴一枚紅牡丹。她臉色蒼白，嘴唇緊閉。這裡訪客稀少，若出現訪客，通常預示不幸或壞消息。

我不再是那個逃亡而害怕未知，緊黏著平兒的孩子。然而這裡的時間靜止，我到哪裡都能認出她是誰。我嶄露笑容，飛奔在這條石板路上，雙腳從來沒如此輕盈。而我的心……我的心熾熱發光著，比天上任何一顆星星都還明亮。

「母親！」我張開雙手擁抱她，我現在比她還高了。「我回來了。」

她身體僵硬地推開我，端詳我的臉龐。她是否懷疑是誰趁人之危如此戲弄她？她的目光在我臉上搜尋，深情注視我的雙眼，視線移到我的下巴，她猛然吸一大口氣，並伸手撫摸我的臉頰，雙眼閃爍如水中月光。她張開雙臂擁抱我，就像在我無數的夢裡那樣緊擁我。

「星銀，星銀。」她喃喃自語，一次又一次，每次比上次大聲。彷彿她喊著我的名字越多次，就越相信這一切是真的。

門口現在另一個身影，也許是被這番騷動吸引過來。她站在一根珍珠母裝飾的梁柱旁，伸長脖子。「小星兒？」口裡吐出如呢喃的微弱聲音。

聽見童年時的小名，使我內心突然感到一陣甜蜜。這麼多年過去了，彷彿我從未離開過。事實上，我的心一直都在這裡。

「平兒！是我！」我喊著。

她向我跑來，就像以前那樣擁抱著我。「這麼多年，我一直都很擔心妳！」她的話像是憋很久，終於發洩出來。「我……我那天辜負妳了，我太慢了，我真的很——」

「不，平兒，要不是妳，我無法成功逃離！」我緊緊抱著她。「妳如何擺脫那些士兵的？」我記得我最後一眼看到她時，她奄奄一息，而且雲朵飄至遠方。

「我那時精疲力盡，以為自己快死了。幸運的是，一陣風將我吹到安全處，我恢復精神後，趕去天庭找妳，但我不知道妳到哪兒去了，天庭士兵又攔住我。」她臉色蒼白地說，「他們對我起疑，所以之後沒有經過允許，我都不能離開月宮。」

「我知道妳一定會試著找我。」我感到一陣安心。「如果妳沒來，一定是因為妳沒辦法來。」

我們待在外頭直到月光幽微，我們三人大笑大哭，手握在一起，都不想讓對方離開。直到現在，我才明瞭我多想念這種感覺——家的完整，無條件的愛。我不想移動，不想破壞我這靈魂重生的完美時刻。即使是神仙永生的時光，這種時刻有多寶貴？當幸福堅不可破，那些傷害我們的閒言閒語就不重要了。有我的母親跟平兒在身旁，站在家園的土地上——此刻我什麼都不想要，我已心滿意足。

直到夜幕更迭轉化成破曉黎明的珍珠光彩，我們才終於走進銀色大門。我的目光在白色牆面、白玉檯燈及一根根木雕梁柱上流連徘徊。這些都比不上玉宇天宮的稀奇珍寶，但對我來說都珍貴幾百倍。這裡的寧靜比我記憶中的更深寂，空氣中瀰漫著幽靜的氣息。經歷那麼多事之後，我喜歡這樣的寂靜。

我沉入椅子，手指順著木頭的紋路。**我回到家了**，我小聲對自己說，同時一直盯著我的母親看——擔心如果我一撇頭，她可能就會消失，然後一切都會消失，留下我孤零零地躺在天庭的床上。也許我被太多的噩夢困擾著，也許我已漸漸習慣失望——我胸口上依然存在緊繃的恐懼，恐懼眼前這一切只是幻覺。我捏著手臂，直到出現紅色新月，欣喜接納**這一切是真實的**。

平兒遞了杯溫暖的香茶到我手中，問題隨之而來：妳過得好嗎？開心嗎？這些日子妳去了哪裡？妳做了些什麼？

我盡可能地詳細回答，試著平撫與滿足她們這些年來的焦慮及好奇，雖然我在金蓮府的記憶已模糊，但部分仍記憶猶新。當我提到進入玉宇天宮，我母親揪住我的袖子並輕扯一下。

「天庭天皇發現妳的身分？」她轉頭往外看，彷彿以為全副武裝的士兵即將闖進門。

「那時候還沒。」我趕緊安撫她。在她進一步追問之前，我趕緊快速交代我在法術、格鬥及射箭方面的訓練。

「射箭？」她的聲音有點哽噎。「就像妳的父親一樣。」她驕傲地說。

我像是被什麼哽住。一直以來，我不敢說出自己的身分——從未說出父母親的名字，對外界假裝他們已不在世上……就像我是被播種到荒野的野草。而現在，我想要大聲對全世界宣告。

突然，母親打斷我的話。在家裡輕鬆自在毫無戒心的狀態下，每當我提及力偉，語氣總充滿一股暖意。

「妳跟天庭太子是什麼關係？」她問。

我注意到她眉頭微微皺了一下。「我們是……朋友。」我結結巴巴，脖子通紅。

「這個文智將領，他也是妳的朋友嗎？」我母親的口氣聽起來很溫和。

「不是！」我比預期更激動地說。

我母親跟平兒表情詭異地互換了擔心的眼神，而我很高興她們沒有繼續問下去。我匆忙地繼續描述我從軍時參與過的戰役，我打敗過的妖怪及敵人。

然而那些妖怪與我心中的恐懼與煩憂相比，簡直是小巫見大巫。

平兒聽到我對相柳的描述時，忍不住打了個冷顫，她抱胸問道：「妳感到害怕嗎？」

「一直都會。」有些人可能會覺得我很膽小，但我覺得承認這點並不可恥，我不是那些身陷危險而不畏懼的勇猛英雄們。我害怕受傷，害怕失敗，其中最害怕的，是死亡。害怕再也見不到母親，或摯愛的人。害怕來不及說出口或未完成某事的遺憾。害怕沒好好活過便死去。我曾因勇敢而獲得讚揚，然而事實是——**儘管**害怕，我仍完成這些事情。因為不去做，讓我更害怕。

她們聽到我如何救了力偉一命都十分震驚，我沒有告訴她們華菱小姐逼迫我們做出的那些惡毒的事；我並不想挖掘那些痛苦的回憶，也不想要再讓她們恐慌。然而，聽到我述說如何向天皇揭露身世並達成協議的部分時，我的母親臉色更加鐵青。

「妳怎能這樣做？冒如此大的危險？」她猛地站起，在房內踱步，攥緊雙手，指關節都泛白了。「如果妳被判入獄怎麼辦？還可能被折磨**致死**？」

「確實都非常可能發生。」我大笑。但一見到母親鐵灰的臉色，我趕緊收斂笑臉。「母親，我贏得了紅獅符，這是天皇賜予的。沒有其他更好的時機可以向他提出這種要求。如果我不這麼做，今天就不會在這裡了。我會日夜哀嘆悔恨失去這個機會，後悔自己沒去嘗試。這種下場更悲慘。」

我停止說話，細看一會她的臉龐。「母親，當您喝下仙丹時，也捨身冒險過呀。」她愣住了，看她說不出話來，我幾乎後悔說了這種話。「您那時救了我，而我非常感激您這麼做。」

我母親嘴角展露出一抹微笑，但淚水同時也滑落了她的臉頰。

「唉，不要再哭哭啼啼了！」平兒說，用她的袖角擦乾雙眼。「今天是值得開心的日子！最開心的一天！不要再掉淚了！」

「就如妳們所見，我安然無恙。」我向她們保證，站起身並伸出雙臂。她們的目光在我身上來回檢視，直到她們確認我身上沒有明顯傷痕。然而我絕口不提布滿胸口的網狀白色傷疤，這些天皇天焰造成的傷仍會痛。我不認為創傷會消逝，將永遠烙印在我身上。但這又有什麼關係？相較於我的失而復得，這一點點的傷口算不上什麼。

當我母親聽到那令人尊敬的文智將領其實來自魔界時，她嚇得倒退幾步。

「星銀，妳還好嗎？」她彷彿看穿我的心思。

我搖搖頭，不知該說什麼——我至今難以接受他的欺騙。如今我平安回家了，文智的背叛帶來的痛，這才重重沉入心底。與我和力偉分開的痛不同，但這不是說我願意承受任何其中一種痛。我與力偉是情勢所迫而分開，他是天庭太子，對他的國度有義務。但至於文智……這一切都是**他的**欺騙及刻意中傷，我的傷痛裡夾雜了悔恨，後悔自己太粗心大意而陷入他的謊言。同時也感到苦澀，因為他動搖我的自信。他害我一起墮落，落入他的欺騙深淵——當我虛情假意對他下藥以便逃脫時。我不會對我這番行徑感到羞愧，但我也不引以自豪。

幸好，平兒有更多問題想要追問：「那些珍珠最後如何了呢？龍族呢？」

我笨拙地尋找適切的詞彙，試著形容牠們無與倫比的美麗、力量及優雅。當我提到歸還龍族的靈體時，母親雙手握住我的手。這回她沒有因為我危及自身及她的自由而指責我，而是滿臉洋溢著驕傲神情。

「龍族自由了。」平兒喃喃自語。「我以為牠們永久消失了。」

我繼續說著我的故事，盡力回答她們任何疑問，除了當時解除法術時帶來巨大的傷害與痛苦，因為無法隱藏情緒，所以我避而不談。當我說完，日正當頭，天空一片湛藍。

就在此時，我解開荷囊，伸手進去緊握住天皇賜予的印璽，冰冷如一把雪。我的心快速跳動著，幾乎無法呼吸。我滑下椅子，在我母親面前雙膝跪下。

「星銀，妳為何要跪下？」她一臉困惑並傾身向前，伸手想把我拉起——

但我捧著雙掌，掌上那顆印璽閃耀著像陽光照耀下的冰塊。我顫抖得如此厲害，甚至不知道為什麼——是因為恐懼嗎？還是興奮？期待？還是全都是？這印璽真的能奏效嗎？我祈禱著順利成功。

她從我手中接過印璽並舉高細看。「這是什麼？」

我還來不及回答，印璽發出火光，從深處迸射出一束銀白色光芒，將我母親籠罩在耀眼的光輝中。平兒與我遮住雙眼，快被閃瞎。好在光束很快消失，印璽化成一塊黯淡的煤塊。

我的母親像大理石般靜止不動。當她轉身看向我，眼神充滿驚奇，比千盞燈籠還明亮璀璨。

「禁令解除了。我現在自由了。」

平兒跳了起來，興奮地叫喊著。我如釋重負，全身一軟。直到這一刻，我都還很擔心這是天皇的詭計，但他實踐了諾言。一股強烈的情緒傾瀉而出，席捲了我並解開埋在深處的心結，驅散了潛伏的陰霾，擺脫我的悲傷——此刻，我整個人只感受到一片光明，衝天般的解放。
終於，我們的生活得以重新開始了。

# 40

童年時期，孤立的月宮對我來說不是什麼太大的困擾。我沒有朋友或同伴，也不太需要；對我來說，有母親跟平兒就足夠了。但現在，沉浸在這樣的寧靜數周後，我發現自己非常想念天庭及遠方的朋友。

我的願望比我預期的還更快實現。隔天一早，太陽未升起，平兒就大聲吆喝著力偉的拜訪。我睡眼惺忪，但一想到能見到他，心跳急速跳動。我跳下床並快速洗把臉，拉了件藍色長袍——是他最愛的顏色，我意識到自己狡猾的念頭，趕緊抑制住。我梳理長髮，將一部分往上盤起。我沒耐心地快步走，但我告訴自己那是因為見到久違的朋友而雀躍亢奮，一段這樣的孤獨生活後，**任何**朋友我都會如此。當我踏進銀和廳，發現我母親正坐在力偉旁邊親切地交談著，而平兒正友善地為他們倒茶。我們平常都各自倒茶，我猜想她今天的特別招待是因為想近距離看看這位天庭太子。

一見到他，我幾乎無法呼吸。他身穿深藍色長袍，繫條黑色長腰帶，絲質流蘇跟玉配懸掛腰間。他的長髮用一枚金環束著，垂掛身後。他的雙手置於膝上，舉止相當輕鬆自在，許久沒見到他如此放鬆。他起身向我打招呼，臉上的笑容比陽光還燦爛。

「你……你在這裡。」我結結巴巴地，預計想說的話全消失無蹤。

「不請自來，但希望不會不受歡迎？」他伸出手握住我。

如此的親密令我措手不及，而他眼神中無拘束的暖意也令我意想不到。「不，一點也不會。」我終於擠出這句話。

母親跟平兒挑好時機說她們需要前往別處，留下我跟力偉獨處。母親對我暗示儘管她早先有所保留，但現在她全心全意認可力偉。他與人相處很有一套，真誠信賴，甚至還不知道他是誰之前，就會被他深深吸引，就像我和他的初次相遇。

「這陣子妳過得好嗎？」他問。

「再好不過了。」我坦率回答，不受噩夢打擾的寧靜睡眠，無憂無慮過生活，不為何事點燃熱情，也不被絕望淹沒。這樣的奢侈可以讓身心狀況發生奇蹟，自從我回家後，我的生命力也逐漸增強了。月亮擁有一種重生復甦的能量，我之前不曾察覺，也許是因為小時候我的法力受壓抑。我需要一段時間重新恢復力量，但看來可以提早復原。

然而，身體正在康復，但精神狀態仍持續焦躁。我需要常常到桂花林散步，花更多時間在閱讀及音樂上讓自己放鬆。

「你過得好嗎？」我反問他。想起他反抗他父親的情景令我恐懼，同時也感到慚愧，我留下他獨自面對父母親的憤怒。在那場痛苦的對峙後，我只想要快快離開天庭並返家，同時擔心天皇可能會改變主意，要求歸還他的印璽。

力偉更加緊握我的手，深邃的雙眼盯著我看。「我不是第一次經歷這種事。」

我咬著唇，想要繼續追問，但他的眼神更加緊迫強烈，兩人靠得如此近，害我不好開口發問。他今天好像有點不一樣？好像又變回從前的力偉，回到……我搖搖頭擺脫這念頭。我很開心他拜訪月宮，今天我想請他幫個忙，帶我母親跟我一起到凡間去見我父親。

我一直自私地對我母親隱藏這個消息，想讓她先享受幾天純粹的幸福，沉浸在母女團圓之樂以及重獲自由的喜悅中。然而我清楚知道重獲自由的她，第一時間必定想前往凡間尋找我的父親。某個晚上，我覺得不能再拖下去，握住她的雙手。

「母親，有件事我要告訴您。」充滿不祥徵兆且不受歡迎的起頭。或者，是我語氣中的顫抖使她的臉色變得鐵灰？

她冰冷的雙手脫離我的緊握。「我不想聽。」

她孩子氣般的抗拒反應刺痛了我，我忍不住心想是否該讓這件事這樣過去？不證實也不否認？但我內心又有別的想法跑出來，與其放任這無止盡的牽掛磨損至不可避免的結局，不如直接將那一絲羈絆直接斷乾淨。

「我很遺憾，黑龍跟我說……父親已經去世了。」我的聲音因這句話而嘶啞，喉嚨緊鎖。

她頓時癱了，彎下身子，身體劇烈上下起伏。我趕緊扶住她，強忍著自己別因她窒息的哭泣而退縮，我的話擊潰了她所有的希望，像把刀砍掉了一株生著病仍堅持活著的植物。我失去了一個我從未謀面的父親，而我母親則是失去了她仍然愛著的丈夫。

此刻，我們三人一同飛往凡間，我母親的臉色慘白，緊張地揪著自己的袖子，畢竟她長久以來未曾離開月宮。幸運的是，力偉的雲朵滑翔地非常順暢，像隻鳥在空中翱翔。

黑龍描述得非常精確，就在兩條河的交會處，我們發現一個覆蓋白花的小山，山上聳立一座圓形大理石雕刻大墓碑，上頭鑲著金色的字：

**后羿**

墓碑周圍是我父親的事蹟彩繪；他贏過的戰役，他擊敗的敵軍。這是座華麗的墓園，勘比凡間君王般的規格。然而令我哀傷的是，上頭完全沒有提及他的家族或後代。難道他直到最後都是孤單一人嗎？

我母親緊抓著我的胳膊，腳步蹣跚。她盯著墓碑，表情滿是哀愁。

「如果您希望的話，我們可以走了。」我胸口疼痛小聲地說。

「不！」她猛然大喊，接著挽起長袖拿起掃帚，帶著一股衝勁清掃起來。我一度好奇如果凡人看到令人崇敬的月之女神像凡間村婦般勤奮掃地，他們會怎麼想。但我突然領悟，他們應該更能理解她想向她丈夫致上的敬意。讓他知道即使他已不在世上，她仍然尊敬他。我蹲下並用手帕擦拭大理石上的灰塵和汙垢，直到石碑上的字閃閃發亮。一開始力偉站在一旁，後來也跟著彎腰除草。

當一切井然有序，我的母親拿出自備的水果糕點等供品，堆疊在瓷盤上。我點香並遞給她三柱，火焰使香的尖端帶著柔和的深紅色，我們持香跪在墓前，鞠躬行禮三次。妻子與女兒，向我們痛失的親人哀弔致意。最後一鞠躬後，我將香穩穩插進小黃銅香爐，細細的香煙裊裊飄向空中。

我摸了摸她的手，將她從茫然中喚醒。「母親，當您每晚走進森林，您都在想什麼？」這個問題之前我多次想問。

她閉上雙眼，嘴角掛著一抹夢境般的微笑。「妳，小時候。還有妳的父親。我們生活在一起時。我多麼希望他能與我們一起，沒有被拋在後頭。」她低下頭，斷斷續續自言自語著。「有時候我想著……如果大夫判斷錯誤？如果我沒有喝下仙丹？我們這些年是不是就會生活在一起，在這下面的世界。我的頭髮現在可能已灰白，但我們會很幸福。」

她緊緊握著我的手，「當我升天時，我轉頭看到他站在窗邊——他伸出手，滿臉悲痛，他回來得太晚了，有些夜晚我非常煎熬，想著他看到我這樣飛走是什麼感受。他是否理解我為何這麼做？他是否感到被背叛？他是否會……恨我？那些夜晚，我也怨恨著自己。

她凝視前方，哽咽一會後繼續說：「拿著仙丹時，我只想著妳跟我，我多麼希望我們能**活下去**。當我喝下仙丹時，我選擇我丈夫的死亡，是我選擇了一個沒有他的生活，我選擇了——我們。」她突然激動起來，聲音因此顫抖。「我永遠無法從悲傷裡解脫，然而，即使明知道接下來會發生的事，我還是會做出同樣的選擇，因為如此有了妳。」

她淚如雨下，我咒罵自己那不經思考的問題，問了明知道會使她傷心的問題。但我們不能繼續隱藏或埋藏我們的傷痛，尤其是對於我們摯愛的人。透過痛苦我們學會寬恕而成長，最終我們的傷口得以治癒，對此我深有體會。我突然明瞭，也許我和我的母親比我想像的更相似，我們都抓緊了眼前的機會，我們都選擇了活下去。

慢慢地，她鬆開了我的手，好像忘了我的存在。她全然忘我凝視著墓碑上父親名字的閃亮金字，默念一陣後陷入沉默。他的傳奇及成就刻在永恆的石頭上，只要還有書可讀，有歌可頌，他所拯救過的世界將永遠記得他，永遠不會被遺忘。但對摯愛他的人來說，這些都是空洞的慰藉。

我站起身離開，與力偉一同靜靜地站在河岸，看著陽光照耀而閃閃發光的河水，微風輕撫撥弄著我們的頭髮。凡間的空氣中瀰漫著無數種氣味，盛開的花香、腐敗的枯葉，以及帶著濃厚泥土味的潺潺河水湧動著生機。

他轉向我說：「我請鳳美公主與我解除婚約。」

我不敢相信地盯著他看，不確定該說什麼：「為什麼？什麼時候？」我問道。

他對我露出一抹苦笑。「妳還需要問為什麼嗎？妳離開之後，我去拜訪鳳美公主，我告訴她實情，我早就應該告訴她的。她值得擁有更多，我能給的只有一顆永遠不屬於她的心。她非常能夠理解，並且她要我跟妳說，她希望我們能幸福美滿。我猜妳去救她那時她就知道了。」

我回想起她清澈的眼眸看著我們那對天空之雫流蘇，她當時就明白這是一對。我並不想要傷害她……但是，唉，我不能否認此刻我內心綻放的喜悅之情。

「那與鳳凰城的聯盟呢？」

「鳳凰城重申對天庭的支持，雖然不如聯姻緊密，她們仍然會維持與我們的盟友關係。皇后與公主對我們之前的救援都表示感謝。」

他牽起我的手，放在他的胸口上——他的心大聲砰砰跳，如同我的心。他的雙眼閃爍著奔放的情感，另一隻手掌托住我的臉頰，我不自覺地靠在他身上，記憶中的溫暖深深吸引著我。「我的心屬於妳；一直都只屬於妳。」他說。「妳不必現在就回答我，我知道妳需要時間與妳的母親相處並好好思考，我之前做錯了；我沒有為我們努力奮鬥，但我不會再讓妳失望了。」他像發誓般，慎重說出最後那句話。

我內心波濤洶湧說不出話來。太陽從雲層中探出頭來，照亮了天空。陰影可能再度籠罩，但我現在只想沐浴在日光中。

夜幕降臨，我們飛回月宮。力偉離開前幫我設置了防護結界。我們家不再是神仙的禁地，然而歡迎來訪同時，仍要保持謹慎。我們一起編織魔法，將能量延伸到整個純明宮。當我精疲力盡停下時，力偉繼續接手。他閉上雙眼，能量像一束光噴發，環繞整個結界轉一圈後消失。

「我又增加了一層保護，可以偵測隱匿者，像是邪魔、幽靈或天庭神仙。雖然可能無法完全避免他們進入，但至少能給妳足夠的警示。」他解釋說。

他嚴肅的語氣使我頓時臉色發白。「天庭神仙？」我重複他的話，結結巴巴地說著，我以為我們已經不用再面對陰謀、危險及恐懼。

力偉的臉一沉。「就我所知，是沒有什麼陰謀。然而，我父母對於軍隊介入並支持妳這件事感到不滿。一些流言蜚語傳到他們耳邊，說他們的讓步是懦弱的行為，有些人甚至開始質疑他們過往的決定是否正確，例如囚禁龍族、流放月之女神，以及讓太陽鳥肆無忌憚地翱翔人間。」

我感到一股寒意，「我只想回家並讓母親自由，我從未打算挑戰他們，我只想平和寧靜地住在這裡。」

「我們不能控制別人恐懼什麼，但妳不是孤單無援的，我會與妳一起，只要妳願意的話。」力偉接過我冰冷的雙手，貼到他的嘴邊，用他溫暖的氣息緩和著我的手。「我只是小心謹慎，那些都只是謠言，妳無需擔心。」

我木然地點了點頭，流言蜚語傳到錯誤的耳朵裡，仍會帶來嚴重的後果。

★ ★ ★

力偉離開後，我輾轉難眠才終於入睡。而淺眠之中，仍不得安寧。我迷失在一個很真實的夢境裡，夢裡我站在陽臺，凝視著天空。天空中的雲朵呈現怪異的紫羅蘭色調。一個高大的身影走到我身旁，一身綠色長袍隨風飄逸。

他用那雙銀色的雙眼看著我，彷彿等待著我開口。

「謝謝你放手，但這無法彌補你造成的傷害。」我僵硬地說。

「我是認真的，我再也不會違背妳的意志強迫妳了。」他語氣中帶著感傷，是我之前從未聽過的。「我直到失去才明瞭我們曾擁有的。如果我們可以重新來過，我會做出不同的選擇。」

我沒有回答他，我不知道該說些什麼。

「有件事我想問妳。」

「你可以問，但我可能不會回答。」我反駁他，不願在這個帶來太多不安回憶的夢話中陷太深。

然而他微笑，雖然笑得有點空虛。「妳願意縱容我一下嗎？我好想念妳的陪伴。」

「我不懷念你的陪伴。」這句話半真半假。我一直提醒自己，我想念的是我們之間友誼的幻覺，並非他欺瞞我的現實。

他雙眼閃爍，「那時候在屋頂，黑龍將妳帶走時——妳想過射殺我嗎？」

這個問題我之前自問無數次，而現在我終於知道答案。「沒有。」我的誠實也不亞於他。

聽到這個答案，他長嘆一口氣，肩上的緊繃緩和些。「妳對待邪魔能像對天神一樣關心嗎？」

「天神從不存在，一直以來都是邪魔。」我刻意壓低聲量，忽略我胸口的刺痛。

他嚴肅地點點頭。「或許是，無論妳怎麼看待我，我都會等妳。」

「等我做什麼？」

「等妳再度愛上我。」他的手指掠過我後腦杓，輕撫我的髮絲。「或者至少，不再恨我。」

我還來不及躲開，舌上嚴厲的反駁還來不及吐出，他就消失了。

隔天一早醒來，我雙眼泛紅，精神萎靡。這夢境如此生動，喚起的情感也很真實——我久久無法回神。我一下子憤慨，懷疑他可能滲透到我的夢裡，一下子又怨恨起他竟敢如此撩動我。最後，我起身著裝，卻在鏡子前愣住，我看見髮上插著一根雲紋裝飾的銀髮簪。我馬上抓住這冰冷的金屬飾品，拔出來並扔進抽屜。

我拿起玉龍弓，掛在肩上走出房門。從軍的日子裡教會了我謹慎行事，隨時帶件武器在手上。我走到外頭，再次測試我與力偉編織的結界。金銀線絲緊緊交織在一起——纖細如蜘蛛網，但堅韌如鋼鐵。內心突然有股挑釁的衝動，心想如果敵軍衝進來，我已準備好迎戰。

這晚沒有夢到文智，我感到不安。不是很確定自己的感覺，雖然我覺得這不會是我最後一次見到他。

★　★　★

我的生活開始一成不變，日復一日。自從母親被釋放，許多神仙前來拜訪我們，有些是來表示他們的敬意，有些是為了滿足他們的好奇心——更多是對八卦醜聞感興趣，而不是想了解實情。第一杯茶之後我就想把他們全部都請出去，但我母親嚴厲地盯著我，制止我粗魯的待客之道。然而除了這些小小的騷亂，待在家裡真是美好，安全自由，還有無止境的愛。淑曉說到做到，儼然成為月宮常客，常常沒說一聲就來訪。我總是很高興有她的陪伴，並聽她說一些天庭的新聞。敏宜也會來訪，甚至道明老師以及建允將軍也會。這些都是我最喜愛的時光——與我結交的朋友分享並介紹我的家鄉，大家的談笑風生迴盪整個廳間。這樣的互動沒有減損月宮的優閒日子，反而讓日子更加豐富。

然而沒有人比力偉更頻繁來訪了。滿天繁星下，我們在白色桂花林裡漫長散步，在發光的燈籠間蜿蜒而行。當我彈奏琴弦或笛子，他坐在我一旁素描或彩繪。好幾次我一抬頭便看見他深邃的雙眼如此親密地凝視我，害我亂了旋律。但我不再閃躲他的觸碰，見到他就心跳加速也不用感到愧疚。我的內心再次大膽夢想我們的未來。

有幾晚平兒回房睡後，我會加入母親一起站在陽臺上。雖然一起，但各自沉浸在各自的回憶之中——她的回憶在下方世界，而我的在上方天界。我現在清楚明白為何這段時間裡她不想被打擾。雖然我們沒說話，但彼此的陪伴帶來了慰藉，分享了哀愁，這是我年幼時無法感同身受的哀傷。通常，我會發現最後只剩我自己，沒留意到她已離開。我太過於陷入自己的思緒中，試圖解答盤旋在我腦海中的問題。

力偉和我真的能夠忘卻那些迫使我們分開的一切嗎？切斷的聯結還能完全復原如初嗎？我希望能有足夠時間，在寧靜無憂的家中解開我生命中的各種糾結。然而縱使我們是神仙，我也不能永遠走著這條路——迴避愛情、害怕做出錯誤的決定，以及擔心會受傷。我曾以為自己不可能善變，然而事實是我不再認識我自己的心。

我一直認為生命就是條道路，蜿蜒曲折通往多種命運。幸運及機會，是我們無法掌握的禮物。當我凝視無盡的黑夜，突然有所體悟，我們的道路是由我們做的每一個決定鍛造而成，不管是爭取來的還是讓它溜走的，不管你隨風逐流，還是堅守陣地。我的路看似完成了一個圓，我不用再躲在陰影下，掩埋我的過往及擔憂我的未來。我不用再隱藏身分，隱藏我父母的名字。全仙域八國度已傳遍這個消息，我是月之女神及那位射日凡人的女兒。

黑暗中上千盞燈籠閃爍舞動著，夜空清澈無雲，滿天無垠星海，月光圓潤且明亮。這樣的夜晚裡，我心滿意足，只待明日的承諾。

# 謝辭

《月宮少女星銀》始於一個瘋狂的夢想，若沒有家人、朋友，以及那些相信這本書、相信我的人的這些愛護及支持，這一切不可能實現。我真心感到幸運能在此一一列出並向他們致謝。

大衛・波米力可（David Pomerico），我在美國哈潑旅人出版集團（Harper Voyager US）優秀的編輯，我將永記我們的第一通電話，改變了我的人生軌跡，我馬上知道我的書找到它的歸宿。真的很榮幸與你共事，你一直是《月宮少女星銀》最棒的擁護者。你對這本書的遠見及敏銳的註腳（令人激賞的幽默）帶領我成為一名更好的作者，這故事因你而更強大。

維琪・李奇（Vicky Leech），我在英國哈潑旅人出版集團（Harper Voyager UK）的出色編輯，我真的很開心能與你共事！謝謝你一直是個超棒的支持者，而且你啟發靈感的點子帶領我們通往我從未想像能到達的地方，我真的很感激我們做到了。

永遠感激我出色的經紀人娜奧米・戴維斯（Naomi Davis）。相信一位住在另一頭世界，甚至寫作經驗不足的未成名作者，願意與我共事並磨練精進我的技巧。你真的超棒又熱情，透過你的洞察力、經驗及同理心，成為我的嚮導及夥伴。

我由衷地感謝厲害的美國哈潑旅人出版團隊，我真幸運能與大家共事：DJ・德史邁特（DJ DeSmyter）、索非・諾米爾（Sophie Normil）、羅尼・庫提斯（Ronnie Kutys）、以及整個哈潑科林斯業務團隊——真希望我有辦法列出所有人的名字！我很努力想表達我的感激之情，請務必相信我真的很感謝這所有的一切。

黃久里（Kuri Huang），非常謝謝你為美國版繪製如此精美的傑作，以及珍妮・雷娜（Jeanne Reina）的靈感指導。除了這是件藝術作品外，這封面更是我的夢想！特別感謝安吉拉・卜婷（Angela Boutin）、弗吉尼亞・諾瑞（Virginia Norey）、雷切爾・維尼克（Rachel Weinick）、珍・赫曼（Jane Herman），以及米雷亞・奇里博加（Mireya Chiriboga）大家所提供的寶貴協助！感謝才華洋溢的娜塔莉・諾杜斯（Natalie Naudus），謝謝你為星銀配音，讓她栩栩如生。

我同樣也很感謝出色的英國哈潑旅人出版團隊——娜塔莎・巴登（Natasha

Bardon）、瑪蒂·馬歇爾（Maddy Marshall）、賈蜜·威特康（Jaime Witcomb）、蘇珊娜·皮登（Susanna Peden）、羅賓·瓦茲（Robyn Watts）和瑪塔·洪克薩——你們的支持對我來說很重要。謝謝艾莉·蓋姆（Ellie Game），傑出的封面設計師，還有傑森·莊（Jason Chuang）創作了驚豔的英國版封面，我忍不住一看再看，這封面讓這故事更臻完美。

給所有在全球哈潑科林斯出版集團協助支持《月宮少女星銀》的每一位，協助這本書到達讀者手中，以及那些因為收稿等時間因素沒有列入的人——請你諒解，我真的很感謝你們大家所做的一切。

我在不認識任何出版社的情況下踏入這領域，真的很害怕會不會沒有人讀我的書。我永遠感激那閱讀的優秀作者：史蒂芬妮·蓋柏（Stephanie Garber）、雪萊·帕克·陳（Shelley Parker-Chan）、安德烈亞·史都華（Andrea Stewart）、雪儂·查拉克伯蒂（Shannon Chakraborty）、艾娃·里德（Ava Reid）、吉娜維維·戈尼切克（Genevieve Gornichec）、塔莎·蘇利（Tasha Suri），以及伊莉莎白·利姆（Elizabeth Lim）。你們的精彩且細膩的文字與作品令我深受感動，真心感到幸運閱讀到你們那些優美的作品。

安尼莎・德・戈默里（Anissa de Gomery），我很高興我們有共同默契，以及我們現在的友誼。與你共事是我寫作生涯裡的一個亮點，而我非常感謝你以及你那極佳的團隊。

我最愛的丈夫托比（Toby），同時也是我人生的伴侶，我第一位讀者、嚴厲的書評，以及最勇敢的支持者——我永遠感謝你鼓勵我追求夢想，並在我轉換到這個新環境時容忍我高壓的生活，並在我截稿前照顧我們的孩子（大約整個二〇二一年），在一切看似都不可能時，傾聽我的恐懼，與我慶祝每一個里程碑。沒有你，我無法完成這一切。

盧卡斯（Lukas）和菲利浦（Philip），感謝你們對媽媽的「瘋狂想法」感興趣，並熱心提供塗鴉及圖片，感謝你們提出對於我故事的疑問，以及，最重要的是，讓我戴著耳機專注工作。我全心全意愛你們。

沒有我的父母就沒有現在的我，謝謝我母親的愛與支持，培養了我從小對於中國奇幻故事的迷戀，並讓我待在家看書沒有逼我出門。那幾堂的笛子及古箏課並沒完全浪費！以及感謝我的父親，努力工作讓我有好的生活，感謝你對我們所做一切的愛護、幽默及熱忱，並且給予那些點燃我熱情的故事書。我很想念你，希望你仍然與我們在一起。

我的姐妹艾琳（Ee Lynn 音譯），感謝妳的愛及鼓舞，在我最好及最糟的時刻陪伴著我，並閱讀我早期的作品。我的表姊瑞佳（Swee Gaik 音譯），感謝妳寶貴的意見，以及在我第一次說出想成為作家的瘋狂夢想時為我加油，非常謝謝妳還有丹（Dan）！

索娜莉（Sonali），我一直很感謝妳閱讀我糟糕的第一版草稿，給我勇氣投入這令人生畏充滿質疑的世界裡。妳對我的信任是點燃一切的火花。潔葵（Jacquie），感謝妳堅定不移的支持及善意，感謝妳成為我理性之聲，沒有妳我不知道我要如何度過這一切。我很感謝我人生有妳們兩位做我最好的朋友，讓我在出版、母職及生活中的喧鬧中得到平靜。

較遺憾的是，我對於中國詩詞寫作較不熟悉，特別感謝韓力華（Han Lihua 音譯）優美翻譯了在書中星銀對聯比賽的詞句，並協助我取了完美地名。感謝楚洋澤（Yangsze Choo 音譯）給予一位新進作者慷慨的建議。感謝麗莎．鄧（Lisa Deng）耐心地回答我古怪且頻繁的提問，從討論地名到神話，以及文化等等。

感謝我在香港念書認識的朋友們，我很感謝你們大家的鼓勵跟支持，特別是我剛出道的瘋狂歲月，你們的友誼對我來說意義重大，豐富了我的生活。

感謝啟發我最多的老師——瓦桑塔．梅儂夫人（Puan Vasantha Menon），感謝妳灌輸了我對文學的熱愛。

真的很榮幸能成為如此有才華的 #22Debuts 一份子，擁有如此出色的同經紀公司的兄弟姊妹們，幫助我保持理智。同樣的，感謝 Kristen (@myfriendsarefiction)、Mike Lasagna、Daniel Bassett、Kelecto (@panediting)、Ellie (@faerieontheshelf)、CW、Kristin Dwyer、Lauren (@fictiontea)——你們真的都好棒，我很感謝妳們的支持。

最後，但同樣重要的，我無限感激讀者、書商、圖書管員、部落客、在IG推廣這本書的人，以及各書籍社群群友們，感謝大家對《月宮少女星銀》的支持。以及正在閱讀這本書的你們，感謝給予這本書一個機會，讓我與你們分享這個故事。我用全心全意的愛來創作這本書，也希望你們能從中找你們喜愛的東西。

國家圖書館出版品預行編目資料

月宮少女星銀／陳舒琳（Sue Lynn Tan）著；曹琬玲譯.
-- 初版. -- 新北市：數位共和國股份有限公司燈籠出
版：遠足文化事業股份有限公司發行, 2023.10
面；　公分. --（天庭傳奇；1）（Ray 系列；1）
譯自：Daughter of the moon goddess
ISBN 978-626-96644-8-1（平裝）

868.757　　112013392

Ray 系列 01
月宮少女星銀（天庭傳奇 1）
Daughter of the Moon Goddess: A Fantasy Romance Novel (Celestial Kingdom, 1)

| | |
|---|---|
| 作者 | Sue Lynn Tan 陳舒琳 |
| 譯者 | 曹琬玲 |
| 編輯 | 曹依婷 |
| 封面插圖 | 麻繩 |
| 封面與內頁美術 | 江孟達 |
| 內頁排版 | 張靜怡 |
| 出版 | 燈籠出版／數位共和國股份有限公司 |
| 發行 | 遠足文化事業股份有限公司（讀書共和國出版集團） |
| 地址 | 231 新北市新店區民權路 108-4 號 5 樓 |
| 電話 | (02) 2218-1417 |
| 傳真 | (02) 2218-0727 |
| 客服專線 | 0800-221-029 |
| 信箱 | service@bookrep.com.tw |
| 法律顧問 | 華洋法律事務所　蘇文生律師 |
| 印製 | 博創印藝文化事業有限公司 |
| 出版日期 | 2023 年 10 月一版二刷 |
| 定價 | 新臺幣 480 元 |
| ISBN | 978-626-96644-8-1（紙書） |
| EISBN | 978-626-97926-0-3（PDF） |
| EISBN | 978-626-96644-9-8（EPUB） |

Printed in Taiwan

L-A-N-T-E-Ray-N
Ray 書系

青春是一束雷射光，
匯聚你不羈的想像，
奔向你獨有的冒險，
挑戰你變幻的極限！

燈籠